Susana Rubio

La elección de Alexia

ellas.
Montena

Papel certificado por el Forest Stewardship Council®

FSC
www.fsc.org
MIXTO
Papel procedente de fuentes responsables
FSC® C117695

Primera edición: febrero de 2019

Printed in Spain – Impreso en España

ISBN: 978-84-17460-68-6
Depósito legal: B-28.919-2018

Compuesto en Compaginem Llibres, S. L.

Impreso en Black Print CPI Ibérica
Sant Andreu de la Barca (Barcelona)

GT 6 0 6 8 6

Penguin
Random House
Grupo Editorial

A todas mis lectoras

Prólogo

ROGAD A DIOS EN CARIDAD por su alma, que falleció el 28 de abril...

No podía dejar de llorar y no entendía por qué me encontraba en esa iglesia, en primera fila y ante una caja de madera con flores blancas.

Era la primera vez que vivía un momento parecido de alguien tan cercano porque de Antxon no me pude despedir ni llorar en su entierro.

No escuché nada de lo que dijo el capellán durante la celebración, ni una palabra. Mis pensamientos estaban recordando momentos que no volverían a repetirse jamás. Había sucedido todo tan rápido que no había podido hacerme a la idea. La muerte te atrapaba sin previo aviso y a los demás nos dejaba en un estado de shock hasta que éramos capaces de entender qué había ocurrido. No volverás a ver más a esa persona, ¿era posible? Lo era y no estaba en mis manos poder cambiar las cosas.

—Cariño... —Mi padre no dejó mi mano ni un segundo.

Lo miré agradecida por estar a mi lado. Él y Judith se encontraban en París y no habían dudado ni un segundo en dejarlo todo y regresar a Madrid.

La ceremonia había terminado, me dolían los ojos de tanto llorar y no sabía exactamente qué sentía en aquellos momentos. Tenía sentimientos encontrados y me costaba situarme, pero cuando vi a Leticia el único sentimiento que me dominó en ese instante fue la ira.

Me acerqué a ella a grandes pasos y me contuve porque estábamos en un entierro.

—Eres una hija de puta...

Leticia estaba con su madre y ninguna de las dos movió un pelo, aunque su progenitora me habló en un tono totalmente neutro:

—Te acompaño mucho en el sentimiento.

—De un modo u otro se acabará sabiendo que fuiste tú quien manipuló los frenos del coche de Adri —le solté a Leticia con furia antes de irme.

Estaba segura de que ella era la culpable.

1

Veintitrés días antes...

—¿Vas a ir a la disco o no, petarda?

Miré a Lea con cara de fastidio y afirmé con la cabeza.

Era el primer miércoles después de Semana Santa y al día siguiente habían organizado otra de aquellas megafiestas en Magic.

—¿A santo de qué hacen esa *party* ahora? —le pregunté observando a Adam mientras servía las bebidas a un par de chicas con una enorme sonrisa en su cara.

Los alumnos de cuarto de casi todas las facultades se habían ido de viaje durante las vacaciones de Semana Santa, así que no tenía sentido montar otra fiesta para recaudar dinero.

—Es para una causa benéfica o algo así...

—¡Qué bonito! —le dije con desdén.

—Alexia. —Lea me miró avisándome de que me estaba pasando de borde.

—Lo siento, lo siento. No tengo el día.

—Hace semanas que no tienes el día.

A la que podía me sacaba el tema, sabiendo que no resultaría.

—¿Podemos no hablar del mentiroso? ¿Te parece bien?

—Si quieres te bailo el agua.

Lea y yo nos miramos con el rostro serio, algo inhabitual entre nosotras.

—No hace falta, pero tampoco quiero hablar de lo mismo otra vez. Borrón y cuenta nueva. No me lo pongas más difícil.

Lea insistía en que yo seguía enamorada de... de Thiago.

—Es que no lo soporto, Alexia. Te estás jodiendo la vida por una... por una tontería.

La miré con gravedad. Ella no sabía la verdad. Nadie la sabía, claro.

—¿Puedes respetarlo?

—Puedo.

—Pues ya está.

Solíamos acabar igual cuando hablábamos de Thiago. Era lógico que Lea creyera que mi reacción era algo exagerada: había asegurado que no quería nada con él nunca más.

«Mi hermano, joder. Mi puto hermano.»

El 21 de enero, un día después de mi cumpleaños, era una fecha que no iba a olvidar en la vida. Maldito día.

Aquella noche la pasé con Thiago, hicimos el amor, dormimos abrazados y al día siguiente fue cuando me enteré de que él era D.G.A. Por supuesto pillé un rebote de los míos, pero Thiago, que empezaba a conocerme, dejó que me marchara de su casa para reflexionar. Hablaríamos más tarde. Pero... cuando llegué al dúplex y leí la carta de mi madre donde decía que Thiago era mi hermano, no pude ni plantearme la posibilidad de hablar con él.

Tenía mil sentimientos encontrados.

¿Me había acostado con mi propio hermano? ¿Me había enamorado de mi hermano? Joder, no podía asimilarlo. Thiago era fruto de la pasión que ya existía años atrás entre mi madre y su padre. Dios. ¿Y mi padre? No, no entendía a mi madre. Si antes la odiaba y la repudiaba, en ese momento la hubiera matado con mis propias manos.

... Necesito que nos veamos donde siempre y hablemos de mi embarazo. Este niño será fruto de nuestro amor, pero los dos sabemos que no podemos estar juntos.

Tuya,

Álex

Guardé el papel en el sobre, lo doblé y miré a mi alrededor pensando dónde podía esconderlo. Joder... Me temblaba todo el puto cuerpo y, si no me daba prisa, me iba a desmayar con aquello en las manos.

El pequeño neceser que me había regalado Lea podía ser un buen escondite. A veces las cosas que dejabas más a la vista eran las que pasaban más desapercibidas. De todos modos, nadie tenía que buscar esa carta y yo me iba a deshacer de ella en cuanto entendiera qué cojones ponía allí, porque no quería ni pensarlo.

¿Hermanos? ¡¡¡No!!! ¡¡¡Hostia, no!!!

Hermanos... No, no, la madre que me parió...

Cerré el neceser y lo escondí en el fondo de mi cajón. Me dejé caer en el suelo y coloqué la cabeza entre las piernas. Lloré durante una hora seguida hasta que me obligué a analizar esas palabras.

Mi madre engañaba a mi padre con el padre de Thiago y se había quedado embarazada de él. Según ese papel ella creía que podía ser hija de Joaquín, pero... ¿y si estaba equivocada?

Si estaba en lo cierto..., ¿me había acostado con mi hermano?

Se me cerró la garganta y sentí que me costaba respirar. Mierda. No podía ser cierto. Aquello era una puta pesadilla.

¿Y mi padre? ¿No era mi padre? Sí, lo era. Él me había criado, pero... Joder, no, no podía ser. No quería creérmelo.

Me pasé aquella hora dándole vueltas a lo mismo y sintiéndome víctima de una mentira. Odiaba a mi madre con todas mis fuerzas. Me había jodido la vida y había roto lo mío con Thiago... Pero, si sabía que él era mi hermano, ¿por qué no había sido más dura con ese tema? ¿Tan hija de puta era? Quizá no lo tenía claro..., yo tenía rasgos de mi padre, ¿verdad?

Empecé a llorar de nuevo pensando que tal vez mi padre no era mi padre... ¿Cómo iba a poder vivir con eso? ¿Cómo iba a mirarlo a la cara cuando lo viera? ¿Qué iba a decirle? «Creo que no soy tu hija... Mamá te engañaba con otro hombre...»

Pero solo fui capaz de sacar cuatro piezas de ropa del armario para colocarlas en mi pequeña maleta, coger el billete de avión que me había regalado Marco e irme a Londres con él.

—Alexia...

Salí de golpe de mis pensamientos y, por el tono de Lea, comprendí que allí había alguien a quien no quería ver.

Sus ojos verdes se cruzaron con los míos y retiré la mirada con desprecio. Era mi única arma, joder. Despreciarlo, aborrecerlo y rechazarlo una y otra vez. ¿Cuántas veces le había dicho ya que era un mentiroso de mierda? Y cada vez que lo hacía mi corazón se rompía y uno de sus trozos caía al vacío en un pozo que empezaba a pesarme. Pero no podía contarle la verdad: «¿Sabes, Thiago? Realmente te dejé porque somos hermanos. ¿Cuándo me vas a presentar a una cuñadita?».

—¿Alexia? ¿Vas a llorar? —Lea me devolvió a la realidad.

Tragué saliva intentando que esas lágrimas no llegaran a salir.

—No —respondí más bien seca.

—Joder... —Lea resopló cruzándose de brazos.

Escondí mis ojos en el móvil. No quería cruzar la mirada con Thiago. Entendía que él podía hacer lo que quisiera, pero no me entraba en la cabeza que siguiera yendo a El Rincón sabiendo que yo estaría allí y sabiendo que no quería verlo ni en pintura.

Abrí Instagram y fui mirando algunas Stories. Evidentemente había eliminado el perfil de D.G.A. y todas nuestras conversaciones. Thiago había intentado explicarme más de una vez que aquel mismo día me lo iba a contar todo, que había quedado con su tía, la pelirroja, para decírmelo...

Al principio no contesté a sus llamadas, así que cuando volví a pisar el campus tras aquella semana en Londres, Thiago me esperaba.

—Alexia...

—¡Ni me nombres!

—Joder, nena...

Lo miré furibunda. Debía mostrar que estaba muy enfadada y debía cortar por lo sano cualquier relación con él. Era mi hermano, vale, pero para mí ya no era nadie.

—Te lo voy a decir solo una vez, Thiago. No quiero saber nada de ti.

—Pero..., Alexia, vamos a hablar, por favor.

—¡No!

Seguí mi camino y lo ignoré. Sentí el peso de su mirada y supe que aquello no iba a acabar ahí.

Discutimos muchas veces tras aquel primer contacto. Thiago quería explicarse y yo no le dejaba. Al final nos gritamos como dos locos en la sala de estudio. Él no entendía nada y yo estaba desquiciada: que el chico del que estás enamorada no tire la toalla, que ese mismo chico sea de tu sangre... es para volverse loca.

—¡¡¡Hostia puta, Alexia!!! ¿Me mentiste o qué cojones te pasa?

—¡Tú mentiste!

—No fue queriendo y te lo iba a contar.

—¿Después de meses?

—¡Joder, no fueron meses!

Nos quedamos mirando echando fuego por los ojos porque el deseo entre nosotros seguía latente.

—¿Sabes qué creo? Que has jugado conmigo.

Cerré los ojos unos segundos al oír sus palabras. Yo, en su lugar, hubiera pensado lo mismo. Realmente lo de D.G.A. había sido una cagada, pero no era para tanto... al menos no tanto como para odiarlo de ese modo.

—Follamos y ya tuviste bastante, ¿es eso?

No quise responder porque me daba miedo ponerme a llorar.

—¡Hostia, Alexia! ¡Sé sincera! ¡Dime la verdad!

—La verdad es la que es y no quieres oírla. Es simple, no quiero verte ni saber nada de ti.

Lo dije con calma, con una frialdad que incluso a mí me asustó.

Me miró incrédulo y alcé la barbilla para asegurarme de que me sentía orgullosa de aquellas palabras. En parte quería que me odiara y que dejara de perseguirme por los pasillos.

Thiago se fue con los ojos acuosos y yo me apoyé en una de las paredes negando con la cabeza. Con muchas más disputas como aquella iba a terminar bien jodida.

Yo todavía lo quería. Pero no podía quererlo.

Me pasé varias noches llorando, una tras otra. Las pesadillas regresaron con más fuerza. Aparecía Antxon ensangrentado, aparecía mi padre renegando de mí una y otra vez, y a veces aparecía Thiago rogándome una oportunidad que jamás le daba.

—Novata, dame solo un minuto... —me decía.

—No puedo.

—¿Por qué, pequeña?

—No me llames así.

—¿Por qué? Siempre serás mi pequeña.

—No... no...

—Sé que me quieres. Veo cómo me miras.

—No, Thiago, no podemos estar juntos.

—¿Por qué dices eso? ¿Hay algo que no me cuentas? Es eso...

Y entonces yo empezaba a correr como una desesperada, pero no llegaba a ningún lado y me pasaba la noche sudando y llorando.

—Alexia, te suena el móvil.

Miré a Lea y seguidamente a mi teléfono. Joder, últimamente no daba pie con bola.

—¿Hola?

—Muñeca, soy yo.

—Marco...

Lea me miró alzando las cejas y yo me levanté para salir de El Rincón.

—¿Qué tal? —acerté a preguntar.

—Yo igual de buenorro, ¿y tú?

—Yo igual de agilipollada —respondí medio sonriendo.

Vi de reojo a Thiago, que estaba sentado solo en una mesa leyendo un libro, y me obligué a no mirarlo más de la cuenta.

«Es tu hermanito mayor.»

—Te llamaba para saber si haces algo esta noche.

—Eh..., pues hay una fiesta en Magic y pensaba ir con las chicas.

—Es verdad, algo me ha dicho Gregorio. Quizá nos veamos allí —dijo tanteando el terreno.

—Entonces me tocará invitarte a mí, te debo unos chupitos.

Nos reímos al recordar la noche en que nos bebimos casi una docena de chupitos de tequila entre los dos. Fue el segundo día que pasé en Londres y salimos de aquel pub inglés con una peana que no podíamos con ella. Yo estaba destrozada, no podía explicarle a nadie el porqué de mi desdicha y Marco resultó ser un buen hombro en el que apoyarme. Se portó genial conmigo porque sabía que algo me ocurría, pero en ningún momento me agobió ni tampoco intentó meterme la lengua en la garganta.

Había aparecido en su *loft* de repente y me abrió la puerta como si fuera lo más natural. Supuse que mi mirada, mis ojos rojos y mis pocas ganas de nada lo dijeron todo. Marco se convirtió en ese momento en mi ancla para no irme a la deriva, algo que no olvidaría nunca y que explicaba que entre él y yo se hubiese creado un fuerte vínculo que nadie entendió cuando regresé a Madrid. Se especuló incluso con que había dejado a Thiago para estar con mi jefe. Me dio absolutamente igual. Había vivido toda mi vida ignorando las opiniones de los demás. Yo era más fuerte que todo eso.

Pero ¿era lo suficientemente fuerte como para dejar de amar a Thiago? De eso no estaba tan segura.

2

—Cariño, siempre puedes elegir... —me había dicho mi padre.

—No, papá. No es tan sencillo.

—Pero la historia con ese chico, ¿no se puede solucionar?

—No, es imposible.

—¿Quieres hablar de ello?

—Prefiero no darle más vueltas, papá —le había contestado.

¿Cómo iba a decirle a mi padre la verdad? Joder, estaba rodeada de mentiras, y lo más jodido era que yo llevaba el peso de todas ellas.

Mentía a mi padre, a Lea, a Thiago... Pero tampoco tenía otra alternativa. Me creía lo suficientemente fuerte como para poder soportarlo. De momento.

Había aprovechado aquella escapada a Londres para ir a ver a mi padre, por supuesto. Lo llamé y nos vimos inmediatamente porque se asustó al saber que estaba en la ciudad. Le dije una verdad a medias, como a todo el mundo. Tenía muy claro que el secreto de mi madre se iría conmigo a la tumba. ¿Qué necesidad tenía de hacer daño a más gente? Mi padre siempre sería mi padre. Y en cuanto a Thiago..., era complicado porque toda su familia podía verse involucrada. ¿Cómo iba a decirle que compartíamos padre? ¿Quién era yo para romperlo todo? Bastante tenía con lo mío.

Había pasado del asco a la pena y de la pena a la rabia. Me sentía enfadada con el mundo muy a menudo. Me había enamorado de un chico por primera vez y resultaba que era un imposible gracias a mi madre. Una madre a la que yo le importaba bien poco.

—Alexia, ¿sales otra vez?

Miré a mi madre por encima del hombro y pasé de responder a su pregunta. Desde que había leído aquella carta las cosas entre nosotras habían empeorado muchísimo.

Primero porque yo me había ido a Londres sin decir nada. Después porque mi comportamiento con ella no era nada agradable. Lógicamente toda mi rabia acababa recayendo en ella. Sus mentiras me habían jodido la vida y para mí era la única culpable de todo lo que me sucedía. Ella había elegido putearme y yo no tenía más opción que odiarla.

—Adiós, Snoopy, que te sea leve la compañía —le dije al gato de mi madre para que viera que me importaba más aquel animal que ella.

—Muy bien, Alexia. Sigue así y acabarás como tu abuelo. Bebiéndose el dinero y rodeado de putas.

No le hice caso y cerré la puerta de golpe.

«A ver si le cae el dúplex encima de esa estúpida cabeza.»

Los pensamientos de irme de allí cada vez eran más frecuentes; había llegado a un punto en que su sola presencia me molestaba. Para mí era la culpable de todos mis males. Había tomado la decisión de quejarme menos y empezar a mover ficha. Ya tenía diecinueve años y había mucha gente de mi edad que se espabilaba sola. Podía empezar a mirar pisos y eso mismo fue lo que hice aquella mañana.

—Vaya, ¿alguien busca piso? —Thiago se sentó a mi lado con su habitual descaro.

Todo era más fácil cuando estábamos enfadados, pero no podía actuar como una niña de diez años, huyendo cada vez que él aparecía. Yo estaba con Adri y Lea, así que tuve que aguantarme.

—Alexia busca piso —respondió Adri con rapidez.

Thiago me miró y yo me hice la sueca.

—¿Y eso? —Su tono de preocupación me llegó al corazón.

Él sabía cuál era la situación con mi madre.

—Ya me toca, ¿no? No voy a estar siempre tras las faldas de mi madre. —Mi tono era irónico y Thiago supo que lo decía por él.

Sonrió a medias y chasqueó la lengua en un gesto chulesco.

—Pero ¿lo pagarás tú?

Lo miré fijamente y sus ojos verdes me traspasaron. Leí en ellos deseo, cariño y amor, todo a la vez.

—Eso no es cosa tuya —respondí sin querer darle más explicaciones.

No éramos amigos. No éramos nada.

—Oye, pues podríamos compartir piso, ¿no? —dijo con desparpajo.

—¿Y si nos vamos los cuatro? —añadió Adri, divertido.

—¿Has bebido de buena mañana? —le preguntó Lea alzando las cejas ante la salida de su chico.

—A ver, Lea, estos dos acabarán...

No terminó la frase y lo miramos esperando el final.

—Bueno, pues eso —dijo sin saber cómo salir del lío en el que él solo se había metido.

—Adri, si no te importa, prefiero vivir sola.

—Pero aceptarás visitas, ¿verdad? —me preguntó Thiago.

—No, será un piso no apto para mentirosos.

—¡Ah! Entonces podré ir...

—Ni lo sueñes.

Volvimos a mirarnos del mismo modo. ¿No se daba por enterado? Adri y Lea nos observaban alternativamente.

—¿Puedes decirle a tu amigo que me olvide? —le pedí a Adri mientras me recostaba en la silla.

—Amigo, olvídala —le dijo Adri, y me hizo reír.

—Amigo, no puedo —contestó Thiago.

Un escalofrío me subió por la espalda hasta la cabeza. Era aquella maldita sensación que me recordaba que yo seguía colada por él.

—Dice que no puede —me informó Adri sonriendo.

—Dile que lo intente —insistí.

—Amigo, inténtalo.

—Dile que estoy enamorado de ella.

Joder... Cerré los ojos unos segundos al oír sus palabras, pero no dije nada. Cogí mi móvil y los ignoré a los tres. Al momento recibí un mensaje en el móvil.

Él le dijo que estaba enamorado de ella. Ella no respondió.

Volví la vista hacia Thiago y vi que estaba trasteando con su móvil, pero no me miró.

Ella ya se lo había dicho todo.

Él no la creía. No le preguntes el porqué.

La vida es complicada.

Lo sabía.

Mierda..., ya había hablado más de la cuenta. Thiago no era un tío lelo que no pillara nada, al contrario, era demasiado listo.

No la líes más.

Parece que no me conozcas. Soy más terco que tú. Lo descubriré.

No hay nada que descubrir.

Él seguía sin creerla porque sabía leer en sus preciosos ojos.

Leí aquella frase varias veces, Thiago era duro de pelar y sabía qué decir en cada momento. No podía flojear, no podía.

Ella sabía que con el tiempo él acabaría creyéndola.

Te quiero, nena.

Se me resbaló el móvil de las manos y se me cayó al suelo.

—Joder —murmuré por lo bajo recogiéndolo.

Afortunadamente seguía intacto.

—¿Todo bien, Alexia? —me preguntó Thiago con su tono chulesco.

—Perfecto —le dije pensando que me iba a volver loca con esos cambios de actitud.

En el móvil se desnudaba ante mí y charlando con Lea y Adri parecía el chulo del barrio.

¿Y no me encantaba eso?

Aquel jueves llegamos a Magic pasadas las doce de la noche porque a Natalia se le había antojado ir a cenar a un japonés donde había demasiada gente. De todos modos, había valido la pena ver a Lea pelearse con los palillos para coger el sushi.

—Ya te digo yo que esos japoneses no tienen ni idea.

Natalia y yo nos reímos porque ella seguía en sus trece de que aquello era un atraso.

—Eso es como si yo dijera que prefiero hacer señales de humo a hablar con el móvil. Claro que sí.

—¿Lo de siempre? —les pregunté acercándome a la barra.

Las dos respondieron afirmativamente y le pedí al camarero tres gintonics. El chico me los sirvió con una mirada sensual ante la cual no puse los ojos en blanco para no parecer una antipática, pero últimamente me fastidiaba que el género masculino quisiera algo conmigo. No estaba nada receptiva, era verdad. Pero era normal porque yo seguía enamorada de Thiago.

«Qué mala suerte la mía...»

A veces pensaba que si hubiese estado Antxon a mi lado todo habría sido más sencillo. ¿Qué me hubiera dicho? Thiago no era para ti, simplemente. No, no, estaba segura de que me habría consolado, habría intentado animarme e incluso habría bromeado con el tema. Algo como lo que hacía Lea, aunque ella no sabía toda la verdad. Podía habérselo explicado, pero me moría de la vergüenza. Por mi madre, por mi padre y por mí. Era... era muy fuerte. Y no quería que ella se comiera ese marrón.

—Aquí tienes, preciosa.

—Gracias.

Le di el dinero, pero me devolvió el billete con un gesto de negación.

—Estáis invitadas —comentó alzando las cejas.

—¿Eh? No, no, gracias —respondí pensando que no quería que el camarero acabara pidiéndome el número de teléfono.

—Ha sido el chico aquel —dijo señalando hacia uno de los lados de la barra.

¿Qué chico? Me volví hacia donde me indicaba el camarero. ¡Joder! Era Thiago... Genial.

—Lea, ¿qué coño hace Thiago aquí? —le pregunté de malas maneras cuando le di la copa.

Ella me miró arrugando la frente.

—Petarda, tranquila. A mí no me mires. Estamos en una fiesta de la universidad, no sé por qué te extraña tanto, y Adri está fuera, ¿recuerdas?

Sí, lo recordaba perfectamente. Adrián se había ido aquel fin de semana con sus padres a visitar Barcelona. Lea me había explicado todo el recorrido que su chico quería hacer por la ciudad mientras yo pensaba que tenía en la mesilla el regalo de Thiago: dos billetes de avión para ir a Barcelona... junto a esa pulsera rosa que me había regalado donde se podía leer AQUÍ EMPIEZA NUESTRA HISTORIA, A&T. Qué lejos quedaba ya todo y qué poco había durado esa historia, joder.

—¿Está Thiago aquí? —preguntó Natalia, preocupada, sacándome de mis pensamientos repetitivos.

—Nos acaba de invitar a estos gin-tonics —respondí con una sonrisa bien falsa.

Ambas lo buscaron con la mirada.

—Ni se os ocurra decirle nada —les ordené de inmediato, y las dos se volvieron de repente.

—Joder, Alexia, estás un poco sosa, ¿no?

—Lea, yo no me vendo por una copa.

—Alexia, él solo quiere acercarse a ti —comentó Natalia con más suavidad.

—¿Tengo que decírselo en ruso? Ya sabe que no quiero nada con él.

¿Es que no tenía orgullo? Joder. Me dirigí hacia él como un rayo, sin pensar qué le iba a decir.

Estaba solo, apoyado en la barra y con una copa en la mano. En cuanto me vio la dejó con parsimonia a un lado y se cruzó de brazos.

—De nada —dijo al ver que a mí no me salían las palabras.

Verlo de cerca, tenerlo tan a mano, sentir su aroma, disfrutar de esos ojos verdes... todavía me resultaba difícil.

—Oye, Thiago, no necesito que me invites a nada.

—Ya sé que siempre quieres pagar a medias. Más tarde me invitas tú a una.

—¿Qué es lo que no entiendes? No quiero cruzar ni media palabra contigo.

—Por eso has venido —comentó con una sincera sonrisa.

Yo sabía que estaba dolido, tanto o más que yo. Pero a veces parecía que todo aquello le divertía, y a mí me exasperaba.

—He venido porque estoy hasta los ovarios de tener que repetirte lo mismo una y otra vez. Que pareces...

—¿Tonto? —preguntó alzando las cejas—. Probablemente lo parecería si no supiera que sientes lo mismo que yo siento por ti. Yo en lugar de tonto prefiero creer que soy un luchador. ¿Qué hay de ti? ¿Rencorosa? ¿Orgullosa? ¿Perfecta? A veces creo que piensas que tú no la cagas nunca, y estás muy equivocada. Te perdoné lo del sobre aquel porque para mí eras más importante tú que tus cagadas.

Lo miré con gravedad sabiendo que tenía razón en todo lo que decía, pero él no sabía que éramos... éramos hermanos. Tragué saliva al pensarlo. Me costaba hacerme a la idea y lo miré detenidamente para observar cualquier detalle que me confirmara que nos parecíamos. Siempre me había dado la impresión de que Thiago tenía un aire a su madre, pero ahora... ahora ya no sabía nada.

—Alexia..., nena... En serio, ¿no vas a perdonarme?

Su tono lastimero y su mirada transparente me llegaron al alma. El corazón me pedía abrazarlo, acunarlo en mis brazos y colmarlo de besos, pero mi cabeza sabía que aquello no era posible.

«Incesto.»

Di un paso atrás y le dije que no con la cabeza.

—Jamás —le respondí con rabia antes de irme de allí.

Thiago creía que esa rabia era por lo de D.G.A., pero la realidad era otra. Esa rabia afloraba ante lo impotente que me sentía en aquella situación. Una lágrima quiso brotar de mis ojos, pero me obligué a no llorar.

—¿Qué? —me preguntaron Lea y Natalia al regresar junto a ellas.

—Nada. ¿Bailamos?

Las arrastré hacia la pista, copa en mano, y fingí pasármelo bien. No quise saber nada de él, pero cuando vi a Lea mirando más de la cuenta hacia donde estaba Thiago, no pude evitar querer saber qué carajos le interesaba tanto a mi amiga.

Thiago estaba con una tía. La tipa coqueteaba descaradamente con él. Se reían, se toqueteaban mutuamente y hablaban muy cerca el uno del otro. Estaba claro el final.

Retiré la mirada. Lo único que iba a lograr era hacerme más daño y ya tenía suficiente. Debía rechazar al chico que amaba y que seguía insistiendo en que le diera una oportunidad después de haberlo mandado a la mierda mil veces y de mil maneras. Para bajarse de la vida...

Seguí intentando disimular ante mis amigas todo lo que pude, no quería salpicarlas más con esa historia. Al regresar de Londres tanto Lea como Natalia se habían volcado en mí y en mis lloreras. No entendían mi decisión, pero me apoyaron en todo momento. Una vez más, habían demostrado que eran las mejores amigas que podía tener.

—¡Genteeeeee! —El *disc jockey* bajó la música y empezó a hablar por el micrófono—. La gente del campus Madrid On os quiere dar las gracias por todo vuestro apoyo y por ser tan generosos con vuestras aportaciones. Por eso mismo los organizadores han querido daros una sorpresa...

El *disc jockey* empezó a nombrar las distintas facultades que participaban y a nombrar a gente para que subieran a la tarima. Nosotras mirábamos hacia allí con una sonrisa. ¿Qué iban a hacer? En Magic podía ocurrir de todo.

—Alexia Suil, de Traducción e Interpretación...

—¡Tía! —gritó Lea riendo—. ¡Aquí! ¡Está aquí!

La madre que la parió.

—Señorita Suil, vaya subiendo —dijo el *disc jockey* mirándome directamente.

No me quedó más remedio, claro.

—Y que también se acerque Thiago Varela, de Traducción e Interpretación.

«No, no...»

Quise escapar, pero la mano de uno de los organizadores estaba cogiendo la mía para ayudarme a subir aquellas escaleras.

De puta madre.

Busqué con mis ojos a Lea y Natalia y vi que estaban tan alucinadas como yo. Aunque cuando me crucé con esos ojazos verdes tuve clarísimo que aquello era una encerrona. Allí no había ninguna casualidad; Thiago se las había ingeniado para que ambos subiéramos allí arriba.

—¡Muy bien, chicos! Esto es muy sencillo. Nosotros ponemos música y vosotros bailáis la canción en representación de vuestra facultad. La pareja ganadora tendrá un pase vip para Magic y, además, conseguirá para su facultad las ganancias totales de la entrada de la próxima fiesta que organicéis con ¡¡¡nosooootros!!!

La gente empezó a silbar, a dar saltitos y a gritar de alegría.

Muy bien, me tocaba bailar con él y encima debía ponerle ganas. Mandaba huevos la cosa.

—¡¡¡Vamos, Alexia!!! ¡Que no se digaaaaaa...! —Esa era Lea, por supuesto.

Thiago se colocó frente a mí y yo sentí unas tremendas ganas de huir. Pero ¿qué iba a parecer? ¿Que era gilipollas? Eso como mínimo.

Vale, iban a ser como mucho cinco minutos. Podría soportarlo.

3

Empezó a sonar «With or Whithout You» de U2 y no me lo pude creer. Dios...

Thiago comenzó a chasquear los dedos de su mano mientras se acercaba a mí en plan John Travolta. Me reí por dentro, sí, porque era todo un personaje, pero no le mostré en ningún momento que me parecía muy graciosa su manera de moverse. Thiago bailaba bien y sabía contonearse al ritmo de la música, pero yo seguí mostrándome más bien fría.

«*Contigo o sin ti, contigo o sin ti. A través de la tormenta alcanzamos la orilla. Tú lo das todo, pero yo quiero más...*»

—Y te estoy esperando...

Thiago clavó sus ojos en los míos y noté que me derretía un poco. Sabía que estar cerca de él era contraproducente para mi salud mental porque me costaba controlar lo que me hacía sentir, a pesar de que supiera quién era realmente. Yo me había enamorado de Thiago Varela, independientemente de todo lo demás.

Por suerte cambiaron de canción, aunque no sé qué fue peor porque sonó «Sin pijama» de Becky G.

«*Si tú me llamas nos vamos pa' tu casa, nos quedamos en la cama. Sin pijama, sin pijama...*»

Había otras parejas bailando allí arriba, pero a mí me daba la impresión de que todos los ojos estaban puestos en nosotros dos. La gente nos animó con esta canción y Thiago se vino arriba al cogerme de la cintura.

Empezó a bailarla con sensualidad y provocó más vítores, sobre todo femeninos.

Tenía dos opciones: o parecer una panoli o bailar con el mismo entusiasmo que él. Y yo siempre había destacado por ser una chica con dos pares.

«A bailar, Alexia...»

Me dejé llevar por el ritmo y no quise pensar en todos los malos rollos que arrastraba últimamente. Por unos segundos fui Alexia, la chica de diecinueve años que era feliz, que disfrutaba de la vida y que bailaba con el chico más guapo del mundo.

Thiago me sonrió y yo le devolví el gesto antes de mirar hacia otro lado. No era necesario mantener el contacto visual durante tanto tiempo.

Seguidamente sonó «Shake It Off» de Taylor Swift y nos separamos para bailarla.

«*Los rompecorazones van a romper, romper, romper...*»

Nos miramos durante unos segundos, más serios, y yo recé para que Thiago no dijera una palabra porque entonces saldría corriendo. Pero, por lo visto, me conocía bastante bien y no dijo ni mu.

—¡Última canción y elegimos a los ganadores! ¡¡¡Vamooos!!!

Sonó entonces «Maquillaje» de Mecano y la gente gritó entusiasmada. Yo me quedé bloqueada y mis pies se detuvieron de repente.

«*No me mires, no me mires. No me, no me, no me mires. No me mires, déjalo ya...*»

Thiago me agarró de la mano y sentí la presión de sus dedos, pero yo estaba en mi mundo. Pensando en Antxon, pensando en que él adoraba a ese grupo y pensando que no podía bailar aquello.

Mi compañero de baile acercó su cuerpo al mío, me abrazó y yo me dejé querer.

—Alexia, ¿estás bien?

No pude responder y me quedé absorta en mis pensamientos hasta que me di cuenta de que Thiago estaba tocándome demasiado.

—Perfectamente. Que corra el aire —le dije apartándome de su cuerpo mirándolo con asco.

Me dolía comportarme así con él, pero no tenía elección.

—Mientes —afirmó con seguridad.

—Tú qué sabrás... —le espeté mosqueada.

—Te conozco.

—No me conoces una mierda —le repliqué cada vez más cabreada.

—Esa parejaaa... ¡Vamos, chicos, que es la última! —El *disc jockey* nos llamó la atención y entonces me di cuenta de que no era plan de montar un numerito allí arriba.

Thiago me volvió a coger, obviando mi mal humor, y empezó a bailar con tantas ganas que me vi obligada a seguirlo. Al final de la canción me acercó a su cuerpo con un movimiento rápido y nos miramos fijamente.

«... y mírate y mírate»

—No dejaré de hacerlo. De mirarte...

Su tono sensual se coló en mi cabeza y por unos momentos deseé besarlo. Sentir sus labios junto a los míos, mordisquear su piel o recorrer con mi lengua la suya...

Me separé de él una vez más y de forma brusca. Quise irme de allí, pero el *disc jockey* se había propuesto fastidiarme la noche, sin saberlo, claro.

—¡¡¡Nuestra pareja ganadora es... Thiago Varela y Alexia Suil!!! ¡Chicos, nos ha encantado vuestra interpretación en esta última canción! ¡¡¡Esa pelea simulada ha sido lo mááás!!!

Madre mía... ¿No parecía un chiste?

Nos aplaudieron y gritaron nuestros nombres mientras el *disc jockey* nos pedía nuestros datos. Habíamos ganado por goleada y no lo entendía porque yo no había puesto mis cinco sentidos en bailar con Thiago. Supuse que esa conexión especial que teníamos seguía ahí, quisiera o no.

Al bajar de la escalera sentí su respiración muy cerca de mí, pero lo ignoré y me dirigí hacia donde estaban mis amigas, que me habían animado como unas auténticas *hooligans*. Pero Thiago era más cabezota que yo y volvió a coger mi mano para detenerme. Ese simple contacto hizo que una descarga eléctrica recorriera mi columna, pero debía mantener el juicio en todo aquel asunto: no podíamos estar juntos, punto.

—Alexia.

Me volví hacia él.

—¿No me has castigado ya bastante?

Thiago seguía pensando que mi enfado era un arrebato de los míos y yo ya no sabía cómo hacérselo entender.

De reojo vi a Marco.

¿Y si...? No, no. No estaba para tonterías. Si Thiago no me creía, allá él. No iba a liarme con Marco para que él abriera los ojos. No iba a jugar con nadie y menos de esa manera. Siempre había presumido de ser honesta y no quería empezar a parecerme a las amigas del ojazos.

—Thiago, hemos terminado. Esto no es una pausa ni un berrinche ni nada que vaya a tener una continuidad.

—Pero ¿por qué?

Me dolía ver que en algunos momentos dejaba a un lado todo su orgullo para intentar entenderme. Al principio pensé que en un par de semanas se le iría pasando. Era un tío de veintiún años rodeado de tías buenas y creí que no tardaría demasiado en olvidarse de una chica que actuaba como una cría. Pero me equivoqué de largo, lo que significaba que Thiago tenía sentimientos verdaderos. Como yo por él.

—Porque las cosas son así. Yo no quiero estar con un mentiroso.

—¡Joder, Alexia! Te lo he dicho un millón de veces... Cuando me enteré de que eras la chica de Instagram, tú y yo apenas nos hablábamos...

—Y tuviste los santos cojones de seguir jugando conmigo.

—Salías con Nacho —dijo en un tono más seco.

—Y tonteaba con Apolo. Lo sé perfectamente. ¿Ves? Yo tampoco soy de fiar.

Me daba igual echar mierda sobre mí. Era la verdad, pero además pensaba que así Thiago vería que yo no era la chica ideal.

—Apenas tonteabas, Alexia —dijo cansado—. Era yo quien siempre te buscaba las cosquillas.

Nos miramos unos segundos en silencio. Me encantaba Apolo, amaba a Thiago y de un plumazo me había quedado sin ninguno de ellos. Menuda mierda.

—¿Qué quieres que te diga? ¿Quieres que te perdone? Vale, ya está. Ahora cada uno sigue su camino y lo dejamos así. No voy a volver contigo porque no podría confiar en ti. Tú mismo dijiste que la confianza es algo fundamental en una pareja. Lo nuestro está acabado y yo no quiero empezar una relación con alguien... así.

—No te entiendo. —Se pasó la mano por el pelo, nervioso.

—No es necesario. Cuídate —le dije esperando que fuera nuestra última conversación.

Pero nunca lo era. Thiago era perseverante y cuando se le metía algo entre ceja y ceja era complicado que cambiara de opinión. Solo podía confiar en el tiempo, esperaba que con el paso de los días se diera cuenta de que yo iba muy en serio. Lo deseaba con todas mis fuerzas porque para mí era el doble de difícil que para él. Lo quería, lo deseaba, lo echaba de menos y encima me veía obligada a rechazarlo, me veía obligada a recordarme demasiado a menudo que era mi hermano y que no podía quererlo de esa forma.

En cuanto regresé con mis amigas, Lea me sometió a un interrogatorio de los suyos: ¿Qué te ha dicho? ¿Qué quería? ¿Por qué no os sentáis y habláis tranquilos?

Ella tampoco me comprendía. Lógico, pero mientras yo tuviera claro por qué lo hacía era suficiente. En algún momento había estado a punto de decírselo, pero era algo demasiado grave para contárselo. Conocía muy bien a Lea y, así como yo era capaz de mantener el tipo, ella no. Ella era transparente, le costaba un mundo fingir y sabía que Adri o incluso Thiago acabarían notando que Lea estaba demasiado distinta. No era necesario poner en esa situación a mi mejor amiga por una pifiada de mi madre.

No era la primera vez que le omitía información. Toda la historia de Antxon me costó meses soltarla y ella tuvo la paciencia de un santo conmigo. En estos momentos Lea pensaba que mi actitud no estaba siendo normal, pero yo no podía soltar prenda ni darle la más mínima pista de que escondía algo. Mi versión siempre era la misma y así no había fallo alguno: Thiago me ha mentido, me ha engañado, se ha burlado y ha ido recabando información sobre mí de una forma muy rastrera.

Mentira.

No pensaba eso. Sí era cierto que cuando me enteré de que él y D.G.A. resultaron ser la misma persona me enfadé muchísimo, pero poco a poco me di cuenta de que Thiago había usado algunas cosas para acercarse más a mí, sin malicia. Yo hubiera hecho lo mismo. La verdad era que aquella cuestión era fácilmente perdonable, pero al descubrir el secreto de mi madre no tuve más remedio que usar la estrategia de hacer creer a todo el mundo que no podía disculpar esa pequeña pifiada. Y todo el mundo lo aceptó, excepto Lea. Y Thiago, claro.

—Mira, Alexia, tú no has visto cómo bailabais ni cómo os mirabais. Yo solo te digo eso.

—Sí, muy bien.

—Joder, que al principio estuvieras cabreada como una mona era lo normal, pero ahora... No sé qué te pasa. —El tono cariñoso de Lea me llegó al corazón y suspiré maldiciendo a mi madre.

—Lea, solo te pido una cosa: que estés a mi lado.

Nos miramos con intensidad, como si con esa mirada nos dijéramos muchas más cosas que hablando.

—Lo estoy y lo estaré, lo sabes.

Le di un abrazo repentino porque, si ella me fallaba..., ¿qué me quedaba? Nada..., joder, absolutamente nada.

—Y, sea lo que sea, cuando quieras me lo cuentas —susurró en mi oído.

Dios, Lea me conocía más de lo que pensaba...

No respondí, pero quien calla otorga.

—¿Esto qué es? ¿Un dos por uno? —Marco nos abrazó a Lea y a mí rodeándonos con sus brazos musculosos, y mi amiga y yo nos reímos—. ¡Oh, Dios! Esto es la puta gloria. Yo quiero morir así, con un par de tías buenas bien cerquita.

Lea le dio un codazo y Marco fingió que lo había doblegado en dos.

—Puedes partir nueces con ese codo, rubia.

—Mientras solo sean nueces. Cuidadito conmigo que tengo novio —le dijo ella bromeando.

—¿Ese novio XXL?

Marco siempre se metía con Lea y a ella le encantaba picarse con él. Desde que yo había estado con mi jefe en Londres entre nosotros tres había muy buen rollo y Marco se había convertido en un amigo con quien solía hacer planes. Durante aquellos días que me escapé a Londres fue un gran apoyo y su regalo me vino que ni pintado. Pude huir de Thiago y de mi madre, y además pude ver a mi padre casi cada día, lo que me llenó de energía y me ayudó a pensar con un poco más de claridad sobre ese nuevo bache en mi vida.

—Qué mala es la envidia, bombero —respondió Lea riendo.

—¿Bailas, muñeca? —me preguntó Marco atrapando mi cintura con su habitual descaro.

—A ver quién te dice que no —le respondí con una sonrisa sincera.

Agradecía tener a alguien a mi alrededor que no me recordara constantemente a Thiago.

—Tengo que afianzar mi amistad contigo, ahora que tienes un pase vip de Magic —comentó alzando las cejas.

Me reí por esa bobada. Marco tenía ese pase desde hacía mucho tiempo porque era amigo de un amigo del hijo del jefe o algo así.

—¿Te has presentado voluntaria o los dioses griegos han jugado contigo? —preguntó más serio.

—Más bien lo segundo. No me preguntes si ha sido casualidad porque lo dudo mucho.

—Mañana es viernes, ¿lo sabías? —Marco cambió de tema porque intuyó que prefería no hablar del ojazos y yo me reí por su absurda pregunta.

—Todavía no chocheo.

—Lo digo porque el sábado podríamos ir a Londres, ¿qué te parece?

Lo miré con los ojos bien abiertos.

—Nos vamos el sábado a primera hora y volvemos el domingo por la noche. Hay mucha gente que lo hace para visitar el Big Ben, tú puedes darle una sorpresa a tu padre.

—Pero...

—Tengo que viajar a Londres sí o sí e iba a acompañarme Matilde para tomar notas en la reunión, pero está indispuesta, así que he pensado que podrías suplirla. ¿Qué me dices?

—¿En serio? —le pregunté con una emoción evidente.

Volver a ver a mi padre, a Judith, sentarme con ellos en ese salón de estilo inglés tan entrañable...

—Muy en serio.

—¡¡¡Sí!!! —Me colgué de su cuello como un monillo y Marco me cogió en brazos mientras nos reímos los dos.

—Si es que tengo un *sex appeal*... Ya me lo decía mi abuela.: «Marco, las mujeres van a hacer cola para casarse contigo».

Seguimos riendo como dos críos. Marco era realmente como un niño, pero eso era lo que yo necesitaba: bromas, risas, diversión y un poco de alegría, para variar.

4

MARCO

Cuando supe que me había quedado sin acompañante para viajar a Londres pensé en Alexia al momento. ¿Aceptaría ella venir conmigo?

Últimamente nos veíamos más a menudo, aunque, debido a mi trabajo y a sus exámenes de febrero, habíamos quedado menos de lo que me hubiera gustado, pero no me podía quejar.

Alexia apareció en mi *loft* de Londres como por arte de magia; por un instante pensé que me habían metido algo en el café. Pero no, allí estaba ella, llamando a mi puerta, con los ojos hinchados de llorar y rogando con su mirada que la dejara pasar.

Era domingo y al día siguiente me tocaba madrugar, pero me pasé media noche charlando con ella sobre lo ocurrido con su amigo Thiago. Sabía leer en los ojos de la gente y en los de Alexia había mucho pesar. Realmente estaba colada por ese tipo, así que lo único que pude hacer fue ofrecerle mi hombro.

Dejé a un lado a ese Marco descarado que tonteaba con ella a la que podía y procuré serle de ayuda. Alexia me importaba, tanto como para no intentar llevármela a la cama en un momento de debilidad como aquel. Alguno me llamará idiota; yo hice lo que creí que debía hacer.

Aquellos días que pasamos juntos los disfruté como no recordaba haberlo hecho en mucho tiempo. Alexia, a pesar de estar de bajón, es una chica fuerte y pasamos buenos ratos haciendo de turistas por la ciudad. Todavía hoy recordamos alguna anécdota divertida como cuando nos pedimos la hamburguesa más grande de la carta en The Golden Lion porque los dos estábamos hambrientos después de visitar la abadía de Westminster. Cuando el camarero trajo dos enormes platos con las hamburguesas más grandes que había visto en mi vida, empezamos a reír como locos.

¿Quién mejor que Alexia para ser la suplente de mi compañera? Estaba claro que me gustaba, pero con el respeto que le había mostrado desde el primer día había logrado acercarme mucho más a ella, lo cual a veces me provocaba más de una erección que intentaba disimular a toda costa. ¡Uno no es de piedra, joder! Cuando la veía salir del portal de su casa, con una de esas falditas, con el pelo acariciándole la espalda y con sus preciosos ojos clavados en los míos, no podía evitar empalmarme. Como ahora, al tenerla en mis brazos, en medio de la discoteca y sintiendo el calorcito de su cuerpo cerca del mío.

Joder, esperaba que tanta penitencia valiera la pena porque acabaría pareciendo un salido que se masturbaba a solas a cualquier hora pensando en una chica. Me había acostado con un par de tías desde que Alexia me había reclamado como amigo, pero eso era poco o nada para mí.

—Alexia... —Mi tono era de aviso porque me había abrazado pegando su cuerpo al mío sin ningún reparo y provocaba en mí un deseo irrefrenable.

—¿Qué? —preguntó con su bonita sonrisa

La tenía tan cerca que con un solo movimiento podía tocar sus labios.

—¿Me bajo? —preguntó pizpireta.

—O te bajas o me besas, una de dos —le dije con deseo.

Abrió un poco los ojos y como no respondió me dejé llevar.

5

Sonaba «Vente pa'ca» de Ricky Martin y me dio la impresión de que la canción me empujaba hacia Marco. Sabía cuáles eran sus intenciones, pero no me aparté de él en ningún momento, esperando que sus labios tocaran los míos. Fue un momento de debilidad, necesitaba sentirme deseada y a la vez saber que podía pasar página.

«*Si tu boca quiere beso y tu cuerpo quiere de eso, arreglamos. Si tú quieres un atajo y lo quieres por abajo, yo te llevo bien callao. Vente pa'ca. Vente pa'ca...*»

Marco rozó su boca con la mía y sentí su aliento mentolado junto al mío.

—Alexia... No podré parar.

Quise decirle que se detuviera, que era la mejor opción para los dos, pero también quise saber qué sentiría con él.

Juntó sus labios con los míos mientras ladeaba un poco la cabeza y noté su lengua introduciéndose en mi boca. Era agradable y excitante, Marco me gustaba y mi cuerpo reaccionaba a sus caricias, pero... Thiago... Thiago...

«Es tu puto hermano», me dije a mí misma mientras mi cuerpo se tensaba ante ese pensamiento.

Marco se apartó un poco, como si supiera qué tipo de ideas rondaban por mi cabeza, y me guiñó un ojo a la vez que me bajó de sus brazos.

Me sentí algo descolocada... Me había besado mi jefe, mi amigo, Marco, y existía la posibilidad de que Thiago me hubiera visto porque solíamos controlarnos el uno al otro.

—Alexia. —Me volví ante la llamada urgente de Lea.

—¿Qué ocurre?

—¿Puedes salir conmigo un momento?

La miré extrañada. ¿Era por ese beso?

—Eh..., ahora vuelvo —le dije con rapidez a Marco, y seguí a mi mejor amiga hacia la terraza.

Busqué a Thiago con la mirada y con el corazón en la garganta al darme cuenta de que había dejado que Marco me besara sin pensar en él. No quería hacerle más daño.

Joderrr... Sus ojos de hielo me lo dijeron claramente: Thiago me había visto con Marco. Genial.

Me eché la bronca a mí misma por ser tan poco cuidadosa. Dios. Podía ponerme en su piel y saber qué sentía en aquellos momentos. Yo lo había visto besándose con Débora y todavía me jodía cuando pensaba en ello.

Durante unos segundos tuve la tentación de ir hacia él y explicarme..., pero ¿qué podía decirle? Nada. No iba a solucionar nada. Quizá era mejor que pensara que era una hija de la gran puta.

Nada más poner un pie en la terraza de la discoteca Lea se volvió hacia mí arrugando el ceño.

—Esta vez ha vuelto para quedarse.

—¿De qué me hablas?

Tenía tantas historias en mi cabeza que no entendía las palabras de Lea.

—De Leticia, de la lechuza, de la cabrona que ha vuelto para cumplir con sus advertencias.

Leticia había estado por Madrid lanzando sus duras amenazas, pero tuvo que regresar a Helsinki porque en su casa le exigieron que terminara el Erasmus. Cuando Adri nos lo explicó, Lea y yo saltamos de alegría porque no nos apetecía que aquella tipa rondara cerca para hacernos la vida imposible, sobre todo a Lea.

—Se ve que ha terminado antes de lo previsto. Se lo ha dicho hace unos minutos a Adri y él me ha escrito inmediatamente. En nada la tenemos por aquí.

Lea estaba realmente preocupada.

—Bueno, han pasado más de dos meses...

—¿Y qué? Ella ha seguido acosándolo. Lo sabes.

—Sí, ya. Pero Adri tiene las cosas claras y vosotros dos estáis muy bien, ¿verdad?

Su historia funcionaba, se querían e incluso se lo habían dicho sin miedo alguno. ¿Podía Leticia fastidiarlo todo?

—Sí, pero recuerda cómo se las gasta esa tía. Joder, con lo tranquila que estaba y ahora...

—Ahora nada, Lea. No va a pasar nada porque os queréis y la lechuza sobra en la ecuación.

—Tienes razón, pero me da miedo que... no sé... que haga algo o que la líe de alguna manera.

—Tú disfruta de Adri y no te agobies. Si se da el caso ya iré yo a leerle la cartilla. Total, de perdidos al río. A mí no me puede joder con Thiago.

Lea me miró seria y seguidamente alzó las cejas.

—¿He visto bien? —preguntó señalando hacia el interior de la discoteca, refiriéndose al beso que me había dado mi jefe.

—Ha sido un roce simplón.

—Con lengua.

—Con mi amigo que es mi jefe, nada del otro mundo —le indiqué con un gesto de mano.

Nos reímos las dos y nos abrazamos por la cintura para entrar en la discoteca, pero Thiago me hizo frenar de repente al plantarse delante de mí con cara de pocos amigos.

Lea desapareció de mi lado y él dio un paso más para quedarse a pocos centímetros de mi cara.

—¿Qué cojones haces, Alexia?

No me dio tiempo a responderle porque me asió del brazo y me forzó a seguirlo hacia una de las esquinas de la terraza. Estaba enfadado, lo sabía y lo entendía perfectamente.

—¿Te lías con él en mi puta cara? —preguntó soltando mi brazo.

Me tapé el rostro con ambas manos unos segundos para pensar qué decirle. ¿Qué podía decirle, joder? ¿Más de lo mismo? Estaba harta de pelearme con él.

—Tú y yo no estamos juntos, ¿verdad? —le dije alzando mis manos al aire—. No hay más qué decir.

—No me lo trago, Alexia. No puedo creer que todo esto sea por... por lo de Instagram. Te he visto bajar del burro más de una vez y no puedo aceptar que esto termine así. Por una tontería como esa.

—Para mí no es una tontería.

Cada vez me costaba más defender aquella postura, pero no me quedaba otra.

—Y te lías con él, aquí, sabiendo que estoy a un par de metros de ti. ¿Sabiendo que te sigo queriendo?

Su tono agudo se me coló en el cerebro y me costó sangre, sudor y lágrimas no soltárselo todo en aquel momento: Thiago, cariño, tu padre y mi madre son amantes. Y es algo que viene de lejos porque la dejó embarazada. De mí.

«Somos hermanos...»

—Está bien, dime cuánto tiempo necesitas —le pedí cruzándome de brazos y poniendo mi cara de «me estás aburriendo mucho».

—¿Cuánto tiempo? —preguntó extrañado.

—¿Cuánto te va a durar el luto? Así sabré cuándo puedo liarme con alguien.

Estuve a punto de decir «follarme», pero me mordí la lengua porque me sabía a hiel hacerle daño a Thiago, y ya le estaba haciendo bastante.

Vi la nuez de su cuello subir y bajar con rapidez.

—Eres una...

—¿Una qué? —lo provoqué a conciencia porque le costaba insultarme.

—Una niñata. Débora tiene razón, eres una de esas que no saben lo que quieren y que van jodiendo a los tíos como si nosotros no tuviésemos sentimientos.

Lo dijo con rabia, con rencor y con un tono que me dolió. Casi más que sus palabras.

—Esa soy yo —le dije con altivez.

Por dentro temblaba, pero debía mostrarme fría como un témpano. No podía demostrarle ni un ápice de debilidad.

Thiago cogió mi cara y me apretó las mejillas con sus dedos. Se aproximó para hablarme casi encima de mis labios y abrí los ojos, asustada ante su acercamiento.

—Alexia, voy a joderte la vida. Como tú has hecho conmigo. —Su tono entre ronco y grave despertó el deseo en mí y tuve que cerrar los ojos unos instantes para no sucumbir a la calidez de su aliento—. Estás avisada.

—No me das ningún miedo —le escupí molesta.

—Mejor. No espero menos.

Me soltó la cara y miró buscando algo en mis ojos. Retiré la mirada antes de encontrar la suya.

Pasó por mi lado rozando mi cuerpo con el suyo y una corriente eléctrica recorrió mi columna vertebral logrando que deseara perseguirlo hasta el infinito para comérmelo a besos.

«¡No puedo, joder! ¡¡¡No!!!»

Resoplé apoyando ambas manos en mi frente. Aquello estaba resultando realmente complicado.

Yo, en su lugar, hubiera gritado como una fiera y él venía pidiéndome explicaciones.

—¿Un cigarrillo?

Me volví y me encontré con un chico que parecía sacado de una revista. Demasiado guapo. Pelo negro, ojos azul turquesa y una boca perfilada que probablemente era objeto de deseo de muchas féminas.

—Gracias, lo necesito —le dije en un tono cansado.

—Me lo he imaginado —me comentó con naturalidad mientras me ofrecía fuego.

—¿Tengo cara de fumadora empedernida? —le pregunté con curiosidad.

—No, no es eso —respondió sonriendo—. Te he visto hablar con ese tipo y me he fijado en la cara de agobio que tenías. Soy muy observador —se justificó.

—Vale, me estabas espiando —le repliqué soltando el humo despacio.

—Tanto como espiar...

—¿Y tus amigos? —le pregunté observando la terraza.

—Eh... Estoy solo.

—Ya.

—¿No me preguntas por qué?

Lo miré analizando sus rasgos y me monté en dos segundos mi propia versión: tío bueno que viene a la caza y que no necesita tirar de amigos para llevarse a alguien a su apartamento de soltero. Debía rondar los veintitrés años y por cómo vestía estaba claro que no le faltaba dinero.

—Sorpréndeme —respondí.

En ese momento empezó a sonar un remix de «El Tiburón» de Proyecto Uno y el chico alzó una de las cejas. Allí la música se escuchaba en un tono más suave, pero se oía perfectamente.

—No sé qué tiene esta canción que siempre me entran ganas de bailar...

Dio una vuelta sobre sí mismo y movió las caderas con estilo. Lo miré alucinada y me hizo reír.

—Vale, vale. No soy Patrick Swayze, pero tampoco lo hago tan mal.

—En absoluto —le comenté riendo—. ¿Ese es el actor de la película esa...?

—*Dirty Dancing*, ¿no la has visto? No puedo creerlo —dijo haciendo aspavientos con las manos.

—Señor Hidalgo, perdone. —Un hombre trajeado nos interrumpió de repente cuando se dirigió al chico guapo y yo me quedé impresionada por lo de... ¿señor?

—Dime —le dijo él con el rostro muy serio.

—Al *disc jockey* le ha surgido una emergencia. En treinta minutos debe irse. Ya sabe...

—Sí, ya. ¿Está disponible Miguel?

—Sí, en un cuarto de hora puede estar aquí.

—Perfecto, dígale que venga. Muchas gracias.

—A usted, señor.

Aquel tipo desapareció tal y como había entrado en escena, de un modo extrasilencioso. Parpadeé un par de veces sin acabar de creérmelo: ¿Era el jefe de la discoteca o qué?

—Sí, soy el hijo del dueño —dijo adivinando mis pensamientos—. Y estoy currando. De ahí que me fije en todo.

Nos miramos unos segundos largos y acabé sonriéndole.

—¿Y tienes nombre? Porque seguro que sabes el mío.

Supuse que me había visto subir a la tarima, bailar con Thiago y ganar el premio aquel.

—Javier Hidalgo, pero puedes llamarme simplemente Javi. Encantado, Alexia.

Se acercó a mí sonriendo y me dio dos besos.

—Igualmente —le contesté pensando que era muy joven para encargarse de una discoteca de esas dimensiones—. Por cierto, ¿qué edad tienes?

Él soltó una carcajada y me hizo sonreír.

—Según mi DNI, veinticuatro. Y tú unos... ¿veintiuno?

—Diecinueve.

Automáticamente volvió a alzar esa ceja.

—Las chicas siempre parecéis mayores. ¿Aquel tipo es tu chico?

Vaya, directos al grano.

—¿Es curiosidad profesional o personal?

Nos reímos a la vez.

—Es mi defecto, siempre ando preguntándolo todo —comentó con sinceridad—. Mis amigos me dicen que llevo a una abuela dentro.

—Mejor preguntar que especular, yo tampoco me ando con rodeos.

—Pues pregunta, pregunta —dijo, y me animó a hablar haciendo un gesto con la mano.

—¿Has estudiado...?

—Derecho.

—¿Ah, sí?

—Sí, aquí me encargo básicamente de todo lo relacionado con la legislación y le simplifico la vida a mi padre.

—Y también paseas por aquí espiando a chicas inocentes.

Javi se rio por mi comentario.

—A veces suplo a mi hermano, este es su trabajo, pero está fuera este fin de semana. A mí no me importa venir de vez en cuando. Prefiero estar en la pista con los colegas, pero controlar que todo esté en orden no es tan complicado y a veces conozco a gente interesante. —Esto último lo dijo guiñando un ojo y me hizo sonreír.

—¡Alexia!

Lea y Natalia se acercaron a mí mirándome con extrañeza.

—Mis amigas.

—Lo sé.

Puse los ojos en blanco y él rio.

Hice las presentaciones oportunas y Lea le pidió el pase vip a los dos minutos, menuda era ella. Por supuesto nos dijo que al salir tendríamos los tres pases preparados y le dimos las gracias antes de irnos.

—Nos vemos por aquí, Alexia —me dijo en el oído antes de irme.

—Petarda, estás que te sales, ¿no? ¿Qué pasa? ¿Que no tienes bastante con dos?

—De dos nada —le repliqué picada.

—Bueno..., quizá tienes razón... —comentó Lea con un hilo de voz al ver a Thiago bailar muy pegado a su amiga Débora.

Genial, lo que me faltaba.

6

Me dirigí a la pista sin mirar a mi alrededor, como si llevara orejeras. No quería ver de nuevo a Débora comiéndole la boca a Thiago porque sabía que era lo que terminaría ocurriendo. Marco y yo nos habíamos besado y Thiago haría lo mismo con su amiga. Lo veía venir.

Lea y Natalia bailaban al ritmo de «La gozadera» de Gente de Zona, pero yo no estaba demasiado animada.

—Sosa —me susurró una voz alegre en el oído.

Volví la vista hacia mi derecha y Marco me atrapó entre sus brazos para bailar poniendo caras raras y al final acabé riendo con sus tonterías, como siempre.

—Así no vas a ligar nada —le dije una vez terminada la canción.

—No quiero ligar, muñeca —me replicó sonriendo.

—Estoy muerta de sed, ¿quieres algo?

—Yo invito.

Su mano en mi cintura acompañó sus palabras y nos dirigimos hacia la barra. Lea y Natalia bailaban con sensualidad y las miré con cariño.

«Si fuera lesbiana, todo sería más fácil.»

Era un comentario recurrente entre las chicas, pero últimamente era un pensamiento que me venía a menudo a la mente. Puto Thiago.

Sentía su presencia, su mirada e, incluso, a veces, me daba la impresión de que me llegaban ráfagas de su aroma, cosa poco probable entre tanta gente. ¿Estaba obsesionada? No, joder, estaba enamorada, a pesar de saber qué tipo de relación era la única que podíamos tener.

—Tu gin-tonic.

Cogí la copa de la mano de Marco y, al volverme, vi a Thiago a pocos metros de nosotros, charlando con su amiguita. Sus ojos se clavaron en los míos, como si tuviera algún tipo de sensor que le avisara de que lo estaba mirando. Pasó su lengua por esos malditos labios y me quedé hipnotizada viendo cómo me sonreía a medias, en plan descarado. Sabía qué provocaba en mí ese gesto, incluso se lo había verbalizado en alguna ocasión: no me cansaría de morderte la boca durante horas.

Joder. Dejé de mirarlo porque podía conmigo y con la poca voluntad que sentía en esos momentos.

—¿Todo bien? —preguntó Marco observando mis ojos.

—¿Eh? Sí...

Y una mierda, tenía el pulso disparado.

—¿Esa es su amiga? ¿De la que me hablaste?

Sonreí ante su perspicacia. No se le pasaba ni una.

—La misma.

—Y supongo que está con ella por... ¿despecho?

—Puede ser, no lo sé.

—Sí lo sabes, él quiere volver contigo.

Marco miró por encima de su hombro.

—Ahora mismo tiene un ojo puesto en nosotros. Lo entiendo, no creas. Si yo fuera él...

—¿Qué? —le pregunté divertida.

Aquella era la tercera copa de la noche y empezaba a sentir el cuerpo más relajado y la mente menos espesa. El alcohol no era nada saludable, pero en algunos momentos deberían recetarlo como un somnífero para detener esos pensamientos que me volvían loca.

—Iría a por ti, lo tengo clarísimo.

—¿En plan troglodita?

—Más o menos —contestó riendo.

—Soy muy terca —le repliqué antes de tomar un sorbo.

—Lo sé, pero yo lo soy más. Y tengo cuerpo de bombero, no lo olvides.

Nos reímos por su comentario y Marco se acercó a mí con sus ojos puestos en mis labios.

—Jefe... —le avisé sabiendo sus intenciones.

—Muñeca...

Le gustaba jugar y era divertido, pero no quería que confundiera las cosas. Marco era muy ocurrente y me gustaba, pero yo estaba colada por otro. Y él lo sabía.

Al final lo pensó mejor y se separó de mis labios sonriendo con picardía.

—¿Vamos a bailar? —le pregunté más animada.

—He visto a un amigo al que quiero saludar. Si no te importa, bailamos después, ¿vale?

—Hecho. —Le di un beso en la mejilla y me fui a bailar con las chicas.

Cogí a Lea de la cintura para moverme con ella. Bailamos, nos reímos y acabé la copa, sabiendo que había bebido más de la cuenta, pero me daba absolutamente igual. Necesitaba desconectar, necesitaba no pensar y sentirme una chica normal y corriente.

—Quien tenga pisss que levante la mano —dijo Natalia medio riendo.

—Yo, yo —respondí entre risas.

—Petardas, aquí os espero —comentó Lea sin dejar de bailar.

Natalia y yo le dimos un beso a la vez, cada una en una mejilla, y nos dirigimos al baño. Seguí a mi amiga con la vista puesta en su espalda.

—¿Algo que no deba visualizar? —le pregunté refiriéndome al ojazos.

—Eh... No veo nada.

—Mejor.

Nos pusimos a la cola y charlamos entre nosotras como si no nos hubiéramos visto en semanas. Con Natalia siempre había tema de conversación: que si Ignacio no se decidía, que si su jefe era un auténtico capullo, que si no sabía si comprarse aquellos pendientes de Tous... Yo la escuchaba, aunque de vez en cuando me dedicaba a observar al personal:

una chica con un pelo precioso, una pareja que reía con mucha complicidad, una falda superchula que querría para mí y... el ojazos a nuestro lado, en la cola de los chicos.

«Mierda...»

Afortunadamente entramos en el baño y pude esquivar su presencia.

—¡Alexia! ¿Acabas ya?

—Joder, qué rápida eres. Vete, que quiero retocarme un poco los ojos y los labios, que seguro que parezco un oso panda.

—A mí no me preguntes, apenas veo tres en un burro. Si quieres, te espero.

—No, tranquila, no te preocupes.

Al salir observé que el baño estaba lleno de chicas charlando mientras se miraban en el espejo, se peinaban o se maquillaban. Busqué mi pintalabios rojo cereza y repasé mis labios con cuidado. El alcohol podía hacer estragos y no quería parecerme a Jocker. Me miré y cuando estuve conforme salí intentando andar con paso seguro, aunque me sentía un poco mareada.

«No voy a beber nada más...»

—Sales sola del baño, ¿y eso?

La voz de Thiago saliendo de la nada me sobresaltó, pero su pregunta me dejó muda. ¿Qué coño preguntaba?

—¿Perdona?

—Has entrado con Natalia.

—¿Y qué?

—¿Te has metido coca otra vez?

Lo miré furiosa. ¿Quién se había creído este que era?

—¿Se te ha pegado la gilipollez de tu amiga?

—No sé, como últimamente pareces otra. He pensado que quizá te metías mierda de esa.

¿Cuántas ideas extravagantes habrían pasado por su cabeza para justificar mi decisión de no volver con él?

—Lo que yo haga o deje de hacer no es cosa tuya.

—Mírate, ni tus frases son como antes. ¿De qué libro has sacado esa? ¿O tampoco lees ya?

Thiago estaba realmente molesto y yo iba a procurar no caer en sus provocaciones.

—No creo que sea de tu incumbencia, Thiago.

—No, ¿verdad? Yo me digo lo mismo, pero como veo que me buscas con la mirada.

—Yo no busco nada —le mentí.

Acercó su rostro al mío y yo me eché hacia atrás, pero me siguió como si estuviéramos sincronizados.

—¿Puedes apartarte? —le pregunté, nerviosa.

—¿Por qué? Si tan claro lo tienes.

—Porque no me gusta tenerte tan cerca, así de simple.

Nos miramos fijamente y antes de que mis ojos me traicionaran desvié la vista de él.

—Sigues mintiendo. —Su tono duro me impresionó y hui de su lado antes de que el alcohol me llevara a hacer alguna tontería con él.

«Madre mía, tenerlo tan cerca me pone a mil...»

Thiago tenía razón, le mentía continuamente, pero la razón era de peso, aunque él no la supiera.

Comenzó a sonar «Live It Up» de Nicky Jam, Will Smith y Era Istrefi y la gente se animó a bailar dando saltos y cantando la canción del Mundial. Sonreí al ver a todo el mundo moverse con tanto entusiasmo y sin darme cuenta unas manos me cogieron la cintura y me obligaron a bailar junto a su cuerpo al ritmo de aquella canción.

«*Una vida, vívelo, porque tienes vida...*»

Me reí, sin saber quién era, y me dejé mecer por ese cuerpo hasta que su aroma me rodeó.

Era Marco.

—Vamos, muñeca, hay que disfrutarlo...

Me volví hacia él y bailamos los dos con tanta pasión que no nos dimos cuenta de que nuestros cuerpos estaban casi pegados el uno al otro.

—¡Eh, eh, me estás metiendo mano! —me dijo al oído con su habitual tono bromista.

—¡Qué más quisieras, jefe!

—También es verdad, pero que corra el aire o me veré obligado a usar mis armas de bombero contigo.

Nos miramos unos segundos en silencio y nos pusimos los dos a reír a carcajada limpia. ¿Armas de bombero?

Nos reunimos con Lea y Natalia, que charlaban animadas con un par de chicas en el centro de la pista de baile, y me quedé con ellas. Marco se fue con su amigo a la barra y, como yo no quería beber más, rechacé su invitación de tomar la última copa. Prefería saber lo que hacía, la verdad. El alcohol no podía servirme de excusa para según qué y ya estaba un poco mareada.

—¿Todo bien? —me preguntó Lea sonriendo.

—Todo perfecto —le dije mintiendo un poco.

—Sabes que Débora le importa una mierda, ¿no?

Puse los ojos en blanco y le di la espalda para hacerle que no quería hablar del ojazos. Pero o la mala suerte me acompañaba o Thiago me buscaba porque me lo encontré de frente, a unos pasos de mí, bailando con su amiga del alma.

Se estaban divirtiendo: él sonreía y ella reía. Era fácil dejarse llevar por Thiago porque bailaba realmente bien. Yo había estado entre esos brazos varias veces y lo sabía bien. Joder... O dejaba de pensar en todo aquello o iba a terminar majara.

Me volví en cuanto reaccioné, pero me dio tiempo a ver sus ojos clavados en los míos en el último segundo. No me veía capaz de olvidar esa mirada ni de todo lo que me decía con ella...

—Me prefieres a mí y mis sabios consejos, ¿verdad? —comentó Lea cuando la miré a ella de nuevo.

Sonreí con su broma y ella me cogió para bailar.

—Si no estás con él, es porque tú no quieres. O cierras el tema o vas a por él.

—Cerrado —le dije sabiendo que Lea esperaba que eligiera la segunda opción.

A ella le gustaba Thiago, y no solo porque era el mejor amigo de Adri, sino porque me había visto feliz junto a él.

—¿Cerrado hasta nuevo aviso?

—Para siempre —respondí con seguridad.

—¿Por qué no te creo?

—¿Qué quieres? ¿Que haga como él? Está bien, no me pierdas de vista —le dije señalando mi rostro.

Me fui de su lado, en dirección a Marco y con una clara intención en mi cabeza: besar a mi jefe y convencer a Lea de que Thiago era historia.

7

Marco estaba charlando con un par de tipos, apoyado en la barra y con una cerveza en la mano.

Me volví hacia Lea, que me miraba entre sorprendida y divertida, y le hice de nuevo la misma seña: mírame y verás si está todo cerrado.

—Muñeca, ¿te pido algo? —me preguntó Marco en cuanto se percató de mi presencia.

Lo miré a los ojos y seguidamente a los labios. Era muy atractivo y en ese momento no me pareció mala idea saborear su boca y demostrarle a mi mejor amiga que yo estaba la mar de bien.

Marco abrió los ojos un poco sorprendido y se dejó besar por mí cuando me acerqué a él de repente y marqué mi boca en la suya. Era cálido y agradable a la vez que un poco extraño porque no era... no era Thiago.

Me separé al tener ese pensamiento y lo miré confundida. Era yo quien había dado el paso, pero no por ello dejaba de sentirme rara.

—Eh...

—Lo sientes —dijo él en un tono condescendiente.

No respondí y arrugué el ceño intentando comprenderme a mí misma. ¿A qué jugaba? Marco me importaba y no quería putearlo, joder.

—No le des más vueltas, Alexia. Sé que soy irresistible —dijo bromeando mientras me cogía una mano.

—Lo siento —dije por fin.

—No pasa nada, muñeca. ¿Un agua?

Se volvió hacia el camarero y le pidió la bebida. Yo dejé mi vista perdida entre la gente y no quise volverme porque sabía que Lea leería en mis ojos que había hecho una gilipollez de las mías.

Yo y mis impulsos, era la historia de mi vida.

—Tu agua.

Me dio la botella y le di las gracias, sobre todo por no aprovecharse de ese momento de debilidad.

Cuando regresé junto a Lea, mi humor había cambiado radicalmente: no estaba a gusto, no me lo estaba pasando bien y empezaba a estar cansada de fingir que ver a Thiago con Débora no me fastidiaba. Al cabo de media hora les dije que me iba y, aunque ambas insistieron en acompañarme, las convencí para que se quedaran y siguieran pasándoselo bien. Era pronto y era yo la única que no se estaba divirtiendo.

No quise mirar atrás y salí de Magic para llamar un taxi. Al poco entraba en el dúplex y me estiraba en la cama mirando el blanco techo y sintiéndome una desgraciada. La vida me había repartido unas cartas de mierda y empezaba a estar harta de mi mala suerte.

El sonido de mi móvil me despertó. ¿Las cuatro de la mañana? ¿Quién llamaba tan tarde?

—¿Mmm?

—Alexia...

Me senté en la cama de un salto al oír la voz de Thiago.

—¿Te ocurre algo?

Hasta ese momento no había hecho la tontería de llamarme a esas horas de la noche.

—¿Lo ves? Te importo —balbuceó.

De acuerdo, era eso. Había bebido más de la cuenta.

—Son las cuatro de la mañana y estaba durmiendo. Si me llamas a estas horas, ¿qué quieres que piense? ¿Que te has acordado de mí de repente?

—De repente no... no... siempre.

—Vale.

—Dos minutos y llamo.

—¿Llamas adónde?

No entendía muy bien qué decía porque balbuceaba demasiado.

—A tu casa.

—¿Aquí? No, ni se te ocurra.

—A ver. Somos amigos. Los amigos se ayudan.

—Que yo sepa no somos amigos ni somos nada.

—Te necesito.

Tragué el nudo que tenía en la garganta y decidí terminar con aquella conversación, cuanto antes mejor.

—Thiago, voy a colgar y tú coge un taxi y vete a casa.

—No puedo. Mi padre me mata.

—Pues yo qué sé..., vete a casa de Débora.

—No, no quiero follar con ella.

Sus palabras me pusieron los pelos de punta. Saber que podía hacerlo con ella en cualquier momento, aunque él dijera que no quería, jodía.

—Aquí no puedes quedarte. Mi madre será quien me mate a mí. Imposible.

—Subo a tu casa, estoy aquí.

—¡No! ¡No! Ya bajo yo, joder.

Maldije sus huesos mentalmente mientras me ponía una sudadera, unos pantalones tejanos y me calzaba mis Converse. Ni siquiera me pinté los labios porque sacarme de encima a Thiago era más urgente.

Mientras bajaba las escaleras pensé que quizá era un farol, pero cuando salí a la calle lo vi sentado, apoyado en la pared del edificio y con el rostro escondido entre sus brazos. Mierda, todo eso lo había provocado yo. Él estaba enamorado de mí y de un día para otro lo había dejado en la estacada y le había dicho que no quería saber nada de él. Entendía su desesperación.

—Thiago...

No se movió y me dieron ganas de agacharme y de abrazarlo para que supiera que estaba con él, a pesar de la putada que le había hecho.

—Thiago, ¿estás bien?

—No —contestó negando también con la cabeza.

—¿Has bebido mucho? —pregunté en un hilo de voz.

No levantó la cabeza y continuó en la misma postura. Me acerqué a él y bajé a su altura, colocando mi mano en su rodilla.

—No sé cómo sacarte de mi cabeza —dijo muy afligido.

—Yo... Oye, estas cosas pasan...

—No sé cómo olvidarte —añadió como si no me hubiera escuchado.

De repente se movió, me miró con los ojos acuosos y buscó algo en su bolsillo. Sacó una bolsita con polvo blanco y lo miré asombrada.

—¿Qué haces con esto?

—Dicen que va bien para evadirse.

—Es mentira y lo sabes.

—Se lo he pillado a un tío y me ha dicho que es lo mejor que hay para olvidar esta mierda de mundo.

Resoplé agobiada. No podía permitir que Thiago empezara a tomar drogas, no era la solución.

—Thiago, tú mismo has dicho siempre que esto solo te jode la vida. No sirve para nada.

—¿No? Entonces dime qué es lo que sirve, porque llevo semanas así y estoy agotado.

Nos miramos a los ojos y tuve que apretar los dientes para no llorar. Era complicado ver cómo sufría por mi culpa. Yo le seguía queriendo como al principio.

—Deja que pase el tiempo —le dije en un tono más bajo.

—Voy a meterme todo esto y a la mierda el tiempo —contestó abriendo la bolsita aquella.

—Ni se te ocurra —le exigí quitándole la coca sin que tuviera tiempo de reaccionar.

—Alexia —gruñó Thiago observando mi mano cerrada.

—No te vas a tomar esto.

—¿Y a ti qué te importa lo que yo haga?

«Mucho, me importa mucho.»

—Me has dejado claro que no quieres saber nada de mí —añadió enterrando de nuevo la cabeza entre sus rodillas.

Guardé la coca en el bolsillo de mi sudadera y pasé mi mano por su pelo.

—Thiago...

Me destrozaba verlo así, sin su seguridad, sin su orgullo, sin aquella sonrisa pícara que levantaba pasiones.

—¡No! —Se levantó de repente, y lo miré perpleja—. No quiero que sientas lástima por mí.

Me miró unos segundos intentando demostrar que no estaba jodido.

—Sabía que tú y yo terminaríamos así. Lo tenía claro antes de pringarme contigo y te lo dije. Te dije que acabarías rompiéndome el corazón. ¿Me equivoqué? En absoluto. Aquí me tienes, destrozado y arrastrándome como un puto perro. —Su dedo me señaló a la altura del pecho y siguió hablando con rabia—. Todo porque eres una caprichosa, una amargada y una niñata que no sabe lo que quiere.

—Gracias por lo de amargada —le repliqué dolida.

Sabía que me hablaba así porque estaba harto, pero eso no significaba que doliera menos.

—¡Quizá sí te pareces más a tu madre de lo que crees! —añadió.

—¡Y tú a tu padre! —le escupí rabiosa.

—¿Mi padre? —preguntó extrañado, fijándose en mis ojos.

Retiré la vista de él y me dirigí hacia el portal de mi casa.

—No quiero volver a hablar de toda esta mierda —le dije sin volverme y con un tono muy grave—. Hemos terminado.

—Alexia...

Subí y cerré la puerta, no quería hablar más con él. Ni oír más barbaridades ni decirlas yo. Sabía que hablábamos a través de la impotencia, de la rabia, del enfado y que eso solo servía para hacernos daño y sentirnos peor.

—Joder —murmuré subiendo las escaleras.

Lo dejaba colgado, en medio de la calle, como si no me importara. Aquella noche no iba a dormir, una más en la lista.

—¡Alexia, no me dejes!

—No puedo hacer otra cosa, Thiago...

—Pero, nena, nos queremos. Te quiero. Me quieres.

—Lo siento...

—¿Qué sientes? Tú estás viva y yo no. ¿Te parece que estás aprovechando tu vida? ¿En serio lo piensas?

—¡Antxon! Yo... lo siento...

—Disculpas, disculpas. —Aquella era mi madre apareciendo de repente mientras Antxon se alejaba de mí sin mirar atrás en aquella habitación oscura.

—¡Mamá, vete!

—No estoy aquí por gusto. ¿Quieres dejar de lloriquear?

—¡Vete!

—¡¡¡Alexia!!!

Me desperté de golpe y lo primero que vi fue a mi madre en el umbral de la puerta de mi habitación.

—¿Puedes dejar de gritar? —Su tono de indignada me acabó de despertar—. Son solo las seis de la mañana y me acabas de joder media hora de sueño. Gracias.

No me dio opción a replicar porque se fue hacia su habitación y cerró dando un buen portazo.

Me dejé caer en la cama a plomo y cerré los ojos sabiendo que iba a llorar a lágrima viva.

No podía más. Cogí mi cuaderno y empecé a escribir todos mis sentimientos y todo lo que me había ocurrido hasta entonces. No había querido plasmarlo en papel porque temía que alguien pudiera leerlo, pero necesitaba sacar de mí todo aquello. O lo sacaba o acabaría enferma.

8

THIAGO

No podía entender qué había ocurrido con Alexia. Su huida me había destrozado y no era capaz de asimilar que ella fuera tan radical. Era cierto que no había sido sincero del todo con el tema de Apolo, pero ¿tanto le había jodido? ¿Tanto como para coger un avión y desaparecer? Sin una explicación, una puta explicación que yo necesitaba dar.

Había pasado por varias etapas.

Primero me dejó bloqueado, no asimilaba que hubiera desaparecido como por arte de magia. No comprendía que lo nuestro no significara lo mismo para ella que para mí.

Seguidamente, me desesperé. Llamé a Lea, me pasé por su piso un par de veces e incluso hablé con Nacho por si sabía algo de ella. No obtuve resultados. Lea me dijo que tenía órdenes explícitas de no contarme nada, en su casa no respondió nadie y Nacho estaba tan flipado como yo.

La tercera fase fue la del cabreo. Un cabreo de dos pares de cojones que me duró varios días y por el que casi me echan de casa. Mis padres no comprendían mi actitud y yo no les expliqué nada, por supuesto.

Lo siguiente fue verla..., discutir, gritarnos, llorar, pelearnos... No quiero ni recordarlo.

Empezaba a sentirme bastante descolocado. Ninguna de mis estrategias había resultado con Alexia. Lo que en un principio parecía un berrinche de los suyos se había acabado convirtiendo en una realidad que me costaba aceptar. Daba pena, lo sabía, pero era verla y querer estar con ella. Joder. Era la primera vez que vivía algo parecido: que una tía me rechazara constantemente. Pero lo peor de todo no era eso, lo peor era que yo sabía que Alexia sentía lo mismo por mí. Sus miradas, sus gestos, sus palabras... Algo ocurría y no podía llegar a entender el porqué de ese rechazo constante. Había algo que se me escapaba.

El jueves me planté en su casa y pensé que esa iba a ser la última bala de mi recámara. Si no lograba solucionarlo, me obligaría a mí mismo a pasar de ella, a dejar de hablarle y a no pedir más limosna. ¿Resultado? Alexia seguía en sus trece, a pesar de que se preocupaba por mí. Incluso me había birlado la coca que llevaba encima para que no la esnifara.

Cuando llegué a mi casa intenté hacer el menor ruido posible, pero era complicado en mi estado y acabé tropezando con una de las sillas del salón. Oí a mi padre bajar las escaleras y yo me tumbé con rapidez en el sofá. Con un poco de suerte no me vería.

Mi padre no encendió ninguna luz y yo permanecí escondido en la penumbra, desde donde pude ver que trasteaba con su móvil, leía algo en él y sonreía.

—Esta mujer... me va a volver loco —murmuró para sí mismo.

Dio la vuelta sobre sus talones y subió al piso de arriba.

¿Mujer? ¿Qué mujer? ¿Mi madre? ¿Qué tenía que ver el móvil con mi madre? ¿Mi madre le enviaba fotos divertidas o picantes quizá? Lo dudaba mucho. ¿Mi padre tenía un lío? No...

Resoplé cansado. Aquello hubiera sido el remate final a una noche de mierda: que mi padre tuviera una amante y yo no fuera capaz ni de mantener una pareja. Dejé de pensar en ello porque tanta novela negra me estaba convirtiendo en un paranoico.

Si tuviera a Alexia a mi lado... o a la Protectora..., hubiera podido hablar con ella. Alexia me hubiera dicho algo así como: busca el móvil e investiga, así te quedarás tranquilo. Y la Protectora me hubiera aconsejado que primero me fijara más en mi padre, en lo que hacía, en lo que decía, dónde iba...

Eso iba a hacer. Tener los ojos bien abiertos. Como un buen espía. Me aguanté la risa porque estaba pensando idioteces, lo sabía.

Las echaba de menos. A las dos. Joder. Puto día en el que se enteró de todo. En aquel momento hubiera dado lo que fuese por volver atrás y hacer las cosas de otro modo. Aquel día pensé que con mi tía Pilar al lado todo sería más fácil, pero la llegada inesperada de mis padres trastocó mis planes.

Me pasaba horas pensando en todo esto y perdía mucho tiempo, tanto que en la facultad algunos profesores se habían dado cuenta.

—Varela, o te centras o tus notas bajarán.

—Lo sé, profesor.

Estaba en el despacho del profesor Peña, ultimando los detalles del viaje a Niza que estábamos organizando.

—¿Es por alguna chica? —Lo miré sorprendido porque era la primera vez que hacía referencia a mi vida personal—. Entiendo que sí.

—Eh...

—No se preocupe, Varela. No soy adivino, pero sí observador.

De acuerdo, sabía que era por Alexia.

—¿Puedo darle un consejo?

Asentí con la cabeza porque yo tenía en alta estima la opinión de Peña.

—Aléjese un poco, deje que pase el tiempo y entonces verá cómo las cosas se ponen en su lugar.

Tiempo... Eso del tiempo me lo había dicho también ella, pero yo era impaciente. Luchaba por ella porque no quería perderla, pero ¿no estaba ya todo perdido?

—Gracias, profesor. Seguiré su consejo.

—Si necesita hablar, ya sabe.

Nos miramos con simpatía. A veces me sentía más cercano a él que a mi propio padre, con el que me llevaba bien, pero con quien no tenía una relación así de cercana. Mis padres siempre habían mantenido ese muro entre nosotros: ellos eran los padres y yo el hijo, y los lazos afectivos existían, pero no la confianza o la amistad. Sabía que me querían, evidentemente, pero la preocupación que veía en Peña no la había visto jamás en mi padre.

En ese momento pensé en el comentario que había hecho mi padre la noche anterior. ¿De qué mujer debía hablar? Quizá yo me había montado una película en cinco segundos porque podía tratarse simplemente de un mensaje de cualquier amiga, pero esa sonrisilla…, esa sonrisilla significaba algo más. Pero ¿el qué?

9

—Alexia, ¿el zumo lo quieres de melocotón? —me preguntó Adam desde la barra.

Era viernes por la tarde y en El Rincón había poca gente.

—Sí, gracias.

Había quedado con Lea y Natalia a las siete y eran poco más de las seis. Había bajado antes porque Adam me había mandado un mensaje un poco misterioso:

Alexia, necesito hablar contigo.

¿Va todo bien?

Sí, sí, pero necesito un consejillo.

Adam se sentó enfrente y me acercó el zumo.

—Bueno, tú dirás —le dije un poco preocupada por él.

Seguía saliendo con Ivone y se les veía muy bien.

—Esto... es un tema delicado —dijo en un tono de voz mucho más bajo.

Estaba preparada para todo: que había tenido un gatillazo con su chica, que me hablara de alguna de sus ideas estrafalarias o que quisiera que le ayudara a buscar un regalo para Ivone.

—Soy toda oídos.

—Es sobre Thiago...

Fruncí el ceño porque no esperaba que fuera a hacer de intermediario. Ya habíamos hablado de aquello y a Adam le había quedado muy claro que yo no quería que se metiera entre nosotros dos.

—A ver, no sobre él, pero sí tiene relación con él. —Adam se pasó una de las manos por la frente, nervioso.

—¿Le pasa algo? —pregunté, temerosa de que me diera alguna mala noticia. Siempre acababa poniéndome en lo peor: quizá estaba enfermo...

—No, bueno, aparte de lo tuyo, no. Es sobre su padre.

Abrí los ojos unos segundos, muy sorprendida.

—¿Le pasa... algo a su padre? —pregunté despacio mientras pensaba con rapidez.

¿Sabía algo Adam? No me habría extrañado porque mi madre y el padre de Thiago habían tenido poco cuidado en algunas ocasiones. Yo misma los había pillado en medio de la calle abrazados como dos tortolitos.

—Eh..., esto es difícil, ¿vale? Y primero quiero que me asegures que no va a salir de aquí. Ni una palabra a Lea ni a Natalia.

—Tranquilo, puedes confiar en mí. Lo sabes.

No era la primera vez que me hacía alguna confidencia y mi boca siempre había estado sellada. Si alguien confiaba en mí, lo mínimo que podía hacer era ser leal.

—El otro día, por la tarde... decidí ir a Serrano para dar un vistazo a una pulsera que a Ivone le gustó mucho, una de Uno de 50 que... Bueno, eso da igual.

—Sí, sí, al grano, Adam.

Le solía ocurrir: se iba por las ramas con una facilidad asombrosa.

—Pues estaba mirando el escaparate cuando oí a una mujer reír algo más fuerte de lo normal y cuando me volví vi que la acompañaba el padre de Thiago.

Me mordí los labios esperando su siguiente afirmación: era tu madre.

—Los estuve observando y no vi nada fuera de lo normal. Iban charlando y riendo entre ellos, pero cuando entraron en un hotel..., até cabos.

Se quedó mirándome fijamente, esperando que yo sacara la misma conclusión.

—¿Quién era ella? —le pregunté directamente, extrañada de que no me hubiera dicho que era mi madre.

«Quizá no la conocía...»

—Ella estaba de espaldas y no la vi bien, pero a mi tío sí. Era él, segurísimo.

Me crucé de brazos, me recosté en la silla y lo miré pensativa. ¿Debía decirle algo? Si Adam se lo explicaba a Thiago o a alguno de sus familiares, la podía liar bien gorda.

—Creo que aquello de «piensa mal y acertarás» no es siempre cierto.

—¿Qué quieres decir? —preguntó arrugando la frente y la nariz.

—Que quizá simplemente entraron a ese hotel para tomar un café en el bar. Los hoteles de Serrano suelen tener ese tipo de clientes, y es raro que una pareja entre a media tarde para... ya sabes, para coger una habitación y liarse, ¿no crees?

—Ya...

—Además, si solo los viste charlar y no observaste ningún gesto extraño. Que él la tocara o algo así...

—No, no, nada de eso. Tienes razón.

—Mira, yo hace poco quedé con mi padre en el bar de un hotel y ni siquiera vi su habitación. ¿Me entiendes?

—Sí, claro. Alguien podría haber pensado lo mismo que yo. Joder, mira que soy malpensado...

—No, Adam, está bien que te preocupes por los tuyos. Yo quizá también hubiera pensado lo mismo. A veces nos montamos películas y después no es nada de lo que habíamos imaginado.

—Vaya..., en parte me quitas un peso de encima. Estaba un poco intranquilo con todo esto. Suerte que has despejado mis dudas. Tienes razón, seguro que era una clienta y que solo entraron para tomar algo en el bar del hotel.

—Seguro que sí —le confirmé con una sonrisa falsa mientras él regresaba a su puesto de trabajo después de darme las gracias.

Lo último que le faltaba a Thiago en esos momentos era saber que su padre era un cerdo de mucho cuidado y que su amante era mi madre. Sí, siempre acababa pensando en él porque realmente me importaba, porque el amor es eso: querer que el otro esté bien por encima de tu propio interés.

—¿Zumo de melocotón? —Lea se sentó de repente a mi lado.

—¡Joder, Lea! Qué susto. Mañana cojo un avión, ¿recuerdas? No quiero irme con resaca.

—¡Ah, sí! Que te vas al *superloft* del bombero. Llévate condones, en cantidades ingentes.

La miré alzando las cejas.

—Muchos, «cantidades ingentes» quiere decir muchos —me aclaró levantando ambas manos.

—Ya sé lo que significa.

—Vale, vale, como a veces te lías con los idiomas...

—¿Qué dices?

—¡Uy! No, con quien te lías es con tanto tío pululando a tu alrededor. Thiago, Marco y el pijo ese... ¿Javier?

—Javi —le aclaré con una mueca.

—Javi, que también es mayorcito —dijo carraspeando.

—¿Y a mí qué? Javi no es nadie...

—Ese quiere tema, te lo digo yo, que soy una especialista en oler a esos tipos.

—No estoy para historias, Lea —le dije pensando en Thiago y en cómo lo había dejado tirado en la calle la noche anterior.

—Por eso te vas a Londres con tu jefe.

Puse los ojos en blanco y ella se rio.

—Me voy porque su ayudante no puede ir, y además porque así me despejo un poco.

Lea me miró fijamente: me estaba analizando las ojeras como si fuera una arqueóloga ante una pieza de museo.

—Duermes mal de nuevo, vuelves a tener pesadillas.

—Nunca he dejado de tenerlas —le indiqué molesta.

—Cuando estabas con Thiago, te veía mucho mejor.

Era cierto, durante el tiempo que había estado con él habían menguado mis malos sueños.

—No estuvimos ni veinte días juntos, Lea. Y quizá estaba bien porque vi a mi padre.

En parte era así, pero estaba claro que durante aquellos días había dormido mucho mejor, todo lo contrario de lo que me ocurría ahora.

—Si tú lo dices —añadió mirándose las uñas.

—Vale, es verdad. Lo de Thiago me ha jodido mucho.

Podía decirle media verdad. Lea me miró de nuevo.

—Pero no quieres solucionarlo, a pesar de que va tras de ti como un perro. ¿Has pensado cómo se siente él?

La observé unos segundos largos.

—¿Has hablado con Adri?

—Cada día hablo con él —contestó saliéndose por la tangente.

—Ya sabes a qué me refiero, Lea.

Todo el mundo procuraba no entrometerse en la relación entre Thiago y yo, todos excepto mi mejor amiga.

—Eh... Bueno, hemos estado hablando hace un rato y me ha comentado algo de... de lo de ayer.

—¿El qué?

—¡Hola, petardas! —Natalia nos saludó antes de sentarse—. ¿Y esas caras?

—Pues nada, aquí tu amiga Lea, que se mete donde no la llaman.

—Ni caso, Natalia, solo es que he hablado con Adri y me ha explicado que Thiago fue ayer a casa de Alexia hacia las cuatro de la mañana para rogarle que volviera con él.

—¿En serio? —preguntó Natalia mirándome a mí.

Resoplé ante el resumen de Lea porque tal como lo había dicho parecía que yo era la mala de la película.

—Algo así —respondí escueta.

—Joder, a Thiago le ha dado fuerte, ¿eh? —comentó Natalia sin saber que sus palabras me agobiaban aún más.

—Pero Alexia no siente lo mismo, ¿verdad? —El tono irónico de Lea era palpable.

—Tú misma lo has dicho —respondí del mismo modo.

—Pues nada, oye, borrón y cuenta nueva, ¿no? —dijo mirándome fijamente a los ojos.

—Eso es, y os agradecería que dejáramos el tema. ¿Es posible? —les dije mirándolas alternativamente.

—Vale, vale. ¿Hablamos de mi abogado? —nos preguntó Natalia entusiasmada.

Cambiamos de tema al momento y Natalia nos puso al día sobre Ignacio. La había llamado aquella misma mañana y se habían pasado más de una hora charlando por teléfono entre risillas y bromas varias. Habían salido juntos en diversas ocasiones y parecía que la cosa marchaba bien porque, según Natalia, el abogado solo tenía ojos para ella en la oficina y la buscaba constantemente. ¿La única pega? Que el chico no parecía muy dispuesto a formalizar aquella relación. Nosotras le decíamos a Natalia que no tuviera prisa porque ese tipo de hombres estaban acostumbrados a ir a la suya. Cuanto más espacio le dejara, mejor.

En ese momento sonó el teléfono de Natalia y todas vimos en la pequeña pantalla que era su madre. Ella dudó antes de cogerlo, como si le diera miedo lo que tuviera que decirle.

—Hola... Eh... Sí, sí... Lo recuerdo. Sí, mamá. Adiós.

Cuando colgó, Lea y yo la miramos con interés.

—Era mi madre, mañana tengo que acompañarla al médico a primera hora.

—¿Y eso? —le preguntó Lea.

—El otro día se cayó por las escaleras y se rompió una costilla.

Clavé mi mirada en ella pensando que últimamente su madre tenía demasiados «accidentes».

—No es nada, está bien —nos dijo quitándole importancia.

—Vaya, así que esta noche nos quedamos todas en casa —dijo Lea resignada.

—¡Es verdad! Tú te vas con el jefe, ¿no? —me preguntó Natalia entusiasmada y cambiando de tema radicalmente.

—Sí, y podré ver a mi padre —respondí aún dándole vueltas al tema de la madre de Natalia—. Este mediodía lo he llamado y él y Judith se han puesto supercontentos al saber que vuelvo otra vez a Londres.

—No nos quejemos, que por lo menos en esta ocasión nos avisa —le dijo Lea a Natalia en un tono sarcástico.

—Anda, petarda, no seas rencorosa —le indiqué sabiendo que aquello le había dolido.

Que tu mejor amiga se largue de repente, sin decirte nada, y que encima se quede sin móvil durante unas horas porque lo ha estrellado contra el duro plástico de un asiento del aeropuerto era para molestarse, la verdad.

Cuando regresé de Londres, Lea, un poco enfadada, me lo echó en cara. Ya había contactado con ella desde allí y habíamos hablado sobre Thiago y mi decisión de dejarlo para siempre, pero hasta que no volví no me echó en cara que la hubiera dejado tan preocupada. Lea me recordó que ella me iba a apoyar en todo, pero me hizo jurar que no volvería a hacerla sufrir de esa forma.

Y yo me prometí que no se repetiría.

10

Las ocho de la mañana y ya estaba en el aeropuerto esperando a Marco. Me había levantado temprano y con unos ánimos que no sentía desde hacía días. Saber que iba a ver a mi padre y a Judith me ponía de muy buen humor, a pesar de los comentarios absurdos de mi madre.

Le había informado de mi decisión mientras desayunábamos; le había dicho que iba como ayudante de mi jefe, pero ella sabía que mi cara sonriente se debía a que iba a ver a mi padre.

—Al final querrás quedarte allí —me dijo mi madre tanteando el terreno.

Si me iba con ellos, ella perdería aquella asignación tan sustanciosa.

—A saber —contesté sin dar más explicaciones.

—Si no te echan de nuevo —añadió mientras se tomaba el café.

—¿Por qué no lo haces tú? Así podrías traer a tu amante y andar en pelotas por toda la casa sin problemas.

Me miró con sus ojos de hielo.

—A veces dudo de que seas mi hija.

—¿Solo a veces? Yo muchas más —le repliqué sin miedo.

Había llegado al punto de que me daba igual si me echaba de su casa; ya me buscaría la vida de algún modo.

—Dale recuerdos a tu padre —dijo pasando la página del periódico que tenía delante.

—Dudo que le importe —contesté con sinceridad.

Mi madre levantó la vista y me miró con dureza.

—¿Qué? ¿Acaso no es verdad? A mi padre nunca le has importado demasiado —le solté con ganas de fastidiarla.

Vale, sí, quizá me había puesto a su nivel, pero estaba muy harta de ella y de sus constantes reproches. Un par de minutos de charla con ella, y mi humor cambia radicalmente. Por suerte, la llegada de Marco me distrajo de mis pensamientos.

—¡Buenos días, muñeca! ¿Estabas pensando en mí?

Le sonreí y él me dio dos besos cerca de mis labios mientras una de sus manos se posaba en mi cintura.

—Sí, Marco, estoy tan enamorada de ti que no sé cómo decírtelo. No sabía si confesártelo de viva voz o mandarte una carta de amor.

Marco soltó una risotada y me uní a sus risas.

—¿Vamos? —preguntó aún riendo.

Pasamos por el control de seguridad y, una vez dentro, nos sentamos en una de las cafeterías. Marco se había ofrecido a ir a por el café y yo, mientras, me entretuve con el móvil: un wasap a las chicas, otro a mi padre y otro respondiendo a una duda de Adam. Sin pensar demasiado, abrí el perfil de Thiago y miré su foto detenidamente. Estaba apoyado en su coche, con los tejanos rotos y la camiseta pegada a su cuerpo. Estaba guapo en esa pose.

—Un café solo para la muñeca distraída.

Sonreí a Marco y le di las gracias con la mirada al mismo tiempo que cerraba la aplicación.

—¿Ya has quedado con tu padre?

—Sí, sí —respondí con esa foto en mi mente. ¿De veras no podría tenerlo más entre mis brazos?

—¿Y le has dicho que soy muy guapo?

—Sí, sí... ¿Eh?

—Lo que yo pensaba, estás a años luz de aquí.

—Perdona, me suele ocurrir.

—Lo sé, Alexia —me dijo—. Esa cabeza tuya da demasiadas vueltas. ¿Esa cosa que te tiene abducida tiene solución?

—No la tiene —dije con rotundidad.

—Entonces no malgastes tu tiempo.

Era sencillo decirlo, pero no lo era tanto hacerlo. No podía evitar pensar en Thiago, en todo lo que se me había escapado de las manos y en la mala suerte que me perseguía.

Había perdido a Antxon, seguidamente a mi familia y ahora a Thiago. ¿Estaba gafada?

—Gracias por tus consejos, jefe —le dije agradecida—. Y gracias por estar ahí.

Marco sonrió y me miró con cariño.

—Esta vez te dejaré mi cama, para que veas lo buen jefe que soy.

Nos reímos los dos porque la última vez casi nos peleamos por ese tema. Yo insistí en dormir en el sofá y él no me dejó de ninguna de las maneras. Me cedió su cama desde el minuto uno y yo me negué, porque él estaba trabajando y necesitaba descansar. Pero si algo aprendí aquellos días en Londres fue que, cuando a Marco se le metía una idea entre ceja y ceja, no había manera de hacerlo cambiar de opinión. Era peor que yo, y eso ya es decir.

Así que en cuanto llegamos a Londres no me dejó escoger: su cama era para mí. A ver, me gustaban esos gestos en él, por supuesto, pero no quería abusar de su confianza.

—Marco, tú eres mayor y necesitas descansar más que yo.

Se lo decía en broma, pero me gustaba picarlo con ese tema porque a veces saltaba como un resorte y acabábamos riendo los dos a carcajada limpia.

—No me vas a picar. Tú en mi cama y yo en el sofá. Es solo una noche y mi ancha espalda puede aguantar eso y mucho más. Que no te diré qué significa ese «más» porque casi eres menor de edad.

—Tengo diecinueve —le repliqué riendo.

—Eres un bebé, muñeca. —De vez en cuando le salía ese tono ronco de gigoló que debía funcionarle con el noventa y nueve por ciento de las féminas.

—Y tú deberías estar pensando en sentar la cabeza —afirmé con las manos en las caderas.

Nos miramos fijamente y él dio un paso hacia mí en medio del minisalón de su *loft*.

—No te pongas en plan profesora porque me pones tonto —argumentó ante su acercamiento.

—Jefe, ni un paso más —le dije alzando mi dedo.

—¿Una ducha? —preguntó con su sonrisa de ligón.

—Tú primero —respondí alzando las cejas.

—Dios, Alexia, no sé si lo haces queriendo o no, pero que toda la sangre se acumule en un punto concreto de mi anatomía no es saludable, ¿lo sabías?

Abrí los ojos, sorprendida ante sus palabras.

—Mejor me ducho yo primero —me susurró al pasar por mi lado.

Joder... Este Marco sabía jugar, se notaba que era un hombre hecho y derecho y no un niñato. Pero yo no estaba para juegos porque ya tenía bastantes líos en mi cabeza.

Aquella tarde lo acompañé a la reunión con aquella clienta nueva, una mujer atractiva de unos cincuenta años que se lo comía con los ojos. Observé cómo Marco usaba su magnetismo con ella sin pasar a mayores y me hizo gracia también ver cómo se escaqueaba de las garras de esa mujer. Me hizo pensar que quizá Marco no era tan mujeriego como decían en la oficina, porque ella se le había insinuado descaradamente y él no había sucumbido a sus encantos. ¿Quizá era porque iba conmigo y le había dado vergüenza? No, Marco no se cortaba un pelo delante de mí, así que más bien pensé que su fama de donjuán debía de ser una mezcla de verdades y mentiras. Probablemente ligaba con mucha facilidad gracias a su cuerpo espectacular, a su rostro atractivo y a su carácter divertido, pero quizá era más selectivo de lo que pensaba la mayoría de la gente.

—Ha ido bien, ¿verdad? —preguntó contento mientras salíamos de aquel edificio.

—Señor Sánchez, ¿no quiere tomar algo en mi hotel? —le pregunté imitando el tono de voz de su clienta.

Marco me dio un codazo y nos reímos los dos.

—Pues la mujer era guapa —le insistí.

—No hay que mezclar nunca el placer con el trabajo.

Bueno, eso no es lo que había oído sobre él.

—¿Nunca? —le pregunté sin segundas intenciones.

—Casi nunca, puedo hacer una excepción si me estás pidiendo que compartamos mi cama.

Esta vez fui yo la que le dio el codazo y seguimos con aquellas risas. Eso era lo que más me gustaba de Marco, siempre estaba de buen humor y decía las cosas con tanta naturalidad que era difícil enfadarse con él. Todo lo contrario que Thiago, con quien desde el primer día había surgido esa tensión extraña que nos llevaba a picarnos mutuamente a menudo. Quizá por eso estaba tan colada por él...

—Te acompaño hasta el apartamento de tu padre —me dijo Marco cuando llegamos al cruce donde nuestros caminos se separaban.

—No hace falta, en cinco minutos estoy ahí.

—No tengo nada que hacer y así me aseguro de que llegas sana y salva. Estás bajo mi cargo, ¿recuerdas?

—He estado en esta ciudad en varias ocasiones, sé por dónde puedo ir sola y por dónde no. Pero gracias, así me cuentas cómo acabaste la noche del jueves.

—Joder, pues de pena.

—¿Y eso?

—Pues vino una chica guapísima y me besó de repente, ¿sabes? —Lo miré sonriendo y él continuó—: Cuando quise darme cuenta, había desaparecido. Busqué su zapato de cristal, pero no lo encontré, así que ahora no sé cómo localizarla. ¿Qué me aconsejas?

Nos miramos fijamente.

—Pues deberías volver a ese lugar porque probablemente aparecerá de nuevo por allí, aunque... quizá te besó sin pensar y porque está un poco atontada últimamente.

—Las cosas que se hacen sin pensar son las mejores. —Marco detuvo el paso y me cogió de la cintura para acercarme a él—. ¿No crees? —preguntó cerca de mis labios.

—Creo que si mi padre te ve te puede caer una buena, y ahora mismo estamos a pocos metros de su apartamento.

Marco se separó de mí de un salto y se puso serio de repente.

—Esto no es lo que parece, señor Suil —dijo con voz grave.

Miré hacia atrás porque creí que mi padre estaba allí, pero al volverme no vi a nadie y empecé a reír ante su actuación.

—Eres bobo —le dije dándole una palmada en el pecho.

Marco se rio con ganas y pasó su mano por mi hombro mientras seguimos andando con aquel buen rollo entre los dos. Con él todo era así, fácil, sencillo, sin dramatismos.

Cuando llegamos al portal, Marco se aseguró de que mi padre se encontraba en el apartamento.

—Eres como una madraza —le dije despidiéndome de él.

—Esta noche te haré una tortilla con la que estoy seguro de que me pedirás matrimonio. Te diré que no, que lo sepas.

Entré en el portal negando con la cabeza y riendo. Marco sabía que cenaría con mi padre y Judith y que más tarde me acompañarían a su *loft*. Supuse que Marco cenaría algo por ahí y que acabaría ligando con alguna chica inglesa, aunque no podría llevarla al apartamento, claro. Veía cómo lo miraban las chicas. Ese cuerpo de bombero que gastaba atraía muchas miradas; era algo inevitable. Se notaba que se cuidaba bastante y lucía sus músculos sin problemas.

Cuando llegué al cuarto piso, mi padre y Judith me esperaban en el quicio de la puerta con una sonrisa de oreja a oreja. Me lancé a los brazos de mi padre e inspiré su aroma a limpio mezclado con ese toque de limón que le caracterizaba. Me sentí en casa y sonreí feliz.

Tal vez mi sitio estaba allí y yo me había empeñado en quedarme en Madrid. Era algo que debía pensar seriamente porque, cuanto más los veía, más ganas tenía de formar parte de su vida diaria.

Judith volvía a tratarme como una hija y mi padre me miraba con tanto cariño que me daban ganas de llorar. Pero... ¿y Lea?, ¿y Natalia?, ¿y mi vida en España?

«¿Y Thiago?, Alexia, ¿y Thiago?»

11

—¿Qué tal va todo, cariño? ¿Mejor?

Estábamos los tres sentados alrededor de una pequeña mesa redonda que estaba situada en el centro del salón. El apartamento era de estilo inglés, un poco recargado y con alfombras incluso en el baño, pero tenía su encanto, y Judith le había dado su toque personal.

—Sí, creo que sí —le dije intentando obviar todas mis historias.

—¿Y la facultad? —me preguntó Judith con interés.

Ella sabía que escondía algo y por eso procuraba hacerme sentir cómoda. Lo veía en su mirada de «cuando quieras me lo cuentas». Esas palabras siempre las usaba con Antxon y conmigo. Jamás nos presionaba ni nos obligaba a explicarle nada. Éramos nosotros los que acabábamos abriéndonos a ella para saber su opinión. Era una mujer paciente, cariñosa y muy comprensible. No nos juzgaba y siempre tenía buenos consejos que ofrecerte.

—Muy bien; las notas, genial. Ya las visteis. Y he hecho muchos amigos. Incluso tengo un amigo que es *youtuber* y tiene quinientos mil seguidores, ¿no os lo he contado?

Ambos negaron con la cabeza sonriendo y les empecé a explicar lo del vídeo de los masáis, lo inteligente que era Hugo y todo lo relacionado con él. Ellos me iban haciendo preguntas e incluso buscamos el vídeo en mi móvil para verlo. De Hugo pasamos a Lea, de Lea a Natalia y de ella a Marco, mi jefe. Me preguntaron indirectamente si había algo entre nosotros dos y les respondí inmediatamente que no, aunque nos les negué que él me miraba con cierto interés.

—Si es que eres como tu padre, con una sola mirada eres capaz de hipnotizar a un chico, seguro. —Judith lo dijo en broma y con todo el cariño del mundo, pero yo no pude evitar pensar que quizá mi padre no era mi padre.

Borré ese pensamiento de un plumazo y continué charlando con ellos hasta que se hizo bastante tarde y decidimos que era hora de que volviera al *loft* de Marco. Tanto mi padre como Judith me pidieron que me quedara a dormir en su apartamento, pero le había dicho a Marco que regresaría allí. Debíamos madrugar y coger el avión de vuelta a Madrid.

La despedida fue difícil, cada vez lo era más, y los abracé como si no los fuera a ver nunca más. En un par de semanas se iban a París para pasar allí casi un año y volvieron a preguntarme si quería ir con ellos. París me atraía mucho porque era una ciudad que adoraba y de la que tenía recuerdos muy bonitos con ellos y con Antxon. Insistieron en que en verano los visitara, y accedí. Estaba segura de que yo también tendría ganas de volver a estar con ellos.

Mi padre me acompañó hasta la puerta del *loft* mientras Judith se quedó abajo haciendo una llamada.

—Este edificio no es como el nuestro, ¿verdad?

—El vuestro tiene un encanto que la modernidad no tendrá nunca —le dije pensando que me gustaba mucho la arquitectura inglesa del siglo XIX.

—La verdad es que sí...

Antes de llamar al timbre la puerta se abrió y apareció Marco con su sonrisa deslumbrante. En cuanto vio a mi padre, se puso más serio.

—Eh... Marco Sánchez —se presentó tendiéndole la mano a mi padre con mucha solemnidad.

Él le sonrió amablemente y le estrechó la mano con simpatía.

—Tenía ganas de conocerte, Marco. Encantado.

Marco se quedó un poco cortado y me hizo gracia verlo así.

—¿Quiere pasar? —acabó preguntando.

—No, no, gracias. Es tarde y Judith me espera abajo.

—Sí, claro.

—Quería darte las gracias por cuidar de Alexia —le dijo mi padre.

—Papá, sé cuidarme sola —le indiqué, divertida.

—Lo sé, lo sé.

—Sí, su hija es muy...

—Muy especial. —La frase la terminó mi padre mientras se miraban fijamente.

Supuse que quería saber qué tipo de hombre era Marco.

—No le quito la razón. Alexia es única —le dijo él más suelto.

—Os agradecería a los dos que dejarais de hablar de mí como si no estuviera presente.

Mi padre se puso a reír y nos abrazamos con ganas.

—Cuídate, cariño.

—Vosotros también. Te quiero.

—Y yo...

Mi padre empezó a bajar las escaleras y Marco y yo entramos en el *loft* mirándonos con una sonrisa.

—Te he notado un poco tenso, ¿no? —le pregunté para picarlo.

—¿Tenso yo? —Se señaló el pecho bizqueando y nos pusimos los dos a reír al mismo tiempo.

—Supongo que no dormías —le dije observando su vestimenta.

—He pensado que quizá tu padre querría subir.

—¿En serio?

—Es normal querer saber con quién anda su adorable niña.

—Sabe que eres mi jefe, no tiene de qué preocuparse.

—Bueno, eso no es garantía de nada. Podría ser un jefe manipulador que te quiere llevar al huerto y después si te he visto no me acuerdo. Te traigo a Londres, a mi *loft*, te digo cuatro cosas bonitas y te meto entre mis sábanas.

Lo miré con curiosidad.

—Si fuera así, me hubieras reclamado a tu lado con cualquier excusa absurda relacionada con el trabajo, en vez de dejarme estar con los míos, ¿no crees?

—Para ser casi menor de edad, eres muy lista, enana.

Ambos nos reímos de nuevo, nos sentamos en el sofá y nos descalzamos para estar más cómodos. Estaba realmente a gusto con él.

—¿Te apetece tomar algo?

—¿Tienes cerveza?

—¿Qué pregunta es esa? —Se levantó sonriendo y se fue a la cocina a por la bebida.

Justo en ese momento mi móvil sonó y al ver quién era me quedé perpleja. ¿Qué cojones quería esa ahora?

—¿Qué coño te pica llamando a estas horas?

—Sí... Thiago... Uf...

Se me paró el corazón unos segundos.

—Joder, Thiago, no pares...

Débora y él estaban... ¿estaban follando? ¿Y la muy cerda me había llamado para que me enterara?

No pude evitar seguir escuchando, cosa que no debería haber hecho, pero en ese momento no reaccioné.

—Sí, tú sí sabes dónde me gusta... Nadie como tú...

—¿Así? —le preguntó él.

¡Joder! No había ninguna duda, era su voz con ese tono ronco que lo caracterizaba.

—Sí..., sigue..., dime guarradas...

—Te voy a follar hasta que no puedas más...

Cerré los ojos unos segundos al imaginarlo desnudo cabalgando encima de ella. Dios, dolía horrores, pero me veía incapaz de soltar el teléfono.

—Tu cerveza...

Marco me miró extrañado al ver mi gesto de angustia.

—Te voy a follar hasta que...

Mi jefe cogió el teléfono de mi mano y no terminé de oír la frase.

—¿Quién es?

Nadie le respondió, por supuesto, pero abrió los ojos muy sorprendido y colgó inmediatamente.

—Alexia...

Me abrazó al instante y yo me refugié en sus brazos.

Joder, joder, una cosa era saber que podía liarse con otras o con Débora, y otra eso..., oírlo en plena faena. Qué hija de puta, esa tía quería joderme incluso mientras se lo follaba.

Marco me acunó en su cuerpo mientras yo no dejaba de pensar en lo que había escuchado: «Te voy a follar hasta que no puedas más...». Dolía demasiado.

—Muñeca, no le des más vueltas.

—No puedo evitarlo —repliqué con un hilo de voz.

—Solo te vas a hacer más daño. ¿Ha llamado ella?

—Sí...

Marco alzó mi barbilla con delicadeza para que lo mirara y se percató de que estaba reteniendo mis ganas de llorar.

Pasó su pulgar por mi mejilla acariciándome con suavidad.

—Puedes llorar, Alexia. Conmigo puedes.

—No se lo merece —dije con rabia.

No me entendía ni yo misma porque había sido yo quien lo había rechazado y quien lo había empujado a los brazos de su amiga, pero dolía igualmente, no podía evitarlo.

Joder, necesitaba que desapareciera esa sensación de asfixia que sentía en el pecho.

Me acerqué a Marco y él no se movió un ápice.

—Necesito olvidarlo.

—Alexia, no sé si esto es una buena idea...

No quería usar a Marco, ni siquiera vengarme, pero necesitaba desconectar y, en apenas unos segundos, vi la solución frente a mí.

Lo besé despacio, casi con temor porque pensé que volvería a pensar en Thiago, pero no fue así... Me gustó sentir su calidez, su respiración acelerada y me gustó que Marco se quedara inmóvil ante mi acercamiento. Otro habría corrido a meter la mano en mis braguitas.

Me separé un poco para observarlo y me encantó verlo tan comedido. Hubiera jurado que era más decidido, pero por lo visto algo lo frenaba. ¿Tal vez yo no le gustaba tanto y solo tonteaba conmigo? Cabía la posibilidad, y yo no me iba a quedar sin saberlo.

Volví a por sus labios y Marco los entreabrió para rozar su lengua con la mía. Fue delicado, suave y muy cuidadoso, como si temiera que yo me echara atrás en el último momento. Él sabía que yo amaba a otro, así que era lógico que anduviera con pies de plomo conmigo.

Una de mis manos subió por su duro pecho hasta su cuello y le acaricié la nuca mientras seguimos besándonos. Introduje mis manos por su pelo y entonces pareció darse cuenta de que lo estaba tocando porque sus manos se posaron en mi cintura y se acercó a mí como un imán a la vez que me besó con más pasión. Me pilló desprevenida, pero me excitó y le correspondí con ganas.

Marco me gustaba y me apetecía estar con él. Esa era la verdad. Por unos momentos olvidé aquella maldita llamada, la voz sensual de Thiago diciéndole aquellas palabras a Débora y la imagen mental que se había creado en mi mente con tanta nitidez.

—Alexia...

—¿Mmm?

Nos miramos fijamente unos segundos y él observó mis ojos.

—Me vuelves loco...

Nos besamos con deseo y empezamos a quitarnos la ropa mutuamente: mi camiseta, la suya, mis pantalones pitillo, sus tejanos... Nos quedamos en ropa interior, como si todavía nos costara dar un paso más.

Marco dejó de besarme unos segundos y me miró de arriba abajo con lujuria. Me gustó que empezara a descubrirse ante mí; sabía que era muy sexual.

Me recostó con cuidado en el sofá y se colocó encima de mí apoyando el peso de su cuerpo en uno de sus brazos mientras con su otra mano comenzó a acariciarme sin prisas. Me quitó la ropa interior con delicadeza, sin dejar de mirarme. Mis manos se juntaron en su cuello y disfruté de sus atenciones hasta que la caricia en mi muslo derecho pasó al izquierdo.

—No...

Marco me miró y retiró su mano de mi piel.

—¿No qué?

Estaba aturdido por el deseo y además mi negativa había sido poco firme, con lo cual era comprensible que Marco no entendiera qué le decía.

—No me toques ahí.

Marco observó mis ojos y sonrió con los suyos.

—Sé que tienes una cicatriz.

—¿Cómo lo sabes?

—Tienes unas piernas de infarto, Alexia, y a veces se te sube un poco la faldita en la oficina...

Me reí ante su confesión y Marco besó mis labios logrando que lo deseara todavía más. Su mano se saltó aquel trozo de piel y continuó hasta llegar al vértice. Uno de sus dedos tocó mi sexo y gemí en su boca inevitablemente. Estaba tan húmeda que resbaló hacia mi interior con facilidad.

—Alexia..., cómo estás...

—Lo sé...

Mis manos bajaron por su espalda hasta llegar a sus calzoncillos tipo bóxer y se los bajé por las piernas indicándole que quería más. Marco se deshizo de ellos en pocos segundos y se colocó un preservativo. Nos miramos fijamente y entró sin más preámbulos. Ambos lo deseábamos, y aquello era solo sexo, sin sentimientos de por medio.

—Joder... —gruñó cuando entró en mí.

—Marco... Sí...

Lo agarré con fuerza de las nalgas y él buscó mi punto de placer.

—Uf..., así me iré en nada —le dije apurada.

Marco sabía cómo poner a mil a una mujer, estaba clarísimo.

—Y yo contigo. No sabes cuántas veces he soñado estar dentro de ti...

Lo miré sorprendida, pero él volvió a besarme al mismo tiempo que empezó a empujar con más energía. Su dedo en mi clítoris me llevó al éxtasis en pocos segundos, y mi cuerpo explosionó en un orgasmo increíble que me hizo gritar de placer. Marco se corrió en cuanto terminé yo, como si lo tuviera controlado.

Nos miramos sonriendo y respirando con dificultad.

—Madre mía, Alexia, no sé tú, pero yo necesito dormir contigo...

Joder, eso era lo último que esperaba de él.

12

MARCO

La sensación de estar dentro de ella había superado mis expectativas, cosa bastante complicada con mi historial. Lo reconocía, mi vida sexual era bastante activa y había estado con mujeres de todo tipo, pero Alexia... Alexia había logrado que me comportara como un quinceañero. Los preliminares habían sido más bien escasos, pero era lo que ocurría cuando algo así surgía de repente.

No tenía en mente acostarme con ella, ni siquiera besarla de nuevo. Sabía que Alexia estaba pasando por un mal momento con lo de su amigo Thiago y también sabía que ella todavía lo quería. Pero aquella jodida llamada de la amiga vengativa había provocado que Alexia empezara a besarme con esa sensualidad tan suya, de la que, estaba seguro, no era consciente. Sus labios cálidos, su piel suave, su aliento fogoso... Y yo me había dejado llevar. Joder, no era de piedra, y al final había sucumbido a sus encantos, que eran muchos.

Y ahora la tenía entre mis brazos, durmiendo, y estaba alucinado conmigo mismo. Le había pedido que me dejara dormir con ella cuando lo normal hubiera sido que me quedara en el sofá. Ambos sabíamos que aquello había sido un buen polvo y que ninguno de los dos quería pringarse más. Ella porque estaba enamorada de otro y yo porque no quería salir escaldado. Alexia me gustaba mucho, pero no me apetecía meterme en esa historia que se traía entre manos con su amigo y montar un trío en el que yo era el tercero en discordia. Hasta entonces yo había vivido muy bien y quería seguir haciéndolo: sin dramas, sin complicaciones, sin ataduras. Estaba acostumbrado a vivir así, mi última relación seria había durado casi medio año y entonces yo tenía diecinueve, es decir, siete años atrás. Era un alma libre y me apetecía seguir siéndolo. Aunque si Alexia quería ser algo más que una amiga y compañera de trabajo, yo no me opondría.

De acuerdo, todo eso era la teoría, pero la práctica era otra, porque verla dormida entre mis brazos me provocaba unos sentimientos extraños que apenas sabía gestionar. No quería darle más vueltas: habíamos follado y probablemente volveríamos a hacerlo porque la deseaba más que antes, pero de ahí a querer algo serio había un mundo.

—¿Estás dormido? —me preguntó con voz pastosa sin abrir los ojos.

Sonreí y pasé mi mano por su pelo largo, algo que siempre tenía ganas de hacer al ver esa melena.

—Estoy muy dormido, ¿por?

—Por saber si duermes con el móvil en tu bóxer o es otra cosa.

Nuestras piernas estaban enredadas y mi erección matutina rozaba su muslo.

—Es el móvil, es una costumbre que tengo. ¿Quieres llamar?

Alexia rio y abrió los ojos. Nos miramos unos segundos en silencio hasta que fui a por su boca sin saber si aceptaría ese acercamiento. Me iba el peligro...

13

—¡Corre! ¡Corre!

Marco y yo íbamos a la carrera por aquel pasillo para no perder el avión, riendo como dos locos. Afortunadamente, llegamos justo a tiempo, aunque la azafata nos miró con cara de «por poco, chicos». Cuando colocamos las maletas allá donde pudimos y nos sentamos, resoplamos los dos a la vez y volvimos a reír de los nervios.

—Casi lo perdemos —le dije mordiéndome los labios.

—¿Te imaginas?

—Tengo que entregar un texto del proyecto al profesor Peña, prefiero no imaginarlo.

—Joder, y yo voy con mi hermana Ana al hospital.

—¿Y eso?

—Quieren ver si es una posible paciente para una operación donde insertan un gen en las células del ojo para reactivar las que detectan la luz.

—Entonces, ¿tu hermana ve algo?

—Sí, tiene una ceguera parcial, se la detectaron a los doce años. Cada vez ve menos, pero percibe la luz, los contornos y algunos matices de colores. Le han diagnosticado una pérdida total de visión, pero su médico le ha propuesto esta posibilidad.

—Estará encantada con la idea —le dije poniéndome en la piel de su hermana.

—Está muy animada y yo también —me dijo sonriendo.

—Puedo imaginarlo, se nota que os lleváis muy bien.

Marco me cogió la mano y me acarició con su pulgar. Él sabía que había perdido a Antxon, aunque no me había explayado con los detalles. Sabía lo del accidente y poco más. Ni siquiera le había comentado lo de mi cicatriz hasta el día anterior.

—Podríamos ir a comer los tres algún día... ¿Qué te parece?

—Por mí, genial —respondí pensando que su hermana me había parecido muy simpática aquel día que nos habíamos encontrado en El Corte Inglés.

—Hecho, buscaremos un día.

—¿Vive sola?

—Sí, es muy independiente, aunque su chico se pasa la mitad del día en su piso. Llevan juntos unos tres años, y si fuera por él, ya hubieran pasado por la sacristía.

—¿Ella no quiere casarse?

—Ana tiene treinta años, es muy joven todavía. Además, a los Sánchez nos cuesta sentar la cabeza. —Esto último lo dijo alzando las cejas un par de veces.

—¿Es algo genético? —le pregunté divertida.

—Más o menos. Mi padre y mi madre se casaron tarde para su época. Ninguno de los dos quería perder su libertad.

—Y a vosotros os ocurre lo mismo —dictaminé casi segura.

—Pues sí. Ana no está preparada para comprometerse de ese modo con Frank, aunque está muy enamorada de él.

—¿Y qué hay de ti? ¿Es verdad lo que dicen en la oficina? —le pregunté para picarlo.

—¿Sobre qué? Porque si es sobre mi hombría lo has podido comprobar un par de veces.

Le di un codazo y nos reímos.

—Me refiero a tu fama de donjuán y a que no quieres tener una relación seria.

—Es verdad —me dijo con una sinceridad aplastante; ni siquiera fingió pensárselo y eso me gustó de él—. Prefiero no cargar con esa responsabilidad ni tener que dar explicaciones a nadie. De momento no siento la necesidad de salir con nadie en plan pareja. Hay gente que no sabe estar sola, ¿verdad? Saltan de una relación a otra. A mí me ocurre lo contrario.

—Hasta que te enamores —le dije pensando en Thiago.

Marco me miró más serio.

—¿O es que tampoco piensas enamorarte nunca? Porque te aviso que eso es incontrolable.

—Ay, enana, lo que llegas a saber —me dijo pasando su mano por mi pelo.

—Jefe, que solo nos llevamos ocho años.

—Nada, eso no es nada. En la cama ni se notan.

Lo miré sorprendida y ambos soltamos una buena carcajada.

La llegada a casa fue como una bofetada, una vuelta a la realidad que no me apetecía nada. Haber estado en Londres, lejos de los problemas, con Marco, con mi padre y con Judith había sido un agradable soplo de aire fresco. Y lo que se respiraba en el dúplex era denso y amargo, aunque mi madre no estuviera por allí.

Me dejé caer en la cama nada más entrar en mi habitación y cerré los ojos pensando en lo que había ocurrido en aquel par de días. Ver a mi padre había sido genial y acostarme con Marco había supuesto un desahogo en toda regla, y no podía negar que me había gustado estar con él. Mi jefe estaba bueno y, además, me parecía un tipo curioso y divertido.

Lo de dormir con él había sido algo inusual, ya que yo no había dormido con nadie de ese modo tan íntimo, exceptuando a Thiago. Lo curioso del caso era que apenas había tenido pesadillas y que no me había visto obligada a explicarle a Marco esa parte de mi vida. Me había sentado bien dormir con él. Su cuerpo me había envuelto entera y había sentido su calor durante toda la noche. Además, despertarme con sus ojos puestos en mí me había sorprendido porque hubiera jurado que era de los que se levantaban de la cama casi sin saludar a su ligue.

Porque yo era un ligue, eso lo tenía clarísimo. Los dos lo teníamos claro, y ahí radicaba lo bueno: ambos sabíamos que aquello era simplemente lo que era.

Sonó el timbre de la puerta y por unos momentos pensé en Thiago. Pero ¿por qué tendría que aparecer por mi casa? La noche del jueves había quedado todo dicho y la noche del sábado se folló a Débora.

Joder, seguía doliendo.

Cuando abrí la puerta Lea se tiró a mis brazos.

—¡Cuánto tiempo!

Nos reímos las dos por su absurdo comentario, pero la verdad era que la había echado de menos.

—¿Cenamos juntas? —preguntó enseñándome un par de bolsas de papel donde se veía en letras enormes la palabra sushi.

Colocamos la comida en los platos, nos sentamos a la mesa y cenamos charlando de mi fin de semana. Lea me hizo un interrogatorio de tercer grado. Le había ido informando con algún mensaje de que habíamos llegado bien o de lo contenta que estaba de ver a mi padre de nuevo. Pero no le había dicho que me había liado con Marco. Prefería contárselo en persona. No sabía si me iba a caer la gran bronca o le parecería bien, aunque más bien me decantaba por lo primero.

—Y me dejo lo más gordo para el final —le dije yendo hacia la nevera.

—¿El qué? ¿Qué ha pasado?

Me senté de nuevo a la mesa y le pasé una tarrina de chocolate negro que sabía que le pirraba.

—Cuando llegué al *loft*...

—Lo pillaste follando con una tía. Si es que lo sabía. Cuando vea al bombero se va a enterar.

—No, Lea, no —le dije medio riendo.

—¿No? ¿Entonces?

—Estábamos los dos en su sofá y...

—¡Y te metió mano!

—¡Lea, joder! ¿Puedo hablar?

—¡Ay!, sí, sí, perdona.

—Pues me ofreció algo de beber y cuando se fue a la cocina me llamó Débora.

—¿Débora?

—La misma. —Fruncí el ceño al recordar las palabras de Thiago, pero a Lea se lo iba a explicar todo, por supuesto—. Le pregunté qué coño quería, pero en lugar de responderme oí cómo... cómo follaba con Thiago.

—¿Qué estás diciendo? —Lea se levantó de la mesa, dio una vuelta sobre sí misma y me miró fijamente.

No era una broma.

Se sentó resoplando y cogió la cuchara para señalarme con ella.

—¿Y qué hiciste, joder?

—Me quedé bloqueada y los oí, no sé cuánto tiempo. Ella le pidió que le dijera guarradas y escuché perfectamente a Thiago diciéndole: «Te voy a follar hasta que no... hasta que no puedas más».

Lea dejó la cuchara y dio un golpe en la mesa con la palma de la mano.

—¡Joder! ¡Será hija de puta! Menuda zorra está hecha.

—Ha sido una manera directa de decirme que ha ganado. Ella se folla a Thiago y yo estoy al otro lado, escuchándolo como una pánfila.

—Madre mía, yo alucino con estas tías. Y colgaste, supongo...

—No, Marco cogió el móvil al ver mi cara de espanto y en cuanto se dio cuenta de qué iba aquello colgó. Y entonces... nos liamos.

—¿¿¿Cómo???

—Pues que una cosa llevó a la otra y nos acostamos. Fui yo la que empezó.

Lea me miraba con cara de pasmo.

—Él me abrazó, me dio el cariño que necesitaba en ese momento y quise besarlo, sentirlo y yo qué sé... Está bueno, ya me entiendes.

—¿No lo hiciste por rabia?

—Quizá al principio un poco, pero después me dejé llevar, y Marco es un experto en la cama. Bueno, lo hicimos en el sofá y fue un polvo rápido porque los dos teníamos ganas. Pero después me pidió que le dejara dormir conmigo, en su cama, y accedí porque pensé que no podría dormir con todo lo que había pasado. Pero me equivoqué, dormí como un lirón.

—Vaya... ¿Y al día siguiente?

—Cuando me desperté me estaba mirando, como en las pelis.

Nos reímos las dos y le seguí explicando qué había ocurrido aquella mañana.

—Y volvimos a hacerlo, aunque esa vez fue más... más despacio. Estábamos tan absortos en el cuerpo del otro que no nos dimos cuenta de la hora que era. Casi perdemos el avión.

—¡No fastidies! —comentó Lea riendo.

—Sí, la verdad es que Marco es un encanto.

—Me alegro por ti, petarda.

Nos miramos con cariño y una vez más me di cuenta de que Lea siempre estaría a mi lado.

—Creía que me echarías la bronca.

—¿Por tirarte a Marco? ¡Venga ya! Si tienes claro que no es Thiago, pues adelante.

¿Claro? Tenía clarísimo que lo amaba, pero también que era un amor imposible.

—Tampoco quiero nada serio con Marco, ni él conmigo. Creo que, sin necesidad de decirlo, ambos lo sabemos y eso nos quita un peso de encima. Hoy estábamos como siempre. Sin malos rollos ni sensaciones raras.

—¿Y si va a más?

—No puede ir a más.

No, porque yo todavía estaba enamorada de otro y él lo sabía perfectamente.

—Pues a disfrutarlo, porque seguro que Marco te puede enseñar un par de cosas.

Nos reímos de nuevo y seguimos charlando mientras comíamos helado de una tarrina. Le pregunté por doña lechuza, por lo visto se había espabilado en volver cuanto antes: el jueves regresaba a Madrid. A mí no podía joderme, pero a Lea sí. Lo que ella no sabía era que yo iba a sacar mis uñas porque con todo lo de Thiago me sentía con ganas de estirar los pelos a más de una.

Así que cuidadito, Leticia.

14

Aquel lunes me levanté nerviosa porque sabía que iba a ver a Thiago de nuevo en la facultad.

Estaba enfadada, molesta y disgustada con él, aunque yo había acabado también acostándome con otro. Pero la diferencia era simple: él no me había oído diciendo guarradas mientras me lo follaba. Es más, ni siquiera lo sabía.

Nada más bajar del autobús, lo vi con Adri, Luis y otros compañeros de cuarto curso. Nos miramos un segundo, pero antes de estar tentada a hacerle un mal gesto retiré la vista y seguí caminando junto a Lea. Me había propuesto ignorarlo al máximo y demostrarle de una vez por todas que no me importaba en absoluto su vida.

—Buenos días, preciosas. —Adri se colocó entre las dos y pasó su brazo por encima de nuestros hombros.

—Buenos días, morenito —le dijo Lea dándole un beso en los labios.

—Buenas, Adri —le contesté yo apartando su brazo en un gesto divertido.

—¿Qué tal tu fin de semana? —me preguntó él.

Lo miré fijamente y supe que volvía a las andadas: a recabar información para su amigo.

—Me lo he pasado genial. ¿Quieres detalles?

Adri sonrió y negó con la cabeza.

—Os adelanto, que tengo que recoger unos papeles en administración —les informé dejándolos solos.

Al subir las escaleras noté que alguien se acercaba demasiado por detrás y me volví para ver quién era.

—¿Qué tal por Londres? ¿Has trabajado mucho... o te han trabajado?

Thiago pasó de largo tras soltar aquellas preguntas y me dejó con la boca abierta.

«Será idiota.»

Que me lo dijera él, que se había trincado a su mejor amiga, no tenía ninguna gracia. Pero aguanté con estoicidad su provocación y me felicité a mí misma por pasar olímpicamente de él cuando volví a cruzármelo en el bar.

Me dirigí a la barra, muy digna, pero sentía su mirada puesta en mí. Joder con Thiago, ¿no tenía suficiente con su amiguita? ¿No podía dejarme en paz?

—Dime, ¿qué te pongo? —me preguntó uno de los camareros.

—Ponle un té, creo que ha cambiado de gustos.

No quise ni mirarlo porque no podía permitir que viera mi cara de alucinada.

—Dos cafés solos, por favor, uno de ellos sin azúcar —le pedí amablemente al camarero, que nos miraba primero a uno y luego al otro con una sonrisilla en el rostro.

A mí no me hacía ninguna gracia, pero por lo visto resultábamos divertidos.

—¿Tampoco me diriges la palabra?

Thiago usaba su tono entre grave e irónico, sabía que quería molestarme. Era el mismo tono que empleó a principios de curso cuando parecía que estábamos a punto de saltar el uno encima del otro.

«Ignóralo, es lo mejor que puedes hacer.»

Miré a la gente que pululaba por allí intentando ignorar su presencia y esperando que acabara yéndose de mi lado.

—¿Tengo que darle la enhorabuena a tu jefe o debo advertirle sobre ti? A rey muerto, rey puesto, ¿eh?

Empezaba a ponerme nerviosa y tuve que morderme la lengua, pero seguí en mis trece: no iba a contestarle nada. El camarero dejó los cafés frente a mí y los cogí para irme en busca de una mesa que estuviera bien lejos de él y de sus amigos. Pero al dar el primer paso Thiago me habló al oído con ganas de provocarme.

—Sé que estás con él por no estar conmigo. Sé que soy yo.

No pude evitar no mirarlo. ¿Por qué decía eso con tanta seguridad? ¿Acaso me leía la mente?

—Eres un creído.

—Sabes que no —me susurró con sensualidad.

Tuve que concentrarme para que no se me cayera el café y fui directa hacia una de aquellas mesas vacías. En ese momento entró Lea con Adri y ambos saludaron a Thiago con una gran sonrisa. En parte me jodía ver que Lea podía disfrutar de él y yo no. Lo único que podía hacer era evitarlo y no caer en sus desafíos.

Lea y Adri se acercaron a mi mesa, seguidos de Thiago. Pensé que se iría a otra mesa, pero me quedé muda cuando vi que se sentaba frente a mí, al lado de su amigo.

—Eh... —Lea se quedó igual de callada que yo, pero Adri intentó que aquello no acabara en una batalla campal.

—Lea, ¿sabes que en el viaje de fin de curso Thiago cada mañana iba al gimnasio del barco? ¿Te lo puedes creer?

Los de cuarto habían hecho un crucero por el Mediterráneo durante una semana y, por supuesto, ellos dos habían realizado aquel viaje con sus compañeros. Aquella semana lo eché de menos, aunque sabía que estar lejos de él era lo mejor para mi salud mental y para mi corazón. Fue una semana más o menos tranquila, aunque lo buscaba por el bar con la mirada.

—¿Y tú le has dicho que estuviste el primer día mareado como una nenaza? —le replicó Thiago dándole un golpe en el hombro.

Se rieron los tres y yo seguí concentrada en mi café, removiéndolo como si aquello fuera lo más interesante del mundo.

—Ya sabes lo que dicen de los que hacen tanto deporte: es porque mojan poco el churro —comentó Adri.

Lo miré un momento.

—Eh...

—No te preocupes, Adri —le dije manteniendo la calma—. No es el caso de tu amigo.

Thiago y yo nos miramos fijamente.

—¿Y tú qué sabes? —me preguntó en un tono chulesco, tanto que no pude evitar darle un corte de tres pares.

—Este sábado por la noche estabas follando con ganas. ¿Te digo la hora?

Thiago arrugó la frente y se apoyó en el respaldo de la silla, como si quisiera separarse de mí.

—¿Qué pasa? ¿Que es mentira? —le pregunté con retintín.

—¿El sábado? —preguntó Adri despistado—. Estuvimos en Colours hasta tarde...

—Si quieres también te digo con quién —le indiqué a Thiago obviando a Adri.

—Alexia... —me avisó Lea viendo que era capaz de montar un numerito de los buenos allí.

Miré un momento a mi amiga y me levanté de la mesa, agobiada. No quería estar un segundo más con... con él, joder.

—No, no vayas —oí que le decía Lea.

Pero Thiago no le hizo caso porque su mano cogió mi brazo para obligarme a volverme hacia él.

—¿Me echas algo en cara? —me preguntó con dureza.

—Puedes hacer lo que te dé la gana, pero dile a la estúpida de tu novia que si me vuelve a llamar mientras te la follas hasta que no puedas más, se va a arrepentir.

—¿Qué...?

—Te oí follando con ella —le gruñí dolida.

—Alexia... —Su tono se suavizó, pero yo estaba a punto de explotar.

—¡Suéltame! ¡Y déjame en paz! ¿Me oyes?

La gente se volvió para mirarnos y yo escapé de allí a grandes zancadas. Me daba igual la gente, lo que realmente me importaba era que no podía estar tan cerca de él sin querer abrazarlo, besarlo y decirle la verdad. Empezaba a flaquear, y eso no podía permitirlo.

—¡Alexia!

Seguí alejándome con paso rápido mientras él continuó llamándome. Lo ignoré y entré en la biblioteca. Allí no podría hablar más de la cuenta. Subí las escaleras y me escondí entre las estanterías.

«Joder, qué agonía.»

Cerré los ojos unos segundos y cuando los abrí lo encontré delante de mí. Ahogué una exclamación que no salió de mis labios porque Thiago colocó su mano en mi boca.

—Chis.

Nos miramos a los ojos y pensé que me iba a dar algo de la impresión de tenerlo casi pegado a mi cuerpo.

—No sé qué hizo Débora, pero si es lo que pienso... —Apretó las mandíbulas y retiró su mano para acercarse él—. Nena, da igual lo que pase con otros, lo nuestro es...

—No hay nada nuestro —murmuré intentando sonar convincente.

—¿Por qué mientes? ¿En serio es por lo de Apolo?

Me mordí los labios para no ser sincera con él. No podía serlo.

—Thiago, el sábado no parecías tan preocupado, ¿verdad?

—Joder. —Se pasó una mano por el pelo, nervioso—. ¿Y qué hay de ti? ¿Te liaste con tu jefe?

Me miraba esperando una respuesta negativa, lo leí en sus ojos, pero decirle la verdad era la mejor opción ante aquella pregunta.

—Sí, nos acostamos en Londres.

Thiago juntó las cejas, confundido, y seguidamente volvió su rostro hacia un lado mientras yo veía cómo se lamía los labios. Se quedó mirando la nada durante unos segundos hasta que me miró de nuevo fijando sus preciosos ojos verdes en los míos.

—Duele —dijo sin más.

—¿Ah, sí? No me digas —le repliqué picada, pensando que él había hecho lo mismo que yo.

Thiago me besó de repente, sin previo aviso y sin pensar. Su mano en mi nuca acompañó su gesto mientras su lengua se introdujo en mi boca. Al sentir su calidez deseé saborearlo unos instantes y le correspondí sin darme cuenta. Mi cuerpo lo anhelaba y mi boca también. Y lo besé como si lo necesitara para respirar. Me delaté, lo sé. Pero en cuanto fui consciente de que estaba besando a... a Thiago, puse las manos en su pecho y le empujé para separarme de él.

—No vuelvas a hacer eso —le solté entre cabreada y excitada.

Estaba húmeda, lo deseaba y me jodía tener que negarlo todo.

—Te apetece tanto como a mí —dijo muy seguro.

—No tienes ni idea —concluí tratando de mostrar una frialdad que no sentía.

Volvió a lamerse los labios y un escalofrío recorrió mi columna.

«Joder, puto Thiago.»

—Yo creo que sí —me indicó acercándose de nuevo.

Me escabullí como pude y me fui de allí como alma que lleva el diablo. Miré el reloj y me di cuenta de que se me había hecho tarde. Al profesor Carmelo no le hacía ninguna gracia que llegáramos tarde, así que no me quedó otra opción que saltarme la clase.

—Princesa, ¿te has perdido?

Nacho estaba al final de las escaleras, con su sonrisa de ligón.

—Se me ha pasado la hora de la clase de Carmelo y no quiero entrar —le dije andando deprisa.

—¿Un café? —Nacho se colocó a mi lado, siguiendo el ritmo de mis pasos.

—No, gracias. No quiero cruzarme con tu amigo.

—¿Salimos y me lo explicas?

Negué con la cabeza, pero Nacho me acompañó hacia la salida y nos sentamos debajo de unos árboles.

—Thiago sigue insistiendo —le dije frunciendo el ceño—. Y ya no sé cómo decírselo.

—Está pillado por ti.

—Ya, por eso el sábado estaba con Débora.

Me salió sin pensar, porque yo debía fingir que no me importaba.

—Los tíos somos así, bueno, y las tías también. Tú te has ido con Marco todo el fin de semana...

Lo miré extrañada. ¿Es que lo habían anunciado en la televisión?

—No me preguntes cómo, pero Débora lo sabía y nos lo comentó el sábado por la noche en Colours.

—Esa tía... Cualquiera diría que es de la policía secreta, joder.

—La cuestión es que parecéis dos tontos que intentan darse celos, ¿para qué?

—Yo no quiero darle celos. Me fui con Marco a Londres por cuestión de trabajo y porque necesitaba despejarme un poco.

—Mira, Alexia, sabes que me gustabas mucho y que Gala lo jodió todo entre nosotros antes de que empezáramos. Me costó entender que no podría resucitar lo nuestro. ¿Estás segura de lo que haces? Thiago acabará tirando la toalla, lo conozco bien.

—Estoy muy segura.

Mentí descaradamente, sobre todo a él, que era amigo de Thiago. No lo pensé ni dudé cuando afirmé que estaba muy segura de que no podía volver con él.

Otra cosa era cómo respondía mi cuerpo ante su voz, ante sus acercamientos o ante un beso... Aquello estaba fuera de mi control.

15

A la siguiente clase llegué puntual como un reloj. Era la del profesor Peña y no quería saltarme aquella lección por nada del mundo. Disfrutaba muchísimo de sus explicaciones y además debía entregarle el texto que había realizado junto a Hugo. Esperaba que me tocara de nuevo con él y que Thiago trabajara con Lucía y Ana.

Justo antes de entrar apareció Lea para preguntarme cómo estaba y qué había pasado con Thiago. Se lo expliqué por encima, me aconsejó que me lo tomara con más calma y cada una nos fuimos a nuestras respectivas clases.

En la hora del descanso estuve distraída escuchando las hazañas de Max. Por lo visto, había conocido a un chico cuyo gemelo era idéntico y pensaba que se habían intercambiado entre ellos en más de una ocasión, pero no lo tenía claro. Estuvimos aquella media hora dándole consejos varios y riéndonos un poco de la situación.

—¿Subes a la biblioteca? —me preguntó Lea mientras recogíamos nuestras cosas.

—Voy un momento al despacho de Peña a entregarle uno de los textos y subo. Se me ha olvidado dárselo antes.

Lea me dio un beso en la mejilla y se fue con Estrella y Max.

—¡Alexia! —Adri se acercó sonriendo—. Esto..., ¿vendrás a celebrar mi cumpleaños? Es el viernes.

—¿El viernes? ¿Ya?

Lea me lo había comentado, pero no había pensado más en ello.

—Sí, este viernes. Y, como odio las fiestas sorpresas, pues me la monto yo mismo. ¿Cuento contigo?

Nos miramos unos segundos largos. Thiago iba a estar presente, claro.

—Si no me colocas al lado de tu amigo, puedes contar conmigo.

—¿Eh? No, no... Lo celebraremos en Escápate, pero será algo informal.

¿En aquel restaurante de arena donde estuvimos una vez los cuatro tan a gusto? Lo recordaba perfectamente, pero parecía tan lejano todo...

—Quiero que vengas —dijo en un tono más bajo.

—Iré, aunque solo sea un rato.

—Perfecto, ¿vendrás con alguien?

Lo miré entornando los ojos. ¿En serio me preguntaba eso?

—No, iré yo sola —respondí negando con la cabeza.

—Tampoco sería tan raro, ¿no?

—¿Quieres preguntarme algo?

—¿Estás liada con tu jefe? —preguntó a bocajarro.

—¿Y ese interés?

Adri torció la boca y se mordió el labio inferior.

—Interés de amigo.

—Sí, claro. No estoy liada con nadie.

Sonrió y pasó su mano por mi hombro.

—Bien, entonces te veo el viernes a las nueve de la noche en Escápate. Después iremos a Magic a mover el culo un rato.

—Porque eres tú...

—Lo sé, lo sé. Yo también te quiero mucho.

Me dio un beso en la mejilla, igual que Lea, y me hizo sonreír. Me dirigí al despacho de Peña pensando que iba a ser difícil dejar de ver a Thiago. Lo iba a tener que tratar más de lo que habría querido. Si en verano se iba a Lyon a trabajar, lo perdería de vista y quizá con el tiempo las cosas se calmarían. Esperaba que así fuera.

Llamé al despacho con cuidado, pues sabía que el profesor Peña era una persona tranquila y que no le agradaban los ruidos. Cuando Thiago abrió la puerta maldije mi mala suerte.

—¿Señorita Suil? ¿Quería algo? —preguntó en francés como si fuera el profesor.

Tuve que aguantarme las ganas de mandarlo a paseo.

—¿No está el profesor Peña? Debo entregarle un texto.

—En estos momentos está... está ocupado.

—Pues lo espero.

—Si me lo das a mí, yo se lo hago llegar.

—No me fío ni un pelo —le dije con sinceridad.

Aquella traducción no era solo mía y no sabía si podía fiarme de Thiago tal y como estaban las cosas entre nosotros.

—Espera.

Cerró la puerta y desapareció. Al minuto salió con un papel y me lo entregó.

«Confirmo que la señorita Suil me ha entregado en mano el texto de traducción que ha realizado junto a Hugo. Hoy es lunes, día 9 de abril. Thiago Varela.»

—¿Contenta? —me preguntó cuando levanté la vista del papel tras observar su bonita firma.

Le respondí con una falsa sonrisa y le entregué el *pendrive* con el texto.

—No lo pierdas —le indiqué.

—Lo intentaré —me replicó con rapidez clavando sus ojos verdes en los míos.

Esa mirada...

—¿Algo más? —preguntó con el rostro grave. Era evidente que estaba enfadado conmigo.

—No, gracias —le dije reaccionando. Era fácil quedarte como una lela mirándolo.

Me volví para irme.

—Por cierto, Alexia, el viernes nos vemos —dijo con ironía.

—No me queda otra —contesté sin girarme.

—Siempre puedes buscar una excusa.

Me volví para replicarle.

—No eres tan importante como para tener que hacer eso —sentencié muy segura.

—Por eso te has follado a tu jefe.

Su tono rencoroso no me gustó nada.

—Y por eso te has follado a la estúpida de tu amiga.

Nos miramos con ganas de decirnos mil cosas, pero nos contuvimos. Quizá hubiéramos acabado a gritos y tal vez yo hubiese perdido los nervios, algo que tenía muy claro que no me podía permitir delante de Thiago. ¿Y si se me escapaba y le decía que éramos hermanos?

¿Cómo hubiese reaccionado Thiago al saberlo? ¿Cómo hubiese actuado conmigo? ¿Le habría sido tan difícil como a mí entender que no podíamos besarnos o tocarnos?

Cuando entré en la biblioteca Lea estaba concentrada leyendo un libro junto a Estrella y Max. Los miré uno a uno mientras me acomodaba al lado de Estrella.

Estrella se había convertido en una buena amiga, comprensiva y paciente. Era una buena chica y jamás se metía en problemas. Ella decía que su vida era aburrida, pero ya hubiera querido para mí un poco de su calma.

Max, en cambio, era todo lo contrario. Siempre le ocurría algo: cuando no se enamoraba de una chica con pareja lo hacía de un chico que no quería salir del armario. Max era un torbellino de sentimientos y, aunque solía practicar el sexo sin problemas, también se quedaba colgado de sus ligues en demasiadas ocasiones.

Y Lea... Lea era la mejor amiga que podía tener. Siempre ahí. Tendiéndome la mano, dejándome su hombro y apoyándome en todo, pero sin decirme a todo que sí. Si en algo no estaba de acuerdo, lo decía, y si pensaba lo contrario, también. Con toda esta historia de Thiago, a ratos me daba la impresión de que era yo quien le fallaba a ella. Le mentía, no le decía toda la verdad y ella lo intuía. Pero tenía claro que no quería meterla en medio de toda esa mierda. A Lea no.

—Vaya, pensaba que las ratas no podían entrar en las bibliotecas...

Los cuatro levantamos la cabeza de nuestros libros para observar a la autora de aquellas palabras.

Leticia, ni más ni menos, en todo su esplendor. Con su melena impecable, su ropa sin una sola arruguita y sus taconazos de sábado noche que la hacían parecer siempre mucho más alta de lo que era.

—Por lo visto, hoy dejan entrar incluso a los gusanos. —Apoyé los codos en la mesa y le sonreí falsamente.

Leticia alzó una de las cejas ante mi respuesta y miró a Lea directamente.

—Estoy buscando a Adrián.

Yo aluciné con su descaro.

—Se ha ido a la China porque sabía que estabas al caer —se burló Lea sin cortarse un pelo.

Solté una risilla, y Max y Estrella me acompañaron.

—Por cierto, Alexia, ¿qué tal la familia?

Se me cortó la risa al segundo. ¿De qué hablaba? Me levanté y me encaré a ella con ganas de soltarle una buena bofetada. Pero estábamos en la biblioteca, eso lo primero, y además no quería llegar a ese extremo.

—Deja de meterte en mis asuntos —la avisé en un tono que no daba lugar a discusión.

—Lo mismo te digo. —Arqueó su ceja de nuevo y se volvió para salir de la biblioteca.

Lea y yo nos miramos en silencio sabiendo qué pensábamos ambas: problemas, esto serán problemas. Y por lo visto no solo para Lea, Leticia tenía para las dos y si me había preguntado aquello era porque... ¿porque sabía que Thiago era mi hermano? No, yo estaba demasiado susceptible con el tema. Dudaba que, aparte de Joaquín y de mi madre, lo supiera nadie más. ¿A santo de qué podía saberlo ella? No tenía ninguna lógica.

—Esa tía ha venido para joderme...

Estábamos en clase de Guerrero y Lea no podía quitarse de la cabeza a la lechuza. La verdad es que yo tampoco.

—Lea, Adri está enamorado de ti. ¿Qué puede hacer esa bruja? Pavonearse delante de él y poco más. Adri no es tonto.

—Tonto no, pero es un tío.

—Venga ya, ¿no confías en él?

—Es de ella de quien no me fío. Es una zorra de mucho cuidado, una manipuladora y no sabes cómo trataba a Adri... Era como una marioneta en sus manos.

—¿Y temes que vuelva a ocurrir? Adri sabe que si la caga te perderá y él no quiere volver con ella.

—Pues ella tiene claro que sí.

Lea me enseñó un mensaje en el móvil de un número desconocido.

Ahora es mi momento, ve haciéndote a la idea. Volverá a ser mío.

Cuánto odiaba esa manera de proceder: tiro la piedra y escondo la mano. Probablemente era Leticia, pero ¿por qué no tenía las agallas de decirlo?

—¿Has respondido?

—No voy a entrar al trapo. Paso.

—Esa es mi Lea. Esa tía es un cero a la izquierda y lo único que quiere es asustarte.

—Y meterse con tu familia —murmuró.

—Sí, supongo que se refería a la mierda de relación que tenemos mi madre y yo.

Suspiré, cansada de mentir, y Lea me cogió la mano.

—¿Estás bien?

—He pasado mala noche, ya sabes. Thiago dando por saco y ahora esta pava.

—A esta nos la comemos con patatas.

—Si nos la comemos quizá nos envenenemos...

Nos reímos las dos por lo bajini e intentamos coger el hilo de la clase, pero estábamos a años luz de allí.

Lea temía que Leticia fastidiara su relación con Adri y yo que supiera aquella mierda de secreto que empezaba a tenerme muy harta.

16

MAMÁ

Me encantaba que los planes salieran bien, o más que bien en este caso.

Alexia había leído la carta y se había ido a Londres sin pensárselo demasiado. Sin preguntar, sin hablar y sin querer saber más de lo que había allí escrito. Sabía que reaccionaría de esa forma y que rompería con el hijo de Joaquín en cuanto lo supiera. Irse a Londres con su jefe era la mejor opción en aquel momento y, aunque yo me había hecho la ofendida a su vuelta, la verdad era que poder disponer de la casa esos días nos había ido genial a Joaquín y a mí.

Él llevaba unos días raro, por lo visto había llegado a ese punto en el que a uno le entran los remordimientos. A buenas horas..., pero, en fin, no iba a ser yo la que le diera vía libre. Nos lo pasábamos muy bien en la cama, y eso valía su peso en oro. Había estado con otros tipos y el sexo no había sido siempre gratificante, sobre todo cuando eran historias de una sola noche. Algunos no sabían dónde ni cómo tocar, con lo cual acababa siendo una tortura que deseaba que terminara cuanto antes.

Además, ahora que me había quitado a Alexia de encima, Joaquín estaría más relajado. Temía que su hijo se enterara de nuestra historia, aunque a veces actuaba como un quinceañero metiéndome mano en medio de la calle. A mí me daba igual que se enteraran su hijo, su mujer y el Espíritu Santo, lo que no quería era perderlo a él. Estaba enganchada, y aunque no era imprescindible, porque en mi vida hacía años que nadie era imprescindible, me lo pasaba bien con él. Me gustaba provocarlo, ver el deseo en sus ojos o en los mensajes que nos enviábamos.

Siempre procuraba no molestarlo cuando estaba en su casa, pero alguna que otra noche él me buscaba y me decía guarradas varias a las que yo respondía pensando que lo tenía bebiendo de mi mano.

Y es que siempre había sido así. Con mi físico no había tenido nunca problemas en tener a los hombres a mis pies. A casi todos, porque el único al que quise de verdad me dejó por mi propia hija. Aquello me jodió, aunque lo superé, por supuesto. Aun así, era algo que no le iba a perdonar nunca a Alexia y que jamás olvidaría. Por eso, ahora mismo, oyéndola llorar por la pérdida de su gran amor, disfrutaba tanto como estando en la cama con Joaquín.

Donde las dan las toman.

17

Aquel lunes por la tarde Lea nos había pedido a Natalia y a mí que la ayudáramos a buscar el regalo perfecto para el cumpleaños de Adri. Natalia y yo habíamos pensado comprarle un reloj deportivo con pulsómetro, monitor de ritmo cardíaco, contador de calorías y no sé cuántas cosas más.

—Pues no sé qué regalarle... —comentó Lea desanimada después de dar vueltas durante casi una hora por diversas tiendas.

—Es que los tíos son muy complicados —se quejó Natalia con razón—. Fíjate en nosotras: un bolso, unos zapatos, un masaje, un set de maquillaje... Yo qué sé, a mí me gustan un millón de cosas.

—Pero lo que más te gusta es Ignacio, no lo niegues —apunté alzando las cejas.

Natalia soltó una risilla nerviosa y asintió con la cabeza.

—Es que es tan... tan comible —murmuró.

—¿Comible? Mejor no me cuentes qué te comes exactamente. No estoy para sexo ahora mismo —añadió Lea con un gesto melodramático.

—¡Hostia puta! —exclamé abriendo mucho los ojos.

¿Qué... qué hacía Ignacio en medio de la calle con su hermana?

—¡Dios! Pero ¿qué...? —Lea estaba igual de alucinada que yo.

Ambas nos volvimos hacia Natalia, cuya mirada incrédula estaba puesta en Ignacio. En Ignacio recibiendo un beso en la boca de... de esa tía que nos dijo que era Mireia, su hermana.

—¿Quién es? —pregunté yo.

—No lo sé —respondió Natalia.

—¿Es su... hermana? —preguntó con cautela Lea.

Estaba a unos metros, pero yo sabía que aquella chica delgada y menuda era la misma que habíamos visto con él al salir de un centro de reproducción asistida.

—Esa no es ni Mireia ni María, ahora mismo ambas llevan el pelo teñido de rubio.

Y esa era una morenaza. Con lo cual dos más dos suman cuatro: Ignacio nos mintió descaradamente aquel día. Esa chica no era su hermana... ¿Entonces?

—Además, ¿por qué iba a besar de esa forma a alguna de sus hermanas?

Eso quería saber yo.

—Es que... esa es la chica que vimos con Ignacio... —le comenté creyendo que debía saberlo todo.

Natalia me miró abriendo más los ojos.

—¿Qué chica?

—Aquella que estaba con él antes de que se sentara con nosotras a tomar un café.

—¿La del centro de reproducción aquel? —preguntó con temor.

—Joder —musitó Lea afirmando con la cabeza.

¿Las tres pensábamos lo mismo? ¿Aquella chica era alguien importante en la vida de Ignacio?

Los miramos de nuevo: Ignacio le dijo algo dando unos pasos hacia atrás y ella le tiró un beso tras un guiño. Sin saberlo, Ignacio se estaba acercando a nosotras y, cuando se volvió y nos vio a las tres, se quedó petrificado como una estatua. Abrió la boca como un pez boqueando en el agua, pero no emitió palabra alguna. Lea y yo no supimos qué decir, pero Natalia se adelantó hacia él, colocó las manos en sus caderas y le habló con un evidente cabreo.

—¿Tienes novia o me vas a dar una de tus excusas baratas?

—Eh... Es complicado.

Ignacio se pasó la mano por la nuca y Lea y yo nos miramos la una a la otra.

—A mí me parece que más que complicado es evidente. ¿Cómo se llama?

¿Qué más daba su nombre? Por lo visto para Natalia era importante, quizá era una manera de hacerlo más real.

—Laia.

—¿Y desde cuándo estás con ella?

—Desde hace cinco años.

Joder... ¿Cinco putos años? ¿En serio?

—¿Y de qué coño vas conmigo? —exclamó Natalia, bastante nerviosa.

—Quería decírtelo, pero no sabía cómo... Yo... No debería haber salido contigo, ni debería haber dejado que esto ocurriera...

—Madre mía... —Natalia se llevó la mano a la frente.

—Nena, ¿podemos hablar tranquilos en algún lugar?

—¿De qué? Si está todo clarísimo. Sales con... con esa tal Laia y le pones los cuernos conmigo y a saber con cuántas más.

—¡No! —exclamó él inmediatamente—. Ahí te equivocas. Siempre le he sido fiel hasta que... hasta que te conocí.

Un silencio denso los envolvió a los dos porque aquellas palabras eran importantes, pero no lo suficiente como para perdonarle algo como aquello.

—Déjame explicarte...

Esas palabras retumbaron en mi cabeza al recordar a Thiago.

«Natalia, deja que se explique.»

La vida es extraña y a veces nada es lo que parece.

—¿Qué me vas a decir, Igna? ¿Que no la quieres? ¿Que estás con ella por obligación? No te voy a creer.

—Estamos casados.

—¿¿¿Cómo???

«Joder, joder, esto no lo arregla ni Dios.»

Ignacio se acercó a ella y cogió su mano de forma inesperada. Natalia estaba bloqueada, como nosotras, y no reaccionó. Él la estiró del brazo para guiarla hasta una cafetería cercana y los vimos entrar en ella.

—Cada día entiendo menos a los hombres —dijo Lea sin dejar de mirar hacia la cafetería.

—¿Ha dicho que está casado o he oído mal?

—Ha dicho: «Estamos casados».

—La madre que me parió —musité pensando que Ignacio nos había engañado bien con su pose de chico encantador.

—A ver qué historia le cuenta ahora... ¿La esperamos?

—Claro que la esperamos —sentencié convencida—. ¿Y si sale de ahí hecha polvo?

—Tienes razón. —Apoyó su espalda en la pared y yo empecé a moverme de un lado a otro dándole vueltas al asunto.

¿Casado? ¿Reproducción asistida? ¿De qué palo iba ese tío? Otro, al saco de los capullos. ¿Es que no había tíos normales?

A los cinco minutos recibí una llamada de Natalia.

—¿Alexia?

—Dime. —Le hice una seña a Lea indicándole que era nuestra amiga y se pegó a mí para intentar escuchar algo.

—No hace falta que me esperéis, os veo desde aquí. No es necesario, en serio.

—¿Estás bien?

—Sí, Ignacio está... explicándome algunas cosas.

Estaba claro que aquel no era el momento de hablarlo, pero me moría por saber qué pasaba con el abogado.

—Pero ¿está casado, en serio?

—Sí, lo está. Os llamo más tarde, ¿vale? Porque esto va para largo.

La vi muy entera y decidida, así que acaté su petición sin oponerme.

—Estaremos en El Rincón picando algo hacia las nueve, ¿de acuerdo?

—Nos vemos allí.

Lea y yo nos miramos bastante sorprendidas.

—¿No lo manda a tomar por culo? —me preguntó Lea indignada.

—Creo que no.

—¡Tía, que está casado!

—Ya, ya, pero está bien que deje que se explique, ¿no crees?

—¿Desde cuándo te tomas las cosas con tanta calma?

—Anda, vamos, que tenemos un par de horas para encontrar el regalo para Adri.

—¿Y si vamos a un *sex shop*?

Le di una colleja con ganas y Lea se descojonó ante mi reacción. Al final encontró lo que buscaba: una bolsa de deporte Samsonite que rellenaría de notas de color rosa escritas de su propia mano. Cosas de Lea...

—Te quiero mucho, te quiero follar muchísimo, me encanta comerme tu polo y cosas así.

—Lea, no hace falta que me des detalles. Ya he captado la idea.

Estábamos ante el mostrador de la tienda para pagar y una mujer de lo más elegante nos miraba divertida. Parecía que esperaba a alguien, probablemente a su marido, que estaría eligiendo una de aquellas maletas tan caras.

—¿Te gusta esta?

Me volví inmediatamente al reconocer esa voz. Era Javi, sin duda. Y precisamente charlaba con aquella mujer de rostro amable.

—Es bonita, cariño.

—Creo que a papá le gustará.

Javi debió de notar mi mirada puesta en él porque se volvió despacio hacia mí.

—¡Vaya! —exclamó sonriendo—. Qué pequeño es el mundo.

—Muy pequeño —asentí divertida.

Se acercó a nosotras y Lea lo saludó con efusividad.

—¿De compras, chicas?

—Sí, ¿Y tú? ¿Estás con tu mujer?

—¡Lea! —Le di un codazo y Javi rio.

—Es mi madre, aunque podría pasar por una mujer de treinta, ¿verdad? Bueno, por una de cuarenta sí.

Nos reímos los tres y me fijé en que su madre nos observaba con una sonrisa permanente.

—Yo estoy muy soltero —especificó mirándome a mí.

—¿Ah, sí? Pues Alexia también.

Miré a Lea, que se volvió para pagar su compra.

—¿Haces algo mañana? —me preguntó de repente.

—Pues no tengo nada en mente...

—¿Sabes pintar?

—¿Cómo?

—El dueño de Painter me animó a ver su local. Es un bar donde puedes tomar algo mientras pintas un cuadro. ¿Te suena?

—En absoluto.

—Es una idea bastante novedosa, pero se ve que funciona bien. ¿Te apetece probar?

—Puede ser divertido —le dije con sinceridad.

—Genial. Te paso la dirección más tarde y nos vemos allí... ¿a las...?

—¿Nueve?

—A las nueve. No me dejes colgado, que no tengo ni idea de pintar.

—Pues ya somos dos —comenté sonriendo.

—¿Me das tu número de teléfono?

Sin darme cuenta había quedado con Javi para ¿pintar un cuadro en un bar?

Últimamente me superaba.

18

Natalia llegó puntual y se lo agradecimos porque Lea y yo estábamos histéricas. No entendíamos que Ignacio estuviera casado y que hasta entonces no le hubiera dicho nada a nuestra amiga.

—Adam, una cerveza para Natalia y un bocata de...

—Un vegetal, Adam, gracias.

Observé su mirada y me sorprendió comprobar que no parecía agobiada. Sabía que Natalia era una chica fuerte, pero aquello..., aquello se salía de madre.

—¿Cómo ha ido? —preguntó Lea inquieta.

—Pues hemos estado hablando y me ha explicado su historia con Laia.

Seguía dándome la impresión de que Natalia estaba demasiado serena.

—Está casado con ella desde hace cuatro años. Se casaron porque ella se quedó embarazada, pero lo perdió a los cuatro meses y desde entonces intentan tener un hijo. Bueno, según él, ella es la que está desesperada por tenerlo.

—¿Y qué pasa contigo? ¿Y esta mentira? —preguntó de nuevo Lea alzando sus brazos.

—Hace poco más de un año que Ignacio empezó a agobiarse con la obsesión de Laia. Todo lo enfocaba a lo mismo y él comenzó a echárselo en cara: solo follaban para procrear, no quería viajar, no quería salir, ni beber ni nada que pudiera entorpecer un futuro embarazo.

—Y no ha servido de nada —dictaminé segura.

—No, nada de todo eso les ha funcionado. Así que Laia habló con su ginecólogo y le recomendó recurrir a un centro de reproducción asistida. Concretamente, el centro donde los visteis aquel día.

Natalia nos miró alternativamente.

—Me ha dicho... que lleva tiempo pensando qué hacer con todo esto. A Laia la conoció en Valencia y ella lo dejó todo para venir a Madrid. Trabaja en una empresa como recepcionista y tiene amigos, pero su única familia aquí es él.

—No quiere dejarla —dictaminó Lea frunciendo el ceño.

—No sabe cómo —le rebatió Natalia.

—¿Y lo vuestro?

—Bueno, me ha explicado que me daba tantas largas porque no quería engañarla, pero que había llegado a un punto en que no había podido evitarlo.

—De ahí que no te llevara a su piso y de que no lo hayáis hecho..., porque eso era raro de cojones —comentó Lea.

Natalia nos miró con una sonrisa pícara y a Lea y a mí nos cambió la cara.

—¿Lo habéis hecho? —preguntó Lea en un tono agudo.

Me mordí los labios sonriendo. A pesar de que era un tío casado, pues... pues me alegraba que se hubiera dado un buen meneo con él. Estaba segura de que Natalia lo necesitaba.

—Hace unos días nos quedamos solos en su despacho, repasando unos informes que nos pasó el calvo y una cosa llevó a la otra... Aunque ahora no me parece tan sexy, la verdad. Está casado y no me gusta ser la otra.

—¿La quiere todavía? —pregunté yo poniendo la directa.

—Me ha dicho que no, que si la quisiera no se hubiera liado conmigo. Según él, ni siquiera me hubiera mirado más de cinco segundos. No sé si creerle.

—No te ha llevado a la cama y lo podría haber hecho desde el primer minuto —lo justifiqué.

—Lo sé, pero todo esto me parece increíble. Ahora entiendo muchas cosas.

—Y ¿cómo es que en el trabajo nadie lo sabe? —preguntó Lea.

—Porque él no lo ha dicho, así de simple. Y nadie lo conocía de antes.

—Con lo pequeño que es Madrid a veces —musité pensando en mi encuentro con Javi—. ¿Y ahora qué?

—¿Ahora? Pues nada. Yo he escuchado su historia. Puedo creérmela o no, pero no vamos a seguir viéndonos. Está casado, joder.

—Sí... —asentimos Lea y yo dándole la razón.

—Cuando solucione lo suyo..., ya veremos. Tengo que pensar en todo esto, no me lo hubiera imaginado nunca. Quiero pensar tranquila, porque ¿y si es un mentiroso de los grandes? ¿Y si saliera con él y me lo hiciera a mí? ¿Por qué debería confiar en él?

—Paso a paso, Natalia —le dije como si fuera su madre—. No adelantemos acontecimientos. Tú has hecho bien en decirle que se aclare. Cuando venga a ti, tú también tendrás las cosas más claras, ¿no crees?

Natalia y Lea me miraron con ambas cejas alzadas.

—¿Qué? —inquirí un poco molesta por cómo me miraban.

—Señora de cincuenta años, por favor, salga de ese cuerpo inmediatamente. —Lea habló en un tono agudo que nos hizo reír a las tres.

—Lea...

—¿Mmm?

—Que te den por saco. —Levanté mi dedo corazón y volvimos a reír las tres a carcajada limpia.

Afortunadamente, Natalia nos tenía a nosotras y todo aquello era mucho más soportable si lo compartías con tus amigas y te echabas unas risas. Yo lo tenía comprobado, ellas eran mis psicólogas particulares. Sobre todo, Lea, que cuando menos te lo esperabas te soltaba una payasada de las suyas y lograba que olvidaras todos los problemas.

Aquella noche soñé que no podía estar con Thiago porque estaba casado y cuando me desperté pensé que ojalá la realidad fuera tan simple. Antes de levantarme de la cama leí por milésima vez la carta de mi madre a Joaquín para convencerme de que lo había entendido todo bien. Una tontería porque la había leído ya muchas veces y era evidente que mi madre creía que esa criatura que venía en camino era del padre de Thiago.

¿Cómo podía ser mi madre tan... tan mala? Si ella sabía que yo no era hija de mi padre, ¿cómo había dejado que él se hiciera cargo de mí? Era lo mejor que me había podido ocurrir, pero ¿dónde quedaba la responsabilidad de mi madre? Se había acostado con otro, se había quedado embarazada de él y además nos había escondido esa información durante todos estos años.

Siempre había pensado que mi madre no era normal, desde bien pequeña veía a otras madres corriendo tras sus hijos, riendo con ellos o dándoles un beso de aquellos ruidosos. Pero mi madre jamás se había comportado así conmigo. Tenía asimilado que no me quería y, aunque me dolió cuando fui lo suficientemente mayor para darme cuenta, lo acepté sin más. Mi padre cubría mis necesidades afectivas y yo era muy feliz a su lado.

Pero esto..., saber que nos había mentido a mi padre y a mí de esa forma era algo imperdonable.

Me levanté de la cama de mal humor pensando en todo ello. ¿Era hora de irme de allí? Lo hablaría con mi padre. No quería seguir compartiendo techo con ella. Y si era necesario trabajar, lo haría.

Cuando bajé a la cocina no le dije nada. Estaba sentada a la mesa tomando su café y leyendo el periódico. Me subió la bilis por la garganta al verla tan digna, con lo víbora que era.

—¿Quieres algo? —preguntó con altivez al mirarme.

—¿Que desaparezcas? —le repliqué con asco.

—Vaya, parece que estás de mal humor. ¿Es por algún chico?

Su pregunta me supo a hierro quemado. Menuda cínica estaba hecha: me preguntaba aquello como si fuera una madre amorosa.

—¿Qué tal con Gerardo? —le pregunté yo seguidamente.

Mi madre alzó las cejas, pero no respondió.

—¿Sabes que tiene familia? ¿Y que puedes destrozarle la vida con tus gilipolleces?

—No es asunto tuyo.

—Que te folles al padre de un amigo mío sí es asunto mío —le gruñí ante su poca sangre.

Me ponía muy muy nerviosa verla tan calmada.

—¿Conoces al hijo de Gerardo? Qué bien.

—Ya sabes a quién me refiero. No te hagas la tonta.

Mi madre sonrió con falsedad.

—¿Lo sabe su mujer? —Su sonrisa desapareció de repente—. Dudo mucho que esté al corriente y también dudo mucho que lo consienta. Quizá debería saberlo, ¿no te parece?

—No se lo vas a decir.

—¿Por qué no?

—Porque dañarías a tu amigo.

Nos quedamos mirando fijamente en silencio.

Tenía razón, porque lo último que deseaba era fastidiar a Thiago, pero ella no tenía por qué saberlo.

—Thiago y yo apenas nos hablamos. Me la suda.

Mi madre no cambió el gesto, pero yo sabía que su cerebro estaba funcionando a marchas forzadas. Lo sabía por una pequeña arruga que se le formaba en la frente.

—No te creo.

—Quiero irme de aquí y quiero que con el dinero que te da papá me pagues el piso.

La idea surgió en mi cabeza en ese mismo momento y me felicité a mí misma por verbalizarla con tanta contundencia.

—En una semana quiero tener ese piso; si no, allá tú.

—¿Es una amenaza?

—Es una advertencia, Alexia —silabeé su nombre y me apoyé en la encimera, satisfecha de mí misma.

Evidentemente, no iba a decirle nada a la madre de Thiago porque yo no era así, pero mi madre me conocía muy poco o nada.

—Está bien, lo hablaré con tu padre. A mí también me gusta la idea de perderte de vista y de poder dormir sin oír tus quejidos de niña pequeña.

Dolía, seguía doliendo. Escuchar aquellas palabras de la boca de tu madre era jodido. Pero me mantuve firme y me volví para prepararme el café mientras retenía las lágrimas. Hacía mucho que no lloraba por ella y no iba a hacerlo entonces. La verdad era que a ratos me sentía saturada y me entraban unas repentinas ganas de llorar. Demasiados dolores de cabeza.

—¿Has llorado? —Lea me observaba los ojos con su mirada minuciosa mientras íbamos de camino a la facultad en el bus.

—No, me ha entrado algo en el ojo cuando venía hacia aquí.

—Anda, coge el corrector, ¿dónde lo tienes?

Cogió el neceser de mi bolso con una rapidez increíble y lo abrió para buscar la crema.

—¡Eh! —exclamé quitándole el neceser de las manos.

Lea frunció el ceño.

—¿Qué es ese papel?

—Nada —respondí con demasiada prisa.

Cogí el corrector de ojeras y me lo apliqué con cuidado.

—Alexia..., somos amigas, ¿no? Te conozco y escondes algo en ese papelucho.

—Es una carta de mi madre. Algo de mi familia.

—¿Que no quieres contarme?

La miré a los ojos unos segundos. Debía contárselo. Quizá así yo también me sentiría mejor y podría lamentarme con ella de mi mala suerte.

—Que no debería contarte, Lea. Te voy a poner en un marrón de los gordos. Ya sabes cómo se las gasta mi madre. No he querido decirte nada porque... porque no quiero implicarte.

—¿Tan graves es? —preguntó muy sorprendida.

—Ni te lo imaginas —le dije con ganas de soltárselo.

Era mi mejor amiga... Empezaba a sentir la necesidad de hablarlo con ella.

—Alexia, has pasado por cosas muy fuertes, pero siempre has salido adelante. Y yo estoy contigo, en lo que sea. Sabes que no tengo miedo, que puedes contar conmigo. ¿No sería más fácil pasarlo juntas? Sea lo que sea.

Ahí estaba Lea, con dos pares. No sabía de qué iba la historia, pero le había advertido de que no era algo agradable. Así era nuestra amistad: juntas en lo bueno y en lo malo.

Guardé la carta en el neceser y se lo expliqué todo desde el principio.

19

Lea flipó al enterarse de que Thiago era mi hermano. Durante mi explicación estuvo taciturna, pero cuando terminé me dio su opinión sin paños calientes. Según ella, debía asegurarme de que aquello fuera verdad, aunque la carta me pareciera antigua y la historia cuadrara; debía comprobar la autenticidad igualmente. No podía quedarme con la duda, que debía reconocer que me asaltaba de vez en cuando. Estuve de acuerdo con ella en este aspecto, pero le dije que me diera tiempo. Quería enfocarlo bien. ¿Debía hablarlo con mi padre primero o debía coger a mi madre e intentar conversar con ella como dos personas normales? Lo pensaría.

En cuanto a mi actitud con Thiago, Lea se quedó más descansada al saber que no era una exagerada, porque hasta entonces no había entendido mi cabezonería. Ahora le quedaba todo claro y le alegraba saber que yo no era tan obstinada. Mi manera de actuar en los últimos días no le había parecido lógica y no podía creer que el tema de Apolo fuera la razón real de ese cabreo.

Sobre la noticia de mi futura independencia, se alegró muchísimo y me dijo que teníamos que ponernos manos a la obra cuanto antes. Yo quería seguir viviendo en nuestro barrio porque así estaría cerca de Lea y de Natalia. Además, también tenía el coche en aquel garaje que había alquilado mi padre cerca del dúplex.

Hacia las doce Lea y yo quedamos en vernos en el bar. Yo había asistido a la clase del profesor Peña y me había dado la mala noticia de que el próximo texto lo trabajaría con Thiago, solos los dos.

«Si monto un circo, ¿me crecerán los enanos?»

—Ya estoy aquí —dijo Lea sentándose en la silla de enfrente—. Y mira qué he cogido.

Me mostró un periódico y sonrió.

—Podemos buscar pisos, ¿no?

Lea y yo comenzamos a descartar pisos por mala situación, porque eran muy viejos o por precio, hasta que encontramos un par que nos gustaron. Ambos eran parecidos, no muy grandes, pero con un precio razonable. Sabía que mi madre no iba a pagarme un piso de lujo, pero me daba igual, necesitaba irme de su lado.

—Hola, guapas. —Adri se sentó al lado de Lea y le sonreí—. ¿Qué hacéis?

Le dio un beso corto en los labios a mi amiga y ella me miró esperando que fuera yo la que respondiera a su pregunta.

—Estamos mirando piso otra vez, me voy a vivir sola. Ahora sí —respondí contenta.

—¿De veras? —preguntó interesado.

—Se nos independiza —comentó Lea alzando las cejas un par de veces.

—¿Os ayudo? —preguntó acercándose a mi amiga.

Adri nos dio su opinión y Lea y yo lo miramos con atención porque nos aconsejó sobre cosas como los gastos de comunidad o la fianza que debía pagar inicialmente.

—Todo esto lo hemos estudiado en una optativa de economía. Thiago y yo hicimos un trabajo comparando el tema del alquiler y el de la compra de viviendas.

—Interesante —comentó Lea.

—Yo hice la parte de la compra y Thiago se centró más en el alquiler. Si queréis le preguntamos a él.

—No, no es necesario —dijo con rapidez Lea, mirándome a mí—. Yo creo que con esto nos basta, ¿verdad?

—Sí, gracias por la información, Adri.

Lea se comportó con toda la naturalidad del mundo y pensé que la había subestimado al creer que no podría con aquel jodido secreto. Supuse que hacía un esfuerzo por no mostrar nada de lo que sabía delante de Adri.

—Pues ya sabes, Lea, cuando nos compremos un piso, aquí tienes un experto —le dijo él arqueando una de las cejas.

—¿Eh? —Lea abrió los ojos y seguidamente me miró a mí.

—Adri, creo que alguien se ha hecho popó.

—¡Oye! —me increpó Lea fingiendo un enfado.

Adri y yo nos reímos con ganas.

—Es solo que me has pillado fuera de juego. Entonces... —Se arrimó a Adri—, ¿el piso *pa' cuándo?* —preguntó cantando como Jennifer López.

Nos descojonamos los tres y algunos rostros se volvieron para mirarnos. Había poca gente en el bar a aquellas horas y apenas se escuchaba ruido ambiental.

—¿Cómo no voy a quererla? —me preguntó Adri mientras abrazaba a Lea.

—Imposible no quererla —le respondí, sonriendo feliz por ellos.

Leticia había logrado dar con Adri el día anterior, pero él le había ofrecido solo cinco minutos de su tiempo. Le había dejado claro que lo suyo estaba terminado del todo y que estaba con mi amiga. Lea le daba una seguridad a Adri que antes no sentía con su ex. Para mí eran la pareja perfecta. Se complementaban, se entendían, se respetaban y se adoraban por encima de todo.

¿El único fallo de Adri? Ser amigo de Thiago.

—Adri. —Los tres nos volvimos para ver a Thiago, que se había colocado junto a nuestra mesa sin hacer el menor ruido.

—¿Qué pasa?

—¿Puedes hacerme un favor? Es que he quedado con Débora y voy justo de tiempo.

—Eh..., claro.

Lea y yo nos miramos un segundo, pero no dijimos nada.

—¿Puedes pasarle esto a la amiga de tu chica? Nos toca hacer juntos el proyecto y paso de quedar con ella.

Mi cabeza parecía que iba a estallar y estuve a punto de levantarme como un resorte y mandarlo a la mierda de un solo grito. Pero me aguanté.

—Sí, vale.

Adri me miró un momento y yo retiré la mirada de ellos para centrarme en la pantalla de mi móvil.

—Dile que yo ya he acabado mi parte, que se espabile. Menos follar y más currar...

Me estaba buscando, estaba clarísimo, pero lo ignoré, no sé cómo.

—Joder, Thiago... —comentó por lo bajo Adri.

—A eso voy, a joder. Hasta luego, pa-re-ja.

Desapareció como había llegado, casi sin darme cuenta, y cuando levanté la cabeza, vi a Lea y Adri mirándome.

—Ni una palabra. —Cogí el *pendrive* que él tenía todavía entre sus dedos.

Era lo mejor; que Thiago estuviera cabreado y que empezara a pasar de mí de aquel modo era lo mejor.

Pero dolía mucho.

Aquella tarde del martes la pasé traduciendo varios correos junto a Lidia, mi compañera en LOFT. Había mucho trabajo y apenas hablamos, pero a media tarde decidimos hacer un descanso de diez minutos. Nos tomamos un café en la sala correspondiente mientras Lidia me puso al día sobre su fin de semana.

—Buenas tardes, guapas. —Marco nos saludó sonriendo y se colocó frente a la cafetera.

—Buenas, jefe.

—Buenas tardes, Marco —lo saludó Lidia, que lo miró con picardía—. Oye, mi amiga Sandra quiere tu teléfono.

Marco la miró y sonrió a medias.

—¿Y eso? —le preguntó.

—Le pareciste un chico muy... ¿Cómo me dijo? Muy interesante. —Él se rio y Lidia me miró a mí—. Ayer nos encontramos en La Latina y le invitamos a tomar una cerveza. Yo estaba con Sandra, la soltera, y con Ruth, la casada.

—Ya —le dije captando aquella conversación.

—Cuando se fue, las había conquistado a las dos, pero Ruth no se atrevió a pedirme tu número...

Se rieron ambos y yo sonreí. Marco levantaba pasiones y no era para menos.

—Pues dile a tu amiga que de momento estoy ocupado —carraspeó y me miró a mí fijamente.

—¿Ocupado? —preguntó Lidia alzando mucho las cejas—. ¿Estás enfermo o algo así? —añadió, y le puso una mano en la frente. Los tres nos reímos.

—No, pero hay alguien que me interesa —respondió con calma.

—¿Eso es una novedad? —pregunté yo divertida.

—Eso es que no quiero liarme con ella y con cuarenta más al mismo tiempo. —Su sinceridad era aplastante y me gustaba, la verdad.

Siempre era mejor ir con la verdad por delante.

—Pues ya nos la presentarás, porque viniendo de ti... —le comentó Lidia sorprendida.

—A ver si mañana por la noche puedo invitarla a cenar.

Nos miramos con complicidad y le sonreí. Me apetecía pasar un rato con él.

—Uy, uy, a cenar y todo. —Lidia se fue de la sala y nos quedamos solos.

—¿Te apetece? —me preguntó casi con prisas.

—¿El qué? —le pregunté haciéndome la tonta.

Marco rio y me cogió de la cintura acercándome a él de un solo golpe.

—Jefe... —le avisé pensando que podía entrar alguien.

—A tomar por culo.

Marcó puso su boca en la mía y buscó mi lengua casi con desespero. Nos besamos como si quisiéramos comernos el uno al otro, hasta que yo recordé dónde estábamos y me separé de él sofocada y respirando con dificultad.

—Joder... —le dije viendo sus ojos cargados de deseo.

—Eso digo yo...

—Tengo que ir con... Lidia. —Di varios pasos hacia atrás y me miró como un león a punto de saltar sobre su presa—. Ni se te ocurra moverte.

—El miércoles te recojo a las nueve en tu casa.

Marco sonrió de medio lado y yo escapé de sus garras con una risilla que silencié en cuanto me senté junto a Lidia para seguir trabajando.

Las dos terminamos casi al mismo tiempo y salimos juntas de allí. Mi compañera comentó lo inusual que era que Marco rechazara el teléfono de una tía que se le ponía a tiro y yo no dije ni mu, pero me agradó la idea de sentir que era un poco especial para él. En ningún momento habíamos hablado de exclusividad, ni siquiera de que aquello fuera a repetirse. Pero, por lo visto, Marco me tenía en mente.

Señorita Suil, la espero a las nueve en Painter.

No lo había olvidado, aquella noche del martes había quedado con Javi para salir a cenar. ¿Y el miércoles con Marco? Qué estrés... Aunque realmente era lo que necesitaba, distraerme y olvidar a Thiago.

Cuando llegué, Javi estaba esperándome apoyado en una señal de tráfico. Tejanos desgastados, camiseta verde botella y cazadora de piel negra. Parecía otro, la verdad. Tanto en la discoteca como en la tienda, donde le había visto con su madre, iba vestido con un estilo mucho más formal.

Nos saludamos con una sonrisa y dos besos.

—Estás... —Me cogió la mano y me hizo girar sobre mí misma—. Guapísima.

Llevaba un vestido azul oscuro que marcaba mis curvas, pero no en exceso.

—Gracias, tú estás... distinto.

—¿Eso qué significa? —preguntó divertido ante mi sinceridad.

—Que me gusta mucho más esta ropa informal.

Javi sonrió y abrió la puerta para entrar en aquel restaurante. Me sorprendió gratamente porque viniendo de él creí que sería un local de aquellos asépticos, blancos y con tan poco gusto. En cambio, había cuadros por doquier, las mesas y las sillas eran de muchos colores y toda la decoración estaba relacionada con el mundo de la pintura.

Javi me miró esperando mi veredicto.

—Me encanta —le comenté fascinada.

—Vine el día de la inauguración. Estaba muy lleno, pero ya me pareció un lugar mágico.

Sí, quizá la palabra que mejor lo definía era aquella. Había gente en la barra tomando algo o cenando en las mesas y en uno de los laterales había algunas personas pintando un cuadro. Me gustó el ambiente tranquilo y relajado que se respiraba allí. Como si los problemas tuvieras que dejarlos fuera.

Y así fue.

La cena transcurrió casi sin darme cuenta. Javi y yo leímos la carta, escogimos los platos para compartirlos, coincidimos en el postre y charlamos como si nos conociéramos de toda la vida. Estuve tan a gusto que el tiempo pasó volando. Cuando me quise dar cuenta, estaba en aquel rincón, junto a Javi y con un lienzo delante.

Había una chica, Flor, que dirigía aquella actividad y que nos iba dando algunas indicaciones, pero el objetivo final era que dibujaras lo que quisieras, que dejaras fluir tus emociones y que te llevaras a casa tu propia obra de arte.

Javi y yo nos colocamos uno frente al otro y dijimos que al terminar nos mostraríamos el resultado.

Miré el blanco del lienzo y en ese momento no supe qué dibujar, así que empecé a hacer pequeños dibujos sin sentido: espirales, cruces, redondas... Aquellos dibujos que hacía cuando hablaba con alguien por teléfono y tenía papel y bolígrafo a mano. Mezclé varios colores y al final me gustó estar tan concentrada en aquello. Era una manera muy agradable de evadirse del mundo, aunque pensé en Natalia, en Lea, en mi padre, en Antxon, en Thiago..., en Thiago y en Thiago, ¡cómo no!

Al terminar observé el resultado y solté una risilla. Javi asomó su cabeza y alzó las cejas.

—¿Has terminado? —me preguntó sonriendo.

—Creo que sí.

—Dame cinco minutos.

—No vale reírse —le dije señalándolo con el dedo.

Javi negó con la cabeza y volvió a lo suyo.

Aquella chica, Flor, se acercó para observar mi lienzo.

—Interesante —dijo en un tono serio.

La miré sorprendida y me reí, pero ella continuó a lo suyo.

—Podría titularse... *Hablando por teléfono con él.*

Dejé de reír al momento y abrí la boca alucinada.

—¿He acertado? —se adelantó contenta.

—¿Por qué con él? —susurré interesada.

—Por los colores que has usado: esos rojos, violetas y negros... Y fíjate, eso son corazones.

—¿Corazones?

—Has empezado haciendo círculos y han terminado siendo corazones. Pensabas en tu pareja o en esa persona que te gusta.

Observé bien mis propios círculos y me fijé en que Flor tenía razón.

—Son corazones inconscientes —concluyó colocándose bien sus gafas.

La miré alzando las cejas.

—Estás enamorada. Me encanta. Yo que tú lo enmarcaría y lo colocaría en el salón. ¿Vives sola?

Sonreí ante sus comentarios. Aquella chica era tan extrovertida que era imposible no seguirle el rollo.

—No, pero precisamente ahora estoy mirando pisos para irme y poder independizarme.

—¿Por qué zona? Tengo un primo que se dedica a alquilar pisos en diferentes barrios de Madrid.

—Yo vivo en el barrio de Salamanca y estoy buscando algo por allí.

—¿Quieres que se lo comente?

—Perfecto —le dije agradecida.

—Mañana te digo algo.

—Muchas gracias.

Nos dimos el teléfono y en ese momento Javi me indicó que había terminado su cuadro.

—Cierra los ojos —me pidió riendo.

Cuando los abrí y vi lo que había pintado, me quedé de piedra... Éramos nosotros dos en la terraza de Magic. Él con su traje y corbata y yo con la misma ropa que llevaba cuatro días atrás. La gente a nuestro alrededor estaba difuminada, pero la mezcla de colores era... perfecta.

—Vaya..., es una pasada, ¿no? —Lo miré a él mordiéndome los labios.

—¿Te gusta? —preguntó con cierta timidez.

—Me encanta, claro que sí. Pero... dijiste que no tenías ni idea de pintar.

—Y no la tengo, pero di unas clases hace muchos años y todavía recuerdo algo.

—Pues a mí me parece que tienes talento.

—Y a mí que tú me miras con buenos ojos.

Nos reímos y apareció de nuevo Flor.

—¡Oh! Pero si tenemos un artista entre nosotros. ¿Eres pintor? —le preguntó ella acercándose al lienzo como una detective.

—No, no, en absoluto —negó Javi con ambas manos a la vez.

—¿En serio? —insistió Flor alejándose y acercándose al dibujo—. Estos trazos son... preciosos. ¿Pintas por gusto? ¿Eres solo un aficionado? ¿Cuánto hace que dibujas?

Javi abrió la boca sorprendido y yo me reí porque Flor era... así.

—Hacía mucho que no cogía un pincel.

—Mal hecho. Tengo una amiga que tiene una galería pequeña en el barrio de las Letras, ¿te interesa?

—¿El qué?

—Exponerlo. A mí me parece de un realismo increíble. ¿Quiénes son?

—Nosotros —le respondí pizpireta.

Flor me miró sonriendo.

—¿Te animas entonces? —continuó ella.

—Eh... Bueno, lo hablamos si eso...

Ella le tendió una de sus tarjetas y quedaron en que la llamaría. Cuando salimos de allí, los dos hablamos de Flor y coincidimos en que era una chica muy agradable.

Javi me acompañó a casa y cuando nos despedimos me regaló aquel cuadro que tituló: *El principio de nuestra historia.*

—Si Flor lo quiere para la exposición..., ¿me lo dejarás? —preguntó con cierta timidez.

Me reí ante su pregunta. El cuadro era suyo.

—¡Por supuesto!

—No creo que me diga nada.

—¿Y por qué no? A mí también me parece que es un cuadro muy bonito.

—¿Tú crees?

Cuando me metí en la cama pensé en él y en nuestra cita. Había algo que no cuadraba: Javi no me miraba como si yo le gustara y al despedirnos no había intentado darme el típico beso robado. ¿Y eso? ¿A santo de qué me invitaba a salir si yo no le interesaba? Quizá necesitaba una amiga, claro, ¿por qué no?

Por enésima vez deseé tener a Antxon a mi lado para momentos como ese. Para contarle que había salido con un chico y que me lo había pasado genial, pero que tenía tantísimas dudas... ¿Qué me hubieras aconsejado, Antxon?

Como no lo tenía a mi vera cogí mi cuaderno y le escribí como en muchas otras ocasiones.

Antxon, me encantaría tenerte a mi lado en este y en otros muchos momentos. Hoy mismo he salido con un chico y me lo he pasado genial, pero tengo tantas dudas y no tengo a nadie a quien preguntar.

¿Qué me hubieras aconsejado? Me hubieras dicho que, si he estado a gusto con Javi, ¿por qué me planteo nada? Javi no quiere nada conmigo, y yo tampoco con él. ¿Entonces? ¿No podemos ser simplemente dos amigos que salen a cenar?

La verdad es que estoy tan acostumbrada a estar rodeada de gente que se mueve por interés que a veces cuesta pensar con esa sencillez. Pero seguiré el consejo que me hubieras dado. Te echo mucho de menos, hermano.

20

LEA

Últimamente no ganaba para sorpresas con mis amigas.

Cuando pillamos a Ignacio con esa tía y más tarde Natalia nos explicó que estaba casado, aluciné en colores. Pero me sorprendió mucho más la tranquilidad con la que ella se había tomado todo el asunto. Yo le hubiera quemado el coche.

Natalia tenía un par de años más que nosotras y siempre había sido la más juiciosa de las tres. Quise pensar que yo a su edad estaría más relajada, pero ¿tanto como para no saltarle al cuello a Ignacio? ¡Que estaba casado!

Vale, entendía su historia y podía comprender que las circunstancias lo habían llevado a aquella situación con su mujer: no la amaba, le sabía mal abandonarla, etc. Pero esa mentira...

Aunque la palma se la llevaba Alexia y su saco de los secretos malditos.

Primero fue descubrir que su madre estaba enrollada con el padre de Thiago. Pero esto, esto de Thiago... ¡Madre del amor hermoso! Su madre era una zorra de mucho cuidado.

Cuando mi mejor amiga me lo explicó intenté aguantar el tipo, mostrarme fría y disimular lo repulsivo que me resultaba todo. Que Thiago y ella compartieran padre... no era moco de pavo. Aunque también le dije que debía asegurarse de que aquello era cierto. No podía quedarse con la versión de esa carta. Debía hablar con su madre o, como mínimo, con su padre. Alexia estuvo de acuerdo conmigo, aunque ella solía necesitar su tiempo para plantear temas como aquel.

Lo que sí hicimos con rapidez fue buscar piso, ya que había logrado que su madre le pagara el alquiler. Me alegraba que hubiera tomado esa decisión porque me partía el alma saber que Alexia vivía con aquella víbora que la trataba como el culo.

Llevábamos las tres una temporada un poco mala y me daba la impresión de que los contratiempos crecían en vez de desaparecer.

Mi principal problema era Leticia. Me enviaba mensajes idiotas, llamaba y colgaba sin responder e incluso había encontrado una nota en el coche de Adri: «Este coche suele fallar a menudo, cuidado...».

¿Estaba tan loca como para hacer algo así? ¿Como para provocar un accidente? Sabía que estaba rabiosa y que tenía muy mal perder, pero en el fondo pensaba que eran simples amenazas que no cumpliría.

A veces decimos cosas que sabemos que no haríamos nunca.

A veces...

21

—De mayor quiero ser como tú. —Lea me señaló con el dedo y las dos reímos.

El miércoles estábamos en el bar de la facultad a primera hora de la mañana y le acababa de explicar mi cita con Javi.

—Ayer cenaste con el abogado empresario y esta noche con el bombero. Qué ritmo llevamos, ¿eh?

El sonido de mi móvil nos interrumpió y cuando vi que era Flor respondí al momento.

—¡Hola, Flor!

—¡Hola, Alexia! ¿Qué tal?

—Bien, a punto de entrar en clase.

—Vale, escúchame bien. He hablado con mi primo, con Santi, y ya me ha localizado un piso en tu barrio.

—¡Qué bien!

—Te envío el enlace por WhatsApp y lo miras. Si te interesa, me lo dices y te paso su número. En la web verás el precio y todas las características.

—Genial, muchas gracias. Ahora mismo le echo un vistazo. ¡Hasta luego!

—Perfecto. ¡Hasta otra!

Al segundo estábamos Lea y yo mirando las fotos de aquel piso a través de mi móvil, pero no pudimos verlas bien porque debíamos entrar en clase. En cuanto el profesor empezó a hablar, volvimos a mirar la web a través del ordenador y le dimos un repaso silencioso a las fotos. Era un piso de una habitación doble, con un baño de medidas nada despreciables. Nada más entrar había un salón comedor con un gran ventanal que daba a un balcón y una cocina renovada y abierta al salón. Así, a simple vista, estaba muy bien y la situación era perfecta porque estaba a un par de calles del dúplex.

—Petarda, el precio está de puta madre —murmuró Lea.

—Sí, creo que este podría ser el piso ideal. No necesito más.

—Dile que sí y vamos a verlo esta tarde.

Le mandé un mensaje a Flor indicándole que me interesaba y me pasó los datos de su primo para que me pusiera en contacto con él. Aquella misma tarde quedamos para hacer la visita.

Fue amor a primera vista y le dije que sí sabiendo que aquel era el piso perfecto para mí: un segundo con ascensor, pequeño, bien amueblado y cerca de las casas de mis dos amigas. No podía pedir más. Hablamos de firmar el contrato al día siguiente y así el jueves ya tendría las llaves del piso.

En cuanto llegué a casa le dejé una nota a mi madre indicándole el precio del piso y las condiciones. Finalicé aquella breve explicación diciéndole que no había negociación posible y que el jueves mismo me iría de allí.

Seguidamente fui colocando mi ropa y mis cosas en mi maleta. Era definitivo: me iba de esa casa y me sentía la mar de feliz con la idea de perder de vista a mi madre. Por fin.

Me sonó el móvil y respondí entusiasmada al ver que era mi padre.

—¿Papá?

—Hola, cariño, ¿cómo va eso?

—Genial. ¡Me voy a vivir sola!

—Por eso mismo te llamo... Acabo de hablar con tu madre.

—¿Qué te parece?

—Eh..., bien, bien. Si es lo que tú quieres...

—No te veo muy convencido —comenté arrugando la frente.

—En un par de días nos vamos a París, al final las cosas se han acelerado un poco. Ya sabes lo loco que es mi trabajo. Tenía la pequeña esperanza de que quisieras venir con nosotros a la ciudad del amor.

Nos quedamos en silencio unos segundos. Realmente era algo en lo que había pensado, sobre todo los días que había pasado con ellos dos.

—Pero entiendo que tienes tu vida en Madrid y que no puedo entrometerme demasiado...

—Papá, lo que tú pienses es importante para mí, pero es verdad que tengo mi vida aquí y que, de momento, quiero quedarme en Madrid. Me gusta mucho esta facultad, tengo muchos amigos y no quiero separarme de Lea y de Natalia.

—Es que te echo de menos.

—Lo sé, yo también os echo de menos. Mucho.

—¿Qué te parece si pasamos a verte antes de instalarnos en París? Hacemos una parada en Madrid y nos enseñas tu piso... ¿Ya has visto algo que te guste?

—¡Sí! Esta misma tarde he visto uno que me ha encantado. Mañana firmo el contrato.

—¿Ya? ¿Lo sabe tu madre?

—No, todavía no...

—A ver, explícamelo todo...

Y eso hice. Le describí con pelos y señales cómo era el piso, le pasé el enlace a su correo y le indiqué el precio y los meses que había que pagar como fianza. El piso era del primo de Flor y estaba prácticamente nuevo.

—La verdad es que es bonito.

—¿A que sí? Espero que ella no ponga ningún impedimento.

Podía volver a amenazarla con lo de su lío con el padre de Thiago, pero sabía que mi madre era un hueso duro de roer. De ahí que fuera tan buena abogada.

—No te preocupes por eso, cariño. Yo me haré cargo del piso.

—¿En serio?

Joder, aquello sí que era una buena noticia.

Estuvimos charlando un rato más hasta que lo llamó su secretaria para asistir a una reunión. Cuando colgué estaba supercontenta. Esta vez mi madre no podría joderme y terminé de hacer la maleta canturreando por mi habitación. Además, vería a mi padre en un par de días, y eso siempre me subía el ánimo.

—¿No corres demasiado? —Mi madre me interrumpió mirándome con gravedad desde el quicio de la puerta.

—¿Qué pasa? ¿Ahora no quieres que me vaya?

—Se pasa de precio.

—¡Y una mierda! Se ajusta al precio que me dijiste —le gruñí cabreada por su poca palabra.

—Te di un precio aproximado, pero he hablado con tu padre y deberá ser algo menos.

Si mi padre hubiera estado delante, le habría dado un sonoro beso por otorgarme en ese momento el poder de mandarla a la mierda sin problemas.

—¿Así que es caro?

—Sí, deberás seguir buscando.

—Pues no me sale del coño, fíjate tú.

Mi madre sacaba lo peor de mí, eso era evidente.

—Cuando hables como Dios manda, me lo dices.

Se volvió con intención de irse.

—Si no accedes, ahora mismo llamaré a Thiago.

Se giró y me miró con frialdad.

—No serás capaz.

Marqué el número de Thiago y le mostré la pantalla: «Thiago, móvil». Sus ojos se convirtieron en dos líneas finas. Si hubiera podido, me hubiera desintegrado con esa mirada.

—Está bien —concluyó viendo que yo iba en serio.

Colgué justo en el mismo momento en que Thiago descolgó, así que no hizo falta decirle nada. Mejor.

—Tendrás ese piso —acabó diciendo.

—Lo tendré, claro que lo tendré. —Di un paso hacia ella—. ¿Y sabes por qué? Porque acabo de hablar con mi padre y él se hará cargo de todo. Mi padre, ese padre que me quiere, que me adora y que me ha criado cuando tú estabas... muy ocupada con tu vida. Mamá.

Me miró alzando su barbilla, en un gesto arrogante.

—Así que puedes meterte tu dinero por donde te quepa y a ver si se pudre.

—¡Alexia!

—No eres nadie, ¿te enteras? Nadie para mí. Me da igual si estás viva o muerta, me da igual si un día te sientes tan sola que no sabes qué hacer con tu mierda de vida. Te odio.

Me salió del alma y ella se dio cuenta perfectamente.

—Es recíproco —dijo con rapidez.

—Sí, pero aquí salgo ganando yo, abogada de pacotilla. Yo te pierdo de vista y tú solo pierdes dinero.

Cerré la puerta de un portazo y no le di opción a réplica.

Dios, no podía con mi madre. La odiaba de veras. No me gustaba tener aquellos sentimientos, pero era inevitable. Ella misma había ido alimentando ese odio. Claro que era recíproco, lo tenía muy claro. Pero yo tenía muchas razones para no soportarla: me había abandonado, jamás me había dado cariño, no me había querido en su vida, me había aceptado en su casa a cambio de dinero y... lo de Thiago. Joder, ¿no era para que me diera asco como mínimo?

Terminé de recoger todas mis cosas y cuando lo tuve todo listo me senté en la cama y observé mi habitación. Seguía igual que el primer día, con aquellos muebles sin gracia, aunque yo la había ido decorando a mi manera. Ahora, sin mi rastro, volvía a parecer una habitación de hospital y recordé cómo me había sentido al llegar.

Busqué en mi cuaderno los pensamientos de aquellos primeros días y se me encogió el corazón...

Me da la impresión de que nadie me quiere en su vida. Ellos me han echado de su vida y mi madre me ha recogido a cambio de dinero. Me ha metido en una habitación totalmente blanca. Una habitación para locas, he pensado al verla. Al principio no he querido ni deshacer la maleta. ¿Qué hacía yo allí? Me iba a consumir en esa casa con esa madre que sabía que me odiaba desde pequeña. ¿Cómo había podido hacerme eso mi padre? No entiendo qué hago aquí, no quiero estar con ella.

Si no he terminado loca con lo de Antxon, lo voy a hacer ahora metida en esta mierda de habitación...

Había cambiado mucho todo, afortunadamente.

En ese momento me llegó un mensaje. Creí que sería Marco recordándome que pasaría por mi casa a las nueve. Pero me equivoqué; era Thiago.

Me llamas y cuelgas. ¿A qué juegas?

Quería que escucharas cómo follo con otro, pero al final lo he pensado mejor.

Estaba muy molesta con él. En cuanto se había enterado de que me había acostado con Marco, se había cabreado de verdad. ¿No había hecho él lo mismo? ¿O es que él sí podía tirarse a Débora y yo no podía hacer lo mismo con Marco?

Qué fácil es decir tonterías por WhatsApp.

¿Lo dices por ti?

Lo digo porque a la cara no le echas tantos huevos. Te callas y te escondes en tu móvil, tonteando con a saber qué nueva víctima, porque, si todavía sigues con tu jefe, será todo un récord para ti.

Me subió la sangre a la cabeza y me levanté de la cama de golpe.
—¡Gilipollas! —grité enfadada de verdad.

¿Lo ves? Eres una cobarde.

No tienes ni idea de nada, ni me conoces. Si me callo es para no montarte un numerito de dos pares de cojones en medio de la facultad. No me gusta hacer el paripé como a ti y a tus amigas.

Lo que tú digas. No vuelvas a llamarme.

Cuando quería, podía ser muy idiota. Pero debía pensar con claridad porque eso significaba una cosa: Thiago empezaba a dar los primeros pasos para olvidarse de mí. Había pasado de perseguirme a insultarme, a no querer saber nada de mí y a ignorarme. Y por muy contradictorio que pudiera parecer para mi corazón, era lo que realmente yo quería.

Se abrió la puerta de repente y mi madre lanzó al suelo con desprecio un par de libros míos que tenía en el salón.

—No te dejes nada —me escupió con rabia—. Y si te vas esta noche, mucho mejor para todos. Tengo visita.

¿Visita? Supuse que se refería al padre de Thiago.

—¿Me estás echando? —le pregunté furiosa.

—Allá tú. Si ves a Joaquín desnudo paseando por aquí, no es mi problema.

La tía no se escondía de nada, no tenía ni pizca de vergüenza.

—Tranquila, antes prefiero dormir en la calle. —Cogí la maleta y pasé por su lado al salir de mi habitación—. Tendrás noticias de papá —la amenacé convencida de que mi padre le echaría la bronca por eso.

—Tú tendrás noticias mías, Alexia. Pronto, muy pronto. —Su tono de voz de ultratumba me provocó un escalofrío y pasé de seguir discutiendo con ella.

No valía la pena. Mi madre quedaba atrás y yo iba a empezar de cero en mi piso. Debía quedarme con aquello, pero ¿dónde iba a dormir esa noche?

22

Me dirigí al único lugar al que podía ir: a casa de Lea.

Por supuesto me ofreció su cama para dormir y se lo agradecí en el alma porque no me apetecía ir explicando aquello a cualquiera. Lea estaba tan molesta como yo con mi madre y no dejaba de insultarla continuamente. No me importaba, al contrario, se lo había ganado a pulso. ¡La última noche que iba a pasar en el dúplex y me echaba como a un puto perro!

—Es que ni a un perro lo trataría así, tía. Si la veo por la calle, quizá le digo cuatro cosas, ¿eh? —Lea estaba casi más indignada que yo.

—No vale la pena, Lea. Es una zorra de mucho cuidado.

—Lo sé, no serviría de nada, pero es que... ¡Arggg!

Lea enseñó los dientes como si quisiera morderla y yo me reí hasta que me di cuenta de la hora que era.

—Ostras, a las nueve he quedado con Marco en mi casa. No vendremos muy tarde... ¿O le digo que quedemos otro día?

—No, no, yo hablo con mi madre y te doy las llaves. No pasa nada.

—¿Estás segura?

—¿Te apetece salir con Marco?

—La verdad es que me irá genial para distraerme de tanto mal rollo. He discutido también con Thiago a través del WhatsApp.

—Está cabreadito, el niño.

—Sí, claro, porque me follé a Marco mientras él se lo montaba con su amiga del alma, no te jode.

—Y encima tú lo oíste —me apoyó Lea.

—Eso es. Cuando lo pienso todavía me entran ganas de vomitar.

—Puedo imaginarlo... Entonces, te voy a buscar unas llaves mientras te perfumas la flor.

Nos reímos las dos y me vestí con rapidez porque faltaban veinte minutos para las nueve. Me cepillé el pelo, me hice una coleta bien alta y me pinté los labios de rojo pasión. Al mal tiempo, buena cara.

Me despedí de Lea y le di las gracias a su madre. Le habíamos explicado la verdad porque Lea y su madre tenían una de esas relaciones en las que se podía decir que eran casi como amigas. El «casi» era porque Lea le ahorraba algunas cosas a su madre, por supuesto.

Me dirigí hacia el dúplex pensando en la suerte que tenía Lea; aunque yo con mi padre tenía muy buena relación, no era lo mismo. Las mujeres nos entendemos mucho mejor entre nosotras y lo podía ver en la mirada cómplice de la madre de Lea. A veces me daba la impresión de que sabía de Lea y de mí mucho más que nosotras mismas. ¿La experiencia que te da la vida? Probablemente.

Al final llegué antes, como siempre. Faltaban todavía diez minutos, así que me apoyé en la pared y me dediqué a observar a la gente que paseaba arriba y abajo hasta que vi a Joaquín que venía hacia mí. Literalmente le di la espalda, avancé unos pasos y miré el móvil, intentando pasar desapercibida o intentando fingir que no lo había visto. Él entraría en el dúplex y no me saludaría, eso lo sabía, aunque estaba segura de que también me había visto él a mí.

Al cabo de unos segundos me volví y me aseguré de que no estaba. Perfecto.

—¡Me cago en mi vida, me cago en mi puta vida!

Me giré asustadísima al oír su voz.

¡Hostia! ¿Qué coño hacía Thiago allí?

Las conexiones se sucedieron con rapidez en mi mente: su padre yendo a ver a mi madre y a continuación Thiago con un cabreo de campeonato. Sabía, o acababa de saber, que su padre y mi madre estaban liados. Todas mis precauciones se habían ido a tomar por saco en unos segundos.

Thiago se plantó delante de mí y me señaló con un dedo amenazador.

—Dime que no te estabas escondiendo de mi puto padre.

—Eh...

—¡La puta de oros, Alexia! ¿Lo sabías? Dios, Dios... —Se cogió el pelo con fuerza y tiró de él.

Yo lo miraba horrorizada porque no sabía qué decirle exactamente. No estaba preparada para aquello porque jamás pensé que lo descubriría y menos que estaría yo presente. Peor imposible.

—¿Desde cuándo lo sabes? ¿Y cómo tienes los santos cojones de llamarme mentiroso? ¡Joder, Alexia! ¡Es mi padre!

—A ver, Thiago...

Quise empezar por el principio, pero no me dejó, era imposible hablar con él con calma.

—Ya lo veo, ya. Lo sabes desde hace tiempo, joder. ¿Has salido de tu casa para que suba a follarse a tu madre? ¿Ahora eres cómplice de tu madre? ¡Me has jodido la vida!

¿Yo? Encima...

—Perdona, es tu padre el que se la folla.

—¡Y tú lo sabes y lo permites y dejas que en mi casa todo siga igual! —gritó y no me gustó que lo hiciera delante de la gente.

Nadie tenía por qué saber qué ocurría allí.

—No me grites —le gruñí cabreada.

—Que no te grite... ¿Qué quieres, Alexia? Nos sentamos en un bar tranquilamente mientras mi padre y tu madre... ¡Me cago en la puta!

Sabía qué sentía. Cada vez que lo pensaba le dolía. Y aquello era precisamente lo que había querido evitar.

—Maldito el día que te conocí —dijo en un tono más grave.

—No sabes la de veces que yo he pensado eso —le repliqué con la misma rabia.

—¿Por mentirte con lo de Apolo? No me jodas porque no tiene nada que ver...

—¡Por todo, joder, por todo!

—Me dejaste por esto. —Me acusó con su dedo en mi hombro.

—No, y no me toques —le contesté nerviosa.

—¡No mientas, hostia!

—¡No miento! —le grité excitada.

—¡¡¡Mientes, eres una mentirosa!!! —Se acercó a mi rostro y lo empujé hacia atrás.

La adrenalina subía y bajaba por mi cuerpo como en una montaña rusa.

—Dime por qué.

Nos miramos a los ojos con intensidad y ver aquella frialdad en su iris verde me hizo sentir como una desconocida ante él.

—¿Para qué quieres saberlo? ¿No tienes bastante?

—¿Hay más? —preguntó inteligentemente—. Alexia, ¿hay más?

—¡Qué más da! —le grité de nuevo.

—¿¿¿Hay más??? —preguntó cogiendo mis brazos.

Sus dedos tensos se clavaron en mi piel y, aunque no me hacía daño, sentí la presión de Thiago ante mi posible respuesta.

«No voy a decírselo, no...»

—¡¡¡Alexia!!!

—¡¡¡Suéltame!!!

—¡¡¡Dímelo!!!

—¡Somos hermanos, joder!

Thiago abrió los ojos y me miró con espanto. Sus dedos apretaron mi piel y sentí dolor, pero no quise retirarme porque creí que me iba a caer en redondo de un momento a otro.

¿Qué cojones había hecho?

Me faltaba el aire, me notaba mareada y empezaba a nublarse mi visión.

—¿Qué... qué dices? —me preguntó en un murmullo.

—Tu padre dejó... embarazada a mi madre —lo dije a trompicones porque me faltaba el aliento.

—¡¡¡No te creo!!!

—Mejor —le dije en un susurro cerrando los ojos y separándome de él dando un paso atrás.

—¡Mientes de nuevo!

—¡¡¡No miento!!! —grité tan fuerte que me hice daño en las cuerdas vocales y coloqué mi mano en el cuello.

—¿Alexia? —Me volví al oír la voz de Marco.

Joder, ¿desde cuándo estaba ahí?

—¡De puta madre, encima este! —exclamó Thiago.

—Este tiene un nombre —le dijo Marco con calma—. ¿Qué ocurre?

—No es asunto tuyo —le increpó Thiago fuera de sí.

—Nada, Marco... —No quería tener que explicar todas aquellas mierdas a mi jefe.

—¿Puedes dejarnos solos? —le escupió Thiago.

Marco me miró y asentí con la cabeza.

—Te espero en el coche —comentó, no muy convencido.

—Ahora mismo voy.

Marco se fue y Thiago me miró con fuego en los ojos.

—Quiero saberlo todo. Ahora —exigió furioso.

—Ellos están juntos desde hace muchos años, tu padre la dejó embarazada y yo soy el resultado de... esa relación clandestina. Mi padre no lo sabe.

—¿Desde cuándo lo sabes tú?

—¿Que somos hermanos...? Desde el día que descubrí lo de Instagram. Y que están juntos, lo sé desde antes. Vi una foto de ellos dos en el móvil de mi madre.

—Joder, aquel día estaba tonteando con tu madre con el móvil. Me repetía que no era posible, que no había otra..., pero es que encima tú lo sabías. Joder, Alexia, ¿ibas a ocultármelo siempre?

«Sí, si hubiera podido sí.»

—¿Quién te crees que eres para no decírmelo? ¿Y mi madre? ¿No has pensado en ella? Vive una mentira... y yo también.

—Oye, ¿te crees que es fácil? ¿Te crees que no lo he pasado mal? Quizá piensas que me he divertido y todo.

—Pues no lo sé, visto lo visto.

—Ahora ya lo sabes, a ver cómo se lo dices a tu madre.

Thiago me miró con intensidad y supe qué pensaba: iba a hacer daño a su madre, a alguien a quien quería muchísimo...

—Tal vez me he equivocado, pero no ha sido para joderte, eso tenlo claro —añadí con sinceridad.

—Me da igual si lo que dices es verdad o no, Alexia. No quiero saber nada de ti en la vida. —Su dedo amenazador volvió a señalarme.

Lo decía en serio.

—Por mí, perfecto. Conocerte solo me ha traído problemas. —Creía sinceramente que alejarnos el uno del otro era la mejor opción.

—Los problemas los crea tu madre al follarse a mi padre.

—Te recuerdo que dos no follan si uno no quiere.

Thiago apretó sus labios e imaginé que estaba reteniendo palabras mayores. ¿Algo así como «eres igual que tu madre»? Sabía que si soltaba aquello yo era capaz de darle un bofetón en medio de la calle.

Me volví para irme, pero él tuvo que decir la última palabra.

—Y dos no pueden amarse si uno no quiere.

¿Se refería a mi madre de nuevo o hablaba de nosotros?

23

Entré en el coche, cabizbaja, y Marco arrancó sin decir nada. Miré a través del cristal y pude ver todavía a Thiago, delante del portal del dúplex, mirándome como si yo fuera su tabla de salvación y me perdiera entre las olas del mar. Estaba desesperado, se sentía solo y con la única que podía gritar sobre aquel tema era conmigo. Lo entendía, pero no podía tenderle la mano que él necesitaba.

¿Se quedaría allí hasta que bajara su padre? Esperaba que no, porque estaba segura de que Joaquín pasaría la noche con mi madre. ¿Qué haría con toda aquella información? ¿Se lo diría a su madre? Lo suyo era peor que lo mío... Su familia quedaría destrozada, además de que acababa de enterarse de que la chica a la que perseguía días atrás era su propia hermana. Toda una historia de telenovela.

Si no hubiera leído aquella carta...

Marco detuvo el coche frente a un garaje y entró en él para aparcarlo con maestría en una plaza más bien pequeña. Salió del coche y antes de que pudiera darme cuenta abrió mi puerta y me tendió la mano. Al salir lo primero que hizo fue abrazarme y yo abarqué con mis brazos su cuerpo para sentir aquel cariño que me ofrecía. Marco parecía intuir que necesitaba ese abrazo.

—Vamos —me indicó cogiendo mi mano.

Cogimos un ascensor que nos subió a un tercer piso. Abrió la puerta y me invitó a pasar.

—Bienvenida a mi humilde morada.

Le sonreí con pocas ganas. Se me había quedado mal cuerpo después de discutir con Thiago.

—¿Tu famoso piso de soltero? —le pregunté intentando ser amable.

En otro momento hubiera creído que Marco tenía intención de llevarme a la cama, pero era evidente que yo no tenía el cuerpo para nada.

Observé el recibidor blanco y las puertas del mismo color que daban paso al salón, a la cocina y a su habitación.

—Es pequeño, pero yo estoy encantado. ¿Quieres tomar algo?

—¿Una cerveza?

—¿Tienes hambre? Había reservado en El Valle, pero ya iremos otro día. Si me das diez minutos preparo una tortilla de patatas con la que vas a tocar el cielo.

—¿Habías reservado? Joder...

—No te preocupes. He llamado antes para anularlo. Voy a por esa cerveza. Siéntate, anda.

Le obedecí sin rechistar y me acomodé en su sofá de piel marrón. Observé el salón y me fijé en que Marco era bastante ordenado. Un mensaje en mi móvil me sacó de aquellos pensamientos.

¿Cómo sabes que es cierto?

Aquello se iba a convertir en una tortura.

Has dicho que no querías saber nada de mí. Deja de molestarme.

¿Cómo lo sabes? Tengo derecho a saberlo y por lo visto mi padre no tiene intención de salir de entre las piernas de tu madre.

Mejor acabar y decírselo de una vez.

Encontré una carta que mi madre escribió a tu padre.

¿Lo has hablado con ella?

No tengo nada que hablar con esa mujer.

Thiago tardó unos segundos antes de responder.

Quiero ver esa carta.

No quiero que mi padre se entere. No voy a dejarte la carta. Vas a joderme la vida con todo esto.

¿A joderte la vida? Hostia puta, Alexia. La vida ya la tenemos jodida.

Yo no iba a decir nada por eso mismo. No quiero joder a mi padre. Por lo visto, tú solo piensas en ti.

¿Cómo? Mentir a mi madre en esto no es una opción. Eso lo tengo muy claro.

Allá tú.

Puse el móvil en modo avión porque no quería seguir discutiendo con Thiago. Era evidente que él no iba a callarse y que al final estallaría todo. Mi padre acabaría sabiendo que él no era mi padre y que tanto mi madre como yo le habíamos engañado. Debía hablar con él cuanto antes, pero no por teléfono. En un par de días pasaría por Madrid antes de instalarse en París, así que aquel sería el momento idóneo para hablar con él.

—¿Todo bien? —Marco me dio la cerveza mientras se fijaba en mis ojos.

—No demasiado. Era Thiago de nuevo.

Se sentó en el otro sofá y me miró detenidamente.

—Lo vuestro... es serio, ¿verdad?

Me mordí los labios antes de responder porque no le iba a explicar la verdad a Marco.

—Es complicado. Somos como dos polos opuestos que se atraen, pero que se repelen al mismo tiempo.

—Lo entiendo.

—Pero toca pasar página, no tengo otra opción.

—¿Por qué? Si los dos todavía sentís algo.

—Porque no nos entendemos y siempre estamos... haciéndonos daño.

¿Y si Marco acababa sabiendo que éramos hermanos? Joder, esperaba que no.

—Vaya, así que tu elección es esa...

—¿Esa?

—El camino fácil.

Lo miré fijamente y acabé sonriendo.

—¿Me estás diciendo que debería luchar por él?

—Preferiría que te quedaras conmigo y repetir lo de Londres. Tonto no soy, ¿eh? —Nos reímos ambos a la vez—. Pero creo que vuestra historia no es una historia común y creo que los dos vais un poco a contracorriente. ¿Me equivoco?

—Es una historia imposible, Marco. Y puede que tengas razón en que lo nuestro era distinto, pero lo que ves son los restos de una relación rota. Discutimos porque nos quisimos de verdad, pero se acabó. Hemos terminado y lo único que hacemos bien es pelearnos.

Marco arqueó su ceja.

—De acuerdo. Entonces te vas a poner el mandil ahora mismo y me vas a ayudar a cocinar esa tortilla. Necesitas despejarte.

Estar con Marco me sentaba de maravilla. Estuvimos cocinando mientras él me iba explicando cosas de su vida, de su hermana e incluso de sus padres. Era su modo de distraerme y al final lo consiguió porque, cuando nos sentamos a la mesa para cenar, yo estaba mucho más tranquila.

Seguimos charlando, recogimos todo y Marco me preparó un mojito suave de fresa que estaba buenísimo. En ese momento le expliqué que ya tenía piso y que aquella misma noche dormía en casa de Lea porque mi madre me había echado. Mientras le describí el piso, entusiasmada, él iba haciendo preguntas varias.

—¿Y cómo has dado con el piso perfecto? De precio está genial.

—Pues... ayer fui a cenar a Painter y la chica que se encarga del espacio de los cuadros me ofreció su ayuda en cuanto supo que buscaba piso. Su primo tiene varios pisos por Madrid y esta tarde he ido a verlo con Lea.

—Qué suerte la tuya, muñeca. ¿Pintaste algo?

—¡Bah! Nada serio porque no tengo ni idea, pero mi acompañante sí sabe pintar. Nos dibujó a nosotros dos en Magic, es el hijo del dueño de la discoteca. Lo conocí mientras él estaba trabajando allí.

Marco abrió los ojos sorprendido.

—¿El hijo del dueño? —preguntó dejando el mojito en la mesa.

—Eh..., sí. Lo conocí el jueves en la terraza. Me ofreció un cigarro, aunque estaba currando en ese momento.

—Ve con cuidado con ese tipo.

Arrugué el ceño ante su advertencia.

—¿Y eso?

—Porque, si yo tengo mala fama, no quieras saber la fama que tiene el amigo.

—¿Lo dices en serio?

Joder, pues debía usar unas estrategias bien extrañas para llevarse a una tía a la cama porque conmigo hubo tonteo cero o cero coma uno.

—Claro, o no te lo diría. Y lo sé de buena tinta. Ese tío es muy cerdo con las tías y le da igual una que otra. Es guapo, claro, lo sabe y no tiene reparo en montárselo con varias en una misma noche.

—¿A la vez?

Marco soltó una risilla.

—No, no me refiero a eso. Me refiero a que quizá se está liando contigo y a la media hora se lo está montando con otra en tu cara, sin importarle lo que pienses de él.

—Joder, me dejas de piedra porque no me pareció que fuera de ese palo. Conmigo no intentó nada.

Marco alzó las cejas.

—¿Nada? Pues estará preparando el terreno.

—Qué raros sois los tíos —le dije despreocupada porque la verdad era que Javi no estaba entre mis prioridades.

Había salido con él, había sido divertido, pero no veía yo ahí una historia de nada, ni de amor ni de sexo. Quizá no le había gustado lo suficiente..., aunque si Marco decía que se tiraba a todo bicho viviente, era extraño. O tal vez sí estaba preparando la jugada para llevarme al huerto porque yo era algo más pequeña que él. A saber.

Con quien sí estuve muy a gusto fue con Marco. Tampoco intentó nada en ningún momento: hablamos los dos por los codos y cuando se hizo tarde le pedí que me llevara a casa de Lea. Se comportó como un amigo y se lo agradecí con un beso suave en los labios cuando nos despedimos. Marco me miró con intensidad.

—Muñeca, ¿no querrás enamorarme?

Me reí y él me cogió de la cintura para acercarme a su cuerpo.

—Si me enamoras, te las verás conmigo. —Su boca marcó la mía y nos separamos con una sonrisa sincera.

En cuanto me separé de él, los pensamientos negativos volvieron a mí y mientras subía hacia el piso de Lea quité el modo avión del teléfono. Automáticamente me llegaron dos mensajes de Thiago.

¿Me estás diciendo que no se lo diga a mi propia madre? ¿Es que a ti te gustaría vivir con alguien que te engaña?

De puta madre, Alexia. Cuando te lo folles, acuérdate de tu hermano.

Joder... Puto móvil.

No iba a responder a aquellas provocaciones y no iba a seguir hablando con él porque no iba a servir de nada.

Entré en casa de Lea procurando no hacer ruido y me dirigí a su habitación pensando en Thiago. Tenía ganas de que pasaran los meses y de que aquello acabara convirtiéndose en un mal recuerdo. Vivirlo en mis carnes me estaba jodiendo el alma.

Lea no había llegado todavía y me metí en la otra cama pensando en todo lo ocurrido. ¿Le estaba dando la espalda a Thiago? ¿Estaría todavía en el portal esperando a su padre? ¿Debería intentar hablar con él con calma? Las preguntas se sucedían en mi cabeza, una tras otra, sin respuestas.

Cogí mi cuaderno de la maleta y empecé a escribir en él todos aquellos sentimientos. Últimamente no escribía demasiado porque no me sentía con fuerzas, pero sabía que aquella era una forma de desahogarme y que tras plasmar en el papel mis sentimientos me sentiría mucho mejor.

Me dormí con la libreta en las manos y me pasé la noche dando vueltas, intentando no gritar cuando soñaba. Lloré varias veces en silencio y cuando me levanté mi almohada estaba empapada y mi cama estaba completamente deshecha. Parecía la cama de una loca. La libreta estaba en la mesilla de Lea, que dormía mirando hacia mí y con su mano colgando para tocarme el brazo.

«¡Me cago en mi vida, me cago en mi puta vida!»

Aquellas palabras de Thiago las había oído durante toda la noche.

24

THIAGO

No entendía nada, hostias. ¿Cómo había llegado a pasar aquello? ¿Mi padre follándose a la madre de Alexia?

Desde el día que había escuchado aquel comentario de mi padre, no había dejado de darle vueltas: «Esta mujer me va a volver loco». Mis padres se llevaban bien y, aunque no eran muy cariñosos, siempre mostraban respeto uno por el otro. Esas palabras no encajaban con la relación que existía entre mi padre y mi madre, y yo no era tonto ni me gustaba dar la espalda a los problemas.

Llevaba un par de días fijándome en mi padre: adónde iba, a qué horas salía, con quién... Y lo seguí en alguna ocasión sin encontrar nada fuera de lugar. Iba a trabajar, se pasaba horas en su despacho, se reunía en alguna cafetería cara de Madrid con algún cliente y poco más. Lo de siempre, vamos. Incluso llegaba a casa a la misma hora que de costumbre. Su comportamiento era el habitual.

—Me ha salido un viaje relámpago a Cuenca —le dijo a mi madre aquella misma tarde.

—¿Con la empresa alemana?

—Con esa misma. Son tan pesados...

—Vamos, Joaquín, todo sea porque salga adelante el contrato.

—Lo sé, pero me da mucha pereza. ¿Quieres venir?

—No puedo, ya sabes que tengo que asistir al *baby shower* de la hija de los Ballester.

—Es verdad, no me acordaba. Cogeré el AVE hacia las nueve y volveré mañana a mediodía. La reunión es a primera hora; me levantaré pronto para preparar todos los papeles del contrato.

—¿Te acompaña Luis Miguel?

—Sí, sí, como siempre.

Luis Miguel era su mano derecha, su sombra y su mejor amigo. Alguien en quien podías confiar perfectamente y explicarle que tenías una relación fuera de tu matrimonio.

Decidí seguirlo, convencido de que ese viaje me llevaría hacia su amante en Cuenca. Pero mi padre no cogió el AVE, sino que se dirigió en taxi hacia el barrio de Salamanca. Mi taxi lo siguió como en las películas y, cuando se detuvo cerca del dúplex de la madre de Alexia, aluciné por la coincidencia. ¿Viviría allí su querida?

Lo siguiente que vi me dejó sin sangre en el cuerpo.

Alexia estaba mirando a ninguna parte, pero cuando vio a mi padre se volvió inmediatamente y sacó el móvil de su bolso con prisas para darle la espalda. Mi padre estaba a pocos metros de ella, así que se tenían que haber visto por cojones. ¿Por qué se ignoraban de esa manera?

Porque mi padre se follaba a su madre.

No podía creérmelo, pero Alexia no lo negó en ningún momento. Lo sabía y no me había dicho absolutamente nada. ¿Cómo podía ser? ¿No quería herirme? Me estaba haciendo el doble de daño en ese momento porque por mucho que pienses que tal vez tu padre esté con otra, pillarlo en una mentira y verlo subir al dúplex de su amante... era realmente jodido.

Hubiera gritado como un loco en medio de la calle, pero por mi cabeza pasaban mil pensamientos al mismo tiempo y me costaba una barbaridad poner orden en mi mente. Quería saber qué razones la habían llevado a esconderme una situación como esa. Ella odiaba a su madre, entonces ¿por qué cojones la cubría?

«—Dime por qué.

»—¿Para qué quieres saberlo? ¿No tienes bastante?»

¿Es que había más cosas que no supiera? ¿De qué diablos hablaba? Podía leer en sus ojos que sabía más cosas. No era la primera vez que lo percibía.

«—¿Hay más? Alexia, ¿hay más?

»—¡Qué más da!»

¡Sí que daba, joder, claro que daba!

«—¿¿¿Hay más???»

Y entre gritos me lo dijo...

«—¡Somos hermanos, joder!»

¿¿¿Hermanos???

Esperé a mi padre durante un par de horas, apoyado en la pared del edificio del dúplex, pero cuando vi que de allí no salía nadie, me fui andando hacia ninguna parte. Por lo visto, se quedaba a dormir con ella, cena incluida.

Tenía la cabeza a punto de explotar y lo único que se me ocurrió fue ir a Colours, sentarme solo en la barra y beber como un descosido. Quería borrar todo aquello de mi mente y el alcohol conseguiría anestesiarme durante un buen rato.

25

—¿Llevas mucho rato despierta? —me preguntó Lea de repente.

La miré y le sonreí.

—Desde las seis de la mañana, más o menos.

—¿Qué pasó ayer?

—¿Te lo dijo Adri?

—Sí, me explicó que tú y Thiago habíais discutido en medio de la calle y que luego él lo llamó muy nervioso.

—¿No te explicó el porqué? —Lea negó con la cabeza—. Nos encontramos delante del dúplex de mi madre...

—¿Qué dices? —me cortó incorporándose en la cama.

—Lo que oyes. Seguía a su padre o algo así, y cuando me vio..., se lio parda, tía. Yo sabía que Joaquín iba a ir al dúplex, pero no pensé que llegaría tan pronto y cuando lo vi acercándose me volví para no tener que hacer el paripé. A los pocos segundos apareció Thiago cagándose en todo, claro.

—Joder...

Le expliqué con detalle todo lo que había ocurrido allí y que acabé diciéndole que éramos hermanos.

—Se me escapó y, cuando me di cuenta, ya no pude volver atrás.

—Menuda putada, era la peor manera de que se enterara —comentó Lea pensativa.

—Pues sí y, en parte, es culpa mía. Tal vez debería haber hablado con él mucho antes.

Lea resopló y negó con la cabeza.

—No empieces, Alexia, no empieces a cargarte las mierdas de tu madre. Tú decidiste que lo mejor era que nadie saliera dañado. ¿Sabes qué va a pasar ahora? Esto va a ser un puto drama en su casa. Cuando se entere su madre de todo esto, ¿qué crees que va a pasar?

—Lo sé, sé que es justamente eso lo que quería evitar, pero ahora... Ahora todo está peor.

—Bueno, mira la parte buena: dejará de perseguirte por los pasillos.

Suspiré cansada. Había perdido a Thiago para siempre, lo sabía. No quería tenerlo como hermano, tampoco era eso, pero debía asumir que lo nuestro era un imposible sin solución.

—¿Y la parte mala, Lea?

—La mala es que vais a sufrir los dos.

No había nadie más realista que ella.

—Alexia..., ¿te importa que lea esa carta?

Me extrañó que me preguntara aquello.

—¿Y eso?

—Sé que es algo íntimo, pero me gustaría ayudarte y, no sé..., necesito saber que tu madre dice la verdad. No me fio de ella.

—Ya, yo tampoco. Pero, si no es verdad, ¿qué sentido tendría esa carta?

Lea me miró fijamente.

—Putearte.

Parpadeé un par de veces, incrédula. No, mi madre no podía llegar a eso...

Cogí el neceser que Lea me había regalado y saqué la carta para dejársela leer.

—Parece antigua —comentó cogiéndola.

Me coloqué a su lado y la leí una vez más. Casi me la sabía de memoria, pero me aseguré de que las palabras que había en mi mente eran las mismas que había allí escritas. A veces una simple palabra podía cambiar el significado de todo.

Joaquín, no sé si te daré esta carta, pero necesito decírtelo.

Cariño, no puedo olvidarte. Por mucho que me lo repita y por mucho que mi voz interior me diga que es lo mejor para los dos, no puedo. Lo que siento por ti va más allá de la lógica de este mundo y estoy enamorada de ti. Desde el día que te vi, con tu traje de niño bueno, con tu pequeño bigote y con esos andares tan seguros, supe que eras el hombre de mi vida.

Pero tú estás casado y yo también... y no podemos estar juntos, lo entiendo perfectamente. Te casaste con Carmela porque era casi una necesidad para tu negocio y, además, tienes a tu bebé, a Thiago, con tan solo dos años, pero quiero que sepas que estoy embarazada y que creo que puede ser tuyo... Necesito que nos veamos donde siempre y hablemos de mi embarazo. Este niño será fruto de nuestro amor, pero los dos sabemos que no podemos estar juntos.

Tuya,

Álex

Lea señaló con el dedo unas palabras.

—Aquí dice «creo que puede ser tuyo».

Leí de nuevo aquello, y sí, era cierto.

—Pero aquí pone «este niño será fruto de nuestro amor».

—Pero no sabemos si tu padre es Joaquín; cuando escribió esto ni ella lo sabía. ¿Lo ves?

La miré unos segundos dando vueltas a su razonamiento. Era cierto, tal vez..., tal vez Joaquín no era mi padre, y tal vez mi madre había corrido más de la cuenta al pensar que yo era hija de su amante. No lo aseguraba al cien por cien en ningún momento.

—Entonces hay una pequeña esperanza, Lea...

—¡Sí, petarda! Hay que descubrir esto cuanto antes. Debéis saberlo, tanto tú como Thiago.

—Sí, tengo que hablar con mi padre, aunque no sé ni cómo planteárselo...

—Es difícil, Alexia, pero ¿no crees que tu padre está curado de espantos con tu madre? Te dejó en sus manos siendo un bebé, tía. Eso no es normal. ¡Ella no es normal!

Me reí al oírla porque eran mis propios pensamientos.

—Está de psiquiátrico, es verdad. Mi padre viene el viernes, así que hablaré con él.

—Oye..., ¿y el cumple de Adri?

—Uf...

—Piénsatelo —me dijo dándome un abrazo—. Solo piénsatelo.

Aquel jueves por la mañana quedé con Santi, el primo de Flor, para firmar el contrato y para que me entregara las llaves. Lea quiso acompañarme, pero no se lo permití. La obligué a ir a la universidad y a coger apuntes por las dos, aunque el curso no me preocupaba demasiado. La verdad era que estaba sacando muy buenas notas y que mi alto nivel en todos los idiomas estaba más que demostrado.

Cuando Santi me dio aquellas llaves me quité un peso de encima. Por fin libre, sin mi madre, sin sus malas caras y sin sus desprecios constantes. Vivir sola no iba a hacer que olvidara que mi madre me odiaba, pero, como mínimo, podría dormir a mi aire, con mis gritos, mis pesadillas y mis lágrimas. Era muy duro que tu propia madre te echara en cara todo aquello después de todo lo que había pasado con Antxon. Pero así era ella, una madre modélica donde las hubiera.

Al entrar en mi piso suspiré ilusionada. Quizá allí mi vida empezara a ir mejor... Las cosas no podían ir a peor, así que debía pensar en positivo. Sacaba de mi vida a la bruja de mi madre y en un futuro cercano también a Thiago. Yo iba a empezar de cero como había hecho muchas otras veces en diferentes países. Me sentí como entonces. Mi padre y yo dejábamos las maletas en la entrada de nuestra nueva vivienda y observábamos con curiosidad el piso, el apartamento o la casa que se convertiría en pocos días en nuestro hogar.

Miré a mi alrededor con una sonrisa.

El salón de ese piso estaba pintado de un color piedra y había simplemente un sofá gris de tres plazas, una mesa de madera de pino cerca del balcón y un mueble sencillo con un televisor bastante grande. En la parte de atrás estaba la cocina, totalmente integrada en el salón, ya que los muebles eran del mismo color piedra que la pared. Realmente el decorador había tenido buen gusto. El ventanal del salón, le daba un aire señorial y el balcón era lo suficientemente grande como para colocar una pequeña mesa y cuatro sillas. Ya me veía ahí haciendo unos gin-tonics con Lea y Natalia e incluso unos mojitos con Marco.

Sonreí y me dirigí al dormitorio. Era bastante grande y había una cama de matrimonio, un armario empotrado de cuatro puertas y una mesa de estudio con su correspondiente silla de despacho. La pared del cabezal era de un gris oscuro y el resto era todo blanco. Estaba claro que al decorador le iban los grises en todas sus tonalidades.

El baño era tipo suite y lo que más destacaba era la enorme ducha con su mampara totalmente transparente. Era sencillo pero moderno.

«Me encanta.»

Era mi hogar e iba a empezar con buen pie. Estaba hasta el moño de malos rollos. Así que cogí la maleta y comencé a dejar mis cosas por el piso. En una hora lo tuve todo listo.

«Bien, vamos bien.»

Me lo decía a mí misma porque durante ese rato dejé a un lado mi historia con Thiago. Me costaba dejar de pensar en él: ¿cómo estaría? ¿Qué habría ocurrido en su casa? ¿Estaría su madre destrozada? ¿O en cambio se lo estaría comiendo todo él solito tal como había hecho yo? ¿Debería ofrecerle mi apoyo? No, no; solo empeoraría las cosas.

Bajé al súper que tenía más cerca y donde sabía que encontraría de todo. Hice una buena compra y les pedí que me la llevaran a casa. Por la tarde la tendría ahí.

Miré el reloj y vi que se me había hecho demasiado tarde para ir a la facultad, así que me fui al piso para trabajar en el proyecto del profesor

Peña. Las cosas debían seguir su curso. Thiago había hecho su parte y yo debía hacer lo mismo. Debíamos entregarle el *pendrive* al profesor el lunes de la próxima semana.

Me senté en aquella silla tan cómoda y sonreí contenta. Aquello era como un sueño hecho realidad. Me había independizado, mi padre se iba a hacer cargo de todo, y yo iba a demostrarle que podía confiar en mí. Tenía diecinueve años; y ya no era una cría.

Me puse música en el Iphone y sonó «Malamente» de Rosalía.

«*Ese cristalito roto, yo sentí cómo crujía, antes de caerse al suelo, ya sabía que se rompía...*»

Abrí el documento que me había pasado Thiago y le eché un vistazo. Había trabajado más de la cuenta y me había dejado a mí la parte más fácil. Así era él.

—¿Y esto?

Al final del documento había algo más:

Para Alexia, la chica más cobarde que he conocido jamás...

Hostia, la madre que lo parió.

...de Thiago, el que todo lo sabe:

Sé que escondes algo, sé que hay algo que no me cuentas. La chica que yo conocí no jodería esta relación por algo como lo de Apolo; sé que mientes. Sé que te has acostado con tu jefe por despecho, ¿lo hiciste después de oírme con Débora? Probablemente.

Quiero que tú también sepas algunas cosas: que yo sí me la follé por despecho, que cuando me la follé pensaba en ti, que ni Débora ni ninguna otra me llenan, que eres tú la que debería estar encima cabalgando lo que te pertenece. Pero no quieres y no entiendo el porqué. Solo sé que no estás siendo clara, que tus ojos dicen una cosa y tu boca otra muy distinta.

Eres complicada, siempre lo has sido, pero es uno de tus encantos, aunque... ahora hay algo más. Algo que llevas dentro, algo que no me vas a decir. Algo que sabré, Alexia, de un modo u otro.

No dejo de pensar en ti.

Tuyo,

Thiago

Joder...

Thiago lo intuía, no sabía por qué, pero lo intuía. El *pendrive* se lo había dado a Adri hacía dos días y entonces no sabía nada del lío que tenían mi madre y su padre. Podía entender perfectamente su cabreo: pensaba que le escondía algo y al final lo había descubierto. Y ese algo no era una cosa simplona, no. Su padre le ponía los cuernos a su madre con la mía. Casi nada.

Pero de todo lo escrito había algo que no dejaba de rondarme como un mosquito bien molesto: no dejo de pensar en ti... Uf, ¿qué hacer ante esas palabras?

26

Con aquello en la cabeza intenté trabajar y durante casi una hora logré estar concentrada en el texto de Francés. Para hacer un descanso, me preparé un té verde y, mientras tanto, aproveché para hacer una foto a la cocina y enviársela a Natalia. Ella no había visto el piso porque entre el trabajo y su madre no tenía tiempo para nada. Y yo, con tantas cosas en la cabeza, no había pensado más en la costilla fracturada de su madre. ¿Sería verdad? Quizá yo era demasiado alarmista; Lea me había dicho que debíamos creer a Natalia y no ser tan malpensadas. Eso lo decía por mí, claro.

¡Qué pasada! Esa cocina te queda genial con el color de tus ojos, jajaja.

Me reí al leerla, aunque me extrañó que respondiera a esas horas. El calvo de su jefe les había prohibido usar el móvil en horas de trabajo.

Jajaja, tengo ganas de que te pases por el piso. ¿Cuándo nos vemos?

Esta semana lo tengo jodido, mi madre es una pesada. A ver si el fin de semana me deja un hueco libre.

Tranquila, pasaremos muchas horas aquí, jajaja. ¿No estás trabajando?

Hoy me he quedado en casa porque mi madre tenía que ir al médico. Te llamo más tarde.

Dejó de estar en línea y miré el móvil poco convencida de su argumento. Natalia jamás faltaba al trabajo, sabía que su jefe no se andaba con tonterías. Y su madre podía ir al médico sola..., ¿no?

Cogí el móvil, el bolso y salí del piso decidida a saber qué le pasaba a Natalia. A los dos minutos estaba en su portal y entré aprovechando que una mujer salía de allí. Al llegar a su puerta me armé de valor y llamé. Me arriesgaba a que todo fuera verdad y que yo quedara como una gilipollas, pero Natalia me conocía y sabía que yo era muy impulsiva. A veces demasiado, pero en ocasiones daba en el clavo.

Me abrió la puerta mi amiga, pero me quedé con la boca abierta cuando vi su cara marcada. Hostia puta...

—¿Qué haces aquí? —preguntó enfadada.

—Comprobar que estás bien.

Nos miramos fijamente y Natalia suspiró. Dejó la puerta entreabierta y salió para hablar conmigo.

—Estoy bien —me confirmó.

—¿Ha sido él?

No era necesario fingir nada. Aquello se lo había hecho su padre y no me iba a tragar ninguna mentira.

—Alexia, será mejor que lo dejes.

—Y una mierda lo voy a dejar, ¿tú te has visto? Eso... eso tiene que doler. No me voy a ir hasta que me lo expliques, Natalia. Somos amigas, joder, no soy una desconocida y tú siempre estuviste ahí con lo de mi familia. Así que *quid pro quo*. —Me crucé de brazos y Natalia me miró poniendo los ojos en blanco.

—Aquí no podemos hablar y ahora mismo no quiero dejar a mi madre sola con él.

—¿Tu padre está también en casa? —pregunté nerviosa al saber que él estaba con ellas.

¿Y si volvía a la carga?

—Con la lesión de mi madre, hemos contratado a un matrimonio para que lleven el súper unas semanas, porque mi padre pasa de todo. Ayer llegó a las tantas de la noche bebido y está durmiendo la borrachera. Cada día hace lo mismo desde que... ya sabes.

No lo sabía exactamente, pero me lo podía imaginar. Desde que les dio una buena paliza a las dos. ¿Qué más golpes ocultos llevaría Natalia? Cerca del ojo tenía un cardenal y en el labio había una herida reciente. Entre el cuello y el pecho podía ver marcas rojas, probablemente de los dedos de su padre.

«¡Menudo cabrón!»

—Natalia, tienes que hacer algo... ¿Y si vuelve a repetirlo?

—Llevamos mucho tiempo con esto, Alexia.

Di un paso atrás porque sentí como si me hubiera dado una sonora bofetada. Joder..., ¿mucho tiempo? Lo había pensado en alguna ocasión, pero saber que era cierto... Me mordí los labios de la rabia y me dieron ganas de entrar a decirle cuatro cosas a aquel malnacido.

—¿Te importa que lo hablemos en otro momento? —preguntó mirando hacia atrás, como si temiera algo.

—No sé si puedo irme así, Natalia. ¿Y si te pasa algo, joder?

—Tranquila, nunca va más allá de los golpes.

Menuda frase..., como si encima tuviera que darle las gracias, pero entendí qué quería decir: que su padre no ponía en peligro sus vidas o no hasta entonces... Me resigné a seguir su ruego y me fui de allí con el corazón encogido. Mi amiga y su madre eran víctimas de malos tratos. ¿Qué podía hacer? No quería ir en contra de sus deseos, pero tampoco podía quedarme de brazos cruzados.

Cogí el coche y me dirigí a la facultad. Necesitaba hablar con Lea. La esperé en la puerta y la vi salir con Adri. Al verme me miraron sorprendidos y ella frunció el ceño.

—¿Qué ocurre? —me preguntó directamente.

—¿Le pasa algo a Thiago? —me preguntó con rapidez Adri.

Lo miré confundida. ¿No había ido a la universidad?

—No ha venido a clase y no responde al móvil.

Adri me miró esperando que yo le diera la respuesta, pero no la tenía.

—No sé nada de él, Adri.

—Cuando hablé con él ayer, estaba como ido...

Y no era para menos.

—¿Qué os ha pasado?

—Creo que deberías hablar con él —le dije pensando que era cosa de Thiago explicárselo o no a su mejor amigo.

—¿Qué haces aquí? —insistió Lea.

—Tengo que hablar contigo sobre Natalia.

Lea observó mis ojos y seguidamente se dirigió a Adri.

—¿Nos vemos después?

Él asintió con la cabeza y besó a Lea con suavidad en el mismo momento en que pasó por allí Débora con un par de amigas. Me miró con una sonrisa irónica y se llevó la mano al oído, como si me llamara por teléfono. La miré con desprecio, pero pasé de su provocación, había cosas más importantes que las idioteces de aquella tía.

—He venido en coche, vamos —le indiqué a Lea en dirección a la zona de aparcamiento.

—¿Tiene algo que ver con Ignacio?

—No, no, con su padre.

Entramos en el coche y nos miramos preocupadas las dos. Le conté allí mismo mi encuentro con Natalia y Lea me escuchó sin abrir la boca.

—¿Qué piensas? —le pregunté al terminar mi explicación.

—Que me parece todo increíble. No entiendo por qué no nos ha dicho nada.

—Es algo que suele esconderse, Lea. No te extrañes tanto. Es muy jodido reconocer que tu madre sufre malos tratos.

—Joder, ¿y su madre? ¿No piensa en Natalia? ¿Y sus hermanos no han notado nunca nada? Yo flipo.

—Probablemente su padre es lo bastante listo para saber cuándo puede abusar de su fuerza. Estos tíos no son tontos y saben cuándo actuar. Saben dónde pegar para que la gente no vea las marcas y cosas así. Y sobre la reacción de su madre..., es tan típico...

—¿El qué?

—Pues que, a pesar de todo, no lo quiere dejar...

—Pero ¿por qué? —me cortó Lea casi gritando.

—Pues por miedo, por dependencia, por vergüenza, por culpa o porque quizá piense que hay que aguantar lo que sea.

—Joder..., ¿y qué hacemos ahora?

—Tenemos que hablar con Natalia de todo esto e intentar que su madre deje a su padre, porque ella no querrá dejarla sola.

—Menuda mierda.

—¿Le envío un mensaje y le pregunto cuándo podemos verla?

—¿Tenía muy mala cara? No querrá salir así a la calle y nosotras no podemos ir a la suya.

—Ya..., tendremos que esperar...

Natalia, ¿nos vemos en mi piso? Cuando tú digas.

—Perfecto —dijo Lea al leer el mensaje—. Si la presionamos será peor.

—Sí, tenemos que demostrarle que estamos a su lado y que respetamos sus decisiones, de momento, porque espero que haga algo.

De camino a casa seguimos charlando de aquello porque nos resultaba bastante chocante que hasta entonces no hubiéramos sabido qué estaba ocurriendo en casa de nuestra amiga. Entendimos también muchas cosas y nos reprochamos no habernos dado cuenta antes de aquel percal. Cuando Natalia estaba un poco rara, cuando hablaba con odio de su padre, cuando parecía que explicaba algunas cosas a medias, cuando nos llamó desesperada porque no sabía qué hacer con su madre... Estaba todo clarísimo en aquel momento, pero era duro saberlo. ¿Cómo podíamos ayudar a nuestra amiga?

—Oye, ¿y en serio no sabes nada de Thiago? Adri estaba muy preocupado.

—Nada de nada. Bueno, aparte de una nota que me dejó en el *pendrive* de Francés.

—¿Una nota?

—Sube y la lees.

—¿Comemos juntas? —Asentí con la cabeza y Lea llamó a su madre para decirle que se quedaba a comer en mi casa.

—Tengo poca cosa —le dije subiendo las escaleras—. Esta tarde me traen todo lo que he comprado en el súper.

—Oye, ¿y el tema de la pasta?

—Se encarga de todo mi padre —le dije sonriendo.

Sin él no habría podido irme tan alegremente, porque mi madre solo hubiera pagado lo justo, y lo más seguro es que hubiera tenido que ponerme a trabajar para llegar a fin de mes.

—Qué bien me cae tu padre —comentó Lea entrando en el piso—. ¡Oh! Esto ya tiene otra pinta, ¿no? ¡Y huele a ti! —soltó sonriendo.

Me puse a preparar una ensalada de pasta mientras Lea leía la nota de Thiago. A los dos minutos la tenía en la cocina ayudándome.

—Petarda, sois tal para cual.

La miré advirtiéndola de que no siguiera por ahí. Thiago y yo no podíamos ni ser tal para cual ni nada parecido.

—Y no sabes si sois hermanos, no me mires así —dijo pasándome la sal—. Me refería a que parece que veis las cosas antes que los demás. Tú intuías lo de Natalia y él que tú le escondías algo..., aunque yo también lo pensaba antes de que me lo explicaras.

—¿Y?

—Era raro que dejaras a Thiago solo por aquello... Eres cabezota, pero no tanto, y sueles reconocer cuando te pasas. Verte tan segura al decir que no querías saber nada de él me parecía muy extraño.

—Lo de Instagram me fue al pelo como excusa, aunque es verdad que era un poco floja, pero no tenía otra razón de peso.

—Me alegra que al final me lo contaras.

—Pues sí, me he quitado un buen peso de encima. Te lo hubiera dicho antes, pero no quería cargarte con ese marrón.

—Lo sé, petarda, lo sé. Pero para eso estamos, ¿no?

La miré agradecida y nos sentamos a la mesa para comer. No tenía mucha hambre, pero me obligué a no dejar nada en el plato. Cuando estábamos recogiendo, me sonó el móvil y lo fui a mirar con rapidez.

—Es Natalia.

Dadme un par de días y hablamos con tranquilidad en ese piso tan chulo con unos gin-tonics de los míos.

—Bueno, podemos esperar un par de días, ¿no crees?

27

Lea y yo dedicamos el rato a pintarnos las uñas y después la ayudé a escribir aquellas notas que quería colocar dentro de la bolsa de deporte que había comprado para Adri.

—A ver... «No renuncies a tus sueños, sigue durmiendo» —le dije sonriendo.

—Me gusta... Apuntada. Vamos a por otra. «El tiempo sin "ti" es "empo"».

—¡Oh, qué malo!

Nos reímos las dos y seguimos buscando frases de aquellas: «Me hago responsable de lo que digo no de lo que entiendas», «Odio que hablen cuando interrumpo», «Fuimos felices durante veinte años, después nos conocimos...»

Después Lea pasó a las frases picantes, cómo no, y la dejé a su aire. Mejor no saber qué le escribía. Me fui al baño y justo al salir me avisó de que sonaba mi móvil en la cocina.

—¡Te llaman!

Lo cogí con rapidez y vi que era un número desconocido.

—¿Hola?

—¿Alexia?

¿Quién era? No reconocí esa voz masculina.

—Sí, soy yo —respondí con cautela.

—Soy Ignacio.

¿Por qué tenía mi número de teléfono?

—Te llamaba para saber cómo estaba Natalia. No sé nada de ella desde el lunes y no responde a mis mensajes ni a mis llamadas.

—Eh... Bueno, estamos a jueves y solo han pasado dos días desde que os visteis. Natalia tiene mucho lío. —Lea se levantó como un rayo de la mesa y se colocó a mi lado pegando su oreja a la mía.

—Ya..., pero empezaba a preocuparme.

Era buen tío, vale, pero estaba casado.

—A ver, Ignacio, voy a ser clara contigo. Natalia nos explicó tu situación y entenderás que nosotras somos sus amigas. No queremos meternos en medio, pero sí te voy a pedir que no la agobies mucho...

«Sobre todo, porque tanto ella como su madre reciben palizas de su padre.»

Me lo callé, claro.

—Sí, sí, lo entiendo. Pero no ha venido a trabajar desde el martes y por aquí no sabemos muy bien qué le ocurre.

—No se encuentra bien, pero estoy segura de que el lunes estará ya recuperada de esa gripe.

—Entonces, ¿es solo una gripe?

Me habría encantado decirle la verdad porque veía que se preocupaba por ella, pero no podía. Yo no era nadie para ir hablando de las cosas de Natalia.

—Eso parece. Así que puedes estar tranquilo.

—Gracias, Alexia.

—¿De dónde has sacado mi número? —le pregunté por curiosidad y con la intención de cerrar ya el tema.

—Tengo memoria fotográfica con los números de teléfono y vi el tuyo en una ocasión que Natalia te buscó en sus contactos al salir de la oficina.

—Vaya, menudo don. ¿Y tú cómo estás? —No sé por qué le pregunté eso, ya que bastante tenía yo con lo mío, con Thiago, con Natalia...

—Bien, bien —respondió escaqueándose de mi pregunta—. Gracias por responder y dile a Natalia que el lunes la veo.

—Yo se lo digo. Cuídate.

Cuando colgó, Lea y yo nos miramos.

—Este tío está colado por ella —confirmó con rotundidad.

—Por lo menos se interesa, que ya es.

Perdona mi escueta respuesta de antes. Quiero separarme de mi mujer. Estamos en ello.

Le mostré el mensaje a Lea y dio un pequeño grito antes de taparse la mano con la boca.

Ignacio continuó escribiendo y ambas esperamos.

Natalia no sabe nada todavía, quedamos en que primero solucionaría lo mío. Después intentaré hacer las cosas bien con ella.

—¡Oooh! —exclamamos las dos a la vez.

—Tía, qué mono —añadió Lea sonriendo.

Gracias por todo.

Suerte, Ignacio, nosotras te guardamos el secreto.

—¿En serio? —me preguntó Lea—. ¿Cómo no se lo vamos a decir?

—Pues cerrando el pico, petarda. ¿Y si después no se separa? ¿O se separa de su mujer, pero se da cuenta de que prefiere estar solo?

—Joder, Alexia, a veces pareces una abuela de ochenta años... Eres sabia.

Me lo dijo tan en serio que me partí de la risa.

Lea se marchó de mi piso con pocas ganas porque estábamos muy a gusto. Nos habíamos sentado en el suelo del balcón y nos habíamos fumado un cigarrillo a medias, aunque apenas fumábamos ya. Cuando se fue, me puse a limpiar el piso con un pañuelo en el pelo y la ropa más tirada que tenía. Al poco llamaron al timbre y abrí sin preguntar, pensando que era Lea que se había dejado algo.

—¿Qué te has...?

—Norma número uno, no abras nunca sin preguntar.

Era Javi, con un ramo de rosas enorme en un jarrón de diseño en una mano y un paquete envuelto en papel de regalo en la otra.

—¿Puedo pasar? —preguntó ante mi mutismo.

—Eh..., sí, sí...

—Tengo que explicarte cosas.

Cerré la puerta y observé cómo colocaba aquel jarrón en la mesa de madera.

—Como, por ejemplo..., ¿cómo sabes dónde vivo? Me acabo de instalar hoy mismo.

—Contactos que tiene uno.

Lo dijo con naturalidad, como si fuera lo más normal del mundo. Quizá en su mundo lo era, pero en el mío no. Además, recordé el aviso de Marco sobre Javi.

—¿Te lo ha dicho Flor?

—El primo de Flor es amigo mío... ¿No te ha gustado la sorpresa? ¿Te molesto? —Su tono de disculpa era realmente sincero y me supo mal.

—No, no, tranquilo. Estaba de limpieza.

Miró el pañuelo en mi cabeza y soltó una risilla.

—Ni una palabra —le dije quitándomelo y nos reímos los dos—. Gracias por las flores, me encantan. —Olí aquellas enormes rosas.

Menudo ramo...

—Y el jarrón está hecho por un amigo mío. ¿Te gusta?

—Mucho, no tenías por qué traer nada.

—Pues tengo dos regalos más. —Me dio aquel paquete y lo cogí sorprendida.

—¿Dos? ¿En serio? ¿Qué es? —pregunté ansiosa.

—¿No te gustan las sorpresas?

Me reí y abrí con prisas el paquete que me acababa de entregar.

Era un cartel de madera blanca para decorar donde había escrito algo en letras negras.

—«Bésame al entrar, al salir y antes de dormir...» Vaya, ¡me encanta!

—Lo vi y pensé en ti. No me preguntes por qué, pero sabía que te gustaría. ¿Dónde lo podrías poner?

Javi se paseó por mi salón como Pedro por su casa y me hizo gracia. Apenas nos conocíamos y parecíamos amigos de toda la vida. Su trato era muy cercano y seguía sin ver rastro de querer llevarme a la cama. Además, el detalle de las flores y aquel cuadro le hacían sumar puntos. Quizá aquella fama no le hacía justicia, a veces la gente habla de más.

—Lo podría poner en esta pared, es la primera que se ve nada más entrar.

—Sí, me gusta.

—Y en esa otra pondré nuestras obras de arte. Bueno, de momento solo la mía...

—¡De eso te quería hablar! Me ha llamado Flor y me ha dicho que su amiga está interesada en exponerlo en su galería. Y quiere que pinte un par más porque el tuyo no lo voy a vender.

—Madre mía, esa chica es una mina. Pero, oye, que si lo quieres vender...

—No, no —me cortó inmediatamente—. Un regalo es un regalo y ese cuadro tiene que ser para ti. ¡Ah! Y mi último regalo..., que no es nada, pero...

Me dio un *pendrive* y lo miré sorprendida.

—No puedes vivir en este mundo si no has visto la película *Dirty Dancing*. Así que tienes deberes.

—Gracias —le dije soltando una risilla por sus ocurrencias.

—¿Vas a enseñarme tu piso o pasamos directamente a la cerveza?

Nos reímos ambos y en un par de minutos ya lo había visto todo. Lo invité a sentarse en el sofá y saqué dos cervezas de la nevera. Me gustaba aquello de ser la anfitriona, me sentía mayor y más segura.

Sin darnos cuenta estuvimos charlando durante casi un par de horas y acabé sacando unas patatas y otra cerveza más. Me gustaba Javi, era hablador y divertido. En algunos aspectos me recordaba a Antxon.

Hacia el final le comenté que el viernes por la noche era el cumpleaños de Adri y que iríamos a Magic. Me pidió que lo llamara en cuanto llegáramos porque nos dejaría pasar gratis. Le dije que no era necesario, pero insistió advirtiéndome de que si no lo llamaba reclamaría mi presencia por los altavoces de la discoteca.

—Está bien, está bien, te llamaré.

—Así me gusta, que entres en razón. ¿Estará tu amigo?

Lo miré unos segundos más seria.

—No me lo quito de encima ni con lejía.

—Si quieres, yo te echo una mano. A mí lo de tontear con tías se me da genial. Mi ex siempre me lo decía.

—¿Tu ex?

Vaya, Javi era un poco pendón y encima se jactaba de ello, pero como lo hacía con esa gracia...

—Es mi ex porque quiso embarcarse en un proyecto con una ONG e iba a estar fuera un par de años. Ya sabes, las relaciones a distancia no funcionan.

—Ya...

—Tengo que dejarte, Alexia. El deber me llama y quiero pintar ese cuadro. Me has inspirado.

—¿Yo?

Nos reímos los dos mientras nos levantábamos del sofá.

—Sí, creo que voy a dibujar tus ojos, así en grande. —Hizo un movimiento con las manos, imaginando el cuadro delante de él—. Y dentro de ellos veré qué dibujo... Algo saldrá.

—¿No lo tienes pensado?

—Pues no, no tengo ni idea. No es tan raro, no me mires así. Conozco a una chica que escribe novelas del mismo modo. No planifica, ni prepara los capítulos, va escribiendo en función de lo que le piden sus personajes...

Lo miré incrédula.

—Un día te la presento —concluyó abriendo él mismo la puerta.

—Gracias por todo y ven cuando quieras —me despedí feliz por su inesperada visita.

—La próxima vez traeré una caja de cervezas de importación. ¡Verás qué cerveza!

Nos dijimos adiós con una risilla y cuando cerré la puerta me apoyé en ella pensando en Javi.

Era un encanto.

Me daba igual lo que dijera la gente. ¿Cómo era aquella frase que solía decir Judith?

«Juzgar a una persona no define quién es ella, sino que define quién eres tú.»

28

NATALIA

A veces esconder las cosas era la única solución, pero ahora que tanto Lea como Alexia sabían qué sucedía realmente en mi casa me sentía menos sola. Llevar el peso de aquel secreto era difícil y tener que fingir que mi padre simplemente tenía muy mala leche era complicado.

El lunes por la noche regresé a casa dándole vueltas a lo que había descubierto de Ignacio. Él mismo me lo había explicado al detalle: estaba casado, no quería a su mujer, pero no sabía cómo salir de aquella relación. Su pareja solo tenía un objetivo en mente, quedarse embarazada, y poco a poco había dejado todo lo demás de lado. Incluso a Ignacio.

Cuando me relató la parte en que solo follaban para procrear y vi su cara de espanto, le creí. En muchas ocasiones, hasta que no verbalizas lo que te ocurre no te das cuenta realmente de la situación que estás viviendo. En ese momento Ignacio fue muy consciente de que su relación estaba más que terminada.

Me sorprendió que me dijera que la dejaría y que quería empezar de cero conmigo. Esperaba otro tipo de respuesta: «No sé cómo irá todo, si quieres seguimos, pero no te aseguro nada...». Algo así como ser su amante, a lo cual me hubiera negado, por supuesto.

Y en eso quedamos: él hablaría con su mujer, solucionaría su situación y ya hablaríamos más adelante de lo nuestro. Yo no quería romper una pareja ni quería ser la segunda. Prefería joderme y no tenerlo, por mucho que me fastidiara porque Igna me gustaba muchísimo.

Cuando subí a casa iba pensando en todo esto hasta que abrí la puerta y vi a mi padre alzándole la mano a mi madre. Ella estaba en el suelo, con la mano en su costado derecho, con los ojos cerrados y sin decir nada. ¡Joder! Le vi darle un puñetazo donde ella tenía las manos, como si ya le hubiera hecho daño en ese punto y quisiera que sufriera mucho más.

Cerré la puerta de golpe y me acerqué a ellos casi volando. No iba a permitir que continuara pegándola, pero mi padre, viendo mis intenciones, me apartó de un manotazo. Di varios pasos atrás y noté sangre en el labio. Probablemente me lo había partido de nuevo. Me dio igual.

—Eres un hijo de puta —le grité yendo otra vez hacia él.

Mi padre le propinó una patada en la cabeza a mi madre a la vez que le decía que había parido una hija muy estúpida.

Le di un empujón y me golpeó cerca del ojo, haciéndome caer en el suelo. Dolía, mucho, pero no podía dejar a mi madre en manos de ese miserable, así que me levanté como pude y pensé con rapidez. Mi padre era mucho más fuerte que yo y no podría con él. Corrí hacia la cocina, cogí el cuchillo del jamón, que era el más grande que teníamos, y me acerqué de nuevo a él. Sin pensar que podía hacerle mucho daño.

—O paras o no respondo de mí. —Mi voz sonó casi de ultratumba y mi madre abrió los ojos para mirar cómo amenazaba a mi padre con aquel cuchillo.

—¡Natalia! ¡No! —gritó asustada.

Mi padre se volvió hacia mí y el cuchillo quedó a pocos centímetros de su enorme barriga cervecera.

Observé sus ojos vidriosos y rojos, supe que iba borracho.

—¿Vas a matarme?

—Si es necesario, lo haré. Deja a mamá.

No sabía de dónde sacaba ese temple, aunque era verdad que en situaciones límites siempre respondía con una frialdad innata.

Mi padre me miró detenidamente y no sé qué vio en mis ojos, pero se apartó de mi madre y se encerró en la habitación.

Suspiré inquieta, dejé el cuchillo en la mesa y fui hacia mi madre.

—¿Puedes levantarte?

La ayudé a incorporarse, pero le dolía mucho la zona de las costillas, tanto que le costaba andar. Me negué a dejarla tumbada en el sofá, como ella pedía, y la obligué a ir al hospital. Accedió porque la amenacé con llamar a la policía. Mi madre no quería denunciar a mi padre ni quería que nadie se enterara de lo que pasaba en casa. A veces justificaba la situación diciendo que si mis hermanos se enteraban de lo que hacía mi padre acabarían matándolo. Excusas.

Tenía una costilla fracturada y le recomendaron reposo. Obviamente, cuando nos vieron a las dos, nos ofrecieron un número de teléfono por si necesitábamos ayuda. Nos informaron de que, aunque no denunciáramos, ellos debían enviar un parte al juzgado. Éramos un caso claro de maltrato, pero ellos poco podían hacer porque mi madre lo negó todo.

Insistió en que calláramos, y yo no me vi con fuerzas para decirle en ese momento que aquello no podía seguir así. Cuando estuviera recuperada, hablaríamos con calma.

O tomábamos una decisión o algún día la que acabaría matándolo sería yo.

29

Aquella era mi primera noche en mi nuevo piso y no podía estar más nerviosa. Había hablado con Lea y le había preguntado si Adri sabía algo de Thiago. Cuando me respondió que no había tenido noticias de él, me puse en lo peor. ¿Y si había tenido un accidente? Ese era siempre mi primer pensamiento. Pero no, no podía ser, porque Adri se hubiera enterado. ¿Entonces? Quizá estaba con Débora, ahogando las penas en su cama. Probablemente esa era la opción más acertada, así que me obligué a dejar de pensar en él y de preocuparme.

Abrí el libro que estaba leyendo, pero automáticamente lo cerré. No me concentraba. Tenía también en mente a Natalia y a su madre. Aquella cara marcada, ese labio partido... Joder, que tu propio padre te zurrara de aquella manera. No entendía muchas cosas de este mundo, pero esa era de las que menos. ¿No se supone que un padre y una madre te quieren incondicionalmente? ¿No darían la vida por ti?

Me puse Eminem en el móvil, subí el volumen al máximo y cerré los ojos mientras me tumbaba en el sofá. Conseguí relajarme con la letra de sus canciones y dejé de pensar en Thiago y en Natalia, pero me vinieron recuerdos de cuando conocí al ojazos. Joder..., que fuera mi propio hermano era una gran putada. Me seguía gustando de verdad y no podía quitarme esa sensación de encima, lo que provocaba que a ratos me sintiera sucia. ¿Quién está enamorada de su propio hermano?

Me mordí los labios pensando en la primera vez que lo hicimos. Fue tan... distinto que no lo olvidaría en la vida. Me toqué por encima de las braguitas pensando en aquel momento, pero retiré la mano al instante, cabreada.

—¡No puede ser, Alexia! —me dije a mí misma.

O no hasta que fuera del todo seguro. Al día siguiente quizá lo sabría y tenía un poco de miedo. Había quedado en mi piso con mi padre y Judith. Me daba pavor que él me confirmara aquella jodida teoría. Hasta entonces había una mínima esperanza, pero si me decía que era verdad, debería aceptar la puta realidad. Y estaba casi segura de que Joaquín era mi padre biológico, pero ¿lo sabría mi padre? Tal vez aquella era la verdadera razón por la que se separó de mi madre. De todas formas él siempre me ha querido como si fuera su propia hija. No sería la primera en estar una situación así, ni la última.

Aquella noche me desperté varias veces gritando, pero no temí que apareciera mi madre para echarme la bronca. Estaba sola y podía llorar a gusto. Me toqué la herida de la pierna en varias ocasiones, pensando que se me abría y que me desangraba. Antxon también apareció en mi sueño y a veces lo confundía con Thiago.

—No te rindas, Alexia —me decía Antxon vestido como Thiago.

—No puedo más...

—No es tu hermano, yo soy tu hermano.

—No me dejes, Antxon...

—Nena, no te voy a dejar en la vida. —Thiago apareció de repente y lo abracé.

Nos fundimos en un abrazo.

—Qué bonito, los dos hermanos. —Aquella era la voz de mi madre, aunque no podía verla.

Me desperté de repente, al oírla. Joder, ni en sueños me la quitaba de encima.

Miré el reloj, eran las siete de la mañana y había quedado con mi padre a las once. Venían directos a mi piso y a media tarde cogían otro vuelo hacia París porque mi padre debía estar allí aquella misma tarde por temas de trabajo. Se me iba a hacer muy corto, pero mejor eso que nada. Yo había insistido en ir a recogerlos al aeropuerto con mi coche, pero mi padre me había convencido de que los esperara en el piso.

Me estiré en la cama y sonreí ante la idea de verlos.

¿Estás despierta?

Era Lea y me extrañó muchísimo que a esas horas anduvera por el mundo.

¿Todo bien?

No he dormido demasiado bien con lo de Natalia.

Ya, yo tampoco.

Y Adri me ha despertado esta mañana con un mensaje. Me ha dado un susto de muerte.

Te llamo.

Lea me cogió el teléfono al primer tono.

—¿Qué le pasa a Adri?

—Adri está bien —respondió en un tono muy bajo. Supuse que en su casa dormían—. Me ha dicho que al final había dado con Thiago.

—¿Está bien?

—Le han vendado un brazo y lleva un par de golpes en la cara.

Mis miedos volvieron a mí: ese temido accidente de coche se había hecho realidad.

—¡No jodas! Pero ¿qué ha pasado? ¿Un accidente?

—No... El miércoles después de... de aquello se fue a Colours y se ve que se puso hasta el culo de gin-tonics. Cuando salió de allí, no sabía ni su nombre y se fue dando tumbos, no recuerda hacia dónde. Un par de tipos vieron la oportunidad y le robaron lo que llevaba encima. De regalo le golpearon con ganas el brazo y le partieron el labio... De ahí que no respondiera al móvil. Un par de chicas lo encontraron tirado y se ofrecieron a ayudarlo. Le curaron el brazo en el hospital y desde allí llamaron a su madre. El resto puedes imaginarlo.

—Hostia... ¿Adri lo ha visto? ¿Está bien?

—No lo ha visto, no. Habló con él ayer por la noche. Thiago no quería saber nada de nadie y su madre lo achaca al robo que ha sufrido. Adri no entiende qué le pasa, dice que está raro y yo... joder... no quiero decírselo, es cosa de Thiago, pero no entiendo a los tíos. ¿No necesita Thiago hablarlo con alguien, por Dios?

—Ya..., pero yo sí lo entiendo. ¿Sabes lo vergonzoso que es explicar... eso?

—Sí, vale, pero mira lo que ha provocado no confiar en su mejor amigo. Una borrachera de campeonato y una paliza, con robo incluido.

—Qué putada...

—Pues sí, pobre...

Me daba rabia que pasara por aquello solo, pero poco podía hacer yo. Lo único que lograría sería cabrearlo más y recordarle que le había mentido con lo de su padre. Dudaba que quisiera saber nada de mí.

—Creo que su madre todavía no sabe nada porque Adri ha quedado esta misma mañana con Thiago en su casa. Supongo que si las cosas no estuvieran bien, no lo invitaría allí, ¿no crees?

—Lo normal sería que no. Quizá está esperando el momento adecuado para hablar con su padre o con su madre o está pensando cómo enfocarlo. En caliente es fácil que se te vaya la lengua, pero en frío no sabes por dónde empezar.

—Lo imagino. No sé si irá a Escápate esta noche, Adri no lo tenía claro porque con lo del brazo y lo del robo... ¿Y tú qué harás?

—Estar a tu lado. Sé que para ti es importante, y peor no puedo estar con Thiago. Si no viene, me ahorraré tener que evitarlo.

—Gracias, petarda. Se lo digo a Adri más tarde.

Cuando nos despedimos suspiré agobiada. Solo de pensar que le habían hecho eso a Thiago me ponía enferma. ¡Joder! Lo imaginé borracho como una cuba y andando perdido por vete a saber dónde. Los que le habían hecho aquello eran unos malnacidos. Con robarle tenían más que suficiente, no había necesidad de joderle el brazo.

Siento lo que te ha ocurrido.

Lo borré inmediatamente. Dudaba mucho que quisiera hablar conmigo y menos que le hiciera gracia que yo supiera qué le había pasado.

Adri, Lea me ha explicado lo de Thiago. ¿Está bien?

Aunque Lea me lo había confirmado, necesitaba saber que estaba bien.

Hola, Alexia. Tiene un buen hematoma en el brazo, un morado en una mejilla y una herida en el labio, según lo que me ha dicho. Esta mañana hemos quedado en vernos. Está un poco... distante.

Ya... Supongo que lleva un buen susto en el cuerpo.

No recuerda mucho, no es eso. Está como ausente, como si tuviera la cabeza a miles de kilómetros de aquí.

Lógico, muy lógico.

Tendrá sus razones. Yo no puedo decirte mucho más. Gracias por la información.

Te preocupas por él, pero no lo quieres a tu lado. Thiago me dijo que él tampoco quería saber nada de ti, pero también me ha preguntado por ti. ¿Lo entenderé algún día?

Releí su mensaje un par de veces: «me ha preguntado por ti...».

Creo que sí, que lo acabarás entendiendo. Por cierto, feliz cumpleaños.

Gracias, Alexia. Espero verte esta noche.

Adri estaba un poco desanimado y era comprensible. Pero esperaba que Thiago hablara con él y le explicara qué ocurría realmente entre nosotros. Era su mejor amigo, y además estaba Lea, que se encontraba en medio sin poder decirle nada a su chico. Estaba segura de que Thiago acabaría confiándole aquel secreto a Adri.

Miré de nuevo el perfil de Thiago en el WhatsApp. Tan cerca y tan lejos, pero no iba a ceder a mis impulsos, esta vez no.

A las once menos cuarto de la mañana llamaron al timbre y corrí a abrir la puerta entusiasmada y con ganas de recibir a mi padre y a Judith.

Era Marco, con una bolsa de papel de una pastelería de renombre.

—Cruasanes de mantequilla, de chocolate y de crema. ¿Me dejo alguno?

Me reí al ver su sonrisa adormilada.

—¿Vienes de fiesta?

—Más o menos.

Me acerqué a su boca para olerle el aliento, pero él creyó que iba a besarlo y se adelantó cogiéndome por la cintura y pegando sus labios en los míos. No olía a alcohol y su lengua buscó la mía con ganas de más. La bolsa cayó al suelo y sus manos me acariciaron la espalda mientras nuestros cuerpos se pegaban el uno al otro. Realmente Marco era excitante..., pero mi padre estaba al caer, así que aquel no era el momento más oportuno.

—Marco… —le dije en sus labios antes de que me atrapara de nuevo en uno de aquellos besos.

—Muñeca, es que me tienes loco.

Sus manos cogieron de nuevo mi cintura y nos miramos fijamente.

—¿No te apetece? —preguntó con cautela.

—No es eso…

Oímos que alguien carraspeaba detrás de nosotros.

—Buenos días, pareja.

Aquella voz cantarina era la de mi padre, tras la cual oí la risilla de Judith.

Marco cerró los ojos un segundo y dijo «mierda» sin que se le oyera. Me entró la risa, por supuesto.

Me aparté de él y fui a por mi padre, que me abrazó con las mismas ganas que yo.

—¿Interrumpimos? —preguntó riendo.

Ambos teníamos el mismo sentido del humor. Cuando él y Judith empezaron a salir, tanto Antxon como yo siempre gastábamos bromas de sus besos y arrumacos.

Cuánto los echaba de menos…

30

Mi padre y Judith entraron en el piso y Marco los saludó con la bolsa de cruasanes en la mano.

—¿Qué tal, Marco? —le preguntó mi padre sonriendo.

—Bien, bien. Había quedado cerca de aquí con un cliente y he venido a traerle el desayuno a Alexia. Todavía no he visto el piso.

Me mordí los labios para no reírme. Solo faltaba que le dijera: ni me he acostado con su hija.

—Pero ya me voy, no sabía que tenías visita —me dijo a mí alzando las cejas a modo de disculpa.

—Quédate si quieres —le instó mi padre.

—No, no, gracias. Tengo que ir a... trabajar. Encantado de volver a verlo y de conocerla.

—Igualmente —respondieron ellos.

Marco abrió la puerta y se volvió para decirme adiós.

—Gracias por los cruasanes —comenté risueña—. ¡Ah! Y por el beso —le dije riendo.

—Quiero un tour por el piso.

—Trae calzado cómodo, vas a terminar agotado.

Marco se rio y se fue guiñándome un ojo. Al cerrar la puerta pensé que su mezcla de chulería y de timidez era encantadora.

—¿Sigue siendo solo un amigo? —me preguntó Judith cogiéndome del brazo.

—Sí, de momento solo somos amigos.

—De momento —repitió ella con sorna.

¿Había dicho yo eso? ¿De momento? Bueno, no sabías nunca por dónde podían discurrir las cosas: hoy te liabas con un tío y al día siguiente era tu hermano.

Miré a mi padre pensando que debía abordar el tema cuanto antes porque de lo contrario sabía que se iría sin que hubiéramos hablado del asunto. Él estaba mirando la cocina.

—Está todo muy nuevo.

—Sí, papá, la han renovado hace poco.

—Y con muy buen gusto —añadió Judith.

Les enseñé el piso y tardamos un rato porque mi padre lo miró todo con lupa. Su veredicto fue positivo y entonces nos sentamos más relajados a la mesa del salón para probar los cruasanes de Marco con el café de la Nespresso que me habían regalado diez minutos antes.

—Me encanta —les dije saboreando el café.

—Y esto está riquísimo, ¿seguro que no lo quieres de novio? —preguntó bromeando mi padre.

No reí porque me acordé de Thiago.

—¿Pasa algo? —preguntó Judith sabiendo que me había cambiado la cara.

—No sé por dónde empezar.

Ambos acercaron sus sillas a la mesa y me miraron preocupados.

—¿Qué ocurre, Alexia? ¿Es por tu madre?

—Sí... Tengo que explicarte algo...

Mi padre miró a Judith y ella le devolvió la mirada.

—¿Quieres que me vaya? —me preguntó ella con cariño.

—No, no... Dadme un segundo, voy a por una cosa.

Me levanté con rapidez y me dirigí a mi habitación en busca de aquella maldita carta. Si la leían me ahorraría muchas explicaciones.

—No sé qué podrá ser —le dijo mi padre a Judith—, pero como su madre le haya hecho algo...

—No deberíamos haberla dejado con ella.

—Lo sé, no sabes cuánto me arrepiento, pero parecía que estaba bien aquí. No quiero obligarla a dejar Madrid.

—En este piso será más feliz —dijo Judith en un hilo de voz, pero los oí perfectamente. En ese piso se oía todo.

—Es una carta —les dije dejándola encima de la mesa—. De mi madre a Joaquín.

—¿Joaquín? —preguntó mi padre—. ¿Quién es Joaquín?

Por lo visto, mi padre no sabía quién era, eso podía indicar que no los había pillado nunca y que no supiera nada de la historia que le estaba a punto de descubrir.

—Su amante.

Le pasé la carta.

—Judith, leedla juntos si queréis.

Ella se acercó a mi padre y ambos leyeron en silencio aquellas palabras. Mi padre frunció el ceño y Judith se tocó la frente nerviosa mientras la leían. Terminaron a la vez y yo clavé mis ojos en los de mi padre. Ambos nos miramos fijamente, serios. Lo que me dijera en aquel momento podía ser decisivo en mi vida.

Como en las películas de miedo, en ese instante sonó el timbre de mi casa. Me levanté como un resorte y abrí la puerta esperando encontrar a alguien que se hubiera equivocado. Pero no, era Thiago, ni más ni menos. Cerré la puerta sin pensarlo y me quedé en blanco. Volví a abrirla y él me miró enfadado con el brazo en cabestrillo y el labio hinchado.

—Hombre, gracias por preguntar —dijo con ironía.

—Ahora no puedo hablar —le repliqué entornando la puerta.

Thiago miró por encima de mi hombro y vio a mi padre y a Judith. Nos miramos unos segundos en silencio. Debería haberle dicho que se fuera, pero estaba aturdida.

—¿Es... tu padre?

—El mismo —le dijo mi padre abriendo la puerta—. ¿Y tú eres?

Thiago carraspeó y le dio la mano inmediatamente.

—Soy Thiago, el hijo de Joaquín.

Abrí los ojos desmesuradamente al oír lo que decía. ¿Cómo podía ser tan cabrón?

—Vaya, entiendo. No me habías dicho que tendríamos compañía. Pasa, pasa —le indicó mi padre en un gesto cariñoso hacia él.

Thiago dudó, pero se dejó llevar y yo aluciné al verlo sentarse a la mesa con nosotros. Qué bonita estampa... Yo sí que me cagaba en mi vida.

—Bueno, creo que has venido en el momento ideal, Thiago. Mi hija acaba de enseñarme la carta y...

—Carta que yo no he visto —soltó él mirándome y alzando las cejas—. A eso mismo venía.

Me crucé de brazos y mi padre me miró detenidamente. Supongo que le extrañó que no replicara a Thiago.

—Alexia, esto es mentira —anunció mi padre con seguridad.

—¿Cómo? —le pregunté incrédula.

—La carta es falsa y es todo mentira.

Me levanté de la mesa de golpe y tuve que sujetarme en la silla para no caerme.

—¿Me estás diciendo que ella se lo ha inventado todo?

Estaba a punto de llorar. En ese momento no pensé que me quitaba un enorme marrón de encima. Solo fui capaz de pensar que mi propia madre me había puteado como la peor de mis enemigas. Era la guinda que le faltaba a mi pastel.

Judith se levantó y me acarició los brazos, procurando que me sentara de nuevo para escuchar a mi padre.

—¿No somos hermanos? —preguntó de repente Thiago.

—No, no lo sois —respondió mi padre mirándome a mí.

Empecé a llorar en silencio, no podía más.

—Pero... ¿qué le he hecho yo, papá?

—Nada, cariño. No le has hecho nada. Fui yo quien se lo hizo.

Thiago acercó su mano hacia mí y me aparté con violencia.

—¡No me toques! —le grité antes de irme corriendo hacia mi habitación.

Cerré de un portazo, me tiré en la cama y lloré sintiendo una pena en el pecho que no entendía del todo. Sabía que mi madre era una hija de puta, podía esperar algo así viniendo de ella. Pero, por lo visto, en el fondo de mi corazón había una leve esperanza de que me quisiera. Pero no, no me quería, al contrario, me odiaba.

—Cariño, ¿puedo pasar?

Seguía llorando, pero le dije a mi padre que pasara. Se sentó en la cama, a mi lado, y pasó su mano por mi pelo, como cuando era una enana. Me cantaba canciones antes de irme a dormir mientras sus dedos recorrían mi melena. Siempre había llevado el pelo largo, a pesar de los cuidados que implicaban para mi padre.

—Alexia..., tu madre es difícil.

—Es una zorra —le dije sintiendo que necesitaba tenerla delante y decirle lo que pensaba de ella.

—Cuando la conocí, escondió muy bien toda esa... manera de ser. Si te dijera que era cariñosa, amable y divertida, no me creerías. Lo sé. Pero al poco me di cuenta de que no era como parecía.

—¿Por qué no la dejaste?

—Porque se quedó embarazada y yo ya te quería. Te quise desde el primer segundo y quería estar junto a ti: viéndote aprender a andar, a hablar, viéndote crecer...

—Pero te echó de su lado. Y a mí también.

—La dejé yo, Alexia, no te lo he dicho nunca. Siempre te he explicado que lo decidimos los dos, pero realmente fui yo quien no pudo más. Tampoco es un dato importante. Me hice la prueba de paternidad una vez tuve la patria potestad porque no quería que surgieran problemas como... como este. Tú eres RH negativo y yo y tu madre positivo y de ahí vinieron mis dudas. Prefería saber la verdad antes de que en un futuro saliera un padre fantasma en nuestras vidas. Las pruebas confirmaron que soy tu padre, puedes verlas cuando quieras. El médico me explicó que de la suma de dos RH positivos había un veinticinco por ciento de posibilidades de que saliera un RH negativo. Siempre has sido especial, cariño —me dijo con ternura.

—¿Por eso me odia?

—Me he equivocado dejándote con ella. Lo siento, pero ella me dijo... me dijo que quería recuperarte y que así podíais empezar de cero.

—¿Recuperarme? Papá, a ratos estar con ella ha sido una auténtica pesadilla.

Mi padre me abrazó con fuerza y me repitió varias veces que lo sentía. Yo solo pensaba que mi madre me había tendido una trampa con aquella carta para alejarme de Thiago, pero había conseguido hacerme mucho daño.

No la iba a perdonar en la vida.

Cuando salí de la habitación, Thiago ya no estaba y Judith estaba preparando la comida. Olía de maravilla y me gustó verla en mi cocina. En cuanto me vio, retiró la sartén del fuego y me abrazó.

—Alexia, eres tan fuerte...

Lo era, pero a veces decaía.

—Tu amigo se ha ido.

—Ya... ¿Estaba enfadado?

—Entre enfadado y confundido.

Un par de días antes y no se hubiera enterado de todo este lío, aunque la realidad de que su padre se follaba a mi madre la había podido comprobar él mismo.

—¿Ese Thiago... es ese chico del que nos hablaste en Londres? ¿Con el que te habías peleado? —preguntó mi padre detrás de mí.

—El mismo —respondí agotada.

No quería mentir más.

—Lo tuviste que dejar al saber esto —atinó a decir Judith.

—Sí.

—¿Por qué no me lo preguntaste entonces?

—Papá, tenía miedo. Miedo de tu respuesta, de saber que no era tu hija, y estaba confundida. Creía que me había... enrollado con mi hermano, ¿entiendes?

—Claro que lo entendemos —me dijo con cariño Judith.

Mi padre nos rodeó con sus enormes brazos y me sentí como en casa. Los necesitaba junto a mí, cada vez lo veía más claro.

31

Me fue bien tenerlos a mi lado porque me sentía bastante aturdida tras saber que mi madre me había mentido de aquella forma tan ruin.

Hablé largo y tendido con los dos, me ayudaron a pensar cómo debía actuar a partir de ese momento. La primera cosa que decidimos los tres fue que no me acercaría a mi madre. Me repitieron por activa y por pasiva que no valía la pena, que no sacaría nada en claro y que lo único que podía lograr era que acabara riéndose en mi cara.

La segunda decisión fue de mi padre: hablaría con mi madre en cuanto pudiera, cara a cara. Él sabía cómo tratarla y estaba segura de que a ella no le gustaría un pelo lo que le dijera, puesto que seguía afectándole todo lo que pensara mi padre.

La tercera decisión también fue unánime: dejaría que las cosas con Thiago se enfriaran. No éramos hermanos, pero el hecho de que su padre y mi madre estuvieran juntos no nos era nada favorable para ninguno de los dos. Además, él seguiría cabreado por mi mentira y yo por el hecho de que se hubiera ido con Débora a las primeras de cambio. Aquella parte no se la expliqué a ellos, pero me lo repetí mentalmente mientras hablaba con los dos sobre él.

La última decisión que me plantearon fue la más complicada.

—¿Quieres volver con nosotros a París?

Los miré alternativamente, mi cabeza iba a mil por hora. ¿Quería? Me encantaba estar con ellos. ¿Y mis amigos? No podía dejar a Lea, ni a Natalia, ni la facultad... Pero era tan feliz en su compañía...

—¿Puedo pensármelo?

Era la primera vez que no respondía con un no rotundo y los dos abrieron la boca entre sorprendidos y contentos.

—Claro que sí, cariño. Tómate el tiempo que necesites —respondió mi padre apretando mi mano entre sus dedos.

—Puedes terminar este año aquí e instalarte en verano... —Judith me miró mordiéndose los labios, y me reí al ver ese gesto tan mío.

—Sí, es una buena idea, pero dejad que lo vaya asumiendo.

—Está en tus manos, cariño. Es tu elección.

Mi elección. La elección de Alexia. Parecía el título de una canción, pero era el título de un capítulo importante de mi vida porque irme a París significaba empezar de cero otra vez y sobre todo dejar a Lea y Natalia en Madrid.

Y a Thiago... Thiago acabaría siendo historia, así que él no entraba en mi lista de gente a la que no quería dejar de ver. ¿Y Marco? Uf...

—No te agobies, cariño —me dijo mi padre al ver mi frente arrugada.

Le sonreí y nos abrazamos por milésima vez aquel día.

Tras su marcha busqué mi móvil para escribir a Lea, pero antes leí los mensajes que tenía.

Espero que tus padres no se hayan molestado...

Era Marco y me gustó eso de «tus padres».

Tranquilo, jefe, nos hemos zampado todos los cruasanes. Muchas gracias por el detalle.

Pasé al siguiente.

No sé qué le has hecho a Thiago, pero eres una zorra de mucho cuidado. Estarás contenta. Por cierto, estamos saliendo, no lo olvides.

¿Thiago estaba saliendo con Débora? ¿Desde cuándo? Entonces no era solo un polvo... Eliminé su mensaje sin responderle. No iba a entrar en su juego. Nuestra historia estaba más que rota, así que lo mejor sería empezar a pasar página.

Esta noche avísame si pasáis por Magic y usa mi cuerpo espectacular si lo necesitas para dar celos a ese bribón.

¿Bribón? Madre mía. Me reí a carcajada limpia al leer a Javi.

Gracias, loco. Te lo agradezco mucho y...

¿Iba a salir aquella noche? ¿Tenía ganas? Pues sí, me apetecía desconectar, bailar y pasármelo en grande.

... y nos vemos esta noche, segurísimo. Te tomo la palabra.

Y por último leí el de Natalia.

Espero que esta noche lo paséis muy bien. Felicita a Adri de mi parte y gracias por estar ahí, Alexia.

Me mordí el labio pensando en lo mal que lo debía de estar pasando.

Sabes que siempre estaremos ahí, tanto Lea como yo. Cualquier cosa que necesites llámame, por favor. ¿Nos vemos el domingo?

No sabía si era suficiente, pero debía confiar en que Natalia sabía lo que hacía.

Mi último mensaje fue para Lea.

Leaaa, ¿puedo llamarte?

No griteees, que me asustas. Clarooo, petarda.

A los cinco minutos la tuve en mi piso porque quería que se lo explicara todo a la cara y al detalle, sin dejarme ni una coma. Me hizo un interrogatorio de los suyos y no paró de gesticular a medida que le iba describiendo lo sucedido.

—¿Tienes algo fuerte para beber? —me preguntó suspirando.

—¿Eso es todo lo que se te ocurre decirme?

—Joder, Alexia, tu madre es una loca de mucho cuidado. Me alegro de que no seáis hermanos. Y ahora dame un trago de algo. Me has dejado flipada.

Me reí al ver su cara de apuro y fui a la cocina en busca de un par de cervezas.

—No tengo nada más fuerte...

Lea cogió el botellín y se bebió la mitad de un solo trago.

—Uf. Mejor.

—Pareces un camionero, Lea.

—Muy tranquila estás tú para haberte enterado de que has estado viviendo con una psicópata.

—He llorado un buen rato e incluso se me han escapado las lágrimas delante de él.

Lea alzó las cejas.

—¿Delante de Thiago?

—Sí, se ha ido cuando yo estaba hablando con mi padre en mi habitación. Habrá pensado que soy una gilipollas por creer a mi madre o por no poner en duda antes el contenido de la carta.

—Sí dudabas, pero cuesta creer que la gente sea capaz de hacer este tipo de cosas, sobre todo tu propia madre. Es que a quien se lo cuentes...

Es bastante increíble. Supongo que lo hacía por propio interés, para que te alejaras de Thiago.

—Pues no lo sé porque viniendo de ella... Sabía que con esa carta yo lo pasaría mal al hacerme creer que mi padre era otro. ¿Cómo puede ser así, Lea?

—¿Sabes qué dice mi madre siempre? Una persona tiene la opción de ser tan buena o tan mala como ella decida. Es su elección, Alexia. Nadie la obliga a ser así.

—No entiendo que mi padre pudiera ver algo bueno en ella.

—El amor es ciego, ya lo sabes.

Lea se levantó para coger otro botellín de cerveza.

—¿Y tú? ¿Estás bien? —le pregunté cuando abría la nevera.

—Sí, sí...

Se sentó en el sofá, dejándose caer.

—Esta mañana he encontrado una cucaracha en el buzón. —Arrugué la nariz de asco—. Venía con una nota en un sobre que decía: «Las cucarachas comen cualquier cosa que se encuentren en su camino. ¿Te acuerdas de Rodri?».

—Hostia... ¿En serio? —le pregunté.

Rodri fue un ligue de una noche un poco loca en la que Lea terminó en la parte trasera de su coche. Aquel tipo quiso hacerle fotos con el móvil y Lea se negó.

—Mira. —Hurgó en su bolso y me pasó un par de fotos.

Se veía claramente que era ella, semidesnuda, enrollándose con aquel tipo.

—Joder...

—Eso mismo he dicho yo. No he querido decirte nada antes porque ya tenías bastante lío.

—¿Habrá sido Leticia?

—Probablemente —respondió con cierta frialdad—. Pero voy a pasar de ella.

—¿Se lo dirás a Adri?

—Sí, pero no esta noche.

¿Cómo había logrado Leticia aquella información? ¿Tanto poder te otorgaba el hecho de tener dinero?

—Estamos rodeadas de taradas, en serio —le dije negando con la cabeza.

Lea se levantó de repente, trasteó en su móvil y puso música: «Usted», de Juan Magán y Mala Rodríguez.

—¿Y esto?

—Alegría para el cuerpo —respondió bailando en medio de mi salón.

Me reí al verla.

—«*Usted, que pasó por mi vida tratándome e' loco, ya ve, que por más que lo intente no engaña a este bobo. Yeah, sabe que al final yo me di cuenta de todo, yah, yah, yah, y aunque usted quiera verme nadando en el lodo...*» ¡Va por tu madre! —exclamó Lea dando un giro.

Me coloqué a su lado y bailé con ella. Acabamos las dos gritando el estribillo, cayendo en el sofá y riendo como dos locas.

—No podrán con nosotras, Alexia.

—¡Que no se diga! —exclamé yo imitándola para seguir con aquellas risas.

En cuanto se marchó Lea, me duché, rebusqué en mi armario qué ropa ponerme y me vestí con tranquilidad. Habíamos quedado en Escápate a las nueve de la noche y Lea iba a ir con Adri, así que decidí coger un taxi. Con mi minúsculo vestido *skater* negro de flecos y espalda descubierta no pasaba desapercibida y no me apetecía ser el centro de las miradas en el metro. Mis labios rojos iban a juego con mi chaqueta corta de piel roja. En abril hacía frío, aunque en los locales te asabas de calor y siempre sobraba la ropa.

Cuando bajé del taxi pude ver que en la puerta de Escápate ya había alguien. Genial, Thiago junto a Nacho y un par de chicas que no conocía. Alcé la barbilla, mostrando mi orgullo, y me acerqué a ellos cagándome en mi puntualidad. Podría haber llegado más tarde, ¿no?

Thiago estaba frente a mí y me miró de arriba abajo sin disimulo para volver a mis ojos. Le mostré una frialdad que no sentía.

—Eh, Alexia... —Nacho me miró como si fuera un bollo de chocolate.

—Nacho, ¿qué tal? Hola —dije en general sin mirar a Thiago.

—Hola, Alexia. Somos amigas de Adri. Ella es Marta y yo Arlet.

—Encantada...

Nos dimos los correspondientes besos y Nacho se apuntó a la ronda. Sus besos tan cerca de mi boca y su mano en mi cintura desnuda me hicieron poner los ojos en blanco.

Thiago carraspeó y lo miré un segundo. Estaba igual de serio y pasé de él. Las amigas de Adri iniciaron una agradable charla conmigo y en nada los dejamos de lado.

Entonces llegaron Adam, Ivone y algunos amigos de la facultad: Samuel, Pedro, Luis, Héctor y Aleix. Y al final llegó la pareja feliz y felicitamos a Adri allí mismo entre besos y palmaditas de los chicos.

—Parece que estamos todos —indicó Adri feliz—. ¿Entramos?

Al abrir la puerta recordé la vez que había estado allí con Thiago, Lea y Adri: nuestras manos jugueteando bajo la arena, mis piernas encima de las suyas, el tonteo con las frambuesas, la excitación, el calor... Lo miré un segundo pensando que estaría pendiente de Adri, pero sus ojos estaban puestos en mí. ¿Estaría pensando lo mismo que yo?

32

THIAGO

No podía apartar mis ojos de ella. Estaba... espectacular y me quedo corto. Con ese vestido negro que marcaba sus curvas, esa espalda al aire que daban ganas de besar sin prisas y esas piernas de infarto... El infarto me iba a dar a mí si no dejaba de mirarla.

Seguía enfadado con ella por esconderme lo de mi padre, pero me había quitado un peso de encima al saber que no éramos hermanos. El mosqueo no se me había pasado, pero saber que Alexia no era mi hermana era el mejor regalo que me podían haber hecho aquella mañana.

Cuando Alexia se fue a su habitación quise levantarme e ir tras ella, pero Judith me aconsejó que no lo hiciera. Su padre se encargó de hablar con ella y entendí que él debía ser el que le explicara el porqué de aquella mentira por parte de su madre, si es que había explicación posible.

—¿Puedo leerla? —le pregunté a Judith señalando la carta.

—Sí, claro.

La leí un par de veces, la primera con avidez, y la segunda pensando que yo también hubiera creído que aquellas palabras eran ciertas. No me cabía en la cabeza que su madre fuera capaz de hacerle algo así. ¿Todo para separarnos? Hubiera sido más fácil decírselo de otra manera. Aquello era una putada, pero de las grandes.

Dejé la carta en la mesa y Judith me miró con cariño.

—¿Estás bien? —me preguntó.

—No demasiado.

—A veces, los padres también nos equivocamos.

Me sorprendió tanta bondad, la verdad, y me recordó a mi madre cuando yo era pequeño y me enfurruñaba con mi padre.

—Todos nos equivocamos, pero esto de mi padre no es un error, él es muy consciente de lo que hace.

—Entiendo —dijo sin añadir nada más.

La actitud de mi padre no era justificable. Sabía que poner los cuernos estaba a la orden del día, pero que lo hiciera mi propio padre... Era bastante decepcionante. No lo tenía en un pedestal, no era eso, pero siempre había pensado que mis padres se llevaban bien y que eran un matrimonio feliz. Por lo visto, nada es lo que parece.

—¿Has hablado con ellos? —me preguntó Judith con cautela.

La miré con curiosidad, aquella mujer parecía preocuparse por mí, sin conocerme apenas.

—No, todavía no. No sé cómo planteárselo a mi madre, la verdad. ¿Qué harías tú en mi lugar?

—Es una pregunta complicada porque no soy tú ni tus padres son los míos. Pero yo me tomaría las cosas con calma y creo que lo primero que haría sería hablar con él. Con tranquilidad y sin amenazas. Es algo entre ellos que tú has descubierto, ¿hasta dónde debe meterse un hijo en el matrimonio de sus padres? Es difícil responder a eso. Si fuera tu mejor amigo, lo tendrías muy claro, se lo dirías sin pensar porque no soportarías la idea de saber que lo están engañando..., pero con nuestros padres... no es tan sencillo.

—No, no lo es. Cada vez que veo a mi madre, me hierve la sangre.

—Háblalo con él. Quizá la solución que tome sea la menos dolorosa para tu madre.

Nos miramos fijamente. Entendía qué quería decir: según lo que hiciera mi padre, podría ahorrarle mucho sufrimiento a mi madre. Y en el fondo eso era lo que yo quería, que no saliera muy dañada de todo aquello.

—Gracias —le dije con una sonrisa—. Debo irme.

—Claro. Cuídate mucho, Thiago. Espero que nos veamos pronto.

Eso lo dudaba, porque las cosas entre Alexia y yo estaban peor que nunca, eso sin tener en cuenta que yo estaba liado de nuevo con Débora. Pensaba que quizá era la mejor forma de olvidar a la que creía que era mi hermana, pero daba igual con quien me liara, no me la quitaba de la puta cabeza.

33

Por lo visto, la mayoría de los amigos de Adri habían estado en aquel restaurante y el dueño nos recibió con el mismo cariño que la vez anterior.

El local estaba tal y como lo recordaba, cubierto de una arena fina y con aquellas mesas bajas y los bancos de madera. El decorado relacionado con la playa le daba ese toque especial.

Teníamos una mesa preparada para los catorce que éramos y cuando nos fuimos a sentar me quedé rezagada sin saber dónde colocarme exactamente. Nacho me cogió de la mano y me invitó a sentarme junto a él. Lea se sentó a mi lado y Adri delante de ella. Nos quitamos todos los zapatos para sentir el tacto de la suave arena.

—Me encanta este restaurante —le comentó con cariño Lea a Adri.

—Thiago, aquí hay un sitio —le dijo Nacho señalando el asiento que había frente a mí.

Lo miré unos segundos y Nacho sonrió con picardía.

—¿Hay algún plan diabólico en esa cabeza tuya? —le pregunté mosqueada porque Thiago estuviera justo delante de mí.

—¿Hablas conmigo? —preguntó Nacho con ironía.

—Cuando quieres eres...

—¿Único? ¿Adorable? ¿Muy guapo?

Nacho rio como si le hubieran explicado el chiste del año y los demás nos miraron. Yo aluciné con su vena teatrera.

—Joder, Alexia, eres... lo más —dijo entre risas.

Lea me dio un codazo de los suyos y me volví hacia ella.

—Explícanos el chiste, Alexia —me animó.

—No hay ningún chiste —le dije volviéndome de nuevo hacia Nacho.

—Si es que estás para comerte —me dijo él cogiendo mis mejillas con su mano.

Abrí los ojos sorprendida y Nacho me soltó aún riendo. ¿Se había tomado algo este tío? Que yo supiera no le iban nada las drogas. Y era verdad que entre nosotros había cierto compañerismo, pero de ahí a decir esas tonterías...

Sentí la mirada de Thiago puesta en mí. Era complicado no mirarlo teniéndolo enfrente. Sus ojos verdes me observaban con frialdad, como si no me conociera y como si yo fuera su enemiga número uno. De puta madre, menuda cenita.

Intenté no cruzar su mirada con la mía y centrarme en el resto de los comensales. No lo logré al cien por cien porque cuando me volvía hacia un lado o hacia el otro lo veía de reojo y además sentía el peso de su mirada de vez en cuando.

—Entonces, ¿tenemos entradas gratis en Magic, Alexia? —me preguntó Lea en los postres.

Asentí con la cabeza porque no quería dar demasiadas explicaciones sobre Javi y nuestra reciente amistad.

—¿Y eso? —preguntó Nacho curioso.

—Eh...

—El hijo del dueño es su amigo —respondió Lea pizpireta.

—Vaya, vaya, ¿así que eres amiga del ligón de la discoteca? —Nacho colocó su brazo encima de mi hombro—. ¿Podremos ir a la zona vip?

—No —respondí escueta pensando que era la segunda persona que me decía que Javi era un donjuán.

—Nada como tener buenos amigos —soltó Thiago al aire—. Sobre todo si llevan traje, tienen pasta y se llevan una chica distinta a su cama cada noche.

Lo miré fijamente y él volvió la vista hacia mí.

—¿Te refieres a amigas que hacen llamadas inoportunas? Por no decir palabras mayores.

Thiago se puso serio y los demás ignoraron nuestra conversación, sabiendo que allí se cocían habas.

—O también me puedo referir a aquellas en las que no puedes confiar.

—Tú no tienes problemas, si te falla una ya tienes otra en la recámara. Aunque siempre sea la misma tía patética.

—Ya veo que tú tienes más variedad.

Tensé mi cuerpo ante su insinuación.

—Mis amigos son normales, ¿puedes decir tú lo mismo?

—Tus amigos solo quieren una cosa de ti.

Abrí los ojos sorprendida. ¿De qué cojones iba?

—Habla por ti, pijo.

—Todo el mundo conoce la fama de tu nuevo amigo.

—¿Todo el mundo?

—Por lo visto, todo el mundo menos tú. O eso o te da igual. Le da a todo, ¿lo sabes? Preferiblemente le va la coca y es asiduo a montar orgías en su piso de lujo.

Abrí la boca unos segundos y la cerré inmediatamente. ¿Javi tomaba drogas? ¿Y... y montaba orgías? A ver, que era su vida, que podía hacer lo que quisiera, pero parecía alguien más... familiar. Alguien con pareja, con una vida más relajada, no sé. No quise darle la razón a Thiago.

—Es muy fácil hablar de los demás sin conocerlos.

—Créeme, lo sé de buena tinta.

Nos quedamos mirando con esa intensidad tan nuestra y por unos segundos olvidé nuestra conversación. ¿Cómo se había estropeado todo tanto entre nosotros? Bueno, para empezar, yo había huido a Londres, al piso de mi jefe y no le había querido dar ninguna explicación.

—Pues déjame que lo dude, si no te importa.

No me daba la gana tener que claudicar ante sus palabras. A mí Javi me caía muy bien y no le veía ninguna intención de índole sexual conmigo. Tal vez yo le había caído en gracia o tal vez necesitaba una amiga. No sabía por qué le daba tantas vueltas, Javi y yo habíamos conectado, punto. A quien no le gustara que no mirara.

—Siempre tan cabezota —murmuró Thiago.

—Te he oído —le dije viendo un amago de sonrisa en su rostro.

No, no iba a sucumbir a sus encantos. Lo ignoré e intervine en la charla que tenía Nacho con Luis, el colega informático de la facultad. Hablaban de las redes sociales y de las mentiras que se decían a través de ellas.

—Bueno, no todo es mentira —comentó Thiago de repente—. Yo conocí a una chica y todo lo que le dije era verdad. Era una tía increíble.

Lea me dio un codazo y yo se lo devolví.

—¿A qué jugáis? —preguntó Adri divertido.

—Al *coding* —soltó ella riendo.

—Eso te lo acabas de inventar —le acusó él.

Lea se rio y él se contagió de su risa. Los miré con envidia sana porque hacían una pareja genial. Solo hacía falta ver cómo se miraban.

De pronto sentí un pie rozando el mío y me giré hacia Nacho creyendo que era él, pero Nacho tenía sus pies debajo del banco de madera. ¿Entonces?

Miré mi pie y me percaté de que el dueño de aquella caricia era Thiago, que miraba hacia la derecha mientras charlaba con Luis.

¿Había sido un roce inocente?

Retiré el pie, pero él estiró el suyo buscando el mío. ¿Qué pretendía? Encogí mis piernas y me senté como los indios. Él aprovechó para estirar sus piernas y fruncí la frente ante su descaro, pero se me pasó el enfado al ver el inmenso pastel que traía uno de los camareros. Apagaron las luces y le cantamos a Adri la canción de cumpleaños. Estaba radiante y parecía que no le importaba ser el protagonista de toda aquella parafernalia.

A continuación le dimos los regalos y cuando le entregué el mío le dije que se lo habíamos comprado entre Natalia y yo. Acertamos con aquel reloj porque se lo colocó en la muñeca al momento.

A Adri le ha encantado nuestro regalo. Dice que muchas gracias y un besazo para ti. Se te echa de menos.

—¿A quién echas de menos? —preguntó Nacho leyendo el final del mensaje.

Aparté el móvil de su vista.

—Cotilla —le espeté riendo.

Volví a mirar el móvil esperando encontrar la respuesta de Natalia, pero fue un mensaje de Thiago lo que me llegó justo en ese momento.

Si el mensaje era para mí, te has equivocado de persona, no me ha llegado.

Contigo ni a la esquina.

Supongo que te van cosas más fuertes.

¿Que me digan guarradas mientras follo? ¡Ah, no! Que esa es tu amiga... contigo, claro.

Thiago no respondió y guardé el móvil sin mirarlo siquiera. Estaba claro que no nos entenderíamos, que allí había mucho rencor y que mi madre había logrado lo que quería: separarnos.

Del restaurante nos fuimos a Magic y antes de llegar a la discoteca llamé a Javi.

—¿Javi?

—Preciosa, ¿estáis aquí?

—En dos minutos llegamos.

—Ahora mismo salgo y os espero fuera.

—Genial. Muchas gracias.

—Hasta ahora.

Al colgar me di cuenta de que Thiago estaba a mi lado. Iba charlando con una de las amigas de Adri, con Arlet, y no se había dado cuenta de que su brazo rozaba el mío constantemente. Me vino una ráfaga de su colonia e inspiré recordando lo mucho que me gustaba ese olor en su cuello.

—Entonces, ¿sales con alguien? —le preguntó Arlet.

—Eso parece —respondió él sin extenderse demasiado—. ¿Tú continúas con la idea de seguir soltera hasta los treinta?

Ambos se rieron. Por lo visto, se conocían bien y di un paso hacia delante para dejar de escuchar su charla. No me apetecía ver a Thiago en plena acción coqueteando con otra.

—¡Alexia! —Javi se adelantó para saludarme y el resto se quedó detrás de mí—. Madre mía, estás... tremenda.

—Gracias, venimos todos de gala.

Javi me cogió por la cintura para darme dos besos y seguidamente me abrazó con cariño. Thiago nos observaba con el rostro serio, pero me dio igual. No iba a cortarme por él.

—Él es Adri, el protagonista de la noche —le indiqué a Javi.

Ambos se saludaron con un buen apretón de manos y Javi también saludó a Lea, de la que se acordaba perfectamente. Seguidamente puso sus ojos en Thiago.

—Vaya, vaya, de cerca mucho mejor... —murmuró Javi.

Lo miré sin entenderlo. ¿Qué decía?

—¿Perdona? —le increpó Thiago mosqueado.

—Nada, nada, que Alexia tiene buen gusto.

¿Cómo? Observé la mirada de Javi y lo entendí al momento. Empecé a reírme como una loca y aquellos dos se me quedaron mirando muy sorprendidos.

—Javi...

—¿Qué?

—Tu hermano... —Logré dejar de reír para hablar con él y que Thiago se enterara bien de la conversación—. Tu hermano, ¿cómo se llama?

—¿Mi hermano? Hugo, ¿por qué?

—¿Es muy ligón?

—No quieras saberlo, es un bala perdida.

Miré a Thiago alzando las cejas y él me miró con el ceño fruncido.

—Y oye... ¿tú tomas algo para colocarte?

—¿Hablas de drogas? Yo paso. ¿A qué viene este interrogatorio?

—Más tarde te lo cuento —le respondí cogiendo su brazo y dándole la espalda a Thiago.

Lo que yo decía, Javi era de fiar, no era un donjuán y además era gay.

34

—¿Así que tu amiguito creía que yo era una mala influencia? —me preguntó Javi en la barra.

Nos había invitado también a una copa y Adri le había pedido que nos acompañara con aquel chupito de tequila.

—No sé por qué todo el mundo ha pensado que eras tu hermano...

—Es quien suele estar por aquí por las noches, yo paso más desapercibido.

—No será porque no eres guapo —le dije con naturalidad.

—No me gusta llamar la atención con mi vida sexual como Hugo. No escondo mi homosexualidad, pero tampoco necesito hacer alarde de ello. Hugo es un caso aparte, pero es un buen tío.

Si él lo decía... Javi miró hacia donde estaban mis amigos.

—No te quita el ojo de encima.

—¿A quién te refieres?

—A tu amigo, a Thiago.

—Estará buscando el momento para meterse conmigo. Es su deporte preferido.

—Pobrecito, ¿no te da pena verlo con el brazo así? Y ver esa cara bonita golpeada.

Me volví y nuestras miradas se cruzaron. Charlaba con Marta, la amiga de Adri, pero estaba pendiente de nosotros. No entendía para qué si estaba claro que entre los dos habíamos roto lo nuestro.

¿Debería disculparme por no decirle lo de su padre? En ese momento tenía claro que no quería dañar a Thiago, pero era cierto que él tenía derecho a saberlo. Ahí me había equivocado yo, vale. Ahora lo veía más claro, pero todo lo había hecho para protegerlo. Y sobre lo de que éramos hermanos..., aquello me había superado incluso a mí. Lo que había sentido al leer aquella carta no se lo podía imaginar nadie. En segundos, lo cambió todo en mi vida y vi cómo perdía a Thiago sin poder hacer nada. Mi primer impulso fue escapar a Londres y autoconvencerme de que aquel secreto no saldría de mis labios. Pero, afortunadamente, todo había pesado demasiado y al final me había decidido a hablar con mi padre. ¿Habría hablado Thiago con el suyo? ¿Y con su madre? Si estaba en el cumpleaños de Adri, dudaba mucho de que lo hubiera hecho.

—Tengo que irme, preciosa —me anunció Javi.

Debía trabajar, así que nos despedimos y lo vi irse con una sonrisa. Definitivamente, era un buen tipo.

—¿Se te va el ligue? —La voz grave de Thiago me sacó de mis pensamientos—. Dos Mahou, por favor.

—¿Te preocupa? —le respondí sin mirarlo.

—Sí, mucho. Una noche más que no podré dormir gracias a ti.

—Siempre puedes emborracharte y perder el sentido —le dije picada.

—O follar con cualquiera para olvidarlo todo, ¿funciona eso?

Lo miré abriendo los ojos. «Será cabrón...»

—Ni me follo a cualquiera ni es cosa tuya. ¿De qué vas? Como si me follo a un regimiento entero. ¿Quién eres? ¿Mi abuelo?

Thiago me miró serio.

—Hasta esta tarde era tu hermano.

Lo miré con rabia por sacar ese tema. Odiaba a mi madre, pero odiaba más que él me lo recordara.

—No tengo la culpa de que mi madre sea una hija de puta. ¿Acaso eres tú el responsable de lo que hace tu padre?

Estábamos pisando terreno peligroso, pero parecía que ninguno de los dos estaba dispuesto a parar. Lo más lógico hubiera sido hablar todo aquello sentados en una cafetería y con calma. Pero la lógica no era lo nuestro, era evidente.

Thiago se acercó a mí y se quedó a pocos centímetros de mi rostro. Sentí cierto cosquilleo, pero la rabia podía más.

—Ni lo nombres —gruñó en un murmullo.

—Pues deja tú el tema —le repliqué con rapidez.

Se volvió hacia la barra cuando la camarera llegó con sus cervezas. Pagó y se marchó de mi lado sin decir nada más, aunque la expresión de su rostro lo decía todo. Seguía muy cabreado y lo entendía. Yo sabía que Joaquín no era mi padre y que no éramos hermanos. Me había quedado descansada, pero él debía de estar muy agobiado con todo el tema en su casa. A mí mi madre me importaba poco o nada, así que realmente el problema era ahora de Thiago. ¿Debería echarle una mano? Yo había pasado lo mío... sola. ¿Y él? ¿Lo había hablado con Adri?

—Oye, guapa —Me volví al oír a la camarera—. Te dejas la cerveza.

Era una de las Mahou que había pedido Thiago. Vaya...

—Adri, ¿cómo va eso? —le pregunté colocándome a su lado.

Lea bailaba a su bola y él la miraba con ojos de enamorado.

—Genial, es el mejor cumpleaños desde que tenía diez años y me regalaron una Nancy.

—¿Una muñeca?

—Joder, sí, no veas lo que nos reímos todos. El de la juguetería se equivocó de paquete y a mi madre casi le da algo cuando lo abrí. Realmente fue muy divertido.

—Puedo imaginarlo —le dije soltando una risilla.

—¿Y tú qué tal estás?

Miré los ojos de Adri y vi que hablaba mucho más en serio.

—Has hablado con él —afirmé casi segura.

—Sí, esta mañana después de ir a tu piso me ha llamado. He ido a su casa y me ha puesto al día de todo. Le he aconsejado que hablara contigo. Me alegra saber que lo de tu madre es... mentira.

—No te cortes con ella, no la soporto.

—Es que tiene tela...

—Y Thiago, ¿cómo lleva lo de su padre?

—Judith le aconsejó que hablara con él primero y yo creo que le dio un buen consejo.

—Ya... —Judith era muy dada a hacer las cosas con calma, sin precipitarse.

—¿Y vosotros dos? También deberíais hablar, aunque solo sea para que a los demás no nos salpiquen vuestros rayos X.

Nos reímos ambos por ese comentario, pero tenía razón. Lo sabía, pero seguíamos muy mosqueados para sentarnos a hablar. Acabaríamos a gritos y lo empeoraríamos todo, así que mejor dejarlo correr de momento.

Tomé un trago de cerveza y pensé que Thiago había dado un paso invitándome a ese botellín, a pesar de que seguía saliendo veneno por nuestras bocas.

Nacho me cogió para bailar y me reí con él porque no dejaba de hacer tonterías mientras bailábamos. La pista estaba llena y la gente se movía al ritmo de la música con ganas de pasárselo bien. De repente, Nacho le cogió la mano a Thiago y lo acercó hacia nosotros colocándolo entre los dos. ¿Qué coño hacía? Thiago y yo nos quedamos frente a frente y nos miramos a los ojos fijamente.

En ese momento sonó «Dicen» de Orozco y Karol G.

«*Que digan lo que quieran que no me importa nada...*»

Nacho desapareció y nos quedamos escuchando la letra de la canción mientras nos mirábamos.

«*Que no hay ningún problema, el problema es no tenerte...*»

Su mano cogió mi cintura y yo la miré sintiendo que sus dedos quemaban en mi piel desnuda. Joder...

Empezó a moverse despacio y le seguí. Sus ojos seguían fríos y lo reté con mi mirada. Era algo extraño..., pero comenzamos a bailar al ritmo de la canción y sin darnos cuenta nuestros cuerpos se acoplaron a la perfección, como siempre. Ambos suavizamos nuestras miradas y nos dejamos llevar por la música. A pesar de su brazo inmovilizado por aquel cabestrillo, Thiago bailó con soltura y cuando terminó la canción nos sonreímos.

¿Era el principio de un acercamiento?

Podría haberlo sido.

—¡Cariño! —La voz aguda y chirriante de Débora se interpuso entre los dos junto a su cuerpo enfundado en un vestido rosa que se le pegaba como una segunda piel.

Hora de desaparecer. Ni tenía ganas de oírla, ni de verla ni de discutir con ella.

«Todo tuyo», pensé.

Me fui hacia la barra, donde estaban Lea, Adri, Adam e Ivone. Charlé con ellos, dándole la espalda a Thiago y Débora. Ojos que no ven, corazón que no siente, aunque no era del todo cierto porque me jodía saber que Thiago se estaba tirando a su amiga.

—Felicidades, guapísimo...

Leticia apareció ante todos casi como por arte de magia. Vestía un top y una falda rojos, llevaba un peinado nuevo e iba tan maquillada que dudaba que pudiera sonreír.

—Gracias, Leticia —le dijo Adri un poco apurado.

Ella se acercó a él, se colgó de su cuello y lo besó descaradamente en los labios.

Miré a Lea, quien estaba alucinando con esa interrupción.

Adri la separó de su cuerpo, pero ella ya había logrado lo que quería: besarlo delante de mi mejor amiga.

—Perdona, Lea, no he podido evitarlo —le dijo para picarla.

—Lo entiendo, Adri es irresistible —comentó Lea muy tranquila.

¿Dónde estaba mi amiga? ¿Y esa calma? Leticia la miró incrédula y Adri abrazó a Lea para besarle el cuello con ganas. La lechuza no lo demostró, pero aquella caricia no le había sentado nada bien.

—Tengo tu regalo en el coche —le dijo su ex en tono meloso.

—Leticia... —empezó a decir Adri en un tono cansado.

—Si quieres salimos todos a verlo —la retó Lea con descaro.

—No es necesario —le replicó Leticia mirándola con rabia.

—Quizá es el libro ese del kamasutra, Adri y yo lo podemos poner en práctica.

Adri y ella se miraron y él soltó una risilla.

—A Adri le va más la postura del misionero —soltó Leticia.

Hubo un silencio extraño y Adri cogió la mano de Leticia para apartarla de todos nosotros. Miré a Lea, estaba tranquila y segura de sí misma. Me gustó verla así.

Thiago seguía con Débora, charlando y riendo, sobre todo ella; parecía que Thiago era la persona más divertida del mundo.

—Me voy al baño, ¿todo bien? —le dije a Lea.

—Todo controlado, petarda. Esa idiota no tiene nada que hacer. Adri y yo estamos juntos porque queremos los dos.

—Así me gusta, al enemigo ni agua.

—Tú deberías hacer lo mismo —me indicó señalando a Débora.

—Creo que no —le dije segura de mí misma.

Thiago y yo no éramos pareja, ni siquiera éramos amigos.

Me dirigí al baño y tras cinco minutos de espera entré. Al salir me crucé con Leticia, ni más ni menos, con los ojos brillantes. ¿Iba a llorar? No me gustaba hacer leña del árbol caído, pero ella no sabía estar callada ni en horas bajas.

—Thiago ya se ha dado cuenta de qué tipo de persona eres. Adri lo hará pronto con tu amiga.

—¿Te ha entrado algo en los ojos? —le pregunté con maldad.

—Ve con cuidado, Alexia, si me lo propongo no vuelves a levantar la cabeza en tu vida.

—¿Diciéndome que mi madre es una hija de perra?

Levantó las cejas unos segundos.

—Diciéndote que Antxon no debería haber muerto porque si tú no hubieras estado en esa fiesta, ¿cómo habría terminado todo?

Levanté la mano para darle una bofetada, pero alguien me cogió a tiempo.

—Leticia, basta —le exigió Thiago.

35

—¿Puedes soltarme? —le pregunté con rabia a Thiago viendo cómo Leticia se iba de allí.

¿Por qué tenía él que meterse en medio?

—Te soltaré cuando te tranquilices —me dijo en un tono seco.

Intenté zafarme de su mano, pero no me dejó y me acerqué a él colocándome de puntillas.

—O me sueltas...

—¿O qué? —Se acercó a mí del mismo modo y quedamos a pocos centímetros.

En ese momento sonó «Friday I'm in Love» de The Cure y me entró la risa. Era viernes y estaba enamorada del chico con el que no dejaba de discutir. ¿Qué me hubiera dicho Antxon? ¡Esa canción te la han puesto para que lo beses y te dejes de historias, hostias!

Y tal cual.

Me acerqué a sus labios y rocé su boca con cuidado. Sentí un escalofrío en mi espina dorsal y quise más, por supuesto. Marqué con más seguridad mis labios en los suyos y Thiago entreabrió su boca. Ambos queríamos más.

Su mano dejó de presionar mi muñeca para subir por mi brazo en una caricia suave hasta mi nuca. Nuestras lenguas se buscaron y abracé su cintura.

«Cuánto tiempo...»

Nos besamos sin prisas, recorriendo la boca del otro y jugueteando con nuestras lenguas mientras nuestros cuerpos se fueron acercando hasta quedar pegados el uno al otro. Sentí su amago de erección en mi vientre y mi excitación aumentó. ¡Lo deseaba tanto! Demasiado tiempo sin él.

De pronto se separó de mí y colocó su mano en la frente.

—No deberíamos...

—Sigues cabreado —le dije segura.

—No es solo eso —replicó con gravedad.

—Vale, ¿qué más hay?

—Estoy con Débora.

Si alguien me hubiera dado cien patadas en el vientre, me habrían sentado mejor que esas tres palabras. ¿Iban en serio?

—¿De verdad? —le pregunté incrédula.

—¿Tengo que darte explicaciones? —preguntó molesto.

—No, claro. Haz lo que te salga de allí.

Me quise ir, pero su mano me atrapó de nuevo.

—Alexia...

—No necesito que me expliques lo patética que es tu vida. Y tranquilo, esto no volverá a pasar. Pero te recuerdo una cosa, amigo, Dios los crea y ellos se juntan. Así que allá tú.

No entendía cómo podía estar con esa gilipollas. En serio. O Thiago estaba ciego o era menos inteligente de lo que yo pensaba.

—Débora tiene problemas —añadió.

Nos miramos fijamente de nuevo. ¿Problemas? Todos teníamos problemas.

—Si yo me liara con todos los amigos que tienen problemas, probablemente sería una puta en boca de todos. Tú eres un tío, tienes la suerte de que a ti te dirán que eres un machote. Pero ¿sabes qué creo yo? Que das pena.

Me fui de su lado, con un movimiento brusco que hizo que me soltara la mano.

«A tomar por culo, Thiago, a tomar por culo.»

Salí a la terraza, enfadada por... por todo, ¡joder! Cada vez que lo tenía en la punta de los dedos se me escapaba, por una razón u otra. Siempre lo mismo. Siempre la misma puta historia.

—¿Alguien necesita un cigarro?

Sonreí al oír a Javi, el oportuno.

—Si tienes azufre también me lo fumaré.

—Es malo para la salud.

Nos reímos los dos y me dio ese cigarro.

—¿Me estabas espiando de nuevo?

—Velando por tu integridad, nada más.

—Me recuerdas a mi hermano, ¿sabes?

Nos miramos con cariño.

—¿Y dónde anda ese hermano? ¿Es tan guapo como tú?

Sonreí ante sus preguntas y le resumí la respuesta en pocos minutos. Al final de mi relato, Javi me abrazó y me acarició la espalda con cariño.

—No seré como él, pero puedo ocupar un poquito su lugar, yo siempre he querido tener una hermana con quien compartir trucos de belleza.

Me reí con él. Era único.

—Joder, petarda. Llevo media hora buscándote. —Lea se colocó a nuestro lado—. Esto... ¿interrumpo algo?

Javi y yo la miramos divertidos. Se despidió de nosotras ofreciéndonos otro cigarrillo y nosotras nos quedamos allí fumando.

—¿Y Adri? —le pregunté, extrañada de que lo dejara solo con aquella zorra rondándole.

—Con sus amigos. La lechuza se ha ido cabreada al baño después de la charlita.

—Lo sé, hemos cruzado cuatro palabras y habrían sido más si Thiago no se hubiera entrometido.

—¿Y? —preguntó esperando algo más.

—Se me ha ido la pinza, lo he besado mientras discutía con él y me ha rechazado. Bonito, ¿verdad? Últimamente la suerte me persigue.

—Quizá la vida te está diciendo algo así como: pasa de Thiago, pasaaa.

—Sí, quizá sí, pero es que cuando lo tengo cerca... es complicado.

—La palabra no es esa, la palabra es irresistible. Te entiendo.

—Pues sí, para qué engañarme. Sigo sintiendo mil cosas por él y no me lo quito de la cabeza. Y ahora está con esa... No entiendo qué coño hace con ella.

—Tal vez lo haya hecho para olvidarte o para empezar de cero o para demostrarse algo.

—O porque es imbécil.

—Eso ya va incluido en su genética masculina —comentó con un gesto gracioso.

Soltamos las dos una buena carcajada y entramos en la discoteca de mejor humor, sobre todo yo. Sonaba en ese momento una canción movidita y Nacho me atrapó entre sus brazos para bailar.

—¿Seguro que quieres bailar conmigo o es otra de tus tretas?

—No tengo ni idea de qué me hablas, princesa.

Pegó su cuerpo al mío y su rostro rozaba mi nariz.

—¿Estás un poco cerca?

—No lo suficiente.

—¿Suficiente para qué?

—Para darle celos a Thiago.

Lo miré sorprendida.

—No hace falta, Nacho. Él tiene con quien consolarse, no te preocupes.

—¿Hablas de la víbora?

Me reí al oír que la nombraba así.

—Creí que era tu amiga.

—Dejaron de ser mis amigas ya sabes cuándo.

Nos miramos fijamente. Parecía que habían pasado años desde que aquellas idiotas nos habían separado con sus mentiras, pero tan solo hacía unos meses.

—Voy a besarte —me dijo muy seguro de sí mismo.

—¿Qué dices?

—Es para que Thiago se dé cuenta de lo mucho que la está cagando. No quiero que ellas vuelvan a salirse con la suya.

Esta vez ellas no habían tenido nada que ver en nuestra separación, aunque Débora había aprovechado bien el tiempo arrimándose a él y jodiéndome con esa llamadita de marras.

—Nacho, agradezco tu generosidad. —Nos reímos los dos porque aquello parecía de chiste—. Pero no es necesario.

—¿Estás segura?

Afirmé con la cabeza y seguimos bailando un rato más hasta que Adri nos invitó a otra ronda de chupitos. Nacho se colocó a mi lado, situándose entre Thiago y yo. Sonreí ante su papel de protector. En su día pensé que no volveríamos a ser amigos y allí lo tenía, dándome todo su apoyo. ¿Podría ocurrir lo mismo con Thiago? Lo dudaba, pero ¿por qué había aparecido cuando estaba con Leticia? ¿Me había seguido? ¿Había sido casualidad? Probablemente, porque a pesar de ese beso yo ya no le interesaba a Thiago. Él había hecho su propia elección y yo quedaba fuera de su vida.

Aquella noche me demostré a mí misma que podía con todo. Thiago estuvo parte de la noche con Débora y aguanté el tipo. Leticia y Gala rondaban cerca y estuve pendiente en todo momento de que no vinieran jodiendo la marrana a Lea. No ocurrió nada especial y decidieron irse pronto, aunque antes quisieron despedirse de mí.

—¿Me pones una Mahou? —le pedí al camarero.

Las vi venir a las tres, como si fueran las tres vengadoras. No me daban miedo. Leticia en el centro y las dos lagartas a su lado.

—Menuda estampa —les dije en cuanto Leticia se plantó delante de mí.

Aquellas dos se apoyaron en la barra, como yo.

—Dile a Lea que esto no ha terminado.

—Lo sé, las cucarachas se reproducen —le dije con asco.

—Cucarachas dice, qué ingeniosa —comentó Gala en mi oído.

No me gustaba un pelo tenerlas tan cerca. Thiago y yo cruzamos la mirada unos segundos y le advertí con los ojos que no viniera.

—Y, Alexia, deja a Thiago si puedes. Él pasa de ti, deberías saberlo —dijo Débora a mi derecha.

—Es mutuo, no te preocupes. Pero si me llama borracho a las cuatro de la mañana, ¿qué hago? ¿Te aviso?

Débora dio un paso para ponerse delante de mí.

—¿Nos quieres volver a oír mientras follamos?

—¿Para escuchar cómo finge Thiago? Sé muy bien cómo gime de placer y no me pareció que estuviera disfrutando.

—Eres una zorra —me escupió cabreada.

La intención de las tres era mosquearme, pero se había girado la tortilla. Yo tenía poco que perder, ellas no.

—En cuanto te vayas, me tiraré a los brazos de tu novio —le dije para picarla.

Era mentira, pero quería devolvérsela.

—Que te jodan —me dijo yéndose de allí con una sonrisa triunfante que no entendí.

Débora debía estar muy segura de Thiago o quizá sabía que yo no era tan capulla.

Cogí mi botellín mientras las vi irse y bebí pensando que eran tres ratas de cloaca.

—¿Qué querían las tres marías? —me preguntó Lea con tranquilidad.

—Nada que no sepas. Menudo trío.

—Adri me ha dicho que vayamos con cuidado, que no nos fiemos.

—¿Y eso?

—Porque a la que menos te la esperas te la lían. Ya viste lo que te hicieron con Nacho o los mensajitos que me envía la lechuza.

—Bueno, ahora que se han ido podemos respirar tranquilas.

—Adri le ha pedido a Leticia que nos deje en paz y ¿sabes qué le ha dicho ella? Que somos nosotras las que la provocamos, sobre todo yo.

—Manda cojones.

—También me ha dicho que Débora tiene problemas en casa.

—¿Qué problemas? —pregunté interesada.

—No lo sabe, es lo que le ha dicho Thiago.

Observé a Thiago mientras hablaba con Luis y sentí un calor inesperado entre las piernas. Joder. Cambié el peso de una pierna a otra y seguí bebiendo al lado de Lea mientras mirábamos al personal moverse al ritmo de la música.

—Y esta canción... que me encanta... es para alguien muy especial. —Era la voz de Javi por los altavoces y sonreí sin pensar que se refería a mí—. Alexia, esta va por ti. ¡¡¡Báilame!!!

Sonó «Ode to My Family» de The Cranberries y abrí la boca sorprendida por sus palabras. Me sentía relajada, feliz y contenta, a pesar de todo. Tenía a mi padre, a Judith, a Lea, a Natalia, a mis amigos...

Alguien me abrazó por detrás y me apoyé en ese duro pecho, sintiéndome en la gloria. Nos mecimos al son de la música y cerré los ojos. Allí no había nadie más que ese cuerpo, el mío y la música.

Una mano grande me abrazó por la cintura y sonreí. Aquella mano se atrevió a subir por mi vientre y sentí un fogonazo de calor que me hizo gemir en silencio. Joder..., me estaba poniendo a mil con esas caricias. Pero... ¿quién era? Abrí los ojos durante unos segundos de cordura y solo atiné a ver a Thiago en el centro de la pista mirándome con la frente arrugada. Parpadeé intentando focalizar bien la vista. No había bebido tanto, pero estaba un poco aturdida con las luces y los focos.

Aquella mano subió hacia mi pecho y no me moví, incapaz de reaccionar ante el placer que sentía por todo mi cuerpo. ¿Era aquello... normal? Me lamí los labios y sentí la garganta seca. Necesitaba beber más, eso lo primero, después ya me encargaría de esa mano que seguía subiendo hacia mi cuello con sensualidad. Me acabé la bebida de un trago y al terminarla suspiré sintiendo que la energía volvía a mí.

—¿Nos vamos? —preguntó una voz desconocida en mi oreja.

«¿Irnos?»

—¿Adónde?

—A donde tú quieras, cielo...

Sus palabras me hacían cosquillas en el oído y parecía que había un camino directo desde ahí hasta mi sexo porque sentía una calentura fuera de lo normal.

Joder..., tampoco estaba tan necesitada de sexo.

—Me cago en mi vida, suéltala.

¿Thiago? Sí, era Thiago...

—¿Perdona? —preguntó con chulería el desconocido.

36

DÉBORA

Ahora que era mío y lo tenía en mi tela de araña, no lo iba a dejar ir tan fácilmente. Alexia era una chula de mucho cuidado y una confiada que no sabía que donde las dan las toman. Si estaba interesada por Thiago de nuevo, se iba a joder porque lo había dejado hecho una mierda y no iba a permitir que le hiciera más daño. Lo mío no se toca.

De repente Alexia lo había dejado, no quería saber nada de él y se fue a Londres con su jefe. Según Leticia, se había ido allí a follar con él y mi amiga suele tener información de primera mano. En cuanto me enteré, empecé a hacerme la encontradiza con él, pero Thiago seguía yendo tras esa gilipollas hasta que una noche nos encontramos en Colours. Bebimos alguna copa de más e insistí en que me acompañara a casa, donde no había nadie, claro. No fue difícil llevármelo a la cama y aproveché para hacer una llamada a Alexia con la intención de que nos oyera en plena faena. Fue una jugada digna de mí y cuando se lo expliqué a Leticia me felicitó por mi gran idea, aunque me dijo que tenía que ir más allá.

—Thiago...

Él se estaba poniendo los pantalones y yo lo miraba desde mi cama.

—Dime.

—Tengo que hablar contigo.

Me miró preocupado.

—¿Qué pasa?

—Ayer fui a un centro de trastornos alimenticios...

Thiago se acercó a mí y se sentó en la cama.

—¿Y eso, Débora? ¿Qué te pasa?

—Me veo fatal... Me paso días sin comer y de repente me pego un atracón para acabar vomitando.

—Pero...

—No lo sabe nadie. Ni mis padres. Ayer fui por mi propio pie a ese centro porque tengo una amiga que trabaja allí y me informó de cómo funciona. He empezado una terapia.

—¿Y a qué se debe ese comportamiento?

—Inseguridad emocional y baja autoestima. Quería pedirte algo...

—Lo que quieras.

—Te necesito a mi lado. Sé que he hecho cosas imperdonables, pero a veces es porque quiero aparentar más debido a mi inseguridad...

Thiago me abrazó de repente y yo sonreí con malicia. A partir de ahí retenerlo a mi lado sería pan comido.

Entre eso y una pastilla de éxtasis en la bebida de Alexia...

—Perdona, ¿eres Toni?

—Sí, sí, soy yo.

El chico era alto, atlético y guapetón.

—Mira, esa chica de allí, ¿la ves? La de la cerveza en la mano me ha dicho que daría lo que fuera por meterte un buen polvo.

Me reí por dentro al oír a Leticia decirle aquello al tipo aquel.

—Joder, pues está buena la tía.

—Soy amiga de ella y como a veces es un poco cortada...

—Lo capto.

Antes de salir de Magic miramos las tres hacia la pardilla de Alexia: estaba dejándose meter mano por Toni, todo delante de Thiago.

Mejor imposible.

37

—Ya me has oído —le soltó Thiago al tipo aquel.

—¿Eres su hermano o algo por el estilo? —le preguntó en un tono borde acercándome más a él.

Thiago me miró a los ojos y vi preocupación en los suyos.

—Perdona, Toni. Estás con mi chica. —Esa voz a mi espalda me sorprendió.

¿Qué hacía Marco detrás de mí y de dónde había salido? ¿Y ahora era su chica? Vaya, vaya...

—Eh..., perdona, tío, creía que...

—Pues ya lo sabes —le cortó Marco con rotundidad mientras Thiago se iba de nuestro lado con un mal gesto.

Me volví hacia él y me miró fijamente. Marco me cogió de la cintura y yo pegué su cuerpo al mío, casi por inercia. Su boca se acercó a mí y creí que me iba a besar, pero se desvió hacia mi oído.

—Alexia, ¿estás bien?

Su tono inquieto me puso a mil y busqué sus labios. Marqué mi boca en la suya y quise adentrarme en ella, pero Marco me separó de él. Lo miré confundida; lo necesitaba como el agua. ¿Agua? También tenía mucha sed.

—Alexia.

—Tengo sed —le dije sintiendo demasiado calor.

—¿Te encuentras mal?

—Joder, no me hables en ese tono porque acabaré follándote aquí mismo.

Marco me miró sorprendido y yo le sonreí para seguidamente exigirle que quería agua. Fuimos a la barra, cogió el agua y me la bebí de un trago. Suspiré, cansada, pero volví a colgarme de su cuello.

—Alexia, ¿has tomado algo?

—Apenas he bebido. ¿Vamos a tu casa? —le pregunté con un guiño.

—¿Tienes más sed?

—La verdad es que sí —respondí pegando mi sexo al suyo y le miré a los ojos esperando que me llevara a su casa para terminar lo que había empezado yo.

—¿Náuseas o ganas de vomitar?

Arrugué el ceño.

—Yo tengo ganas de otra cosa —respondí alzando las cejas un par de veces—. ¿Vamos?

—¿Tienes mucho calor?

—¿Quieres dejar de preguntar? Creía que eras más de acción...

Pasé mi mano por debajo de su camiseta justo en el mismo momento en que mis ojos se encontraron con los de Thiago.

«¿Algún problema, no-hermano?»

Me eché a reír sola y Thiago retiró la mirada.

«Eso, eso, tú a lo tuyo.»

—Alexia, creo que debería llevarte a casa. —La voz de Marco en el oído me provocaba mil sensaciones. ¿Desde cuándo me molaba tanto mi jefe?

Lo observé con interés y él puso los ojos en blanco.

—¿Dónde están tus amigos? —preguntó mirando alrededor.

—Estarán haciendo hijos. Lo mismo que deberíamos estar haciendo tú y yo.

Marco se rio, pero lo hice callar con uno de mis besos.

—Alexia...

—Quiero tu manguera, bombero —le dije en un tono infantil.

—Joder, Alexia, te llevo a casa. No puedo dejarte aquí en este estado.

—¿Qué estado? Estoy soltera y sin compromiso. ¿Qué pasa? ¿No te gusto?

Nos miramos fijamente y vi en sus ojos que yo le gustaba más de lo que decía. ¿Entonces?

—¡Bombero! —Lea se acercó a nosotros—. Tú por aquí, ¿qué tal?

Lea y él se saludaron amigablemente mientras mi mirada fue a por Thiago. Estaba con los demás, charlando con Arlet, pero su rostro serio me indicaba que no se divertía demasiado. No podía ser por mi culpa porque él estaba con Débora, así que no podía recriminarme nada. En ese momento apareció su amiguita. Si antes pensaba en ella..., joder. Se le colgó del cuello, le dijo algo al oído y se fueron de allí abrazados. Estaba claro que nuestros caminos se habían separado totalmente, a pesar de saber que no éramos hermanos.

Yo lo quería, pero sabía que debía empezar a olvidarlo en serio. Debía luchar contra lo que sentía, ¿de qué me servía seguir enamorada de él? ¿Para sufrir?

—¿Nos vamos? —me preguntó Marco antes de despedirnos de Lea.

Ella me guiñó un ojo y yo le hice un gesto obsceno con la mano en mi boca. Nos reímos las dos.

Marco pasó la mano por mi hombro y me apoyé en él, pero aquella calentura subía y bajaba por mi cuerpo provocando un deseo irrefrenable de besarlo.

—No puedo más...

Me giré y lo besé casi en la salida. Marco no se lo esperaba y lo pillé desprevenido, así que le metí la lengua hasta la garganta y mis manos en su entrepierna.

Joder..., ¿qué coño estaba haciendo?

Me separé de él de golpe, como si fuera un auténtico desconocido y ambos nos miramos con la respiración acelerada.

—Yo...

—No digas nada, alguien te ha metido mierda en la bebida. Probablemente el tipo aquel. —Me cogió de la mano y salimos en dirección al aparcamiento donde estaba su coche.

Pero... ¿Qué decía Marco? Había visto demasiadas películas... Yo me sentía... ¡eufórica! Y tenía sed porque hacía calor y mis ganas de sexo estaban más que justificadas. El tío estaba para mojar pan...

Lo miré de reojo y me reí al verlo tan serio.

—Mira que eres guapo —le dije como quien habla del tiempo.

Sonrió de medio lado, pero no dijo nada. Entramos en su coche y me pasó un botellín de agua que quise beber de golpe.

—No, no bebas tan deprisa.

Me quitó la botella y accedí sin rechistar. La verdad era que estaba un poco mareada y cerré los ojos al notar cómo mi cuerpo se relajaba.

—Vamos a tu piso. ¿De acuerdo?

—Lo que tú digas —murmuré con pocas ganas de hablar.

—No te puedes fiar de nadie, joder. Menudo macarra...

Oí a Marco como si estuviera a varios metros de mí y seguí en ese estado de relax, como si flotara en una nube. Mi mente empezó a divagar a su aire e imaginé que Marco aparcaba a un lado de la carretera para besarme. Estaba desesperado por hacerlo y yo también.

—Marco... —gemí con sensualidad.

Sus labios húmedos besaban los míos y nuestras lenguas se enredaban en un baile sincronizado tras el cual empezábamos a quitarnos la ropa. Me subí el vestido con la intención de despojarme de él.

—Alexia, ¿qué haces? —me preguntó Marco.

—Estaremos más cómodos —respondí en mi sueño calenturiento.

Su mano cogió la mía y no dejó que siguiera desvistiéndome. Abrí los ojos y me di cuenta de que el coche seguía en marcha. Miré su mano en la mía y mi vestido arrugado dejando a la vista mi cicatriz.

—Joder —gruñí molesta.

—Tranquila, Alexia, es por el éxtasis.

—¿Qué éxtasis?

—El que te ha metido Toni en la cerveza. Por tus síntomas, está claro que es eso. Tienes mucha sed, las pupilas dilatadas, sudas más de la cuenta y las sensaciones se multiplican por mil. He visto los efectos más de una vez. Cuando lo pille, se va a enterar...

Miré a Marco alucinada. ¿Así que era eso? Qué puta gracia, ¿no?

—Hay tíos que se dedican a meter mierda en las bebidas para aprovecharse de la víctima.

Lo sabía, siempre lo había oído, pero era una de aquellas cosas que no acabas de creerte porque... porque ¿no es demasiado ruin? Menudo hijo de su madre el tío ese..., que no sabía ni qué cara tenía porque lo había tenido a mi espalda. Pero era cierto que sin conocerme había empezado a meterme mano... Uf.

—Gracias —le dije a Marco cerrando de nuevo los ojos.

Me sentía desubicada y de repente mi cabeza empezó a dar vueltas como una peonza. Me costaba pensar con claridad y opté por dejar la mente en blanco.

—¿Alexia?... Alexia, hemos llegado.

Me había quedado en ese estado de duermevela y la voz de mi jefe me hizo volver a la realidad.

—Genial, gracias por todo —le dije buscando en mi bolso las llaves.

Marco salió del coche y abrió la puerta para darme la mano y salir de allí. Aquel contactó activó todas mis terminaciones nerviosas y sentí de nuevo aquel deseo exagerado. Inspiré procurando controlar aquellas sensaciones.

—Procura no tocarme mucho —le dije con gravedad, pero soltó una de sus risillas.

—Tranquila, creo que podría contigo.

Lo miré alzando una ceja, sus palabras lograron picarme. En cuanto llegamos a mi casa y abrió la puerta, me lancé a por él. A ver si era verdad que podía conmigo.

—Marco, ¿me bajas la cremallera?

Nos miramos unos segundos y se acercó a mi espalda para hacerme aquel favor. Era una cremallera que podía bajar yo misma sin problemas porque estaba situada a mi derecha, pero quise jugar un poco con él.

En cuanto lo hizo, dejé que el vestido cayera a mis pies. Hubo un silencio tenso entre los dos, tras el cual yo sonreí. Marco no se había movido del sitio. Apoyé mi cabeza en su hombro y mis dedos se perdieron entre su pelo.

—Marco...

—¿Qué? —preguntó en un tono ronco.

—Necesito otro favor. Abrázame.

Sabía que no me diría que no. Marco dio ese paso que nos separaba y rodeó con sus manos mi cintura desnuda. Su nariz se perdió entre mi pelo y lo escuché resoplar. Me volví entre sus brazos y nos miramos fijamente. En sus ojos había deseo, pero también estaba tenso, como si estuviera esperando mi siguiente paso para rechazarme. Y la que no estaba preparada para otra negativa era yo, así que me aguanté las ganas como pude y simplemente lo abracé.

Menos era nada.

Nos quedamos abrazados, sintiendo la respiración del otro, hasta que a Marco se le ocurrió acariciar mi espalda desnuda. Supongo que fue un gesto cariñoso, pero yo sentí cómo una ola de calor recorría todo mi cuerpo mientras un único pensamiento se iba formando en mi mente: fóllatelo.

Me pegué a su cuerpo y mis labios besaron su cuello en busca de su boca.

—Alexia... —Marco me nombró en un quejido.

—¿Mmm?

—No creo que sea buena idea... Ahora mismo no eres muy consciente.

Joder, ni que tuviera que pedir migajas como una desesperada. El éxtasis ayudaba a incrementar mi deseo, pero la que tomaba las decisiones era yo. Así que me separé de él con brusquedad y me fui a mi habitación.

—Puedes irte. ¡No necesito una niñera! —le grité desde allí.

Me quité la ropa interior, me di una ducha y me coloqué una camiseta que me iba algo grande como pijama. Cuando salí me encontré a Marco sentado en el sofá, con la cabeza hacia atrás y los ojos cerrados.

¿Se había dormido? Me acerqué despacio, sin hacer ruido, para observarlo de cerca.

No podía negar que estaba guapísimo y que era lógico que alterara todos mis sentidos. Me fijé en su pelo corto, en sus facciones, en su fuerte pecho y en sus piernas torneadas. Estaba realmente bueno, el bombero...

—¿Has bebido agua? Deberías beber más agua. —Me habló sin abrir los ojos y me asustó.

—Joder, pareces un puto fantasma —me quejé separándome de él.

—¿Disfrutando de las vistas? —preguntó mirándome con su habitual descaro.

—No te flipes, jefe.

Fui hacia la cocina a por agua porque era cierto que estaba sedienta.

—Putas drogas —murmuré—. Que siempre me toque a mí la china. Pues no habrá tías en el mundo...

—Tan guapas como tú, pocas —comentó Marco desde el salón.

—No te puedes fiar de nadie —seguí diciendo sin hacerle caso.

—En eso te doy la razón —replicó él más serio—. Cuando coja a Toni, se le va a caer el pelo.

—¿Es amigo tuyo?

—No, pero lo conozco desde hace unos años. No sabía que ahora se dedicaba a meter drogas en las bebidas de las chicas. La verdad es que nunca ha tenido problemas para ligar.

—A saber, los tíos sois muy raros —concluí más para mí que para él. Thiago era un claro ejemplo.

En ese momento llegó un mensaje en mi móvil y lo miré al instante. Quizá era Lea... Pero no, era la simpática de Débora que me mandaba una foto de ella con Thiago en la cama.

«Qué imbécil la tía esta...»

Sabía que Débora era una gilipollas de mucho cuidado, pero era Thiago el que seguía con ella. Pues muy bien, por mí se la podía comer con patatas. A partir de ahora me iba a importar una mierda. Decidido.

38

Marco y yo nos pasamos media noche charlando. Él en el sofá y yo tumbada en el suelo mirando al techo. Hablamos de nuestros sueños, de nuestras preocupaciones, de nuestras familias..., de todo un poco.

Comentamos también su último encuentro con mi padre y nos reímos mucho recordando la cara que se le había quedado a él al escuchar la voz de mi padre a su espalda.

Tras aquellas risas nos quedamos en silencio. Yo seguía tumbada en el parquet del salón, mirando el techo blanco y sintiendo una calma extraña, efecto todavía del éxtasis aquel. Con esa charla, Marco había logrado que dejara de sentir aquellas calenturas, hasta que me quedé dormida.

De repente mi madre apareció mirándome con desprecio, con sus ojos de hielo.

—Has ido con el cuento a Thiago y has logrado separarme de Joaquín, pero esta me la pagas.

—Yo no le he dicho nada, él mismo lo descubrió.

—No te creo. Lo de la carta no va a ser nada comparado con mi próxima jugada.

—¡Olvídame!

—Antes pagarás por lo que has hecho, desgraciada.

—¡No! ¡Déjame! ¡Te odio! ¡¡¡Te odio!!!

—Chis... Alexia...

Una caricia suave en mi espalda y mi respiración se relajó para caer de nuevo en los brazos de Morfeo, aunque aquel sueño se repitió en más de una ocasión durante la noche. Cuando desperté no sabía ni dónde estaba. Me dolía la cabeza, notaba la boca seca y sentía todo mi cuerpo entumecido. ¿Tanto había bebido anoche? No..., no había sido por la bebida, sino por la droga que me había metido aquel tío en la bebida.

—¿Estás despierta?

Me quedé de piedra al oír a Marco detrás de mí. ¿Qué coño hacía allí? Abrí los ojos despacio, temiendo no saber dónde estaba. Aquella era mi habitación y mi cama. ¿Qué hacía Marco en ella? Me había acompañado al piso, había intentado seducirlo sin efecto y... ¿después? Me había tumbado en el suelo mientras él estaba sentado en el sofá, habíamos charlado, reído y... y no recordaba más. ¡Hostia! ¿Y si había vuelto a la carga? ¿Me lo había follado y no me acordaba?

—Sí... ¿Has dormido aquí?

Pregunta absurda...

—Sí.

Respuesta esclarecedora...

—¿Y eso?

—Porque después de acostarme con una chica me gusta dormir con ella.

Abrí los ojos y me mordí los labios. ¡Mierda! Y yo sin acordarme de nada. ¿Me habría lanzado a por él en plan lagarta como en la discoteca?

Marco no me tocaba, pero sentía el calor de su cuerpo.

—¿No dices nada? —preguntó adormilado.

—¿Qué quieres que diga?

—No sé..., qué sentiste o si te gustó...

Puse los ojos en blanco. La madre que me parió, ¿no podía estarse calladito?

—Eh... ¿Te digo la verdad?

—Eso siempre.

—No me acuerdo de nada.

Hubo un silencio tras el cual Marco soltó una risilla. ¿De qué se reía? Me volví hacia él y lo vi aguantándose la risa.

«Qué cabrón...»

—¡Eres tonto! —le solté dándole un golpe en el pecho.

—Y tú un encanto —replicó riendo.

—¿Me dormí? —pregunté recordando algo.

—Estirada en el suelo como un tronco. Te llevé a la cama y he preferido quedarme contigo. Con esa mierda en el cuerpo no me fiaba de dejarte sola.

—¿Y el sofá es muy incómodo? —pregunté divertida.

—Es incómodo de cojones. Lo he intentado, pero no ha habido manera, así que he optado por meterme en tu cama, que es bien ancha.

—Entonces no intenté meterte mano de nuevo.

—Que yo sepa no, aunque yo sí te he acariciado la espalda en más de una ocasión... Tenías pesadillas...

Mierda...

—Suelo tener pesadillas —le confesé.

—¿Sueles?

—Con el alcohol o las drogas van a más. Es algo incontrolable. Las tengo desde el accidente.

Marco pasó su mano por mi pelo, en un gesto cariñoso.

—Vaya... Te quejabas y te movías mucho. Cuando te tocaba, parecía que estabas mejor.

—Ya...

Había sido una de aquellas noches en las que mi mente había estado activa sin parar. De ahí ese terrible dolor de cabeza.

—No te habré dejado dormir —le dije con mis ojos clavados en los suyos.

—No te preocupes, si me hubiera ido no habría dormido nada y en ese sofá quizá ahora mismo sería como el jorobado de Notre Dame.

Sonreímos ambos hasta que uno de sus pies tocó el mío.

—Ayer intenté llevarte al huerto, ¿verdad? —le pregunté.

—Ayer me pusiste a prueba, muñeca —respondió sonriendo.

—Gracias por todo —le dije de corazón.

—¿Por no aprovecharme de ti? Ahora que lo pienso, soy un poco idiota, ¿no?

Nos reímos de nuevo mientras nuestros pies seguían enredados. Al dejar de reír nos miramos fijamente.

—Creo que debería irme —comentó más serio.

—¿Tienes miedo de que te viole?

—No es eso —dijo sonriendo de nuevo.

—Ya sé qué es.

—A ver, milenial, sorpréndeme.

Nos reímos de nuevo y yo seguí hablando.

—Estás acojonado.

Marco alzó sus cejas.

—¿Por qué?

—Por estar en la cama conmigo, así...

Marco se pasó una mano por el pelo. Había dado en el clavo.

—Porque es demasiado íntimo, demasiado intenso, y porque crees que puedo interpretarlo de otro modo —le dije siendo muy clara.

—¿Y no es así?

—No tengo quince años, Marco.

—A veces me parece que tienes más que yo —comentó alargando su sonrisa.

—Pues entonces deja de tratarme como a una niña.

Nos miramos en silencio hasta que sus labios se acercaron a los míos. Me besó con suavidad, sin prisas, y sentí que ponía los cinco sentidos.

—Quizá sí que me tienes un poco acojonado —soltó entre risas tras aquel beso.

Nos dormimos abrazados. Yo con mi cabeza en su pecho y mi pierna enredada entre las suyas. Él acostado boca arriba, con los dedos tocando mi pelo.

Su otra mano me tenía bien cogida por la cintura porque cuando sonó el timbre no podía salir de allí.

—Marco... Llaman.

—¿Mmm?

Me miró adormilado y me reí al ver sus ojos vidriosos. Al final levantó el brazo y pude salir. Me puse la ropa con rapidez y corrí hacia la puerta porque esperaba un paquete.

—¿Quién es? —pregunté mientras abría despacio procurando no hacer ruido.

—Soy yo.

Joder. Quise cerrar la puerta de golpe, pero sabía que no era la solución. Estaba soñolienta, me dolía un poco la cabeza y lo último que me apetecía era discutir.

—Thiago...

—Ayer me fui sin... decirte nada y quería saber qué te pasaba.

Lo miré sorprendida. ¿A qué venía eso?

—¿Puedo pasar?

—Eh...

En ese momento sonó mi teléfono y los nervios pudieron conmigo. Me volví para ir a cogerlo porque no quería que despertara a Marco, pero tampoco podía dejar a Thiago en la puerta ni dejar que entrara. ¡Dios...! Decidí pasar del móvil y me volví de nuevo hacia él.

—¿Qué pasa? —preguntó viendo mi cara.

—Estoy con...

—Alexia, es tu padre. —Apareció Marco en calzoncillos y con mi móvil en la mano.

Cogí el móvil rápidamente.

—Papá, ¿es urgente?

—Eh..., no...

—Te llamo más tarde. Un beso.

Y colgué sintiendo la mirada de Marco y la de Thiago en mí. Me acerqué a Thiago y dejé la puerta entornada.

—Ya veo que estás bien —comentó picado.

—Sí, y no es gracias a ti —le repliqué cruzándome de brazos.

—Pues nada, sigue follándote a tu jefe.

Solté una risotada irónica y me miró abriendo los ojos.

—¿Y me lo dices tú? ¿Que sigues follándote a esa payasa?

—Lo que yo haga no es asunto tuyo.

—Entonces, ¿qué coño haces aquí? —le pregunté gruñendo.

Me miró unos segundos antes de responder como si no supiera qué decirme.

—La verdad es que soy un gilipollas.

—Fíjate, en eso estamos de acuerdo los dos. Qué raro.

Thiago apretó sus labios, pero no dijo nada más.

—Y ahora, si no te importa, me vuelvo a la cama con Marco.

Cuando me giré para entrar en el piso, Thiago dio un paso hacia mí.

—Cuando te lo tires, no pienses demasiado en mí.

Me quedé clavada en el sitio al escuchar sus palabras.

—Si quieres te llamo —respondí sin mirarlo—. Quizá disfrutas más así.

—O quizá es que no salgo de tu cabeza.

Era verdad, pero no se lo iba a confirmar.

—La verdad es que has dejado de interesarme —mentí intentando parecer sincera.

—¿Por qué será que no me lo creo?

Cerré la puerta y cogí una bocanada de aire. Joder con Thiago.

39

El domingo por la tarde quedamos con Natalia en El Rincón. Por fin se había decidido a salir de su casa, y Lea y yo estábamos algo nerviosas. Le habíamos mandado mensajes e incluso yo la había llamado aquella misma mañana, pero queríamos ver cómo se encontraba realmente y cómo estaba yendo todo en su casa.

Natalia llegó cinco minutos antes que Lea y yo aproveché para explicarle por encima cómo había ido el cumpleaños de Adri. En cuanto Lea llegó, entramos a comentar los temas que más nos interesaban: Marco, Adri y la situación en casa de Natalia.

Primero hablé yo y les expliqué al detalle lo que había sucedido desde que me fui de la discoteca.

Marco se había comportado conmigo como un auténtico caballero y, aunque sonara extraño, no había habido sexo entre nosotros. Cuando Thiago se marchó, Marco me ofreció todo su apoyo una vez más. Realmente era un buen amigo.

Por la tarde fuimos al cine, picamos algo por La Latina y nos despedimos con un simple pico en los labios. Todo muy casto. Yo seguía con mi teoría: Marco temía que me pillara por él aun sabiendo que seguía queriendo a Thiago.

Seguidamente le tocó el turno a Lea y nos relató con demasiados detalles su encuentro con Adri en el hotel que había reservado para la noche de su cumpleaños. Mientras ella hablaba, yo iba echando miraditas a Natalia. ¿Estaba bien? No había rastro de aquellas magulladuras.

Eso era buena señal porque significaba que su padre no le había vuelto a poner la mano encima. Pero ¿y a su madre?

—Pues parece que has encontrado el amor de tu vida —concluyó Natalia con una sonrisa en los labios.

—¡Ay, sí! ¿Y tú qué tal con Ignacio? —preguntó Lea acercándose a ella.

Natalia miró su reloj y volvió a sonreír.

—He quedado con él dentro de media hora.

¿Media hora? Miré a Lea y ella me devolvió la mirada. Queríamos hablar con ella de sus problemas en casa.

—¿Dónde? —pregunté.

—Pasará a recogerme por aquí e iremos a hablar con tranquilidad. Ha dejado a su mujer y quiere tener una charla conmigo. Le he dicho que sí porque necesito verlo...

—Claro que sí, petarda. Es normal —la animó Lea.

Solo habían pasado seis días desde que nos lo encontramos por la calle con su mujer, pero no ver durante ese tiempo al chico de tus sueños podía parecer una eternidad. La entendía perfectamente.

Nos quedamos unos segundos en silencio y eso sí que era raro entre nosotras. Intuí que las tres pensábamos en lo mismo y decidí tirarme a la piscina. Yo también necesitaba saber que Natalia se encontraba bien. Ella siempre había estado a mi lado en mis horas bajas.

—Natalia, ¿qué tal en tu casa?

—Eh... Bien, bien.

—¿Solo bien? —le preguntó Lea.

—Mi padre no nos habla y sigue bebiendo cada noche, pero no ha montado más pollos como la última vez.

—¿Y tu madre? —le pregunté con interés.

Sabía que Natalia acataba los deseos de su madre.

—Sigue negando que ocurra algo en casa. La próxima semana irá a trabajar y se comporta como si no hubiera pasado nada. Supongo que está un poco más tranquila porque viene mi hermano Enrique a pasar unos días.

—¿Y tú qué piensas? —seguí interrogándola.

—Que mi padre es un cabrón y que deberíamos denunciarlo, pero mi madre no deja de decirme que si se enteran mis hermanos les voy a joder la vida.

—¿Por qué? —preguntó Lea sin entenderla.

—Porque si mis hermanos supieran lo que mi padre le ha estado haciendo, se pondrían en contra de él y podría complicarse todo aún más.

—Quizá no, Natalia. Quizá harían lo mismo que tú —le dije yo rápidamente—. Denunciarlo.

Ella me miró como si le estuviera descubriendo algo nuevo. Tal vez su madre le había repetido tantas veces aquella idea a su hija, que esta era incapaz de ver otras opciones.

—Quizá, Alexia, quizá...

Afortunadamente, Natalia era una chica lista que entendía las cosas a la primera.

—Natalia, ahora vendrá tu hermano, pero ¿y cuando se vaya? —inquirió Lea preocupada.

Era evidente que la llegada de su hermano calmaría las cosas unos días, pero también era verdad que en cuanto se marchara todo volvería a la normalidad. Y esa normalidad significaba que su padre volvería a las andadas, quizá incluso con más ganas.

—No sé, chicas. Mi madre no baja del burro y yo no puedo dejarla sola con esto. Si voy a la policía, ¿de qué me va a servir? Ella lo va a negar todo y empeoraré la situación, ¿no lo entendéis? —Su tono agudo me llegó al corazón y por un momento quise estar en su lugar para que Natalia dejara de sufrir.

—Claro que lo entendemos, pero no queremos que vuelva a pegarte. Ni a ti ni a tu madre. Queremos ayudarte —le dijo Lea mientras cogía su mano por encima de la mesa.

—¿Y si hablo con mi hermano? Podría ser una posibilidad...

—Seguro que entre los dos podéis hacer algo —le dije yo esperanzada.

—Ha llegado un punto en que la situación es insoportable. Mi padre pasa de todo lo relacionado con el súper y mi madre no puede hacer más de lo que hace. Es un negocio pequeño que siempre han llevado los dos y hay cosas que ella no sabe ni por dónde cogerlas.

—Si quieres, mi madre puede aconsejarla. Ella lleva el centro sola.

—Gracias, Lea —le dijo Natalia con cariño—. Pero es que mi padre se pasa el día bebiendo y fumando, o en el bar o en casa. No hace otra cosa. Y mi madre no reacciona, no lo entiendo...

—Hola, chicas...

Nos volvimos al oír a Ignacio. Iba vestido con tejanos y una chaqueta de piel negra.

—Hola —le saludamos las tres a la vez.

—Te he llamado un par de veces para decirte que te esperaba fuera, pero creo que no me has oído.

—Eh... Estábamos de cháchara y ni me he dado cuenta —respondió Natalia sonrojándose.

—Si quieres, salgo y te espero.

—No, no, tranquilo.

Ignacio miró la mano de Lea cogiendo la de Natalia.

—Estaba diciéndole a Natalia que esas uñas necesitan una buena manicura. Mira que sabe que mi madre le hace un buen precio, pero es tan cuqui que no quiere aprovecharse. Y eso que podría pasarse cada semana sin... —Le di un codazo para que se callara.

—Creo que quieren irse —le dije en una mueca.

Natalia e Ignacio soltaron una risilla y Lea me sacó la lengua.

Nos despedimos de ellos y seguidamente Lea y yo comentamos la jugada. ¿Saldría bien? Esperaba que sí, esperaba que su hermano pusiera un poco de cordura en todo aquello porque yo no acababa de entender a su madre. ¿Por qué ponía en peligro a su propia hija? Su madre no era como la mía. La mía me habría echado a la hoguera al nacer si hubiera podido, pero la madre de Natalia la quería.

—¿Cenamos juntas? —le pregunté a Lea viendo que ya era tarde.

—No puedo, hoy es el santo de mi padre y en mi casa esas cosas son sagradas. ¿Quieres venir?

—No, gracias. Me comeré yo sola una deliciosa pizza que he preparado antes.

—Llama a Marco y la compartes —comentó guiñándome un ojo.

La verdad era que me apetecía quedarme sola en casa.

Anduvimos cogidas del brazo y la acompañé hasta su portal, a solo dos calles del mío. A aquellas horas había bastante gente todavía, pero aceleré el paso porque me dio la impresión de que alguien me seguía. Me detuve ante el portal y me volví en seco. No vi a nadie y pensé que eran imaginaciones mías. Últimamente andaba un poco susceptible, pero al llegar a la puerta encontré una nota en la puerta: «Si tú me cierras puertas, yo cierro las tuyas».

¡Joder! ¿Qué teníamos? ¿Quince años?

—Cuando las pille... —me dije releyendo aquella nota.

La arranqué de un manotazo y puse la llave en la cerradura, pero no hubo manera de que entrara. ¿Qué cojones habían hecho?

No supe qué hacer en ese momento ni a quién recurrir. Era en esos momentos en los que me daba cuenta de que necesitaba a mi padre a mi lado, pero no lo quería molestar con algo así estando él tan lejos.

Decidí llamar a Marco, pero no me cogió el teléfono, así que mi segunda opción fue Javi.

—¿Javi?

—¿Alexia? ¿Qué te pasa?

—Yo... no puedo entrar en el piso.

—¿Has perdido las llaves?

—No, no es eso. Alguien me ha jodido la cerradura y no puedo entrar.

—Vale. Dame media hora y estoy ahí, ¿de acuerdo?

Lo esperé fuera y lo vi llegar con otro chico al cabo de veinte minutos.

—¿Qué ha pasado? —Javi me abrazó al ver mis ojos.

—No sé, alguien quiere putearme.

Podía suponer quién, pero debía asegurarme antes de verbalizarlo.

—¿No entra la llave? —preguntó aquel chico con seguridad.

—No —respondí.

—Te presento a mi amigo Ginés, es cerrajero —me aclaró Javi.

Nos saludamos con una sonrisa.

—Te habrán puesto silicona en la cerradura. ¿Subimos?

En nada, aquel chico aplicó un líquido y empezó a retirar la silicona con una especie de aguja. Javi me preguntó si tenía idea de quién podía haber sido el causante de esa broma de mal gusto. ¿Broma? Yo no lo llamaría broma, pero no le quise explicar todo el asunto delante de su amigo.

En cuanto terminó se despidió de nosotros y Javi y yo entramos en el piso. Miré con cautela, como si pudiera salir alguien de cualquier rincón.

—¿Me lo cuentas ahora?

Se lo conté todo con pelos y señales. Confiaba en Javi y en su criterio, así que le expliqué mis sospechas. Estaba casi segura de que todo aquello era cosa de Débora y sus amigas, pero no tenía pruebas. Él me aconsejó esperar a que dieran un paso en falso, no creía que aquello fuera a más y yo tampoco. Eran las típicas putadas de niñas tontas, pero dudaba que se atrevieran a algo más.

Tras aquella charla preparamos juntos algo para picar y pusimos la película *Dirty Dancing*.

—No puedo creer que no la hayas visto —dijo sentándose a mi lado en el sofá.

—A ver, sé quién es Patrick Swayze y de qué va la peli.

—¿En serio? No sé yo...

—La chica, Baby, se va de vacaciones con sus padres a un hotel y allí conoce a Patrick Swayze, el chico guapo.

—Veo que te has informado, ¿eh?

—Él es profesor de baile y le da clases. —Ignoré su comentario y se rio.

—Muy bien, señorita. ¿La vemos?

—Valeee —dije con poco entusiasmo.

Al terminar de verla Javi me miraba divertido.

—¿Qué?

—¡¡¡Me ha encantado!!!

—¿Lo ves? Si es que lo sabía.

—¿Hacemos el paso del salto?

Soltamos una carcajada al mismo tiempo.

Y es que Javi siempre me sentaba la mar de bien.

40

LEA

Cuando vi que Alexia se iba con Marco y Thiago con Débora, me quedé un poco descolocada. Hubiera jurado que al saber que no eran hermanos intentarían acercar posturas de nuevo, pero por lo visto me había equivocado de largo. Aunque era evidente que Débora marcaba territorio, no creía yo que Thiago fuera a caer de nuevo en sus garras. Había subestimado a la víbora, que había logrado meterse en medio sin demasiadas dificultades.

Últimamente parecía que todo el mundo quería interponerse en nuestro camino. Yo sabía que Leticia no nos lo iba a poner fácil a Adri y a mí, pero no esperaba que fuera tan gilipollas, o no tanto como para colocar una cucaracha en mi buzón junto a unas fotos que me hizo Rodrigo sin mi consentimiento. No iba a caer en su juego. Leticia estaba intentando desestabilizar nuestra relación, pero no lo iba a conseguir. Adri y yo lo teníamos claro.

—Tengo otro regalo más —le dije a Adri con picardía.

—¿Otro regalo? —preguntó besándome con ganas.

Estábamos en su coche, lugar habitual de nuestros encuentros íntimos y, por cierto, muy incómodo.

—Sí, pero debemos ir a buscarlo.

—¿Ahora? —Se separó de mí mirándome con sorpresa.

—Ahora es el momento ideal —le dije señalando la llave de contacto—. Sigue las indicaciones del GPS y luego hablamos.

—Está bien, pero hoy no te libras de que te coma esa boca —replicó alegre mientras salía del aparcamiento de la discoteca.

En veinte minutos llegamos a nuestro destino y cuando salimos del coche le obligué a cerrar los ojos y dejarse llevar por mí.

—¿Me puedo fiar?

—Claro que puedes, morenito.

—Rubia, que tú eres muy peligrosa. Paso de ir a un club de esos de intercambio, te aviso que no es lo que tengo pensado para ti esta noche.

Me reí al oír sus tonterías. ¿Compartir a Adri? Ni loca.

Llegamos al Hotel Boutique Las Flores de Madrid y retiré las manos de sus ojos.

—Hemos llegado.

Adri miró el pequeño cartel blanco con las letras en color plata.

—¿Un hotel?

—Un hotel boutique supermono. Ya verás.

Marqué el código de entrada y la puerta se abrió.

—A estas horas no hay recepcionista, pero he venido antes y ya he hecho el *check in*. Nuestra habitación es la doscientos quince.

—La de la niña bonita —susurró en mi oído atrapando mi cintura para besarme en la entrada del hotel.

No sé cómo logramos llegar a la habitación porque parábamos a besarnos en cada esquina. Teníamos ganas de estar en una cama, solos, tranquilos y de poder disfrutar el uno del otro. Y eso fue lo que hicimos unas tres veces con una pequeña pausa de unos veinte minutos entre una y otra.

Creo que nos dormimos hacia las seis de la mañana.

Yo fui la primera en despertarme y me quedé un rato observando al guapo de mi chico. Su móvil empezó a vibrar y miré la pantalla: Leticia. Qué pesadilla de mujer. Lo cogí sin cortarme un pelo.

—En estos momentos el señor Adrián está muy ocupado, inténtelo... nunca, gracias.

—Eres una...

Colgué con una sonrisa en los labios.

¿Una chica muy guapa y lista? Graciasss.

41

Gracias a la compañía de Javi, logré dormir un poco aquella noche porque no dejaba de pensar en la nota y la putada de la puerta. Joder, a veces desearía ser una tía de dos metros de alto con unos brazos musculados para repartir hostias como panes.

Javi durmió en el sofá y ahí lo dejé cuando me fui a coger el autobús para ir a la facultad. Durante el trayecto le expliqué a Lea lo que me había ocurrido y alucinó tanto o más que yo. La tontería de la nota y la silicona en la cerradura parecía sacado de una película.

Llegamos justo a tiempo para entrar en clase, así que no vimos a nadie y casi lo preferí. No tenía ganas de ver a Thiago. Tras las clases de Carmelo y Peña, hicimos el correspondiente descanso. En un primer momento, no tenía intención de aparecer por el bar porque estaba segura de que me encontraría a la pareja feliz, pero después pensé que no iba a dejar de seguir mis costumbres. Así que me senté a la mesa con Lea, y mientras yo fui a pedir el café, Adri se sentó con ella. Los miré sonriendo, me encantaban como pareja. En parte la envidiaba, aunque era una envidia sana porque me alegraba muchísimo por ella.

Sentí la mirada de alguien y, aun sabiendo que era el ojazos, me volví. Era superior a mí.

Estaba sentado con su chica y él la escuchaba mientras ella hablaba, pero sus ojos estaban puestos en mí. ¿A qué jugaba el idiota este? Mi dedo corazón pasó por mi ceja y le hice una mueca.

«Que te jodan.»

Él pasó la lengua por sus labios y sonrió de lado. Dios, esa superioridad me mataba. Si lo hubiera tenido delante...

Cerré los ojos y me mordí los labios un segundo, como si estuviera teniendo un miniorgasmo. Los abrí de repente, lo miré seria y levanté mi labio en plan «me das asco».

Thiago me miraba embobado.

—Alexia. —Me volví hacia Lea y Adri, que me miraban flipados—. ¿Estás ensayando para una obra de teatro o qué? —preguntó ella alzando las cejas.

—*Romeo y Julieta* —respondí con rapidez.

Adri se partió de risa y Lea me miró entornando sus ojos.

—Dime que si me vuelvo no está Thiago detrás.

Adri se volvió al segundo.

—Sí está —dijo en un tono cantarín.

—¿No tenéis nada más que hacer? —les pregunté cogiendo mi móvil.

Se rieron por lo bajini, pero los ignoré para escribirle un mensaje a Thiago.

Algún día alguien te morderá esa lengua. Deja de mirarme.

No podía responderme, claro, porque estaba con su novia. Joder, su novia... Tendría que empezar a asimilarlo. No me quedaba otra. Y también debía aprender a ignorarlo, aunque eso era bastante más complicado, visto lo visto. Sus ojos volvían a estar puestos en mí y le hice una peineta descaradamente. Me miró con frialdad, pero ni se inmutó, Débora le explicaba algo con mucho entusiasmo.

—Quien los entienda que los compre —comentó Adri mirándome.

—Ya te digo, los que se pelean se desean. —Lea usó un tono infantil y me hizo reír.

—Y los que no, se la pelan —continué yo entre risas.

—¡Oh, oh! Creo que Alexia se nos va —le dijo Lea a Adri.

—Joder, yo con dos Leas no voy a poder.

Lea le dio un codazo y nos reímos los tres.

—Princesa, ¿a qué viene tanta risa?

Nacho se sentó con nosotros a la mesa.

—Estos dos, que no dejan de decir guarradas —le respondí animada.

—Ni caso, Nacho, Alexia está desatada —le dijo Adri.

Nacho me miró de reojo y se acercó a mi oído.

—¿No será por esa pareja que veo delante de nosotros?

Sonreí por su picardía y me acerqué a él para susurrarle.

—Borrón y cuenta nueva. Nada que ver.

—No te me acerques tanto que no soy de piedra —continuó con ese murmullo en mi oído.

Nos reímos y Nacho empezó a hacerme cosquillas. Visto de fuera, parecíamos dos tortolitos, pero ambos sabíamos que aquello era una tontería, un juego sin malicia.

—Adri. —La voz grave de Thiago me sorprendió.

¿Es que estaba en todas partes?

—Dime.

Todos lo miramos y yo aproveché para pasar mi brazo por encima del hombro de Nacho, que se arrimó más a mí.

—Eso, eso, dile —comenté yo en tono irónico.

Thiago me miró un segundo con esa frialdad suya tan característica, pero no me afectó. Si él estaba cabreado, yo lo estaba el doble. Había optado por callar aquel secreto para no hacerle daño, cosa que él no veía así. Encima tenía que aguantar las putadas de su amiga y verlo con ella.

—Necesito el *pendrive* que te di.

Pendrive que tenía yo, claro. Opté por no decir nada.

—Eh... —Adri me miró a mí y le sonreí—. ¿Tienes el *pendrive*?

—¿El *pendrive*? ¿Qué *pendrive*?

—Alexia, no seas mala —me dijo Lea sonriendo.

Aquello le divertía tanto como a mí.

—¿Mala yo? ¿Acaso voy enviando fotos de mi bombero metido en mi cama?

Lea se aguantó la risa, Adri y Nacho nos miraban alucinados y Thiago me fulminó con la mirada.

—Varela, creo que puedes pedírmelo directamente. Hace dos días estabas entre mis piernas, así que hay confianza, ¿no crees? —Mi tono era irónico nivel diez.

—Novata, tengo mala memoria, sobre todo para lo que no me interesa.

—¿Seguro que no te interesa? Creo que la vida sexual de Nacho te interesa demasiado. ¿A qué has venido? Podrías haberle pedido el *pendrive* en otro momento.

Thiago chasqueó la lengua y Adri intentó calmar los ánimos.

—A ver, chicos, ¿podéis entender que nos estáis metiendo en medio de lo vuestro?

—No hay nada nuestro —escupió Thiago enfadado.

—Aquí solo hay un asco mutuo —repliqué del mismo modo.

Thiago y yo nos miramos fijamente, sin decir nada más. Cogí el *pendrive* de mi bolso y lo solté encima de la mesa.

—Procura que no tengamos que trabajar juntos, no tengo ganas de vomitar —le dije con rabia.

Lea me miró diciéndome que me estaba pasando. Thiago se marchó sin decir nada y Adri se fue tras él.

—Joder, cómo está el patio, ¿no? —Nacho me miró esperando una explicación.

—Él se lo ha buscado. A las malas, ni Leticia me gana —concluí orgullosa.

En ese momento me llamó Javi.

—Hola, bella durmiente. ¿Qué tal mi sofá?

Nacho se acercó para escuchar y le di un codazo con el que se rio.

—Tu sofá es una jodida tortura. Deberías venderlo en Wallapop diciendo: sofá para invitados indeseables, una noche en el sofá y su marcha está asegurada.

Me reí al oírlo. Marco ya me había dicho que era incómodo, pero pensé que era una excusa como cualquier otra.

—Lo siento, la próxima vez duermes conmigo.

—Eso seguro. Pero te llamaba por otro tema...

—Dime.

—¿Quieres ir esta noche a la galería de Soledad, la amiga de Flor? Van a exponer algo mío...

—¡Claro que sí! ¡Qué sorpresa! No me habías dicho nada...

—Ya, es que me lo acaban de comentar. Son un par de cuadros que tenía por ahí, se los enseñé a Flor e insistió tanto en llevarlos a la galería que al final cedí. Por lo visto, a Soledad le han encantado.

—¿Es en las Letras? Dime hora y dirección y ahí estaré —le pedí entusiasmada.

—Más tarde te envío la dirección exacta. Puedes venir con quien quieras.

—Genial, nos vemos allí.

Al colgar sonreí al pensar en él. Sin darme cuenta, Javi me había hecho cambiar el humor.

—¿Adónde vamos? —preguntó Lea con interés.

—Eso, ¿adónde? —preguntó a su vez Nacho.

Los miré con cariño. Me sentía arropada por ellos, a pesar de ser una deslenguada y a pesar de mis cagadas.

—Esta noche toca arte...

—¿Arte? ¿Hay bebida gratis? —preguntó Nacho,

Le di una colleja y me la devolvió riendo, pero cuando se sentó Adri a la mesa callamos de golpe.

—¿Está bien Thiago? —preguntó Nacho al ver el rostro de su amigo.

Adri me miró a mí directamente. Pude ver en sus ojos que no sabía bien qué decir.

—Joder con Thiago. También me va a quitar a los amigos —dije levantándome de la mesa.

—Alexia, no te vayas —me pidió él.

—Me voy porque está claro que no puedes responder si estoy yo aquí...

—No quiero meterme en lo vuestro, eso es todo. ¿No deberíais hablar?

—¿Hablar? ¿De qué? —pregunté yo muy segura.

—De todo, de todo lo que os ha pasado.

Lo miré fijamente. Entendía su consejo, pero no era factible. Nos habíamos fallado demasiadas veces y nuestro entorno no había ayudado nada.

—Adri, Thiago y yo hemos terminado. Lo que ves ahora son los restos de una relación que ni empezó. Sé que estás en medio y que estás con mi mejor amiga, y lo siento por ti. Me encantaría verlo e ignorarlo o no sentir nada, pero no es así, de momento. Con el tiempo nos reiremos de esto...

—Espero —murmuró Lea.

—¿Cuántas personas creen que van a morir de amor? ¿Y después qué? —les pregunté a los tres.

—Después pasa —respondió Nacho con gravedad—. Con el tiempo, todo pasa, es verdad. Cuando me enteré de lo tuyo con Thiago, te hubiera colgado de un árbol y míranos ahora..., casi podríamos decir que somos amigos.

Lo miré sonriendo.

—¿Lo ves? —me dirigí de nuevo a Adri—. A todo el mundo le ocurre lo mismo.

—¿Y si no eres como todo el mundo? —preguntó él con rapidez.

—¿Qué quieres decir? —Lo miré sin entender.

—¿Y si esa historia es distinta? ¿Y si es especial?

Parpadeé ante sus palabras.

—Adri, para cada uno es especial su propia historia.

—¿Y si lo es también para su mejor amigo?

Quería ponérmelo difícil.

O eso o Adri creía realmente en lo nuestro.

—Su mejor amigo tendrá que entenderlo, tendrá que entender que han terminado de verdad.

Adri me miró a los ojos y me pareció ver que estaba disconforme con mis palabras, pero no dijo nada. No entendía esa cabezonería porque su amigo estaba con Débora. ¿Qué más hechos necesitaba? Y, además, acababa de estar presente en una discusión en la que solo podías ver rencor. Ese era el final de muchas relaciones. Del desencanto al cabreo y del cabreo a la ignorancia.

Cuando ignorar a Thiago no fuera un esfuerzo, habríamos llegado al final de nuestra historia.

42

De vuelta a casa, en el bus, Lea y yo estuvimos hablando de este tema. Le dije que lo sentía por Adri, pero que Thiago me buscaba las cosquillas. Ella estaba de mi lado, siempre, pero me aconsejó que aflojara un poco. Dudaba que Thiago no sintiera nada por mí, y en cambio yo estaba segura de que sus sentimientos hacia mí habían sido más bien débiles. No podía perdonarme que no le hubiera dicho lo de su padre. Quizá me equivoqué, pero yo actué siempre con buena intención. Si él no lo entendía, era su problema.

—Y el tuyo —me recordó Lea mientras bajábamos del bus.

—Sí, sí, hasta que se nos pase. Tal y como ha dicho Nacho todo acaba pasando.

—¿Y con Nacho qué?

—Nada, joder. Somos amigos. A ver si una no puede hacer un poco el tonto. Total, yo no estoy con nadie, ¿no?

—Totalmente cierto. ¿Y Marco?

—Marco es... es como Gorka. Nuestra relación es más bien sexual, aunque este fin de semana no me tocó un pelo.

—¿Vas a ir con él a la exposición esa?

—Se lo preguntaré, y si no puede acompañarme, iré sola. Me hace ilusión ver los cuadros de Javi expuestos.

—Iría contigo, pero ya sabes que los padres de Adri no están...

Mis amigos aprovechaban la soledad de la casa para dormir juntos, era lógico.

—Tranquila, petarda, me sobran amigos —le dije dándole un beso.

—Nos vemos mañana.

—No te duermas —le dije yéndome hacia el piso.

Jefe, esta noche voy a la exposición de un amigo. ¿Te apuntas?

Ese plan es tan calenturiento que no puedo negarme. ¿Te recojo a las...?

Sonreí al leerlo.

A las nueve.

Marco se sorprendió al saber que Javi pintaba y cuando entramos en la galería lo perdí de vista porque estuvo mirando los cuadros minuciosamente. ¿Otro artista? Y yo que pensaba que estos chicos eran unos frívolos...

—Parece que a tu jefe le gusta lo que ve —dijo Javi colocando una copa en mi mano.

—Está entusiasmado y tus cuadros le han encantado. No tenía ni idea de que iba a disfrutar tanto.

—Se le ve buen tío —me dijo mirándome de reojo.

—Lo es, pero no es lo que piensas.

—¿Y qué es lo que pienso?

—Marco es de esos que no quieren compromisos, ¿me explico?

—Y tú sí.

—No, no es eso. Me gusta porque no es un niñato de los que van exigiendo que seas su novia para toda la vida.

—Ya...

—¿Qué?

—¿Y si él sí quisiera? ¿Si quisiera algo más?

—No se dará el caso, pero... —Miré a Marco y sonreí al verlo tan concentrado. Parecía otro, la verdad—. No estoy nada preparada para eso —le dije a Javi mirándolo fijamente.

—Entiendo —dijo cogiendo mi cintura—. Vamos a ver a tu amigo, es capaz de comprar todos los cuadros de la galería.

Me reí porque era cierto; que yo supiera, ya había comprados dos.

La noche en la exposición fue genial. Javi estuvo increíble, sus dos cuadros se vendieron en menos de una hora y el cava corrió por nuestras copas como el agua. Marco y yo salimos de allí contentos, cantando y diciendo tonterías varias.

Al llegar al piso ambos teníamos claro qué iba a ocurrir porque desde que habíamos salido de la galería habíamos estado coqueteando descaradamente el uno con el otro. Me gustaba el morro que le echaba al asunto y yo no me quedaba corta. Así que nada más entrar en el piso me cogió a horcajadas y empezamos a dar rienda suelta a nuestro deseo. Apenas nos desnudamos y necesitamos pocos preliminares para que Marco me penetrara.

—Joder...

—Alexia...

Nuestras bocas chocaron una vez más mientras sentíamos cómo el placer se iba acumulando en nuestros cuerpos.

Acabamos recostados en el sofá, jadeando y respirando con dificultad.

—Dios...

—¿Hora de dormir? —le pregunté recordando la última vez.

—Ni lo sueñes —respondió besándome de nuevo.

«Madre mía...»

Por la mañana me costó muchísimo levantarme para ir a la facultad, pero era mi obligación y no quería perder más clases. Marco se fue a su casa porque debía ir a recoger a un cliente al aeropuerto y yo aproveché para darme una buena ducha. Había quedado con Lea para coger el autobús, pero no apareció a la hora convenida y me fui sola.

Petarda, ¿te has dormido?

No respondió y pensé que estaría durmiendo.

Aproveché para hablar con Natalia de camino a la universidad.

¡Hola! ¿Ya ha llegado tu hermano Enrique?

Buenos días, me pillas preparando su habitación. Llega dentro de poco.

¿No trabajas hoy?

Me he cogido el día libre para ayudar a mi madre y para recibirlo. Tengo muchas ganas de verlo.

Ya imagino. ¿Y qué tal Ignacio?

Con todo el rollo de la cerradura y el enfado con Thiago, apenas había tenido tiempo de pensar en ella y en su charla con Ignacio.

Muy bien. Ha dejado a su mujer, están con los papeles y eso. Ella no está muy contenta, pero no le queda otra.

Entonces, ¿esto va en serio?

Estaba ilusionada por ella.

Eso parece, espero que sí. Tengo tan mala suerte...

A mí me parece que se ha visto atrapado en esa situación, pero que ahora está siendo muy resolutivo.

Sí, tiene ganas de hacer las cosas bien y de ser sincero.

Podemos hacer una cena algún día en el piso con Ignacio, ¿qué te parece?

Puede ser divertido. Lo hablamos. Te dejo: mi madre me reclama.

Dejó de estar en línea y sonreí. Me alegraba que lo de Ignacio avanzara por buen camino porque con lo de su padre ya tenía suficiente pena. No le había preguntado nada, aunque cada vez que charlaba con ella me daban ganas de decirle lo mismo: ¿Os ha pegado? Supuse que, estando su hermano al caer, su padre se habría aguantado las ganas. Menudo capullo...

Nada más entrar en la facultad una chica me dijo que pasara por administración porque había problemas con algunos de los créditos de libre elección. En cuanto me personé allí y le dije a la secretaria mi nombre, me entregó un sobre que no tenía remitente.

¿Un sobre en blanco?

Lo abrí pensando que tendría que ver con los créditos, pero allí dentro había un par de fotos. Las saqué sin entender de qué iba aquello y cuando vi el coche de Antxon destrozado con la parte delantera casi debajo del camión, tuve que sujetarme en una de las paredes.

—Pero... ¿qué coño...? Joderrr.

Cerré los ojos ante esa imagen. Era algo que no había visto nunca porque había evitado mirar fotos, noticias o cualquier cosa relacionada con nuestro accidente. Yo quería recordar a mi hermano como era y aquella foto me daba una vaga idea del estado en el que había quedado.

Había otra foto.

«No la mires, Alexia.»

¿Quién no hubiera mirado? Aun sabiendo que dolería.

Era Antxon sonriendo a la cámara, el día de la fiesta, su último día de vida. Esa foto la tenía yo... en mi cuaderno. ¿Quién tenía acceso a todo aquello? Lo miré con lágrimas en los ojos y alcé la vista hacia el techo para evitar ponerme a llorar como una desconsolada en medio de la facultad. Y entonces una nota en el tablón de anuncios me llamó la atención: «Si tú me dañas, yo te daño, multiplicado por mil».

¡Joder! Aquello iba por mí. Estaba segura. Cogí el papel para comparar la caligrafía con la nota que había encontrado días atrás en la puerta, pero estaba claro que el mensajero era el mismo. O más bien dicho, las mensajeras. Busqué a aquella chica que me había indicado que debía pasar por administración, pero no la vi, podía ser alguien de cualquier facultad, alguien a quien no viera nunca más.

—¿Qué hace escondida la chica más guapa del planeta?

Al oír la voz de Max di un respingo y él se rio, pero cuando me di la vuelta y vio mis ojos se calló de repente.

—¿Qué te pasa?

Eché un vistazo a mi alrededor buscando a alguien que estuviera observándome.

—Nada, me ha dado un pequeño mareo —le dije intentando sonreír.

Era hora de ir a clase y no quería perderme la de Baggio, ese profesor no se andaba con tonterías.

Nada más sentarme al lado de Max miré el móvil. ¿Y Lea? Ni me había leído ni había aparecido por allí. Tampoco había visto a Adri, así que quizá estaban juntos...

¡Hola, Adri! ¿Sabes algo de Lea? No ha cogido el bus y en el WhatsApp no me contesta.

Esperé un par de minutos y cuando iba a cerrar la aplicación Adri empezó a escribir.

¡Hola! La tengo secuestrada, perdona, pero ayer grabamos muchos vídeos guarrillos y se ha quedado sin batería, jajaja.

No necesito detalles, jajaja. Dile que me llame cuando pueda para saber que no la tienes en un congelador cortada a trocitos.

Ves muchas pelis, Alexia.

«No tantas, Adri, no tantas.»

Dice Lea que la perdones, que no ha pensado en decirte nada. Ahora mismo pone el móvil a cargar y en menos de una hora salimos de mi casa.

No pasa nada, dile que los apuntes le van a costar cien euros.

Jajaja, petarda, yo también te quiero.

Le mandé un beso y guardé el móvil antes de que el profesor acabara pillándome.

—Señorita Suil, ¿puede repetir lo que hemos estado hablando?

¡Mierda!

Max, Estrella y yo entramos riendo en la cafetería y entonces sonó mi teléfono: era Lea.

—¿Qué tal, petarda? Cuando hay sexo de por medio te olvidas del mundo, ¿eh?

—Alexia... —Su voz temblorosa me puso en alerta.

—¿Qué pasa? —pregunté saliendo de la cafetería porque había demasiado ruido.

La escuché llorar y me puse más nerviosa.

—¡Lea! ¿Qué ocurre? ¿Estás bien?

—Está muerto...

—¿Cómo? ¿Qué dices, Lea?

—Está... muerto...

Se me aceleró el corazón al pensar en Adri. ¿Qué había ocurrido? ¿Un accidente? Seguro... joder... seguro que sí.

«Estabilicen el vehículo...»

«Hay un cuerpo, procedemos a la apertura de huecos...»

«Cortamos bisagras...»

«Atrapamiento con el salpicadero, ¿están preparados los sanitarios?...»

«Primero la chica...»

Antxon apareció en mi mente y no pude soportar tanta presión. Max me cogió antes de que cayera al suelo y lo último que vi fue el techo de láminas blancas del pasillo de la facultad.

43

Desperté bajo unos focos potentes de luz. ¿Estaba en un sueño?

—Alexia...

Oí a alguien como si estuviera tras un cristal. ¿Era Lea?

—¿Y Adri?

No respondió al instante y me temí lo peor.

—Ha tenido un accidente de coche, ¿verdad?

—No han podido salvarlo.

—No, no, no...

Lloré sintiendo que se me partía el corazón. ¿Era yo? ¿Quien se acercaba a mí acababa muerto en un accidente?

—¿Estoy maldita? —pregunté casi gritando.

—Alexia...

—¡Dime! ¿Lo estoy?

—No...

—No se preocupe, está soñando...

¿Aquella voz aguda me hablaba a mí?

Abrí los ojos de golpe, como si fuera la única manera de volver al mundo real.

—¿Lo ve? Ya la tenemos aquí.

Una enfermera con una nariz enorme me estaba mirando con simpatía tras sus gafas.

—Necesito ver a Natalia —le dije a Lea por quinta vez mientras salíamos del hospital.

—Alexia, necesitas descansar, no seas tan cabezota. La llamamos y mañana la vamos a ver. Lo entenderá perfectamente.

—No voy a poder descansar así, ya lo sabes.

—Lo tuyo es increíble, no obedeces ni a los médicos. Está bien, pasamos a verla un momento.

Lea abrió la puerta del taxi y le sonreí con cariño. Quería estar con Natalia, aunque solo fuese unos minutos, quería ver con mis propios ojos cómo estaba tras la muerte de su padre.

Por lo visto, Natalia había llamado a Lea para que acudiera a su casa *ipso facto*. Al entrar, Lea vio al padre de Natalia en el sofá con la cabeza hacia un lado, con los ojos abiertos y totalmente inmóvil. Su madre no dejaba de llorar en una esquina y Natalia tenía una escoba en la mano y el móvil en la otra cuando le abrió la puerta. Lea lo tuvo claro: nuestra amiga había terminado con la vida de su padre.

—¿Natalia? ¿Qué ha... pasado?

Ella no respondía. Estaba paralizada con la mirada fija en su padre.

—¿Natalia?

—No... no lo sé —acabó respondiendo ella.

Lea llamó a la ambulancia, no estaba segura de que el padre de Natalia estuviera muerto, pero, fuera lo que fuese, no podían quedarse las tres mirándolo y sin reaccionar.

Afortunadamente, la realidad fue otra y Natalia nos lo explicó en su habitación mientras su hermano se encargaba de todo.

—Mi madre y yo hemos bajado a coger cuatro cosas del súper. Cuando hemos entrado en casa he ido a la cocina para guardar la compra y de repente he oído a mi madre gritando como nunca. He pensado que mi padre estaba atacándola o algo parecido y he cogido la escoba, que era lo primero que tenía a mano.

Lea cogió la mano de Natalia y ella nos miró esperando que la juzgáramos, pero al ver que no era así continuó explicándonos lo que había sucedido.

—Cuando he visto a mi padre en el sofá, con la mirada fija y mi madre cogiendo su cabeza intentando que la mirara..., no he sabido qué hacer. No acababa de entender qué había sucedido y lo único que he sido capaz de hacer ha sido llamarte —dijo mirando a Lea.

—Es lógico, Natalia —le contestó ella—. Es una situación que no te esperas y cuesta de asimilar. Yo he llamado a Alexia y le he dado un susto de muerte. —Su otra mano cogió la mía.

Le hice un gesto indicándole que no pasaba nada.

—Los médicos han dicho que ese ataque al corazón era de esperar. Tanto beber y fumar, y con la edad que tenía —dijo Natalia casi para sí misma.

Ninguna de las dos le dijimos que lo sentíamos porque no era cierto. Aquel hombre había tenido el final que se merecía.

—¿Cómo estás tú? —le pregunté intentando cambiar de tema.

—¿Yo? Bien...

—No te culpes por nada —le dije con seguridad, sabiendo qué tipo de pensamientos habían pasado por la cabeza de Natalia.

Los mismos que los míos con mi madre. La odiaba, era cierto. En algunos momentos la hubiera tirado por las escaleras, pero de pensarlo a hacerlo... había un mundo. No era lo mismo, no. Y por ello Natalia no debía fustigarse.

—Una vez mi abuela me dijo que fuera con cuidado con lo que deseaba. —Natalia empezó a llorar y ambas la abrazamos sintiendo su pena.

Su padre no era digno de esas lágrimas, pero era lógico que Natalia llorara su muerte.

La dejamos descansando en su cama. Al despedirnos le repetimos mil veces que nos llamara si nos necesitaba, aunque su hermano estaba ahí y sabíamos que se apoyaría en él. Quedamos en que estaríamos cerca de ella en el entierro y que no la dejaríamos ni a sol ni a sombra.

—Alexia, tú también deberías descansar —me indicó Lea muy seria—. Siento haberte asustado —me dijo una vez más—. Soy muy impresionable y ver a su padre muerto...

—Nada, no pasa nada. Yo también siento haberte asustado.

Lea había ido al hospital tras decirle a Natalia lo que me había pasado. La pobre habría querido tener una doble en ese instante. Natalia la instó a irse, ya que su hermano acababa de llegar en ese momento y se hizo cargo de la situación.

—Joder, cuando Max me ha dicho que estabas inconsciente casi me da algo. Me vais a matar de un susto.

Nos dimos un abrazo sincero y nos separamos para dirigirnos a nuestras casas.

Una vez que estuve en el piso, me preparé una infusión y me duché para quitarme ese olor a hospital que llevaba encima. Después de beberme el poleo calentito me metí en la cama y cerré los ojos. Me costó dormirme porque, a pesar de que la gente que me rodeaba se preocupaba por mí, me seguía sintiendo sola.

Me faltaba mi padre, cada vez lo veía más claro. Si mi madre hubiera sido de otro modo...

En ese momento, como si supiera que pensaba en ella, apareció su nombre en mi teléfono: Alexia. Lo de «mamá» sobraba y lo había borrado.

—Estarás contenta —me acusó sin saludar.

—Si lo dices porque te he perdido de vista, muchísimo. Parezco Alicia en el país de las maravillas —respondí con una ironía palpable mientras me incorporaba en la cama.

—Ya sabes de qué hablo. De Joaquín.

¿Habían roto? ¿Había hablado Thiago con su padre por fin?

—¿Joaquín? No me suena de nada ese nombre. ¿Quién es? ¿Un nuevo cliente? ¿O le has puesto ese nombre a un nuevo gato?

Mi madre calló y yo me enorgullecí de mi temple. Podía haberle gritado como una loca diciéndole que era una hija de puta, pero ahí estaba yo, dominando la situación. Sabía que eso le jodería mucho más.

—Sí, mujer. Es el padre del chico que te follabas.

—¡Ah! Ya caigo. El hombre al que ya no te tiras, vale.

Lo dije para corroborar mis sospechas y por lo visto acerté de lleno.

—Si crees que vas a salir ganando en esta partida, lo llevas claro. Nunca pierdo.

«¡Que te den!», pensé.

—Fíjate, si pareces una de las pijas. ¿No serás la presidenta de ese club de chaladas?

Mi madre no tenía ni idea de qué le hablaba, pero me pareció una idea de lo más verosímil. Ellas y mi madre eran igual de imbéciles.

—No soy yo la que grito como una loca por las noches ni la que sigue llorando a un hermano postizo. ¿Qué tal en el piso? Tengo entendido que suben muchos chicos.

«Gilipollas...»

—No voy a explicarte mi vida, ya no eres nadie para mí. Y gracias por la llamada, me encanta saber que te has quedado sin amante. ¿Encontrarás otro? Lo dudo. A ver quién te aguanta a ti. Estoy segura de que, tras esos polvos, solo había un interés por parte de Joaquín. Pero vamos, no me sorprende. Papá también te dejó, ¿verdad?

—Me dejó por tu culpa.

¿Era por eso por lo que me odiaba tanto?

Mi madre colgó tan de repente que tuve que apartar el móvil de mi oído.

—Chica, qué susceptible —dije poniendo una mueca que me hizo reír.

Acabé durmiendo, pero las pesadillas cada vez eran más reales. A menudo veía en sueños a Thiago y Antxon, pero ahora también se había incorporado Adri y el susto de pensar que se había muerto.

Me levanté cansada y de mal humor, pero aguanté el tipo en la facultad. Parecía que todo el mundo estaba contento menos yo; menos yo y menos Thiago, porque él seguía con sus miradas de hielo.

Recibí su respuesta a mi mensaje en la segunda clase del día. Me sorprendió porque ya no esperaba ninguna réplica de su parte.

No tengo miedo de que me muerdan la lengua, no es venenosa. ¿Podemos decir lo mismo de la tuya?

«Qué ingenioso...»

Me había leído hacía horas, pero por lo visto no le había apetecido responder hasta entonces. Leí el mensaje con ganas de replicarle inmediatamente, pero decidí hacer lo mismo que él: ya le contestaría más tarde.

En el entierro del padre de Natalia, oficiado a primera hora de la tarde, estuvimos al lado de nuestra amiga, pero nos mantuvimos en un segundo plano, ya que estaban sus dos hermanos, con sus respectivas parejas, arropando a Natalia y a su madre en todo momento.

Me sorprendió ver a Ignacio cuando salimos de la iglesia, pero me agradó que estuviera ahí. Cuando cruzaron una mirada entre ellos, un brillo especial apareció en los ojos de Natalia. Él la miraba casi con devoción e intuí que de allí surgirían sentimientos reales entre ellos, si es que no los había ya. Dejar a tu mujer y emprender un nuevo viaje era complicado.

Afortunadamente, no tenían hijos y todo era mucho más sencillo. Los niños siempre eran los perjudicados; yo era un claro ejemplo. No había entendido jamás que mi madre no me quisiera y era un peso que no me quitaría en la vida. Por mucho que supiera que ella era mala persona no podía evitar querer tener una madre que me besara por las noches y que me arropara con alguna canción de esas que se inventaban las madres y que tanto adoraban sus hijos.

Había tenido a mi padre que me había querido por dos, pero hubiera sido menos duro tener una madre muerta que esa que tenía en vida. Después de todo lo que me había hecho con el tema de la carta, se atrevía a llamarme para acusarme de haber roto la relación con su amante. ¿Qué esperaba? Quizá creía que la temía, pero no era así, mi madre no tenía ni idea de lo fuerte que yo podía ser. Todos aquellos viajes con mi padre, conocer países lejanos y extraños, tratar con gente tan distinta, vivir otras culturas... me había convertido en una persona curtida, de mente abierta y muy segura. No me achantaría ante sus estúpidas amenazas, ni las de ella ni las de cualquier idiota. Podía llorar, pero era de rabia, nunca de miedo.

—Lea...

Ambas nos volvimos al oír que Adri la llamaba. Thiago estaba a su lado.

—Adri...

—¿Qué tal está Natalia?

Thiago y yo nos miramos un segundo, pero desviamos la mirada hacia el lado contrario.

—Está bastante bien, es fuerte —le contestó Lea.

—Alexia, ¿y tú? ¿Estás bien?

Me sorprendió la pregunta porque esa mañana ya me lo había preguntado.

—Sí, sí...

—Fue la impresión de pensar que estabas muerto —añadió Lea.

Thiago nos miraba atento y con el ceño fruncido. ¿No lo sabía? Era raro que Adri no se lo hubiera explicado todo porque hablaba por los codos y era su informador principal.

—Ayer llamé a Alexia cuando me encontré al padre de Natalia muerto y... ¿No le has dicho nada? —le preguntó Lea a Adri.

—No, quedamos en que... —titubeó él.

—En que no me diría nada —acabó Thiago con gravedad—. No quiero perder a Adri también.

Nuestros ojos se encontraron y por un momento me sentí la mala de la película. ¿Era así? ¿Era la malvada que lo separaba de sus amigos? Joder, ya no sabía qué pensar.

—Vale, lo entiendo, pero a ver... ¿Si a Alexia le pasa algo no se lo dirás? No creo que esa sea la solución. Ayer estuvo en el hospital y...

—¿En el hospital? —me preguntó Thiago.

—No fue nada —respondí de malas maneras.

Odiaba que me tuvieran lástima, y él lo sabía. Habíamos hablado largo y tendido de la herida de mi pierna y de cómo me hacía sentir esa jodida cicatriz. No me gustaban las miradas de pena. Durante mi hospitalización había tenido que ver demasiadas.

—No, porque Max te cogió antes de que tu cabeza diera con el suelo, lista —me replicó Lea un poco picada por todo.

—Bueno, estoy bien y ahora mismo es Natalia quien nos necesita —le dije intentando calmarla.

Que Thiago y Adri hubieran llegado al acuerdo de no hablar sobre mi persona le había molestado más a ella que a mí. En parte lo entendía. Los tíos son muy simples, tanto que a veces solucionan las cosas arrancándolas de cuajo. ¿Que esta mano me molesta? Pues me la corto. Vale, vale, es un decir, pero no voy desencaminada.

44

LETICIA

No soportaba ver a Adrián como un perro tras aquella rubia. Ni siquiera para su cumpleaños había podido convencerlo de que esa chica no le convenía. Adrián era un hueso duro de roer cuando se le metía algo en la cabeza, y yo empezaba a estar harta de ver cómo perdía el tiempo con ella. ¿No se daba cuenta de que esa tía no era más que una perdedora?

Le había enviado algunos mensajes, uno de ellos con un bicho incluido, pero no se daba por enterada. O no tenía miedo o era tonta, probablemente lo segundo. Quizá debería usar alguno de los trucos que sabía que había utilizado mi madre para asustar a alguna de las amantes de mi padre.

Él era un calzonazos y no sabía quitárselas de encima, así que era mi madre quien se encargaba de hacerlo cuando ya llevaban demasiados meses calentándole la cama. Mi madre siempre decía que había tías que habían nacido para follar y otras para ser la esposa de alguien importante.

Estaba claro en qué grupo me situaba yo y en cuál se situaba Lea. No había color.

Yo siempre me había fijado en mi madre y para mí era un modelo que seguir.

Me encantó cuando le mandó unas flores a una de las amantes de mi padre. Era alérgica al polen y casi la manda al otro barrio.

También fue muy divertido cuando le jodió los frenos del coche a la vecina. Hacía unos meses que se tiraba a mi padre y mi madre empezaba a estar harta de ver su cara de estirada. Su coche se estrelló contra uno de los árboles de la urbanización y acabaron vendiendo la casa.

Bueno, Lea no era alérgica a nada que yo supiera. Tampoco tenía coche, aunque sí conducía. Pero podía buscar sus puntos débiles, eso era lo que había aprendido de mi madre. ¿Y cuáles eran? Adrián era uno, pero no iba a dañar a mi propio chico, por supuesto. Otros podían ser Natalia o Alexia, no lo iba a descartar como posibilidad.

Adrián había tomado una mala decisión y, la verdad, me cogió por sorpresa que decidiera dejarme. Supuse que aquella chica le había comido la cabeza porque estaba distinto.

Pero conozco a mi chico como la palma de mi mano y sé que, en cuanto me ponga a tiro, volverá a mí.

45

Después del entierro fui a LOFT para trabajar unas horas. Lidia me esperaba con los brazos abiertos y la ayudé en todo lo que pude hasta que apareció Marco y me obligó a tomar un café con él, sí o sí. Bajamos a la cafetería que había enfrente y pedimos un café largo los dos.

—¿Qué tal todo? —preguntó una vez nos acomodamos en los taburetes de la barra.

—Pues todavía me quedan un par de horas de trabajo, pero bien... —Tomé la taza y le di un sorbo al café—. ¿Y tú qué?

—¿Yo? Pues como siempre, no me quejo —dijo señalando su cuerpo de bombero—. Pero... ¿qué te pasó a ti ayer?

Lo miré arrugando la frente. ¿Cómo lo sabía?

—He pasado esta mañana por tu facultad, tenía que ir a por unos papeles, y he tropezado con una de tus amigas... ¿Estrella? —Afirmé con la cabeza—. Le he preguntado por ti y me ha dicho que ya te habías ido.

—Es un poco largo de explicar...

—¿Quieres cenar esta noche en mi casa y charlamos tranquilamente?

Lo miré sopesando su invitación. ¿Por qué no?

—Hecho.

—Trae el pijama —soltó rápidamente.

—No uso —le repliqué aguantándome la risa al ver su cara.

—Jodidas milenials —murmuró poniendo los ojos en blanco.

—A los viejos los espera la muerte a la puerta de su casa; a los jóvenes los espera en acecho.

Marco me miró sorprendido.

—Joder, Alexia, cenamos en tu casa. No se hable más.

Nos reímos a carcajada limpia, tanto que tuvimos que limpiarnos las lágrimas de la risa mientras regresábamos a la oficina. Con Marco las risas estaban aseguradas; me encantaba estar con él. A pesar de que nos habíamos acostado juntos, entre nosotros todo seguía igual o mejor. Nada como tener a un tío algo más mayor como amigo, sin complicaciones, sin historias raras y sin malos rollos.

Al salir de la oficina me dirigí directamente a casa de Natalia. Sabía que Lea había estado allí y yo también quise verla un rato antes de ir al piso. La encontré bastante entera y a su madre también.

—Hemos hablado con mis hermanos —me soltó de repente.

—¿Tu madre y tú?

—Sí, las dos. Yo le he dicho a mi madre que no podíamos mentir más, ya no tenía sentido, ¿verdad? Ha accedido y mis hermanos han alucinado. Mi madre lo ha suavizado un poco, pero creo que no la han creído del todo.

—¿Se han mosqueado?

—No, me parece que con lo que hemos pasado saben que ya hemos tenido suficiente castigo. Han estado al lado de mi madre como una sombra y conmigo están supercariñosos.

—Si es que tus hermanos son unos soles.

—Sí, quizá debería haberte escuchado antes, Alexia. Sé que lo decías por nuestro bien.

—Entiendo que estando en esa situación todo es más complicado, pero me jodía tanto saber que no podía ayudarte.

—Te quiero mucho, ¿lo sabes?

Nos miramos con cariño porque era algo que nos decíamos pocas veces.

—Y yo a ti, petarda —le dije abrazándola.

—¿Tú estás bien? Estos días he estado un poco ausente de vuestras vidas.

—No te preocupes, Lea y yo estamos perfectamente bien.

—La he visto un poco intranquila, ¿tú no?

—¿Qué quieres decir? —pregunté sin entenderla.

—Cuando entró ayer aquí, se hizo cargo de la situación sin pensarlo y llamó rápidamente a la ambulancia. Yo estaba bloqueada, la verdad, pero ella nos llevó a mi madre y a mí a la cocina, para que nos sentáramos y dejáramos de ver a mi padre. Al momento recibió una llamada y se quedó blanca. No le dije nada, pero pensé que no era una llamada agradable por la cara que puso. Después te llamó a ti y te contó lo de mi padre como si lo estuviera viendo delante de ella...

—¿Y no sabes quién la llamó?

—No..., yo estaba...

—Ya, tranquila. Es normal.

¿Quién habría hecho esa llamada? ¿Y qué le habría dicho?

—Esta tarde, cuando ha venido por aquí a verme, la he visto nerviosa. Por eso te preguntaba.

—Pues no sé, a mí no me ha dicho nada. Sé que con Adri las cosas están muy bien y que las notas le van de maravilla. Quizá todo esto la ha alterado un poco.

—Sí, supongo que tienes razón. Lo de mi padre, así de repente, es muy fuerte.

La miré pensando que ya hablaba de él como si hiciera tiempo que estuviera muerto. Supuse que era lo lógico si apenas sentía afecto por él. ¿Cómo puedes querer a alguien que te pega y que te hace llorar constantemente?

—De todos modos, lo comentaré con ella, ya sabes que para Lea es más difícil callar que hablar.

Marco llegó puntual a mi piso. Entre los dos preparamos la cena con todo lo que había traído él y nos sentamos a la mesa para disfrutar de una conversación ligera hasta que me instó a hablar de mi desmayo.

No quise explicarle todo lo que me había ocurrido con Thiago, la carta y mi madre porque no quería meterlo en ese lío, así que le dije que desde el accidente yo andaba algo floja. No era mentira porque dormía bastante mal y eso me hacía flaquear ante algunas situaciones. Esos mareos y esos pequeños ataques de ansiedad se debían a que no descansaba lo suficiente. Pero las pesadillas ya eran parte de mi vida diaria y lo de caer redonda tras la impresión de pensar que Adri había muerto no era tan extraño.

—Y... perdona que me meta, pero ¿te ha visto algún profesional?

—¿Te refieres a un psicólogo?

—Sí.

—No, mi madre insistió al principio, pero me negué siempre.

—¿Y eso? —preguntó con interés.

Lo miré seria, pensando si le decía la verdad o no.

—Cuando era pequeña y pasábamos por Madrid, yo iba a ver a mi madre a su oficina. Nos veíamos muy poco, pero aun así en una de aquellas ocasiones me dejó sola en su despacho porque tenía que hablar con su psicólogo.

Hice una pausa para coger aire.

—Al final decidí salir a buscarla porque me estaba aburriendo y ya me había terminado la piruleta que me había dado su secretaria. Me pareció oírla en la sala contigua y abrí la puerta despacio. Vi a un señor empujando a mi madre encima de una mesa y abrí mucho los ojos un poco asustada porque pensaba que aquel hombre le estaba haciendo daño.

Tragué saliva al recordar aquel episodio.

—Solo tenía cinco años.

—No me lo expliques si no quieres...

—Me vio y su cara se transformó en la de una bruja. Me gritó de tal manera que me fui corriendo de allí. Cuando llegué a su despacho sentí que algo mojado caía entre mis piernas. Me había hecho pipí del susto.

—Y tuviste pesadillas con ella.

—Sí, más de una vez. Pesadillas con mi propia madre, ¿te lo puedes creer?

—Qué jodido.

—Lo tengo superado —le dije intentando quitarle importancia ante su cara de asombro—. Pero entenderás que no me apetece ir a un psicólogo, aquello se me quedó grabado en la cabeza para siempre.

Me miró sonriendo de repente.

—¿Qué? —pregunté extrañada.

—¿Estás segura de que eres hija de esa mujer?

Le devolví la sonrisa.

—Nos parecemos físicamente, aunque en poco más.

—También te pareces a tu padre —dijo con rapidez—. Cuando habláis, gesticuláis del mismo modo.

—Es verdad, tengo más de él que de ella, afortunadamente.

—Tú eres única, Alexia.

Su tono grave me sorprendió y un silencio raro se instaló entre nosotros.

—¿Postre? —preguntó levantándose de golpe.

—¿También has traído postre?

—Yo soy el postre, muñeca —dijo enseñándome su estómago liso.

Me reí porque volvía a ser Marco, el ligón, diciendo sus tonterías habituales.

Más tarde nos sentamos en el sofá y empezamos a ver la segunda parte de *Por trece razones*. Mientras veíamos el capítulo íbamos comentándolo. Marco pensaba que esos adolescentes exageraban las cosas y yo los justificaba diciéndole que eran mucho más jóvenes y que realmente había gente por el mundo que lo veía todo blanco o negro. O estás conmigo o contra mí.

Como Thiago y yo en esos momentos. ¿No estábamos demasiado enfadados? Si realmente pasábamos el uno del otro, como intentábamos demostrar, ¿por qué seguíamos tan cabreados?

Decidí responder su mensaje en ese momento y me fui al baño para escribirle.

—No pongas pausa, ahora vuelvo —le dije a Marco.

Mi lengua no es venenosa, si lo fuera estarías muerto.

Recordé esos mordisquitos que me daba en los labios y en la lengua y cerré los ojos unos segundos. Una calentura recorrió mi cuerpo y me reñí por estar sentada en la taza del váter pensando en Thiago de ese modo. Marco estaba en el salón, joder.

¿Quieres ponerme caliente, novata?

Uno ola de calor subió hasta mis mejillas al leerlo y al saber que estaba en línea.

Más quisieras, pijo.

Ahora que te van los mayores quizá podrías enseñarme un par de cosas.

Me mordí los labios de deseo. Me ponía caliente, no lo podía evitar. A pesar de que lo habría mandado a la mierda si lo hubiera tenido delante.

Que te las enseñe tu amiga, pero que no me llame, gracias.

¿Por qué? ¿Te pondrías celosa?

Qué cabrón... No se cortaba un pelo.

¿Celosa de algo que no tiene? Estás con ella por pena.

Tardó unos segundos en responder y supe que estaba pensando la respuesta. Ahora me llegarían los fuegos artificiales, seguro.

No, no te equivoques. Estoy con ella para olvidar a otra.

Resoplé al leer sus palabras y no supe cómo tomármelo.
«Siempre es mejor atacar que defenderse...»

Pues que tengas suerte, pijo. Hay cosas que uno jamás olvida y hay personas que siempre se quedan ahí.

Personas y sentimientos.

Vaya, habíamos pasado de los insultos a... ¿a qué? Thiago empezaba a liarme como hacía al principio, cuando lo conocí.

Como no respondí, me envió un enlace de una canción: «Mayores» de Becky G. and Bud Bunny. Sonreí y busqué el enlace de «Without Me» de Eminem. No había color porque a los dos nos encantaba Eminem.

Porque se siente muy vacío sin mí. Alexia, 1–Yo, 0

Me reí porque ese comentario era muy propio de mí y él lo había usado con alevosía.

Pero quiero la revancha.

Cuando quieras, pijo.

Salí del baño con una sonrisa en la cara. A veces se me olvidaba que estaba enfadada con él de verdad... y por lo visto a él también.

46

Aquella noche Marco y yo nos acostamos juntos una vez más, pero mi cabeza estaba pensando en otro. No pude evitar pensar en aquel intercambio de mensajes y al final me di una hostia mental recordándome que Thiago estaba con otra chica que no era yo. ¿Qué hacía pensando en él de nuevo? Había decidido olvidarlo y esa no era la mejor manera.

Además, ¿y Marco? ¿Se merecía que yo tuviera esa clase de pensamientos? Vale, no éramos pareja ni había compromiso de por medio, pero él era lo suficientemente sincero como para decirme que no buscara en él un novio tradicional. ¿No podía ser yo también igual de sincera? Me dije a mí misma que no volvería a pasar.

—¿Te llevo a la uni? —preguntó Marco al salir de la ducha.

Yo estaba semidesnuda mirando qué ropa ponerme.

—No hace falta, muchas gracias. Además, he quedado con Lea.

—Me va de paso, no me importa. Puedo llevaros a las dos. Tengo una reunión cerca de tu facultad para hablar de un posible negocio con una empresa italiana.

—¿Seguro que te va bien?

—Segurísimo, muñeca.

Marco preparó el café en la Nespresso y yo terminé de vestirme. Busqué mi pintalabios rojo favorito y me maquillé a conciencia. Me sentía bien, muy bien, a decir verdad.

Recogimos a Lea y Marco nos dejó en la misma puerta de la facultad. Nos habíamos ahorrado las paradas del bus y habíamos llegado diez minutos antes. Al salir le guiñé un ojo y él me tiró un beso como si fuera un crío. Nos reímos y Lea y yo anduvimos hacia la facultad.

—Lo tienes en el bote —dijo sonriendo.

—Sí, claro, creo que está pensando en pedirme la mano.

—¿Te imaginas?

Nos miramos las dos arrugando la nariz y nos echamos a reír escandalosamente. No había nada más lejos en nuestros planes que eso. Eso y tener hijos, claro.

—¿Que son tantas risas, guapas? —Adri se colocó a nuestro lado y lo miramos sonriendo.

A su vera estaba Thiago, quien, como siempre, aparecía como un fantasma.

—Morenito, hablábamos de Marco. Nos ha traído en su coche y...

Lea calló de repente al darse cuenta de que hablaba más de la cuenta.

—Ya —la interrumpió Adri un poco incómodo.

Los dos habían sacado la conclusión correcta: Marco había pasado la noche conmigo.

—Que somos adultos, ¿eh? —les dije a ambos intentando relajar el ambiente.

—Unos más que otros —soltó Thiago entornando sus ojos verdes.

—¿Lo dices por ti? —le repliqué colocándome a su lado.

Thiago me miró desde su altura y sus ojos se fijaron en mi escote.

—¿Te encerraste en el baño para ponerme caliente?

—¿Te puse caliente? —le pregunté aleteando mis pestañas como si quisiera llevármelo a la cama en ese momento.

—Alexia... —Su tono de aviso me hizo reír en mi cabeza.

—Mira, Thiago, no nos soportamos, estamos enfadados y está claro que entre nosotros está todo acabado. Pero voy a pedirte algo.

—¿Qué?

Lea y Adri se habían adelantado unos pasos. Los miré y vi que estaban riendo y besándose.

—¿Los ves? —le pregunté señalando a nuestros amigos—. Vamos a procurar que no les salpique a ellos. Esto es entre tú y yo.

—Entre tú y yo —repitió mirando de nuevo mi escote.

—¿Qué miras tanto? —le pregunté alzando las cejas.

«Como si no hubiera visto nunca una camiseta con escote...»

Me daba la impresión de que llevaba uno de esos disfraces diminutos de enfermera cachonda.

—¿Yo? Nada, novata.

Sí, claro, eran imaginaciones mías.

—De acuerdo —dijo de repente.

—¿De acuerdo qué?

—Que esto quede entre tú y yo. No quiero joder a Adri ni hacer que se sienta mal.

—Son nuestros amigos, así que tendremos que fastidiarnos o mordernos la lengua.

—¿Otra vez la lengua? —preguntó con ironía.

Puse los ojos en blanco y me adelanté un paso. Pero Thiago se colocó de nuevo a mi lado.

—¿Así que ahora Marco te hace de taxista?

—Lo que no entiendo es por qué no recoges tú a tu amiga, te va de paso.

—Le gusta venir con su Mini. Y no hemos dormido juntos.

—Nosotros tampoco hemos dormido mucho —le dije antes de irme con los de mi clase.

—¡Alexia!

Me volví para ver qué quería.

Me mostró dos dedos y levantó su brazo en cabestrillo con el puño cerrado. Dos a cero. Iba ganando yo.

—¡Pero quiero la revancha!

Sonreí y me reuní con Max y los demás.

¿Me lo parecía a mí o Thiago y yo habíamos empezado a jugar el uno con el otro otra vez?

—¿Ya sois amiguitos? —Lea se colocó a mi lado y subimos juntas hacia clase.

—No sé de quién me hablas —respondí mirándola de reojo y medio sonriendo.

Aquel pique con Thiago había sido distinto. Los mensajes de la noche anterior ya habían sido distintos. ¿Qué había cambiado? Quizá con el tiempo incluso podríamos hablar como dos personas normales. Con Nacho había ocurrido algo parecido, aunque nuestra historia fue mucho más efímera.

—A mí no me engañas, petarda.

—Ya sabes que me sigue gustando a pesar de... —Lea me miró alzando una de las cejas.

—Eso lo sabemos todos, así como también sabemos que es recíproco. Débora incluida.

—Debe ser por algo relacionado con la química —argumenté entrando en clase.

—Más bien es algo relacionado con vuestra cabezonería. ¿No te has planteado hablar con él como dos personas normales?

—Eh..., eso mismo pensaba hace un momento, pero todavía estamos furiosos y no creo que sirva de nada hablar.

El profesor entró en ese momento y nos rogó silencio.

—Hablar no, un buen polvo quizá lo solucionaba —murmuró Lea.

La miré abriendo los ojos.

—El sexo no lo es todo —le susurré.

—¿Ah, no? Ahora me vas a decir que es el dinero lo que mueve el mundo.

—Señorita Martos... —Ambas miramos al profesor Carmelo sorprendidas—. ¿Podría indicarme, si es usted tan amable, qué es eso tan importante que no puede esperar a que terminemos la clase?

—Profesor Carmelo, Alexia y yo tenemos disparidad de opiniones sobre una idea universal.

—Adelante, Martos, quizá entre todos podamos ayudarlas.

Le di un leve codazo a Lea por hablar más de la cuenta, pero ella continuó a lo suyo.

—Alexia cree que el sexo no lo es todo y yo pienso que el sexo mueve el mundo. Si nos fijamos bien, la sexualidad es el eje del mundo porque es una de las grandes debilidades del hombre. ¿Cuántos hombres poderosos no han perdido el poder por problemas de faldas?

—¡Es verdad! —soltó una chica a la que le encantaba participar en clase—. El sexo lo domina todo, ¿no hay mujeres que lo usan para conseguir lo que quieren?

—¡Mujeres y hombres! —exclamó Max con energía.

—Sí, sí, los hombres también usan su sexualidad como moneda de cambio —añadió Estrella a mi lado.

Lea y yo nos miramos alucinando y observamos que el profesor estaba encantado con el debate.

—Entonces, ¿pensáis que el sexo es poder? —preguntó Carmelo al aire.

—¡Evidentemente! —respondieron varias personas al mismo tiempo.

Durante toda la clase estuvimos hablando de ese tema y fue de lo más interesante. Todo el mundo dio su opinión y, con respeto y buenas formas, debatimos sobre el sexo y su implicación en nuestra sociedad.

Al salir de allí varios compañeros nos felicitaron por provocar aquel debate.

—Nada como el sexo, chicas, ¿os apetece hacer un trío? —exclamó Damián, un compañero de clase, al pasar por nuestro lado.

Lea y yo nos reímos, pero detuve mis risas cuando vi los ojos verdes de Thiago clavados en los míos. Su mirada era fría y supuse que aquel comentario de Damián no le había parecido divertido. Me daba igual porque él y yo ya no éramos nada, pero ¿y si le iba con el cuento a Adri? Se mosquearían por una tontería que fuera de contexto no se entendía.

Decidí mandarle un mensaje.

A veces las cosas no son lo que parecen.

Me volví y lo vi coger el móvil del bolsillo trasero de sus tejanos.

Y otras, en cambio, se ve clarísimo de qué van.

En clase de Carmelo hemos debatido sobre si el sexo mueve o no el mundo. De ahí el comentario de mi compañero.

¿Me estás dando explicaciones por algo en concreto?

No, pijo, no alucines. Es para que no la líes entre Lea y Adri.

Ella siempre mirando por su mejor amiga. Ojalá hubieras hecho lo mismo conmigo. ¿Qué te hace pensar que soy un chivato?

Él siempre echando en cara cosas que ya no tienen sentido. Lo roto, roto está. No le des más vueltas.

—Soy de darle vueltas a todo, novata.

Al oírlo detrás de mí me dio un susto de muerte. Estaba esperando a que Lea saliera del baño.

No quise mirarlo y seguí con la mirada fija en el móvil.

—¿A lo que no te importa también?

—¿Y quién te ha dicho a ti que no me importa?

Su aliento me hacía cosquillas en el pelo y tuve que aguantarme las ganas de volverme. Podía hacer cualquier tontería porque, por lo visto, tenía las hormonas un poco alteradas.

—En mi idioma, cuando alguien te dice que no quiere saber nada más de ti, significa que pasa de ti, que no le importas y que te puedes ir directamente a la mierda.

—Eh..., no sé quién me ha dicho que a veces las cosas no son lo que parecen.

Sonreí para mis adentros y me mordí los labios. ¿Lo mandaba a paseo o... jugaba un poquito con él? Podía quemarme...

Me di la vuelta despacio, con mis ojos fijos en los suyos. Levanté la barbilla con orgullo y alcé una de las cejas.

—Y, en cambio, otras veces se ve clarísimo de qué van, ¿no?

Thiago pasó la lengua por sus labios, despacio, y me quedé mirándolo como una idiota mientras entreabría los míos con una sola idea en la cabeza: «Quiero besarlo».

Él dio un paso atrás y parpadeé al salir de aquel estado de atontamiento.

—Dos a uno, novata.

Sonrió mostrándome sus perfectos dientes y se volvió para seguir su camino.

Joderrr...

47

Al día siguiente Marco me llamó a media mañana para pedirme por favor que fuera a LOFT. Era viernes, pero tenían que responder varios correos electrónicos y una de las chicas estaba indispuesta, así que le dije que contara conmigo aquella tarde.

Estuve trabajando codo a codo con Lidia. Vi a Marco, pero apenas cinco minutos porque estábamos todos saturados de trabajo. Cuando me fui de allí él estaba en una reunión, así que ni siquiera me pude despedir.

Al salir, Lidia me comentó que por la oficina corría el rumor de que Marco estaba colado por una tía de la oficina, por lo visto Merche había oído hablar a nuestro jefe con alguien y aquella información había salido de sus propios labios.

Yo no le dije nada y tampoco le di ninguna importancia porque en la oficina siempre corrían rumores sobre él: que si ese cuerpo de bombero no era normal, que si follaba como los ángeles o que si se había acostado con esta o con la otra. A mí me daba la impresión de que todas esas habladurías divertían a Marco e incluso a veces pensaba que él mismo las creaba. De ese modo nadie sabía la verdad sobre su vida privada porque, por ejemplo, nadie se había percatado de nuestro pequeño rollo ni de que había pasado unos días en Londres con él.

—¿Te llevo? —Marco me gritó desde su coche y me acerqué a él.

—Creía que estabas reunido.

—Me he escapado —dijo riendo ante mi cara de sorprendida—.

Que no, muñeca. Hemos terminado hace unos minutos. ¿Te vas a casa? Vamos, sube que te llevo.

Entré en su coche y nos sonreímos el uno al otro, como siempre.

—¿Qué tal el día? —preguntó incorporándose al tráfico caótico de Madrid.

—Entre Lidia y yo hemos podido terminar todo el trabajo. Juntas formamos un buen equipo.

Marco sonrió, pero no dejó de mirar al frente.

—Y tú ¿qué tal?

—Como cada día, con muchísimo trabajo. Y mañana me voy a Londres.

—¿Vas solo? —pregunté por inercia.

—No, viene Matilde conmigo. ¿Quieres venir tú también? —preguntó bromeando.

—Mejor no provocar chismorreos innecesarios, ¿no crees?

—¿Así que están hablando de mí?

Me reí porque estaba segura de que estaba enterado de todo.

—Un poco.

—¿Bueno o malo?

—De ti siempre bueno, jefe.

—¿Con quién me han liado esta vez? La última fue con la mujer de mi vecino, joder, que tiene setenta años.

Nos reímos los dos con ganas.

—Si es que eres carne de cañón —solté aún riendo.

—Venga, cuéntamelo.

—Dicen que estás pillado por alguien de la oficina.

—Vaya, vaya... ¿Y eso? —preguntó medio sonriendo.

—Alguien te escuchó hablar por teléfono. Las paredes son muy finas... ¿Dijiste su nombre?

Vale, mi vida era mía y podía acostarme con el jefe o no, pero no me gustaba que fueran hablando de mí.

—Creo que te llamé diosa o algo así, no te preocupes.

Nos reímos los dos y como vi que él no le daba bombo dejé de pensar en ello. Probablemente Lidia me hubiera dicho que hablaban de mí.

Cuando salí del coche y lo vi irse, me quedé pensando en todo aquello. ¿Por qué había hablado con su amigo de mí? Eso no se lo había preguntado, aunque, bien pensado, tampoco era tan extraño. Yo también le explicaba cosas de él a Lea.

«Tu hermano era un fraude, como tú.»

Otra nota de aquellas enganchada en el espejo del ascensor. La arranqué con furia y la releí.

—Gilipollas.

Fuera quien fuese ya se cansaría porque aquellos estúpidos mensajes no iban a servir de nada. Si creían que me daban miedo, estaban muy equivocados. Antes de abrir la puerta recibí una llamada de un número desconocido.

—¿Tú eres idiota o solo lo pareces?

—Hermanita...

Me quedé de piedra al escuchar una voz masculina diciéndome aquello. No, no era Antxon...

—¿Te acuerdas cuando nos conocimos en Disney?

Cerré los ojos unos segundos mientras me decía a mí misma que me calmara: «No es él, Alexia».

—¿Recuerdas que te dije que quería tener una hermana con quien poder hablar de chicas?

Lo recordaba perfectamente... Miré el teléfono con pavor y colgué. ¿Quién coño... era? No era su voz, aunque hablaba tan flojo que no podía discernir si lo conocía.

Llamé a Lea nada más entrar en el piso y le expliqué muy cabreada lo de la nota y la llamada. Ella me escuchó atenta y me preguntó si tenía idea de quién podía ser. ¿Leticia? ¿Débora? ¿Gala? ¿O las tres? A saber.

Los putos mensajes y las jodidas notas me removían cosas por dentro, sobre todo cuando hacían referencia a Antxon, pero no me iba a amedrentar, eso lo tenía clarito.

Decidimos salir juntas de marcha y más tarde la pasé a buscar. Nos habían dicho que en Marte organizaban una fiesta ochentera y nos había gustado el plan. Se lo dijimos también a Natalia, pero lo de su padre era demasiado reciente y prefirió quedarse en casa con su madre y sus hermanos. Lo normal, vamos.

—¿Va todo bien o buscas a alguien? —Lea me pasó la bebida.

Estábamos las dos en la barra charlando y era cierto que yo andaba un poco distraída. No dejaba de pensar en aquella absurda llamada que me había puesto la piel de gallina. ¿Era Leticia la artífice de esa llamada? No tenía sentido que supiera tantas cosas de Antxon y de mí, y aún menos de cuando él y yo nos conocimos. Alguien quería joderme a base de bien, pero no lo iba a lograr.

—Estoy bien, no te preocupes. ¿Qué ocurre? —pregunté extrañada al ver que miraba por encima de mi hombro con tanto interés.

—Nada, es Débora...

Me volví para buscar con la mirada a la chalada aquella. Estaba hablando con un tío alto y enorme y parecía que se lo estaba pasando bastante bien con él.

—¿Lo conoces? —le pregunté a Lea.

—Sí, es su camello particular. El que le pasa todas esas mierdas.

—¿Es amigo de Adri? —seguí preguntando.

Si era amigo de Adri, también lo sería de Thiago.

—No, no —respondió sin titubear—. Pero Adri me lo presentó un día porque nos cruzamos con él en una fiesta.

En ese momento empezó a sonar «Voyage, Voyage» de Desireless y Lea y yo comenzamos a cantarla riendo y bailando al mismo tiempo. Nos la sabíamos al dedillo porque a ella le gustaba poner de vez en cuando música de los ochenta. Así que nos olvidamos por completo de Débora y su amigo.

Miré a mi alrededor y por unos momentos me sentí completamente feliz. Tenía a mi mejor amiga al lado. ¿Qué más podía pedir? Parecía que no era mucho, pero para alguien como yo, que nunca había tenido relaciones demasiado estables, aquello era como un tesoro.

«Solo falta mi padre...»

Retiré ese pensamiento de mi mente, era momento de pasármelo bien y de disfrutar de aquella noche.

Sentí que alguien me miraba con intensidad y al volverme vi al chico con el que estaba Débora. Sus ojos se clavaron en los míos y no me gustó nada la lujuria que vi en ellos. ¿Y Débora? La busqué con disimulo, pero no la vi. Aquel tipo no me quitaba la vista de encima, pero pasé de él, ya se cansaría. Lea y yo bailábamos a nuestro aire, disfrutando del ritmo de esa canción.

De repente sentí unas manos en mi cintura y me volví con brusquedad.

—Gatita, no me arañes. —El amiguito de Débora usó un tono sensual que solo me provocó asco.

—Suéltame —le exigí sin miedo.

—Solo quería saber por qué no te conozco. Soy habitual de Marte y no te había visto hasta hoy.

Qué morro le echaban algunos...

—No me conoces porque no tomo drogas —le dije muy suelta.

El tipo soltó una risilla y yo intenté zafarme de esas manos. Lea me miró y le indiqué con un gesto que estaba todo controlado.

—Joder, cómo me ponen las gatitas...

—¿Hablas de Débora?

Me miró sorprendido.

—Vaya, vaya..., me tienes controlado...

—No alucines, no sé ni cómo te llamas. ¿Puedes dejar de sobarme?

—Para ti soy Nando, gatita.

En vez de soltarme, se acercó más a mí y tuve que retirarme hacia atrás.

—Nando. —La voz grave de Thiago lo frenó de golpe.

¿Qué hacía aquí? ¿Habría quedado con Débora? Probablemente.

—Hombre, si eres tú —le dijo aquel tipo con ironía.

—Si no quieres que te rompa la cara, déjala.

—¿No me digas que te follas a este bombón? —soltó retirando sus manos de mi cintura.

Justo entonces sonó «Me cuesta tanto olvidarte» de Mecano y se me formó un nudo en la garganta. Todas aquellas canciones de Mecano me recordaban siempre a Antxon. Y esa en especial, porque cuando la escuchaba tras el accidente pensaba que era muy cierto que no había manera de olvidarlo. Hasta que me di cuenta de que no quería olvidarlo, quería tenerlo siempre en mi cabeza con esa sonrisa que lo caracterizaba.

«Y no me cansé de jurarte que no habrá segunda parte, me cuesta tanto olvidarte...»

—Voy al baño —le dije a Lea huyendo de aquella situación.

Ni me interesaba Nando ni quería darle las gracias a Thiago por querer protegerme. Yo sabía defenderme sola, se lo había dicho un millón de veces, y él estaba con Débora, así que ¿por qué seguía entrometiéndose en mi vida como si fuera mi salvador personal?

—¿Dónde vas, gatita? —La voz de Nando me siguió hasta dentro del baño y cerró la puerta tras de sí.

—¿Qué coño haces? —pregunté entre sorprendida y asustada.

El tío ese me doblaba en tamaño. Era muy alto y bastante ancho de espaldas.

—Quería proponerte algo.

Lo miré sin decir nada. Mejor no provocarlo.

—Tú y yo en cinco minutos en mi coche.

—No —negué con rotundidad.

—¿Estás segura? No se va a enterar nadie. Es que me pones a mil.

Qué gilipollas...

—Me parece genial, pero no quiero nada contigo.

Nando apretó su cuerpo contra el mío y choqué con la pared del baño.

—Si no te vas, empezaré a gritar como una loca —lo amenacé intentando que se apartara de mí, pero no logré mover un centímetro de su cuerpo. En cambio él se acercó aún más.

—No me jodas, gatita...

Su boca buscó la mía, pero me giré a tiempo.

—Me la estás poniendo muy dura...

Su lengua lamió el lóbulo de mi oreja y cerré los ojos de asco. Cogí aire para empezar a gritar, pero su mano apretó mi boca, sin darme opción a decir nada.

Mierda... Estaba a merced de aquel capullo y poco podía hacer. Ni siquiera podía levantar mi rodilla para darle en los huevos porque me tenía completamente atrapada con el peso de su cuerpo.

—¿Vas a colaborar, gatita?

Puso sus labios en los míos y me besó a la fuerza. Se separó de mí y me miró con lascivia.

—¿Te espero en el coche?

Aquel tío iba totalmente colocado, no podía haber otra explicación. No se podía ser tan gilipollas.

—Sí —respondí intentando mantener la calma y no soltarle una bofetada.

—Y de esto ni una palabra al manco. Si no quieres que le dé una paliza, claro.

Nando salió del baño riendo.

—¡Eh! ¿Dónde estabas? —oí que le preguntaba una voz femenina.

—Me he equivocado de baño, joder. Qué puto lío me he hecho.

—¿Vamos?

—¿A follar?

Puse los ojos en blanco. Aquel tío iba más salido que la esquina de una mesa. Dejé de oírlos y salí para refrescarme con un poco de agua. Había tardado más de la cuenta y cuando llegué a la pista me encontré la imagen perfecta para empezar la noche.

Thiago y Débora bailando muy abrazaditos «With or Without You» de U2.

De puta madre.

48

LEA

Las bromitas pesadas se estaban convirtiendo en una molestia importante. Lo del escarabajo había sido asqueroso, pero lo de las notas amenazadoras ya pasaba de castaño oscuro. Eran del mismo tono que las anteriores, pero involucraban a Alexia y a Natalia, lo cual no me parecía nada gracioso. En una de ellas me advertían que no dijera nada a nadie o ellas acabarían pagándolo. Podría haber ignorado aquella nota, como había hecho con las demás, pero la persona que estaba detrás de todo aquello añadió una coletilla al mensaje cuando, al cruzar la calle para dirigirme al centro de mi madre, un coche se saltó el paso de peatones y casi se me lleva por delante. Maldije todos sus huesos hasta que un mensaje de un número desconocido me hizo abrir los ojos como platos:

> Si vas con el rollo a tus amigas, las arrollaré con el coche y no tendrán la misma suerte que tú.

Miré en dirección al coche; ya no lo veía, pero intenté recordar detalles del vehículo. De color gris, no muy grande y... ¿era un Audi? Sí, sí, era un Audi, aunque no podía asegurar del todo si era un A1 o un A3. Pensé en Leticia al momento, pero me extrañó porque sabía que ella no tenía carnet de conducir ni coche. ¿Entonces? Podían ser Gala o Débora, y que Leticia estuviera a su lado. Debería investigarlo sin levantar sospechas.

—Oye, Adri, en tu grupo de amigos..., bueno, exgrupo podríamos decir..., ¿solo conducen los chicos o qué?

—Eh... Pues no, Débora sí conduce. Tiene un Mini muy guapo.

—¿Y Gala y Leticia?

—Ellas no tienen carnet. Alguna vez las he oído hablar del tema, pero creo que prefieren que las lleve su príncipe azul. Vamos, que no tienen mucha prisa en sacárselo. Además, Leticia tira muchas veces de chófer.

—¿Chófer particular? —pregunté alucinando.

—Sí, el chófer de su familia.

—¿Y qué coche tiene?

Adri me miró frunciendo el ceño.

—Es curiosidad... Esto de Pijolandia es flipante, ¿no crees? Seguro que tiene un Rolls-Royce de esos antiguos —dije intentando distraer a Adri.

—¡Qué va! En su casa todos llevan coches de la marca Audi.

¡Bingo! Pero... ¿el chófer intentando atropellarme? Quizá no lo llevaba este tipo, sino cualquier amigo de Leticia dispuesto a asustarme a cambio de a saber qué. Bueno, no podía afirmar que había sido ella, simplemente había visto que el coche era un Audi gris, y de esos había a montones en Madrid. Mi ex, Alberto, tenía ese mismo coche y del mismo color. La vecina del tercero también e incluso el jefe de Alexia, Marco, conducía un A3 de color gris. Debería haberme fijado en la matrícula, pero con el susto encima no pensé más que en mirar si me faltaba algún miembro.

Cuando pillara al capullo, o a la capulla, que me estaba enviando esos mensajes, se iba a enterar. De momento no quería decirles nada a mis amigas porque tampoco solucionaríamos nada, pero tenía claro que fuera quien fuese era muy cobarde. Además, no quería preocupar demasiado a Natalia, porque con lo de su padre ya tenía bastante.

Aquella muerte repentina nos había dejado a todas un poco descolocadas. Cuando vi a Natalia con la escoba en la mano y a su padre con la cabeza de lado, pensé lo peor. ¿Lo había matado? No hubiera sido tan extraño porque las palizas de su padre cada vez iban a más. Llamé a una ambulancia y acto seguido recibí una llamada de un número desconocido. Pensé que quizá eran los de la ambulancia.

—¿Sí?

—Vigila tu espalda, nunca se sabe por dónde pueden caer los cuchillos.

¿Cuchillos? Fuera quien fuese, estaba como una puta cabra y yo ya me estaba cansando de tanta historia.

—¡El cuchillo te lo voy a meter yo a ti por el culo, gilipollas!

Eso era lo que debería haberle dicho, pero me quedé muda al oír sus siguientes palabras.

—Lea, no te voy a avisar más... —Escuché atenta intentando reconocer esa voz masculina—. Si no dejas en paz a Adri, acabarás muerta en una cuneta.

¿Podía alguien odiarme tanto como para hacerme daño a mí y a los míos de verdad? Hasta entonces pensaba que eso solo ocurría en las películas, pero, visto lo visto, debería ir con cuidado.

49

Decidí salir al exterior porque la imagen romántica de aquellos dos me estaba sentando como un tiro. En la calle había gente fumando, charlando o yendo de un pub a otro. La mayoría parecían felices y por un momento pensé que estaba haciendo el gilipollas. Cuando decidí entrar para afrontar el problema, me encontré de nuevo con Nando.

—¿Buscas a tu amiga rubia? —preguntó cerrándome el paso.

—Lo que yo busque no te importa.

—¿Vamos al coche?

—¿Tú eres tonto?

—No te pases un pelo, gatita. Ahora no está tu chico para defenderte.

—Sé defenderme sola, listo.

Estábamos rodeados de gente, así que sabía que no corría peligro.

—Dios..., cómo me pones. Las tías como tú me la ponen bien dura —lo dijo colocando la mano en sus partes íntimas y lo miré con asco.

¿De dónde había salido el troglodita este?

Me volví para rodear al tipo aquel y entrar en Marte, pero en ese momento vi el coche de mi madre. Conducía ella y a su lado iba el padre de Thiago. Genial. Aquellos dos seguían viéndose, porque dudaba que hicieran negocios un sábado a la una de la mañana. ¿Y si venían de una fiesta? No, porque entonces la madre de Thiago también estaría con ellos.

Como siempre, no pensé demasiado antes de actuar y aprovechando que Nando estaba tirándole la caña a otra chica, la llamé.

—¿Hola?

—¿Sabes qué hora es? —preguntó con un enfado contenido.

—Te echaba de menos, ma-má —le dije con ironía.

Estaba en el coche y tenía el manos libres. El eco de nuestras voces me lo corroboraba.

—Sí, claro. ¿Qué quieres? —preguntó con menos frialdad de la habitual.

—¿Estás en casa?

—¿Por qué?

—Porque he perdido las llaves del piso y creo que dejé una copia en uno de los cajones de mi habitación

—No estoy en casa ahora mismo. Llevo en el coche a una amiga a su casa.

—¿Venís del cine? —pregunté por fastidiar más que por otra cosa.

—Venimos de cenar y tomar una copa, pero no creo que sea de tu interés.

«Si esa amiga lleva corbata y se llama Joaquín, sí lo es.»

—¿Qué dices, Lea? —Tapé el auricular de mi móvil unos segundos y volví a hablar con mi madre—. Me quedo en casa de Lea. Ya pasaré mañana.

—Ya miraré yo si están en cuanto llegue, así no es necesario que pases por allí.

Cuanto menos nos viéramos, mejor. Mi madre colgó sin darme opción a decir nada más. Entré en el local sorteando a la gente y localicé a Lea en la barra. Estaba charlando con una chica y en cuanto me vio vino hacia mí.

—¿Dónde te has metido tanto rato?

—Justo al entrar me he tropezado de nuevo con el amigo de Débora. Joder, es como un tonto a las tres.

Lea se rio y justo en ese momento vi a Thiago apoyado en la barra observándonos. Pensé en su padre y en mi madre. ¿Había hablado con su padre? ¿Sabía que seguían viéndose? Mi madre me había hecho creer que habían roto, ¿habría mentido también Joaquín a Thiago? ¿Debía decirle lo que sabía? Tal vez...

—Ahora vuelvo —le dije a Lea.

—Chica, qué estrés...

—No lo sabes tú bien. Tengo que decirle algo a Thiago.

—¿Decirle o tocarle? No te he entendido bien.

Miré a Lea y se estaba tronchando de risa.

—*Serda.*

En el mismo instante en que llegué ante él apareció su chica y Thiago no se inmutó.

—Tengo algo que contarte —le dije muy seria.

Me miró a los ojos y vio que no era ninguna tontería. El juego quedaba aparcado.

—Di lo que tengas que decir —soltó Débora colgándose de su cuello.

Entendí perfectamente la mirada de Thiago: ni se te ocurra.

—Esto..., se me olvidó decirte que Peña quiere tu parte del texto para el lunes.

—¿Para el lunes? Perfecto, gracias por decírmelo.

—De nada —repliqué con una sonrisa falsa.

Antes de irme me apeteció joder un poquito a Débora y le hablé a Thiago en alemán.

—Es importante, después no me eches nada en cara.

Regresé con Lea y seguimos bailando aquella música que a veces nos parecía la mar de rara y divertida. Aunque los años ochenta nos quedaban muy lejos, sabíamos que la música había tenido un papel muy relevante en aquella época y que grupos como Mecano, Alaska o Loquillo habían destacado por encima de muchos otros. Antxon era un fan de alguno de esos grupos y había logrado que a mí también me gustaran.

En todo eso pensaba yo mientras bailaba cuando una mano cogió la mía. Intuí quién era sin verlo y seguí sus pasos sabiendo que se había librado de Débora para hablar conmigo. Salí de nuevo a la calle y Thiago se colocó delante de mí.

—Espero que sea algo importante —indicó con gravedad.

—¿Tengo pinta de perder el culo por ti, Thiago? ¿Crees que iría a hablar contigo estando... tu chica ahí?

Arrugó la frente y se lamió los labios.

—Está bien, ¿qué ocurre? —preguntó con más suavidad.

Lo miré unos segundos, pensando que iba a hacerle daño una vez más, pero no quería verme envuelta en más líos por culpa de mi madre. Ya había tenido suficiente.

—He salido hace un rato y he visto pasar el coche de mi madre.

—¿Y...?

Thiago ya sabía qué iba a decirle.

—Tu padre iba con ella.

—¡Mierda! —Dio una vuelta sobre sí mismo y pasó la mano por su pelo, nervioso.

—Lo último que yo sabía era que habían roto.

—La misma mentira que me contó mi padre.

Lo sentía mucho por él, porque veía que aquello le hacía sufrir.

—Entonces siguen con su historia —concluyó convencido.

—Eso no te lo puedo asegurar, yo solo los he visto en el coche...

—Dudo que tuvieran una reunión a estas horas —me cortó en un tono muy irónico.

—Sí, claro, por eso mismo te lo he dicho —le repliqué muy borde antes de irme de su lado.

Allá él, no era yo la que me follaba a su padre, así que no tenía por qué aguantar su mal humor. Que se lo comiera Débora, que para eso era su chica.

Antes de dar el primer paso ya me había cogido de nuevo.

—Alexia.

—¿Qué?

—Es que... me jode.

Su tono mucho más humilde me detuvo.

—Quiero que entiendas una cosa. —Me volví para mirarlo a los ojos—. Yo no soy mi madre. Ni soy responsable de lo que ella haga.

—Lo sé —soltó muy seguro.

—Entonces no la pagues conmigo. Yo te lo he dicho porque... porque he pensado que debías saberlo.

—¿Y esta vez por qué sí?

Nos miramos fijamente unos segundos.

—Si no te equivocas, no aprendes —le dije pensando que a mí la lección me había quedado muy clara.

Había perdido a Thiago y había logrado romper definitivamente lo nuestro. Como para no olvidarlo.

—¡Parejita!

Ambos miramos a Adri, que venía hacia nosotros junto a Nacho y Luis.

—Ya estamos todos —dije bromeando, aunque sentía la mirada de Thiago puesta en mí.

—Un pajarito me ha dicho que aquí estaban las dos chicas más guapas del planeta —dijo Adri dándome dos besos—. ¿Y nuestra rubia?

Sonreí al oír eso de «nuestra».

—¿Cada día estás más buena o me lo parece a mí? —Ese era Nacho con ganas de provocar al personal, y le di un golpe en el pecho antes de darle los besos correspondientes.

Luis saludó con más timidez y entré con ellos en Marte. Thiago no había dicho nada más y yo estaba algo decepcionada. ¿Ni un «gracias»? Por lo visto, nuestro acercamiento estaba a años luz, con lo cual Débora estaba encantada.

—Cariñito... —Débora se lanzó a su cuello y yo me fui junto a Lea.

—Mira quién viene conmigo...

Al ver a Adri, Lea abrió los ojos y sonrió antes de saltar a sus brazos. Qué bonito era el amor, cuando todo iba bien, claro.

Mi móvil vibró en el bolso y rebusqué en él antes de encontrarlo. ¡Qué pequeño era, joder!

Gracias.

Así de simple. Sonreí al leerlo, no necesitaba nada más. Levanté la vista y lo encontré mirándome. Débora estaba revoloteando a su alrededor, bailando, pero él tenía sus ojos puestos en los míos.

Habían pasado exactamente nueve días desde que Thiago descubrió a su padre y mi mentira. Nueve días sin él y no había manera de sacármelo de la cabeza. Obviamente coincidíamos en muchos sitios, pero además nos seguíamos mandando mensajitos, como si necesitáramos seguir en contacto de una manera u otra. ¿Por qué? Mi respuesta la sabía, aunque no quisiera reconocerla. ¿Y la suya? Estaba con Débora porque quería, así que...

Me volví y dejé de mirarlo. Guardé el móvil y pasé de responderle. Era absurdo seguir con aquel juego. Lo único que conseguiría era no desengancharme nunca de él, y pasaba de parecer una colgada. Seguro que Débora se divertía de lo lindo conmigo.

—Princesa, ¿bailas?

Nacho me cogió y empezamos a bailar junto a Lea, Adri y Luis. Me reí mucho con ellos porque Luis era muy gracioso bailando. También me tomé algún chupito de más, pero la noche era joven y necesitaba divertirme.

Decidimos ir a otro local que estaba cerca de Marte. Ellos se despidieron de Thiago y yo salí sin decirle nada. No era necesario hacer más el paripé. Saber que iba a acabar en la cama de Débora me escocía, ¿para qué fingir que no me importaba?

Hasta luego.

—¿Quién es? —me preguntó Lea al ver que miraba el móvil.

—Nadie, no es nadie.

Nadie a quien debería responder, ¿verdad?

Que te cunda.

Juro que mis dedos tomaron vida propia.

Novata, voy a pensar que estás celosa.

Jajaja, que te den.

Vale, ahora no lo pienso, ahora lo sé.

50

El domingo Lea y yo quedamos con Natalia en El Rincón para cenar a las nueve de la noche. Estaba de resaca y sin querer me había quedado dormida en el sofá mientras repasaba unos apuntes. Compaginar estudio y resaca no era nada aconsejable. Así que tuve que correr para llegar solo diez minutos tarde.

—¿Habéis pedido la cena? —pregunté mirándolas con ojos de cordero degollado.

—No, te estábamos esperando —contestó Natalia.

Adam se acercó al segundo y nos tomó nota con su habitual rapidez.

—Lea ya me ha puesto al día de vuestra salida nocturna...

—Acabamos cantando canciones de tuna, con eso te lo digo todo —le dije riendo al recordarlo.

Los cinco abrazados y cantando «Clavelitos»... para bajarse de la vida.

—Joder, pillamos una buena —comentó Lea.

—Con Adri bien, ¿no? —le preguntó Natalia.

—Sí, sí —respondimos las dos al mismo tiempo y nos reímos.

—¿Y tú con Igna? —pregunté yo con interés.

—Genial. —Su sonrisa se ensanchó—. Su mujer al principio se lo puso difícil, pero ahora va como la seda. Igna cree que se ha dado cuenta de que era lo mejor para los dos. Si alguien no te quiere, ¿para qué deseas que esté a tu lado? Mejor empezar de nuevo.

—Al final parece que todo se va poniendo en su lugar —comentó Lea.

—Bueno, todo no —dije yo sin pensar.

Ambas me miraron y entonces me di cuenta de que mi pensamiento había salido de mis labios.

—¿Qué pasa? —preguntó Natalia.

—Creo que mi madre sigue con el padre de Thiago...

—¿Lo sabe él? —me cortó Lea rápidamente.

Les expliqué todo lo ocurrido el sábado en relación con ese tema y ambas me escucharon sin interrumpirme hasta que terminé.

—Joder, qué fuerte. ¿Y ahora qué? —inquirió Lea.

—Ni idea. Yo no quiero saber nada —les dije pensando que ya no era cosa mía.

Nos callamos las tres a la vez cuando Adam se acercó con la bandeja llena. Nos sirvió los bocadillos junto con la bebida y, cuando se fue, seguimos con nuestra conversación.

—¡Joder! ¿Qué hace la lechuza aquí?

Natalia y yo nos volvimos y vimos a Leticia sentándose a una de las mesas del fondo del local. Iba vestida como siempre, como si fuera una modelo de revista, e iba sola. ¿A quién esperaba? ¿Y qué hacía allí? Vimos cómo sacaba el móvil de su bolso, llamaba a alguien y se reía. Luego dejamos de mirarla.

—No nos ha visto, o sea, que no está aquí por nosotras —nos dijo Lea mirándola por encima de nuestro hombro.

El bar estaba lleno y era muy normal que no nos hubiera visto todavía.

—¿Y qué hace aquí vestida de sábado noche? —preguntó Natalia al aire.

—A saber, de esa tía no te puedes fiar ni un pelo —respondí intentando no sonar muy preocupada, porque tener a Leticia cerca no era un buen augurio.

—Ha pedido algo a Adam con una sonrisa de lo más falsa —nos informó Lea—. Y continúa hablando por teléfono.

—Habrá entrado aquí por casualidad —comentó Natalia.

La miré entornando los ojos.

—La palabra casualidad y Leticia nunca van juntas. No lo olvides —le dije con gravedad.

—¿Ha pasado algo más con ella? —preguntó Lea observando mis ojos.

—Que yo sepa no, pero ya sabes cómo se las gasta —respondí ignorando la mirada inquisitoria de mi mejor amiga.

—Es una víbora, no me explico qué hacía Adri con ella.

—Es la típica tía dominante que no deja respirar a su chico, seguro —dije yo observando el rostro serio de Lea.

—¿Hablas de ti, Alexia? —La voz aguda de Leticia encima de mí me hizo resoplar.

—Ya tardabas en venir, hermanita de la Caridad —le solté sin volverme.

—Os he visto y no he podido evitar venir a saludaros. —Se colocó entre Lea y yo, con lo cual veía su perfil de reojo.

La miré con asco. Realmente era guapa, pero era tan imbécil que perdía toda la gracia, la pobre.

—Pues ya que preguntas, hablaba de vuestros penosos intentos de volver con vuestros ex. Y te incluyo a ti, querida.

—¿De qué ex hablas? —preguntó Lea mirándome divertida—. Porque si te refieres a Adri, él ni se acuerda de su nombre.

Leticia la miró fijamente.

—Déjame que lo dude —le replicó—. Nuestros encuentros sexuales eran increíbles.

—¿Encuentros sexuales? —soltó Natalia riendo.

—Se refiere a los polvos que echaba —le indiqué también entre risas.

—Pues lo que yo decía, que el sexo sin amor no es lo mismo que el sexo con amor y, además, conmigo —añadió Lea señalándose.

Leticia nos miraba con rabia, pero continuaba alzando su barbilla y su espalda seguía bien tiesa.

«Antes muerta que sencilla», pensé al verla.

—Y cuando hablo de sexo me refiero a sexo de verdad, ¿eh, Leticia?

Natalia y yo miramos a Lea con interés. Leticia apretó sus labios y no dijo nada.

—Porque ya tenemos una edad para según qué cosas... —continuó Lea.

—Eres una barriobajera —le soltó la pija indignada.

Vaya, vaya...

—Pero entérate bien, barriobajera, Adri volverá conmigo porque lo vuestro es algo pasajero. Lo conozco mejor que tú.

Vi en los ojos de Lea un atisbo de duda, pero al momento cambió el gesto.

—Claro que sí, guapi. Lo que tú digas —contestó en un tono burlón.

El móvil de Leticia sonó en ese momento y lo cogió con prisas.

—¿Hola, señora...? Sí... sí...

Leticia se separó de nosotras, estaba claro que no quería que supiéramos con quién hablaba porque incluso había evitado nombrar a esa persona. Me volví para observarla mientras Lea comentaba la jugada con Natalia. Estaba hablando con seriedad y sobre algo importante. En ese momento hubiera dado una mano por saber de qué hablaba. Su gesto adusto no presagiaba nada bueno. En general, ella no me gustaba un pelo. Sabía demasiado de nosotras y no entendía de dónde sacaba toda esa información.

En cuanto colgó se fue hacia el baño, y mi vena impulsiva me llevó a seguirla. Cuando entré estaba retocándose delante del espejo y me miró con desprecio. No nos temía, ni juntas ni por separado.

—¿Eres tú la que me manda esos mensajitos idiotas? —le pregunté poniendo la directa.

Quizá le mostraba demasiadas cartas, pero quería ver qué me decían sus ojos. Nada, la tía era fría como el hielo.

—No sé de qué me hablas —respondió sacando un pintalabios de su bolso Gucci.

—Si me entero de que eres tú o la pardilla de tu amiga... No quieras saber de qué soy capaz.

—¿De provocar otro accidente? —preguntó sonriendo al espejo.

Me acerqué a ella con ganas de arrancarle la cabellera, pero me contuve.

—Nunca se sabe, Leticia. Vigila el líquido de frenos de tu bonito coche.

Me miró alzando una de sus cejas.

—Qué peliculera eres. —Guardó el pintalabios y me tiró un beso a través del espejo antes de salir del baño.

«Imbécil...»

Leticia era un hueso duro de roer, a veces me recordaba demasiado a mi madre. Estaba segura de que si se conocieran harían buenas migas. Tan prepotentes, tan presumidas y tan engreídas...; daban grima.

En cuanto vimos que Leticia salía del bar, nos relajamos. Nos tomamos una cerveza más y, como era domingo, decidimos retirarnos pronto. Natalia empezaba a trabajar de nuevo después de esos días de descanso tras la muerte de su padre y nosotras teníamos un examen a primera hora.

Antes de irme a dormir quise repasar un poco, aunque tenía la cabeza algo espesa.

—¡Joder!

En ese momento me acordé de Marco. No había hablado con él en todo el fin de semana, ni le había preguntado cómo había llegado a Londres...

Jefe, ¿cómo va eso?

Estoy vivo, gracias.

Bien, otro que estaba picado conmigo. Si es que me lo buscaba yo solita. El emoji de la mano en la cara era el que mejor me representaba.

Decidí que era mejor llamarle.

—Hola...

—He tenido un día de perros, no me hagas mucho caso —comentó con rapidez.

—¿Estás en el aeropuerto todavía?

—Sí, reclamando mi puta maleta.

Estaba de muy mal humor y eso era raro en él.

—¿Quieres que vaya a recogerte?

Era tarde, pero me sentía culpable por no haber pensado en él en todo el fin de semana.

—No, no es necesario.

—Que sí, que sí. En nada estoy allí. En cuanto llegue te llamo...

Me vestí de nuevo, cogí las llaves del coche y me dirigí al aparcamiento. Era tarde y apenas había nadie, pero me fui decidida.

—¡Hostia, puta! —solté al ver aquel destrozo en mi coche nuevo—. Pero ¿quién cojones ha sido? —pregunté casi gritando mientras daba una vuelta alrededor del coche.

Las ruedas pinchadas, los cristales rotos y varias marcas hechas con una llave habían hecho saltar la pintura en diferentes puntos de la carrocería.

—Esto se está yendo de madre —murmuré observando aquella putada.

En ese momento pensé en Débora y la llamé con ganas de decirle de todo. Salí del aparcamiento porque no tenía cobertura y volví a llamar. Nada, no lo cogía. Estaba furiosa, mucho, y mis pensamientos iban surgiendo sin mucho sentido.

Decidí llamar a Thiago porque creí que tal vez estarían juntos.

—¿Alexia?

—¿Está la imbécil de Débora contigo?

—¿Puedes decir más de una palabra sin insultar al personal?

—No puedo, no. ¿Está ahí?

—No...

—¿Y sabes dónde puedo encontrarla?

—¿Qué pasa? —preguntó más serio.

—¿Que qué pasa? ¡Pues que tu novia está loca! Eso pasa. He ido a coger mi coche, ¿y sabes qué? Está destrozado, con las ruedas pinchadas, la pintura rayada y...

De repente me entraron unas ganas de llorar tremendas. Joder, ese coche era un regalo de mi padre. Un regalo que le había costado un pastón y que alguien se había dedicado a jodérmelo.

—¿Tu coche? ¿En el garaje?

—Sí... Alguien quiere putearme —dije verbalizando mis pensamientos mientras aguantaba las lágrimas.

—Pero... ¿te han jodido el coche? Alexia, esto no es una simple putada, es un acto vandálico.

—¡¡¡Joder!!! ¿¿¿Te crees que no lo sé??? —le grité exageradamente, atacada de los nervios.

—Vale, no te alteres. Dame unos minutos y estoy allí.

—¡No! Sé cuidarme sola, lo llevo haciendo mucho tiempo.

—No seas cabezona, ¿vale? —me riñó tomando el mando—. Llamo a un colega que es poli y en nada estamos allí. No te muevas —me ordenó.

No sé por qué, pero obedecí.

51

Thiago llegó con un par de chicos de unos veinticinco años, vestidos de poli y muy serios. Lo primero que hizo fue mirarme a los ojos para saber cómo estaba. Evidentemente, yo llevaba un mosqueo de los grandes. ¿Quién me había hecho aquello? Mientras esperaba a Thiago había empezado a pensar que Débora no tenía ya ninguna razón para meterse de ese modo conmigo. Era ella quien tenía a Thiago entre sus brazos, no yo. ¿Entonces?

Me presentó a sus amigos y bajamos los cuatro al aparcamiento. Los policías realizaron una inspección ocular de los daños, hicieron algunas fotos, rellenaron un informe y me lo entregaron para que se lo diera a mi compañía de seguros. Me informaron de que podía reclamar por lo civil a través de la aseguradora, pero que era un proceso más largo y costoso. Lógicamente, opté por la primera opción; como a la mayoría de la gente, lo que me interesaba era arreglar el coche cuanto antes.

Los policías se marcharon en cuanto terminaron, ya que estaban de servicio y tenían otros asuntos que resolver. Les dimos las gracias y me quedé a solas con Thiago. Entonces me di cuenta de que ya no llevaba el brazo en cabestrillo.

—¿Ya estás bien? —le pregunté señalándolo.

—Ya estoy en forma —respondió mirándose el brazo.

Me dio la impresión de que en ese momento podíamos empezar a hablar con tranquilidad de todo lo que había ocurrido, pero justo entonces entró el vecino que aparcaba a mi lado y silbó al ver aquel estropicio.

—Menuda putada —me dijo al llegar a mi lado—. ¿Esto ha sido ahora?

—No lo sé...

—Lo digo porque yo he dejado mi coche aquí hace apenas un par de horas y el tuyo estaba bien...

—¿Un par de horas? —pregunté con interés.

Mi vecino respondió afirmativamente con un gesto de la cabeza mientras daba una vuelta alrededor del coche.

—Se han cebado —comentó juntando las cejas—. ¿Has llamado a la policía?

—Acaban de marcharse ahora mismo —respondió Thiago.

—Bien hecho. —Entró en su coche y se despidió antes de irse.

Miré el reloj y al ver la hora que era resoplé agobiada. Le había dicho a Marco que iría a buscarlo al aeropuerto y con el rollo del coche no había pensado más en él. ¿Dónde tenía la cabeza últimamente?

—Tengo que hacer una llamada —le dije a Thiago yendo hacia la salida del garaje.

Me siguió sin rechistar y nada más pisar la calle vi que tenía un par de llamadas perdidas de mi jefe.

—¿Marco?

—Te he esperado un rato, pero estaba muy cansado y he cogido un taxi —me dijo sin saludarme.

Por su tono seguía enfadado... ¿Conmigo? Posiblemente.

—Lo siento, pero...

—Déjalo, Alexia. Me voy a dormir.

Me colgó dejándome con la palabra en la boca y me quedé alucinada. «Muy bien, allá tú. Cuando quieras explicaciones, no te las daré.»

—¿Problemas en el paraíso? —preguntó Thiago apoyado en la pared.

Lo miré aturdida. ¿Encima cachondeo? Esto era el colmo de los colmos.

—Los problemas los tiene tu novia en la cabeza.

—Débora no ha hecho eso.

—Estás muy seguro, ¿no?

—Cuando me has llamado, se acababa de ir a su casa con su Mini.

Vale, Thiago era su coartada y se suponía que yo debía creerle. ¿Y por qué debería hacerlo?

—Es tu chica, ¿qué me vas a decir? —le dije antes de irme de allí a grandes zancadas.

Quería poner tierra de por medio cuanto antes. Joder, estaba hasta los cojones de todos. Débora puteándome, Thiago defendiéndola, Marco cabreado... ¿Quién da más, señores?

Pues siempre hay más, Alexia, siempre puede ir a peor.

Sentí una mano en mi brazo, que me apretaba con fuerza, y seguidamente un tirón hacia atrás que me produjo un latigazo en el cuello.

«¡Joder!... ¡Qué coño...!»

Un coche deportivo pasó a mi lado a toda velocidad y me quedé unos segundos sin respirar. Cerré los ojos de la impresión. ¿Me había atropellado? ¿Estaba viva o qué...?

Sentí los brazos de Thiago alrededor de mi cintura y su cuerpo pegado al mío. Si me había muerto, estaba con él y, además, abrazados...

Abrí los ojos y solo vi la calle vacía, con algún que otro coche circulando con normalidad.

—¡Dios! —exclamó Thiago en mi oído.

En ese momento me di cuenta de que habían estado a punto de atropellarme en el paso de peatones. Aquel coche se había pasado las normas de circulación por el forro y llevaba tal velocidad que ni siquiera lo había visto venir.

Madre mía... Lo único que deseé en aquel momento fue estar en mi piso, encerrada y sin saber nada del mundo exterior. Pero lo que sentí fue la respiración entrecortada de Thiago pegada a la mía.

—¿Estás bien? —preguntó en un hilo de voz.

—No mucho —respondí sintiendo que me faltaba el aire.

Me obligó a dar un par de pasos hacia atrás, pero no me soltó en ningún momento, cosa que agradecí porque me temblaban todavía las rodillas del susto.

Cogí una bocanada de aire y empecé a tranquilizarme.

—¿Mejor? —preguntó más seguro.

—Sí, sí...

No dejaba de pensar qué hubiera pasado si... Había estado literalmente al borde la muerte, pero los reflejos de Thiago me habían salvado.

Me volví en sus brazos y nos miramos fijamente.

—Gracias...

—Qué susto, Alexia...

—Joder, ¿de dónde ha salido?

—Ha girado la esquina muy rápido y no lo has visto.

—Un poco más y no lo cuento.

—Joder, lo sé.

Nos quedamos en silencio y observé sus ojos verdes y brillantes. Nos abrazamos los dos al mismo tiempo. Yo necesitaba sentirme reconfortada por él, y él... él, no lo sé, pero me correspondió con las mismas ganas que yo. Estuvimos un par de minutos así, y cuando empecé a sentir cierto cosquilleo en mi nuca, decidí separarme de él. No quería dejarme llevar con alguien que tenía novia, por muy ex que fuera.

—Gracias por todo, pero mañana es lunes...

—Y hay que madrugar —acabó la frase por mí.

—Sí, y necesito dormir bien. A primera hora tengo un examen con Carmelo.

—Te acompaño hasta tu portal —dijo mirando alrededor porque apenas había nadie en la calle.

—No, no hace falta, de verdad.

—No me quedaré tranquilo si no te dejo en casa.

Sonreí levemente y nos encaminamos hacia mi piso en un silencio cómodo que ninguno de los dos rompió hasta llegar a mi puerta.

—Si no puedes dormir, ya sabes. Apolo quizá esté en línea.

Un sentimiento de nostalgia recorrió todo mi cuerpo. Realmente lo echaba de menos.

—Buenas noches, Thiago.

—Buenas noches, nena.

Cerré la puerta y me apoyé en ella. ¿Nena?

—Joder...

¿En qué momento Thiago se había convertido en mi salvador? Yo no era de esas chicas que necesitaban un príncipe azul a su lado. Al contrario, era muy independiente, aunque últimamente me veía sometida a demasiada presión. Aquellas amenazas me estaban crispando los nervios y no reaccionaba con demasiada lógica. Había dado por hecho que Débora era la autora de lo de mi coche, pero realmente se trataba de un acto vandálico y ahora mismo veía claro que ella no sabría cómo pinchar unas ruedas ni tampoco se fastidiaría sus perfectas uñas para romper los cristales. Pero en aquel momento me había colapsado.

Débora había estado con Thiago. Eso me molestaba mucho, pero tenía que admitir que la descartaba. ¿Entonces? ¿Algún imbécil que no tenía otra cosa que hacer? ¿No era mucha casualidad?

¿Y Leticia? Otra como Débora, estaba segura de que no dejaría que el esmalte de sus uñas se estropease por hacer algo así. Además, Leticia no tenía nada contra mí directamente, no teníamos nada en común... ¿O sí? Joder, claro que lo teníamos: Lea.

—¡Ya era hora, petarda! —exclamó Lea justo cuando llegaba el bus.

—Joder, lo sé. Casi no llego —le dije jadeando.

—Ya se sabe..., noches alegres, mañanas tristes.

Puse los ojos en blanco.

—Si te lo cuento, no me crees... Ayer no quise decirte nada porque sabía que estabas ocupada.

Lea me había dicho que terminaría de repasar los apuntes para el examen y que más tarde haría un Skype con Adri.

—¿Nada sobre qué?

Se lo expliqué todo durante el trayecto. Lógicamente, alucinó en colores. Cuando terminé, vi que se mordía una uña.

Uy, uy..., eso sí que era extraño en ella. Sus uñas eran sagradas, y si veía que te acercabas el dedo a la boca, te daba un manotazo en menos que cantaba un gallo.

Justo entonces bajamos del autobús y Lea miró a ambos lados.

—Lea.

—¿Mmm?

—¿Esperas a alguien?

—Sí, claro, a Nick Bateman y a su perro. ¿Sabes que ha tenido un hijo? Ahora pasará del perro, como si lo viera.

—Lea, no cambies de tema —le dije poniendo los ojos en blanco.

—Y tú no hagas eso con los ojos, que pareces la niña del exorcista.

Confirmado: Lea estaba nerviosa. Ese comentario era más de mi madre que de ella.

—¿Qué ocurre?

—Nada, ¿por?

—Porque no dejas de mirar a tu alrededor como si buscaras algo y porque te has mordido la uña del dedo meñique —le indiqué señalándosela.

Lea suspiró y me miró negando con la cabeza.

—Entonces, ¿me lo invento? —insistí arrugando la frente.

—Me ha parecido ver a...

—Lea.

—Joder con la señorita Cersei Lannister. —La miré abriendo los ojos—. Estás muy pesada, ¿no?

—Deja de ver tantas series y dime qué te pasa porque no es el primer día que andas rara.

—Yo siempre he sido rara, parece que no me conozcas. Anda, petarda, vamos a por un café.

Lea no soltó prenda y pensé que quizá eran imaginaciones mías, pero Natalia también la había notado extraña.

No, no eran imaginaciones y esperaba que cuando Lea quisiera me lo explicara. A veces necesitamos tiempo para saber qué queremos decir.

52

THIAGO

—Débora, no sé cómo decírtelo. Con todo esto, lo único que haces es perjudicarte a ti misma.

—Pero es que te quiero, Thiago. ¿No lo entiendes? Estoy loca por ti desde que tengo uso de razón. Soy yo la que ya no sabe cómo decírtelo. Y sé que tú también me quieres. Si no, me hubieras mandado a paseo hace días.

—Débora, nos conocemos desde niños, claro que te quiero, pero como amigo. No puedo olvidar todos estos años de amistad de un plumazo porque se te haya ido la cabeza haciendo tonterías. Por cierto, te recuerdo que antes no eras así.

—¿Así?

—No hacías estas cosas. Eras una chica normal, joder.

Débora me miró como si acabara de descubrirle un mundo nuevo.

—¿Lo dices de verdad?

—¿El qué? —pregunté antes de responder.

—Que he cambiado, que no era así.

—Lo digo muy en serio. ¿Tú te has visto, Débora? Eres una chica que no pasa desapercibida, que podría tenerlo todo. Eres lista y guapa.

Su mano se posó sobre la mía. Estábamos en la pequeña casa que había al lado de su gran mansión. Una casita de madera que ella tenía para su uso particular y donde más de una vez habíamos dado rienda suelta a la pasión. Pero eso ya empezaba a ser cosa del pasado.

—Débora, deja de ir con esos tipos, deja de tomar drogas y coge las riendas de tu vida.

Me miró pensativa y se dirigió a la nevera para sacar un par de cervezas. Las abrió y me dio una de ellas.

—¿Un brindis? —preguntó sonriendo.

—¿Brindamos porque me vas a hacer caso?

—Brindamos porque tienes razón, puedo conseguir lo que quiera en esta vida.

¿Le había hecho entrar en razón? Con ella nunca se sabía. Acababa de decirme que quería ir en serio conmigo, que estaba enamorada de mí y yo qué sé cuántas cosas más. Precisamente hoy que no podía quitarme a Alexia de la cabeza. La noche anterior casi se me había salido el corazón por la boca.

Primero al ver su coche destrozado. Aquello no parecía casual, y si lo era, no tenía mucho sentido. Pero ¿quién quería putearla? Débora y yo habíamos estado juntos en mi casa. Se le había estropeado la impresora y había venido a usar la mía mientras yo revisaba unas notas del profesor Peña.

Todo aquello no se lo había explicado a Alexia, por supuesto. Ella estaba liada con su jefe y tampoco me daba explicaciones a mí. Me hervía la sangre cuando pensaba que él la podía tener entre sus brazos, pero mi parte racional me acababa diciendo que era lo mejor y que Alexia no me convenía.

De acuerdo, lo reconozco, si yo estaba con Débora era por no caer en las redes de Alexia. De ese modo me recordaba que no podía joder a mi amiga y así me ahorraba sufrir de nuevo.

Pero el sufrimiento con Alexia no se terminaba nunca.

Cuando vi que aquel coche se le echaba encima y ella no se daba cuenta, casi me da un ataque al corazón. Joder, creo que en mi vida lo había pasado tan mal. Ni cuando descubrí que mi padre se follaba a la madre de Alexia.

Y ese era el pensamiento que no me sacaba de la puta cabeza. ¿Alexia estaba por encima de todo?

Estaba bien jodido...

—¿Te vas ya?

—He quedado con Adri, ya te lo he dicho.

Era cierto, aunque también estarían Alexia, Lea y Natalia. Podía haberme quedado con Débora y echar un polvo, pero por lo visto me iba el sado y prefería pelearme con Alexia.

Adri había ido al cine con ellas y habíamos quedado en que me avisaría al salir.

En cinco minutos salgo, ¿dónde estáis?

En Suave. ¿Estás nervioso?

Adri, a lo tuyo.

Uno ya no puede ni preguntar.

Uno no puede preguntar gilipolleces porque el otro uno te va a dar una hostia como un pan.

Juajua, nervioso no, lo siguiente.

53

¿Qué tal estás?

El examen de Carmelo había durado dos horas largas y tras el descanso había subido a la biblioteca con Lea y Estrella.

Alcé la vista al leer esa nota en un papel medio roto. Thiago se había sentado enfrente y no me había dado ni cuenta. A su lado estaba Adri mirando a Lea con su bonita sonrisa. Menudo par...

Bien, gracias. He dormido como si tuviera una batidora en la cama, lo de siempre.

Lea me dio un codazo y me sonrió. Supongo que ver que Thiago y yo empezábamos a comportarnos con normalidad era una buena señal para ellos. Yo no las tenía todas conmigo, sabía por experiencia que ahora podíamos estar bien y en dos segundos se iba todo al garete por un simple comentario.

Lo de siempre es un buen indicador. Apolo estuvo esperando.

Apolo y yo no somos amigos.

Lo sabe, pero él esperó igualmente.

Dile que es muy optimista.

Lo es cuando vale la pena.

—Chicos... —Adri nos interrumpió y lo miramos todos, incluida Lea—. He visto que estrenan *Mamma Mia*, ¿quién se apunta?

A Lea le encantaban ese tipo de películas y a mí no me desagradaban, aunque me iban más las de miedo o terror.

—Alexia y yo nos apuntamos, y quizá Natalia también. ¿Estrella?

—¿Eh? No, hoy no puedo porque me toca dentista —respondió ella alzando los hombros.

Todos arrugamos la nariz como si ir al dentista fuera lo peor del mundo.

—Te acompaño en el sentimiento —le dijo Adri con gravedad.

Nos reímos todos por lo bajini. Si seguíamos con tanta cháchara, acabarían echándonos de la biblioteca.

—Chis —indicó Lea entre risillas.

—¿Thiago? —Adri lo miró aún riendo.

—He quedado, no puedo.

Nos quedamos todos callados y yo bajé la vista hacia mi libro, aunque realmente no sabía ni por dónde iba.

—¿Con Débora? —le preguntó Lea directamente.

Joder..., ¿y a ella qué le importaba?

—Sí —respondió él sin añadir nada más.

En ese momento me hubiera levantado de la mesa haciendo mucho ruido con la silla, en plan «que te den por culo, Thiago», pero aguanté estoicamente repitiéndome que Thiago no era nada mío.

«Nada... Nada... No es nada...»

—¿... más tarde?

Lea me dio un codazo y la miré mosqueada.

—¿Qué te pica?

—Baja de las nubes, Thiago te ha preguntado algo.

Volví mi vista hacia él y su media sonrisa.

—Decía que si nos podemos ver más tarde...

¿Me lo decía solo a mí? Joder, no pillaba ni una. Lea cogió mi cara y me la hizo mover en un movimiento afirmativo. Se rieron todos de nuevo por lo bajini, menos yo.

«Muy graciosos...»

—Lea, que Alexia tiene un poco de sueño —le riñó Thiago con cariño.

Lea me abrazó como una lapa.

—Jolines, es verdad... Perdona, petarda.

Puse los ojos en blanco y Thiago me miró alargando su sonrisa. Tantas sonrisas seguidas..., me estaba quedando bizca.

—Después del cine podemos ir a picar algo todos juntos —propuse aún sin saber si la invitación de Thiago era general.

—Genial —dijo Adri rápidamente—. Thiago, cuando salgamos del cine te digo algo.

—Perfecto —replicó él posando su vista de nuevo en mí.

¿Intentaba ponerme nerviosa? Porque al final lo lograría con tanta miradita.

A pesar de tener constantemente a Thiago en la cabeza, procuré no olvidarme de Marco. En un par de ocasiones traté de hablar con él, pero o estaba muy ocupado o pasaba olímpicamente de mí. Entendía que podía estar mosqueado, pero ¿tanto? Joder, que yo supiera no estábamos juntos. En fin..., ya se le pasaría. Además, tarde o temprano me cruzaría con él en las oficinas, así que ya lo pillaría para hablar con él.

Natalia se apuntó al cine con nosotros, y aunque la película no era espectacular, me sentó bien distraerme un rato.

Al salir del cine nos dirigimos hacia el barrio de las Letras, ya que Ignacio estaba por allí con un par de amigos, exactamente en un local donde podías tomar unos pinchos con tranquilidad, sin mucho ruido de fondo y escuchando música variada a un nivel moderado. Uno de aquellos locales donde podías encontrar muchas parejas disfrutando de un poco de tranquilidad.

En cuanto dimos con Ignacio, lo saludamos y estuvimos charlando con él y sus amigos un buen rato. Natalia y él hacían buena pareja; y se les veía felices. Me alegraba mucho por ella. Su madre andaba un poco floja con todo lo que había pasado y Natalia seguía ofreciéndole todo su apoyo. Desde la muerte de su padre, mi amiga había salido poco, pero ya era hora de que empezara a pensar en ella también.

Más tarde nos sentamos todos a una mesa y pedimos unos pinchos. Adri miró su reloj preocupado y yo dirigí la mirada hacia la puerta de entrada. Creo que los dos pensábamos en la misma persona. Él nos había dicho que Thiago vendría a Suave, pero de momento no daba señales de vida.

En ese instante sonó mi teléfono y pensé que era él, pero me equivoqué: era mi padre.

—¿Papá?

Salí del local y sonreí al oír su voz.

—Hola, cariño. ¿Cómo va eso?

—Por aquí todo bien, ¿y vosotros?

No iba a explicarle lo del coche ni lo de las fotos y las llamaditas. No era necesario preocuparlo.

—Estamos bien en París, pero he hablado con la empresa...

—¿Sobre qué? —le corté pensando que se irían de allí porque no estaban todo lo bien que decía.

—Sobre mi traslado.

—Lo he imaginado. ¿Demasiados recuerdos? —pregunté en un susurro.

—No, no es eso. Pero tanto Judith como yo coincidimos en que necesitamos estar más cerca de ti.

Me quedé en blanco intentando procesar esa información.

—¿Alexia? ¿Se ha cortado? ¿Alexia?

—No, no, papá. Es que...

—Sí, cariño. Vamos a instalarnos en Madrid, y espero que sea para siempre.

Las animadoras de mi cabeza empezaron a danzar y a decir: «Dame una B, dame una I, dame una E...»

—¡¡¡Bieeen!!!

Mi padre y yo nos pusimos a reír.

—¿Te gusta la idea?

—¿Cómo no me va a gustar? Estaba... estaba pensando en ir a París, te dije que lo pensaría porque yo también quiero estar cerca de vosotros...

Me mordí los labios al pensar en que al final sí podría tenerlos conmigo y que, además, podría seguir viviendo en Madrid y no perdería a mis amigos, ni a Lea, ni a Natalia, ni a...

Thiago...

Venía hacia mí en esos momentos y con el rostro muy serio. No pintaba nada bien.

—Hace unos minutos me lo ha confirmado mi jefe directo y he querido decírtelo cuanto antes.

—¿Y cuándo vendréis? —pregunté entusiasmada.

—Cuando lo deje todo cerrado en París, viajaremos hacia Madrid.

Thiago se detuvo a unos pasos de mí sin decir nada.

—¡Qué ganas, papá! —Me giré y le di la espalda a Thiago porque no me gustaba su fría mirada.

—Lo sé, cariño. Judith y yo estamos entusiasmados con volver.

Charlamos un par de minutos más y nos despedimos con la promesa de que nos veríamos pronto. ¡Joder, por fin algo que iba bien! Con mi padre a mi lado, me sentía más fuerte y, sobre todo, protegida. Su sola presencia me reconfortaba y no era lo mismo hablar por teléfono que tenerlo a mi lado.

—Alexia.

La voz de Thiago me sacó de todos aquellos pensamientos. Me volví y vi que se había acercado a mí.

—¿Qué ocurre? —pregunté viendo que estaba demasiado serio.

—Es tu madre...

—¿Qué ha hecho? —dije cortándolo.

—Acabo de hablar con mi padre. Me ha dicho que tu madre se ha desmayado cuando estaban juntos. Ahora mismo está en el quirófano; su estado es muy grave.

¿Muy grave? ¿Por qué? ¿Iba a... morir? Me mareé un poco solo de pensarlo. Thiago dio un paso con rapidez y me cogió por la cintura.

—¿Tan grave es?

—No saben... No saben si sobrevivirá.

—Pero... ¿qué ha pasado? —pregunté en un tono agudo.

—No lo sé, mi padre me ha llamado para que me pusiera en contacto contigo y te llevara al hospital.

Solté todo el aire de mis pulmones.

—Tengo el coche a dos manzanas de aquí —me dijo ante mi silencio.

—Gracias, Thiago —murmuré intentando digerir toda aquella información.

¿Cuántas veces la había mandado a la mierda? ¿En cuántas ocasiones la hubiera tirado por las escaleras? ¿Dónde estaba ahora todo ese odio? La verdad es que se había esfumado por arte de magia porque, me gustara o no, era mi madre.

54

Cuando llegué al hospital, el padre de Thiago me recibió con un cariño inesperado. Me explicó todo lo que él sabía.

—Tiene un aneurisma cerebral... ¿Te lo había dicho?

—No... ¿Qué es eso?

—Es una deformación de una arteria. Por lo visto, hace tiempo que lo tiene. Estaba localizado en un punto del cerebro de difícil acceso y existía el riesgo de que no sobreviviera a una operación. Pero ahora se le ha roto y le ha provocado una hemorragia, por eso está en el quirófano. Había que intervenir; de lo contrario, habría muerto.

A mi madre le había empezado a doler mucho la cabeza, hasta el punto de que había caído desmayada en sus brazos. En ese momento la estaban operando, pero había pocas probabilidades de éxito y temían por su vida.

—Thiago, ya os podéis ir. Ahora llamo a mi padre y le esperaré aquí.

Era triste, pero mi madre no tenía a nadie más, solo a su hija, a la que repudiaba con tanto odio. La operación iba a durar unas cinco horas y no era necesario que estuvieran allí, sobre todo él.

—Mi padre y yo nos quedamos contigo, no vamos a dejarte sola.

—No es necesario, en serio.

—¡Alexia! —Lea vino hacia mí como un cohete, seguida de Natalia, Ignacio y Adri.

Nos dimos un abrazo de esos que lo decían todo. Lea me entendía como nadie y sabía que tenía mil sentimientos encontrados en ese momento.

En un segundo estuve rodeada por mis amigos y todos ellos me ofrecieron su ayuda: «¿Quieres un café?», «¿Tienes hambre?», «¿Qué necesitas?». Se quedaron conmigo un rato hasta que los convencí para que se fueran a casa. El padre de Thiago me apoyó y les alentó a que se marcharan.

Al cabo de unas cuatro horas salió un médico y el padre de Thiago cogió mi mano para ir hasta él. Nos informó de que la operación había ido bien, pero que estaba en coma. No sabían si sería suficiente para salvarle la vida. Nos dijo también que las primeras veinticuatro horas eran las más importantes. Hasta el día siguiente no podríamos verla, así que les dije a Thiago y a su padre que se marcharan. Mi padre no tardaría en llegar.

—No podré dormir —me comentó Thiago en un murmullo.

—No te preocupes por mí, estaré bien. Mi padre llegará por la mañana, y si me encuentro sola, ya le diré algo a Apolo.

Me sonrió levemente y miró a su padre.

—No seas muy duro hoy con él —le dije pensando que su padre se había comportado con mucha corrección.

Otro podría haber dejado a mi madre tirada e irse corriendo a casa con su mujer.

—He hablado con él, aprovechando todo esto —dijo más serio—. No están juntos...

—¿Cómo?

—Ya hablaremos, pero ya no están liados.

Lo miré extrañada.

—¿Entonces?

Thiago volvió a mirar a su padre y seguidamente sus ojos se clavaron en los míos. ¿No quería decírmelo?

—Thiago... —le rogué.

Quería saberlo.

—Desde que mi padre dejó a tu madre, ella ha seguido insistiendo en volver con él.

Joder...

—Lo había amenazado.

Muy propio de mi madre. Sabía cómo manipular a la gente para lograr lo que deseaba, pero ¿quería tener a su lado a Joaquín de esa forma?

—Entiendo que puedes no creer a mi padre, pero sé que no miente...

—Lo sé —corté su explicación y me mordí los labios.

Sabía cómo se las gastaba mi madre y que era capaz de eso y de cosas peores. Me alegraba por Thiago, me alegraba saber que su padre no había roto de nuevo la confianza de su hijo.

—Gracias, por todo. —Su mano acarició la mía y se marchó con su padre.

El mío llegó a las cuatro de la mañana, junto a Judith, y me obligaron a irme al piso a descansar.

En el hospital no había hecho nada más que darle vueltas a mi relación con mi madre, buscaba algo en lo que agarrarme, pero no lo encontré. Era triste, pero todos los recuerdos eran malos.

Cuando desperté, llamé a mi padre para saber si había noticias. El médico le había dicho que seguía en coma y que debíamos esperar a ver cómo evolucionaba.

Tras esa llamada respondí todos los mensajes que tenía de Lea, Natalia, Adri, Nacho e incluso de Ignacio. El de Thiago lo dejé para el final. Lo había escrito a las ocho de la mañana:

Si necesitas algo, estoy aquí.

Supuse que su vida seguía con normalidad, que estaría en la facultad y que se tomaría el café junto a su chica. No me apeteció responderle.

Después de una buena ducha regresé al hospital junto a mi padre y Judith. En ese momento, las enfermeras estaban dentro con mi madre y aprovechamos para tomar algo en la cafetería. Les puse al día de todo lo que sabía sobre aquel tema. Mi padre negó con la cabeza mientras que Judith permanecía en silencio. Ellos tampoco sabían nada de esa enfermedad.

Más tarde vi a mi madre en la unidad de cuidados intensivos y no la reconocí. Siempre iba bien peinada, maquillada y vestida a la última. Verla entre todos esos tubos y aparatos era bastante esperpéntico.

En esos momentos sentí lástima, quizá también debería haber sentido una pena enorme, pero mi madre había ido eliminando cualquier vínculo cariñoso que yo pudiera sentir hacia ella. Ese era el resultado de lo que había sembrado.

Lógicamente hubiera deseado que no estuviera allí, pero no derramé ni una lágrima.

Era jueves, todo seguía igual y Judith y yo salimos del hospital para comer juntas. Le hablé largo y tendido sobre mi historia con Thiago y me dijo que si lo quería no lo dejara escapar, pero actuando siempre con dignidad. Si realmente él pasaba de mí, debería hacer borrón y cuenta nueva; no era el único chico de la Tierra, aunque a mí me lo pareciera en ese momento. Me aconsejó que no tirara la toalla a las primeras de cambio porque más adelante me arrepentiría y me acabaría preguntando qué hubiera pasado si...

En ese momento sonó mi móvil.

—¿Adri?

—Alexia, ¿cómo estás?

—Un poco cansada, pero bien.

—¿Y tu madre?

—Sigue igual —respondí resoplando.

—Vaya... Te llamo también por Lea...

—¿Le pasa algo? —pregunté alertada.

Últimamente todo eran malas noticias.

—No... Bueno, no lo sé... Habíamos quedado esta noche para ir a Magic, organizan la fiesta esa de máscaras...

—Es jueves, claro.

—Ya sabes que le encanta disfrazarse y todos esos rollos..., pero hace un rato me ha llamado diciéndome que no sabía si quería ir.

—¿Te ha dicho por qué?

—Me ha dicho que está cansada de tanto examen, pero me extraña de ella. ¿Vas a ir a la fiesta?

—¿A la fiesta? —pregunté frunciendo la frente.

No estaba para fiestas.

—No, Adri, estoy muy cansada.

—Ya lo imaginaba.

—En cuanto a Lea..., yo he hablado antes con ella y parecía animada.

—Sí, quizá son los exámenes...

—Más tarde la llamo, ¿vale?

—Vale, cuídate mucho.

Cuando colgué, Judith me miraba con cariño.

—¿Salen tus amigos?

—Sí, hay una fiesta de máscaras en la discoteca donde se celebran muchas de las fiestas de la universidad.

—¿Y no quieres ir o crees que no debes ir?

—Prefiero descansar y estar aquí a primera hora para que descanséis vosotros.

Desde que habían llegado habíamos estado turnándonos para estar con mi madre. Aquello empezaba a pasarnos factura, solo había que ver nuestras ojeras, pero mi madre no tenía a nadie más que se preocupara por ella. Un par de compañeros de su bufete habían pasado por allí, pero poco más. Por lo visto, no era alguien que cayera demasiado bien; me imaginé que era una jefa de aquellas exigentes y desagradables.

¿Cómo va el día?

Thiago me escribía mensajes a todas horas y, aunque al principio me había resistido a responderle, había terminado haciéndolo ante su insistencia. Se preocupaba por mí y yo no era tan borde como para ignorarlo eternamente.

Uno más y sin noticias. Ni mejora ni empeora, pero parece que no despierta.

¿Y tú cómo estás?

Despeinada, con ojeras y con los labios pintados, eso sí. Pero ahora me acabo de dar cuenta de que llevo un calcetín de cada color. Que no se ve mucho, pero...

Jajaja, no deberías habérmelo dicho. No podré no burlarme de ti en cuanto te vea.

Jajaja, no queda tan mal.

¿Uno azul y otro verde?

¿Cómo lo sabes?

Levanté la cabeza al reaccionar. Estaba un poco lenta de reflejos, lo reconozco.

Thiago me miraba con su media sonrisa y alzó las cejas señalando mis calcetines.

—Eso de que no se ve...

Nos reímos los dos y me levanté de la silla de la sala para darle dos besos. Su aroma me envolvió y tuve que cerrar los ojos unos segundos para coger fuerzas. No era fácil estar al lado del chico del que estabas enamorada y no dejarse llevar.

—Hola, Thiago. —Mi padre lo saludó con un café en la mano—. ¿Por qué no bajas con Alexia y la obligas a merendar un poco?

Puse los ojos en blanco y Thiago me cogió de la mano sin pensárselo dos veces.

—No tengáis prisa —añadió mi padre con ¿picardía?

Lo que me faltaba.

Nos sentamos a una mesa y Thiago se encargó de traer la bandeja llena de comida y de café.

—Ya has oído a tu padre —dijo con voz grave viendo mi cara de asco.

No me apetecía comer porque el olor a hospital me quitaba el hambre. Aquel aroma solo me traía malos recuerdos.

—Vamos, nena. ¿No querrás ponerte enferma?

Lo miré atenta. ¿Nena? ¿Cuándo dejaría de llamarme así?

No, eso era lo último que deseaba. A poder ser no quería que me ingresaran nunca más en un hospital. A veces, bromeando, le había dicho a Lea que si tenía un hijo lo tendría en la bañera de casa y que ella me ayudaría a sacarlo.

—Vamos, Alexia.

Cogí un sándwich y lo mordisqueé sin ganas.

Lo miré y sentí que me había pasado un mundo con él. Vale, sabía que parte de todo aquel cabreo era culpa mía. ¿Estaba más sensible por lo de mi madre? Daba igual, cualquier momento era bueno para disculparse.

—Thiago.

—¿Mmm?

—Lo siento, lo siento mucho. No te lo dije antes porque no quería hacerte daño, aunque ahora me he dado cuenta de que tenías todo el derecho del mundo a saberlo. Pero solo de pensar que podías sufrir... —Di un golpe en la mesa con la mano, enfadada—. No quería que mi madre te hiciera daño... Joder... —Me cogí la mano porque me dolía del golpe que yo misma me había dado.

Thiago se acercó a mí, cogió mi mano con la suya y la examinó como si fuera un médico.

—¿Te duele?

—No, no es nada...

—A ver, muévela, ¿puedes?

—Sí..., ha sido solo un porrazo.

Notarlo tan cerca provocaba en mí mil sensaciones que no quería sentir. Debía recordarme que él estaba con Débora y me eché hacia atrás.

—Come, novata —me ordenó con cariño.

—¿No podrías ser más odioso?

Me miró sorprendido y empezó a reír ante mi pregunta. Yo me uní a sus risas.

Dios..., ¡cuánto lo echaba de menos!

55

—Oye, Thiago, me equivoqué —comenté más seria, intentando retomar aquella conversación—. Pero quiero que sepas que había decidido decírtelo y que entonces apareció en escena la carta de mi madre y... ya sabes...

—Te creo, pero me dolió mucho que fueras tú precisamente quien no me lo dijera.

—Puedo imaginarlo. No lo hice para fastidiarte, sino todo lo contrario. Fui egoísta porque no quería verte sufrir.

—Sabía que no era solo por lo de Instagram, sabía que había algo más, pero jamás hubiera pensado que era... eso.

Le costaba verbalizarlo y lo entendía perfectamente. No era sencillo asimilar que tu padre le ponía los cuernos a tu madre.

—Comprendo tu enfado, yo me habría subido por las paredes.

—Tú me habrías dejado tuerto con tus gritos y me habrías mandado a la hoguera. —Su tono bromista me hizo sonreír, pero no iba muy desencaminado.

—Pero también te habría acabado perdonando —tanteé con precaución.

—Yo te perdoné aquella misma noche, Alexia. Estaba realmente ido, pero sobre todo era por mi padre, por sus mentiras, por su doble vida y por mi madre. Y tú fuiste la primera que pillé por delante.

—Pero me lo merecía, debería haber confiado en ti. Siempre me ha costado confiar en la gente..., excepto en Apolo.

Ambos soltamos una risilla. No habíamos tenido oportunidad de hablar de todo aquel embrollo.

—¿Cuándo supiste que yo era la Protectora? —le pregunté entornando los ojos.

—Exactamente no sé cuándo, pero empecé a sospecharlo cuando dormimos juntos y tuviste pesadillas. La cagué, yo también la cagué, pero no quería perder esa relación que teníamos. Tú estabas con Nacho y, a través de esas conversaciones, sentía que también eras un poco mía. Cuando volvimos a estar juntos, decidí explicártelo todo...

—Con tu tía, la pelirroja, cobarde.

Nos reímos y continuamos charlando.

—Pensé que así sería más sencillo, además me apetecía que la conocieras.

—Los dos hemos aprendido que es mejor hablar que callar.

—Aunque duela —añadió él.

—Es mejor no guardar este tipo de secretos.

—Los secretos de Alexia —dijo alzando ambas cejas un par de veces.

Nos reímos los dos al recordar aquellas largas charlas entre la Protectora y Apolo.

—Era muy divertido —concluí pensando en ello.

—Yo me quedé pillado por ti. En el mundo real y en el virtual, qué curioso.

Hablaba en pasado, pero no quería dramatizar. Lo tenía delante y parecía que podíamos empezar a charlar con cierta normalidad. Si nos despedíamos con un simple adiós y sin ironías de por medio, ya podía estar contenta.

—Llegó un momento en que me moría por conocerte, pero estaba cagada. ¿Y si eras un abuelo?

—En cambio, yo sabía que eras guapa, no me preguntes por qué.

Nos reímos de nuevo y seguimos charlando sin darnos cuenta de que era tarde. Me acompañó de nuevo hasta la sala.

—Gracias por todo, Thiago —le dije antes de entrar en aquella estancia.

Su mano cogió la mía y un largo escalofrío recorrió mi cuerpo. Lo deseaba como a nadie y sentía unas ganas exageradas de besarlo. Su dedo pulgar dibujó un círculo en la palma de mi mano y recordé en pocos segundos qué sentía al estar en sus brazos. Mi cuerpo se tensó ante el cosquilleo que noté en mi sexo y me separé un poco de él, temiendo aquella sensación.

Nos despedimos apresuradamente y me volví para verlo marchar. Él hizo lo mismo y me sonrió. ¿Era eso lo que nos quedaba? Mejor eso que nada, pero me sabía a muy poco. El enfado se había esfumado por arte de magia y ahora mis sentimientos afloraban. Lo deseaba, lo quería a mi lado y me costaba entender que estaba con otra chica. Pero no me quedaba otra opción, no puedes obligar a alguien a estar contigo.

Después de cenar con mi padre me fui al piso, me di una buena ducha y, aunque el sofá era muy incómodo, me dormí en él a los pocos minutos con un libro en las manos.

—¿Sí?

—Alexia...

Me desperté de golpe al oír la voz desesperada de Adri al otro lado del teléfono.

—¿Qué?

—Es Lea.

Miré la hora: las tres de la mañana.

—¿Qué le pasa? —pregunté incorporándome de un salto.

Tuve que aguantarme en el sofá porque se me iba la cabeza.

—Joder, Adri. ¿Dónde estás?

—Estoy en el aparcamiento de Magic. Ella llevaba las llaves de mi coche y se ha largado sin decir nada.

—¿Y eso?

Joder, ¿me llamaba porque se habían peleado?

—He besado a Leticia y...

—¡Hostia, Adri!

—No, no es lo que piensas. Luego te lo explico. Lea va muy borracha y no sé si ha tomado algo más...

—¿Algo más?

—¿Coca? —preguntó como si yo tuviera que saberlo.

Puse el manos libres y fui hacia la habitación como un rayo para cambiarme de ropa.

—¿Ha dicho adónde iba?

—No he podido ni hablar con ella...

¡Mierda!, Lea cuando quería era más impulsiva que yo.

«Como le pase algo...»

Evidentemente, tras colgar a Adri, llamé a Lea, pero no contestó al teléfono. Era raro que a mí no me lo cogiera y quise pensar en positivo: estará conduciendo. Con ella no quería ponerme en lo peor porque entonces lo único que haría sería llorar y no podría ayudarla.

Nada más salir del piso vi el coche de Thiago. ¿Qué coño...? Me acerqué para mirar dentro y lo vi sentado en el sitio del conductor, con la cabeza hacia atrás y los ojos cerrados. ¿Dormía?

Di un par de golpes en el cristal, pero no se movió. Me puse nerviosa o, más bien dicho, histérica porque nerviosa ya había salido de mi casa.

—¡Thiago! —Di un fuerte golpe en el cristal y abrió los ojos.

Me quité un buen peso de encima al ver que abría la puerta y que estaba bien.

—¿Qué haces aquí?

—Eh..., quería hablar contigo —respondió adormilado.

—¿A estas horas?

—Hacer un par de horas que estoy aquí —dijo mirando el reloj.

—Me crecen los enanos, joder. Thiago, me ha llamado Adri porque Lea ha pillado su coche y se ha ido no sabemos adónde. Va muy borracha, tenemos que encontrarla. —Subí a su coche y cerré dando un portazo—. Déjame pensar —dije pinzando el puente de la nariz.

—¿Hay algún lugar donde le guste ir en especial o algo así?

Lo miré pensando. No, que yo supiera.

—Supongo que la has llamado —sugirió con cautela pasándome su teléfono.

—Voy a probar otra vez —dije temblando porque no sabía por dónde empezar a buscarla.

Thiago acarició mi otra mano mientras yo llamaba a mi mejor amiga. ¿Dónde coño estaba?

—¿A... lexia?

—¡Lea! ¿Dónde estás?

—No sééé...

—Vale, ¿estás conduciendo?

Oí la música de la radio y supuse que estaba en el coche.

—El muy hijo de puta se ha liado con ella.

—Lea, cariño...

—La lechuza se ha salido con la suya y se han morreado en mi cara de desgraciada, porque soy una desgraciada, ¿lo sabes? Estoy seca, vacía, muerta. No tengo nada.

—Lea, seguro que ha sido un malentendido.

—No. Lo he visto con mis ojos y ahora ya da igual. ¡Eh, tú, hijo de puta! Joderrr... La peña no sabe conducir.

—Lea, aparca el coche, dime dónde estás y voy a recogerte. No puedes conducir en ese estado.

—Naaa..., la coca lo soluciona todo. Ahora mismo iba pensando en pillar un gramo de esos. Me he ido llorando al baño y había tres chicas metiéndose una raya. Les he dado veinte euros y me han dejado una para mí. Al final he estornudado y a tomar por saco el polvo ese —dijo soltando una carcajada.

Uf, me estaba costando un mundo mantener el tipo y no pegarle un buen grito, pero no era la solución; y no quería que me colgara. En ese estado, no sabía cómo podía reaccionar.

Thiago accionó el altavoz en mi móvil y yo lo miré extrañada.

—Lea, soy Thiago. ¿Qué ha pasado, rubia?

—¡Que tu amigo el morenito es un puto cerdo!

—Oye, rubia, ¿puede ser que Leticia llevara justo la misma máscara que tú?

—¿Eh?

—¿No ibas con una máscara negra con unos flecos de purpurina roja?

—Sí...

Yo lo miré flipada, ¿había estado en la fiesta? Thiago me señaló su móvil con el dedo. Vale, había estado hablando con Adri mientras yo lo hacía con Lea.

—Pues creo que Leticia llevaba la misma máscara, probablemente sabía cuál ibas a llevar tú y ha querido putearte. Adri, al tenerla delante, ha pensado que eras tú y ella se ha tirado encima de él. Cuando Adri se ha dado cuenta, se ha separado de ella, pero ya te habías ido.

—¡Joder! ¡Será puta!

Todo su enfado se focalizó en Leticia y empezó a soltar una retahíla de tacos. Pero no dejó de conducir, y eso era lo que me estaba poniendo histérica.

—Rubia, no deberías conducir...

—¡Imbécil! —Oímos cómo apretaba el claxon y Thiago y yo nos miramos asustados.

Nos temíamos lo peor y a mí me vinieron a la cabeza las imágenes de mi accidente.

—Lea, por favor, dime dónde estás...

—El cartel ese dice que estoy cerca del Bernabéu...

—Vale, aparca donde puedas —le indicó Thiago—. En cinco minutos estamos ahí.

—No, no, ya sé volver...

De repente oímos que subía el volumen de su radio. Sonaba «Usted» de Juan Magán y Mala Rodríguez.

—¡Alexia! Que no podrán con nosotras, ¡esta va por la lechuza! ¡Yujuuu!

—Lea, escucha...

Y pasó...

Oímos un bocinazo y un grito de Lea, seguido de un ruido muy fuerte.

—¿Lea?

¡Dios...! No... no...

Mi amiga no contestaba al otro lado del teléfono, pero seguíamos oyendo la música aquella a todo volumen.

—¡¡¡Leaaa!!!

56

LETICIA

Si algo me habían enseñado mis padres, era que no debía rendirme nunca. En mi casa luchábamos por lo que queríamos y estaban permitidas las estrategias necesarias para conseguirlo. Además, la madre de Alexia era quien me ofrecía con mucho gusto toda aquella información; lo único que pedía era que no la delatara y que no sintiera ningún tipo de remordimientos por hacerle daño a su hija.

Yo, encantada.

Cuando conocí a su madre, me vi reflejada en ella; entre las dos surgió de inmediato una conexión instantánea.

Estábamos en una subasta de arte donde coincidimos con mucha gente, pero mi madre me señaló a una mujer muy elegante y bastante guapa. En unos días me iba a Helsinki y asistir a aquel evento junto a mi madre y una de sus amigas me pareció mucho más divertido que pasar la tarde con Adrián.

—Por lo visto, vive con ella por obligación —musitó la amiga de mi madre.

Aquella mujer se llevaba fatal con su hija y era de dominio público entre las amistades de mi madre. Según decían, la dejó a cargo de su padre cuando apenas tenía un mes de vida. Me cayó bien sin conocerla.

—Si no la quería, sería por algo.

—Probablemente. Creo que incluso su padre la abandonó —continuó diciéndome.

—A mí me parece una mujer muy distinguida. Estoy segura de que su hija es una paleta.

—Ven, te la presentaré...

Me reconocí en ella en cuanto hablamos: avariciosa, con ímpetu, fuerte y orgullosa. Era una abogada sin escrúpulos que se había forjado un nombre entre los de mi clase social. Según decían, era mejor tenerla en tu lado del estrado, porque era implacable y fría como el hielo.

Al cabo de un mes, aquella abogada se encargó de varios asuntos de la empresa de mis padres y acudió en diferentes ocasiones a mi casa. Aunque siempre utilizaba su apellido, yo sabía que se llamaba Alexia, como su hija.

No me costó mucho descubrir que la amiga de aquella rubia de bote era su hija. Yo estaba en Helsinki y Débora y Gala me iban informando de lo que ocurría en Madrid. Cuando me dijeron que una tal Lea y una tal Alexia rondaban constantemente a Adrián y a Thiago, moví mis hilos. Y me alegré cuando me enteré de que aquella Alexia era la hija palurda de la abogada. Hice las maletas y me presenté en Madrid por sorpresa. Necesitaba ver con mis propios ojos qué ocurría con Adrián y también necesitaba hacer una visita a la madre de Alexia en su despacho.

Tal y como imaginé me recibió con los brazos abiertos y le expliqué sin miedo cuáles eran mis intenciones con su hija. Ella y su amiga me molestaban y requería su ayuda para quitármelas de encima. Evidentemente, se posicionó a mi lado desde el minuto uno y quedamos una tarde para hablar de ello. Estuvo horas despotricando de Alexia.

No sabía de dónde salía todo aquel rencor, pero me daba absolutamente igual. Mi idea era putear a aquellas dos y su madre me proporcionó la información necesaria para jugar con ventaja ante ellas. Sabía que Alexia se apoyaba mucho en su amiga Lea, así que me daba igual hacer daño a una o a la otra. Eran un par de patéticas y no sabían con quién se habían topado.

Al final, la jugada no me había salido tan bien como esperaba.

—¿Leticia? Deja el móvil.

—Sí, mamá.

—Un poco de respeto, estamos en un entierro.

—Sí, mamá. Lo siento.

Al salir de aquel tanatorio esperpéntico donde se celebraba el entierro, crucé mi mirada con la de Alexia y se acercó a mí hecha una fiera.

—Eres una hija de puta...

Le dio igual que estuviera delante mi madre, quien al oírla tensó el cuerpo.

—Te acompaño mucho en el sentimiento.

—De un modo u otro se acabará sabiendo que fuiste tú quien manipuló los frenos del coche de Adri —me soltó antes de ir junto a su padre.

Mi madre me miró con los ojos muy abiertos.

—¿Leticia?

—Eh..., no es verdad.

—¿Estás segura?

Me molestó que me mirara de aquella forma, como si no confiara nada en mí.

—A ver, mamá, a la vecina de enfrente le pasó algo parecido, ¿verdad?

Mi madre juntó sus cejas y apretó sus labios.

—A la vecina de enfrene, Leticia, le dio un ataque de epilepsia mientras estaba aparcando su coche. Afortunadamente, yo estaba en el jardín y pude socorrerla al oír el golpe que dio contra la puerta de su garaje.

—¿Pero...?

—Leticia, no estaba decidido del todo, pero creo que te irá muy bien pasar una temporada en Bezanes.

¿En Asturias? ¿Con la tía Rosi? ¿En ese pueblo de doscientos cincuenta habitantes?

57

Allí estábamos todos reunidos, incluso estaban a mi lado Marco y Javi. ¿Qué más podía pedir? Estaba arropada por los míos, por mis amigos, por Thiago, pero no podía dejar de llorar.

—Cariño, debes descansar —me indicó mi padre cogiéndome del codo.

—Vamos, Alexia. —Judith me abrazó por el otro lado y me guio hacia el coche.

—No somos nadie, nadie... —Miré a aquella mujer mayor que decía aquello.

Tenía mucha razón. Era la segunda vez que me topaba con la muerte y no dejaba de ser algo sorprendente. Hoy estás y mañana ya no. ¿Cómo podía ser? Te pillaba desprevenido y no tenía compasión. Daba igual si eras un chico joven, una futura mamá o un millonario que lo tenía todo.

Me crucé con Leticia y no pude evitar decirle lo que pensaba porque estaba casi segura de que el accidente de Lea lo había provocado ella. Yo misma le había sugerido la idea al decirle en El Rincón que vigilara el líquido de frenos de su coche. Leticia estaba loca; no entendía que su madre no lo viera. Una cosa era decir tonterías como aquellas y otra muy distinta llevarlas a cabo.

—Quiero ir al hospital —le dije a mi padre.

—¿Quieres que te lleve? —me preguntó Thiago, que estaba justo a nuestro lado.

Miré a mi padre y afirmé con la cabeza. Thiago y yo teníamos una charla pendiente.

Entré en su coche y me llevó hasta el hospital en un silencio absoluto. Los dos estábamos igual de serios, aunque no me sentí incómoda en ningún momento. Aquel silencio era lógico en esa situación.

Cuando detuvo el coche, Thiago habló primero.

—Alexia...

—Entenderás que no quiero saber nada más de ellas.

—Ni tú ni yo.

¿Eso qué quería decir?

—Hablé con Débora y hemos terminado.

Alcé ambas cejas. Esa no me la esperaba.

—La noche de la fiesta de las máscaras lo dejé con ella y después vine a hablar contigo, pero al ver la hora que era no quise molestarte. Sabía que estabas muy cansada con lo de tu madre.

Tragué saliva tras escuchar su explicación. Tan solo hacía día y medio de aquello.

—Y quise esperar a que se hiciera de día para comprar el desayuno y subir a tu piso.

Thiago se lamió los labios, nervioso.

—Necesitaba hablar contigo. Me pediste perdón y yo no lo hice. Así que te debo una disculpa por todo lo que ha ocurrido, por pagar el error de mi padre contigo y por no estar a tu lado cuando más me necesitabas. Sé que también lo has pasado mal. Hablé con Lea aquella noche, antes de que pasara todo aquello, y me explicó algunas cosas.

Cómo no..., mi mejor amiga no había sabido nunca mantener ese piquito de oro cerrado. Sonreí al pensar en ella.

En ese momento sonó mi móvil.

—¿Marco? ¿Qué pasa?

—¿Estás bien? Quería decirte adiós.

—Sí, sí...

—¿Estás en el piso? ¿Sola?

—No, estoy con Thiago en el hospital.

Se calló unos segundos.

—Tu amigo me cae bien, díselo.

—Creo que tú también le caes bien —le dije con sinceridad.

—Eso es fácil —replicó antes de ponerse a reír.

—Unos con la autoestima por el suelo y otros la tienen por las nubes —le dije sonriendo por primera vez.

—El que no se quiere bien tonto es, porque somos únicos.

En eso tenía toda la razón.

—¿Vas a dedicarte a la filosofía, jefe?

—Cuídate, muñeca. Nos vemos a la vuelta. Si me necesitas, ya sabes...

Marco se iba a primera hora de la mañana a Londres. Le tocaba pasar la semana fuera, pero no se quejaba. Tal y como él decía, nadie lo ataba en Madrid.

Aquel mosqueo había desaparecido de la misma manera que había aparecido. No era un tipo melodramático y sabía que lo nuestro era simplemente algo sexual. Y yo sabía que siempre iba a tener un amigo en él.

Al colgar vi que Thiago estaba algo tenso.

—¿Thiago?

—No me respondas si no quieres, pero ¿hay algo más entre vosotros?

—¿Algo más?

—Algo serio.

—Sinceramente, somos buenos amigos. Ha estado a mi lado desde el primer día. Me fui a Londres con él, ya lo sabes, pero no se aprovechó de la situación en ningún momento. Cuando nos acostamos juntos, fui yo la que empezó...

—Por la llamada de Débora.

—Me destrozó oírte, Thiago —murmuré recordándolo—. Te oí decirle...

—Chis...

Me abrazó y me apoyé en su hombro.

—¿Y ahora? —preguntó con cautela.

—Ahora nada. Los dos teníamos claro que esto era algo pasajero o incluso ocasional. Él sabe lo que siento por ti.

Nos miramos con una leve sonrisa. Parecía que ninguno de los dos quería correr.

—¿Vamos? —le pregunté con la intención de salir del coche.

—Alexia...

—Dime.

—Siempre has estado ahí.

—¿Ahí?

—En mi cabeza.

Sonreí ampliamente. Sabía qué quería decir.

—¿Me has traído a Nick Bateman? Joder, te lo pedí ayer. ¿No me has hecho ni caso?

—¿Qué diría Adri si te viera en la cama con ese señor?

—¿Señor? Alexia, deberías ser tú la que estuviera en esta cama.

En ese momento entró la enfermera y nos miró con simpatía. Lea intentaba animarme después de darme el pésame. No dejó de hacerme preguntas, una tras otra: ¿cómo estás?, ¿qué tal tu padre?, ¿y Judith? Era un cielo, era ella quien estaba hospitalizada, pero me mimaba como si la enferma fuera yo.

—Señorita Martos, ¿ya está usted pidiendo? —La enfermera me miró a mí y se rio—. No he visto enferma más quejica que tu amiga, perdona que te lo diga.

—Lo sé, lo sé —repliqué sonriendo antes de dirigirme a Thiago—. El año pasado le sacaron una bolita de grasa de la mano, que no era nada, y estuvo un mes lloriqueando.

—Ten amigas para esto —dijo Lea tapándose la cara con la sábana—. ¡Oh, Nick! No la escuches que no sabe lo que dice.

—¿Alguien me llamaba? —Adri apareció en ese momento con un ramo de rosas enorme.

—Creía que habías quedado con tu madre —le comentó Thiago sorprendido.

—Claro, para ir a comprar las rosas más bonitas de Madrid para la chica más guapa del planeta.

—Del universo —le dijo Lea saliendo de debajo de la sábana.

—¿Podéis salir un momento? —nos preguntó amablemente la enfermera.

—Todos me han visto el culo, Amaya —le dijo Lea con desparpajo.

—¿Thiago te ha visto el culo? —le preguntó Adri, preocupado.

—En el accidente se me subió la falda hasta la garganta. Puto perro...

A Lea se le cruzó un perro e intentó detener el coche, pero los frenos no respondieron. Al dar un volantazo para tratar de esquivarlo, se golpeó contra una farola. No iba rápido, pero su rodilla impactó contra el salpicadero y se rompió el menisco. Al día siguiente la operaron sin ninguna complicación. La intervención apenas duró una hora y enseguida la subieron a la habitación. Nos quedamos con ella ahí hasta mediodía, cuando mi padre me llamó para darme la mala noticia.

Mi madre había vuelto a sufrir otra hemorragia y no habían podido hacer nada por ella. El único consuelo que me quedó es que murió sin padecer. En cuanto lo supe, algo dentro de mí se rompió porque estaba convencida de que mi madre saldría de esa, siempre había sido dura, fuerte y nada había podido con ella.

—El perro y los cubatitas —le recordó la enfermera.

Y que alguien había echado alcohol en el líquido de frenos del coche de Adri, con lo cual el líquido no había podido llegar a los frenos y habían quedado inutilizados. La policía nos lo explicó con pelos y señales, e incluso nos comentó que de ese modo no se encendía ningún tipo de piloto en el coche que pudiera avisarte de que algo iba mal. También nos informaron de que no había huellas y de que era muy difícil poder acusar a alguien sin pruebas, aunque todos estábamos bastante convencidos de quién era la autora de los hechos.

—¡Bah! Si iba bien...

—Seis puntos que te han quitado, petarda —le dije yo recordándoselo—. Y como vuelvas a hacer algo así, Amaya te va a tener que poner puntos en ese culo tan mono que tienes.

—¿Ves cómo se pone por nada? —Lea se dirigió solo a la enfermera y nosotros salimos riendo.

Esta Lea...

Nos quedamos con ella hasta que se hizo tarde y nos despedimos de su madre, que estuvo a su lado por la noche. Nos informó de que si todo seguía igual de bien al día siguiente volverían a casa.

En el aparcamiento le dijimos adiós a Adri y Thiago me llevó a mi casa. Estaba muy cansada, pero no me apetecía estar sola. Mi padre y Judith se alojaban en un hotel y no era cuestión de meterme en la cama entre ellos dos, ya no era un niña.

Thiago aparcó y quiso acompañarme hasta el portal.

—¿Me invitas a un café?

—Tengo una Nespresso que hace un café descafeinado buenísimo —le dije, animada al saber que iba a quedarse un rato conmigo.

Nos tomamos ese café y Thiago se ofreció a limpiar las tazas mientras yo me daba una ducha rápida. Al salir lo encontré en el sofá con la cabeza echada hacia atrás y los ojos cerrados. Me acerqué para ver si se había dormido.

—No duermo —dijo con suavidad.

Solté una risilla.

—¿Tienes un tercer ojo?

—Te huelo a kilómetros —respondió mirándome a la vez que se levantaba para colocarse frente a mí.

Acarició mi rostro con la mano y yo cerré los ojos al sentir su caricia. Thiago me abrazó por la cintura y clavo sus ojos verdes en los míos.

—Debes de estar cansada —murmuró con ternura.

—Estoy molida, como si me hubieran dado una paliza. No sé si podré dormir...

Lo decía en serio. La muerte de mi madre había sido un duro golpe. A pesar de que no me quería, a pesar de su rechazo, había sentido mucha pena. Pena por no poder arreglar las cosas con ella, pena porque en el fondo siempre había pensado que un día u otro fumaríamos la pipa de la paz y mucha más pena al saber ahora con toda certeza que no tendría nunca más a mi madre a mi lado.

—¿Quieres que duerma contigo?

58

Me fui a mi habitación, me metí en la cama y le di la espalda. Thiago se acostó a mi lado.

—Anda, mírame.

Me volví hacia él y nos quedamos en silencio en esa posición durante unos minutos. Había echado de menos tenerlo tan cerca.

—Recuerdo el primer día que te vi —dijo con su voz grave—. Me dejaste atontado. Adri todavía se ríe de mí.

—Adri, el mensajero de las preguntas —murmuré sonriendo.

—Estaba seguro de que serías una creída y una rompecorazones, pero me equivoqué. Eres especial.

Thiago se acercó a mí y sus labios rozaron los míos con delicadeza. Buscó de nuevo mis labios y nos besamos sin prisas. Me hubiera pasado horas besándolo, ¿podía haber algo más placentero que sentir la suavidad de sus labios? Esos delicados mordiscos me ponían a mil por hora, pero dejamos de besarnos para charlar sobre todo lo que nos había ocurrido hasta entonces. Ambos queríamos tenerlo todo claro antes de volver a empezar, la caída había sido dura y dolorosa. Ninguno de los dos quería sufrir de nuevo.

Nos dormimos con las manos entrelazadas y logré descansar durante toda la noche sin pesadillas, algo bastante increíble.

Cuando desperté me sentí como nueva y al volver mi rostro hacia un lado supe cuál era la razón: Thiago.

—Buenos días, nena.

—Buenos días.

—¿Cómo has dormido?

—Como nunca...

—Me alegra tener ese efecto en ti...

Nos miramos con esa intensidad tan nuestra y nos acercamos un poco más. Su nariz rozaba la mía.

—Alexia...

—¿Mmm?

—Eres lo primero en lo que pienso cada mañana desde que te conozco.

—¿Incluso cuando te caía mal? —pregunté bromeando.

—Nunca me has caído mal, simplemente me tenías acojonado.

Nos reímos y sentí el temblor de su pecho.

—Del odio al amor hay un pasito, ¿eh? —le dije con ironía.

—Aquí solo se ha respirado amor, aunque parece ser que los astros no nos han favorecido.

—Lo de la carta de mi padre...

—Lo de Nacho, lo de Apolo y la historia entre mi padre y tu madre.

—Y después nuestra rabia y Débora.

—En todo este tiempo he deseado besarte un millón de veces, he deseado abrazarte muchas más y he tenido que aguantarme las ganas de matar a alguien alguna que otra vez.

Nos reímos de nuevo con una buena carcajada.

—Ahora puedes besarme... —Rocé sus labios con los míos—. Puedes tocarme... —Mi mano buscó la suya y trenzamos nuestros dedos—. Y puedes hacerme tuya...

—Me estás poniendo malo...

Mi lengua buscó la suya y nos enredamos en un beso caliente que nos llevó a unir nuestros cuerpos en un abrazo apretado.

—Un momento.

Thiago se separó de mí y se volvió para coger su móvil. Empezó a sonar «Las costuras del alma» de El Barrio con esa voz flamenca y luego dejó el móvil a un lado para mirarme de nuevo. El ritmo nos envolvió en pocos segundos y el ambiente se cargó de magia. Me sonrió con los ojos y mi corazón dio un pequeño vuelco.

—«*A ver quién es la guapa que me ayuda a desvestir...*»

Reí al oírlo cantar, pero su dedo en mis labios me hizo callar. Ese dedo bajó hasta mi cuello y quemaba por donde pasaba. Tuve que cerrar los ojos al sentirlo de ese modo, junto a esa música. La mano de Thiago abarcó mi cuello y sentí cómo acercaba su cuerpo al mío.

Sus labios rozaron mi boca y empezó a besarme con pasión. Nuestras ganas se unieron y le correspondí con el mismo brío buscando su lengua. Nos besamos, nos mordisqueamos y nos lamimos, todo a la vez, mientras nuestras manos acariciaban con más timidez nuestros cuerpos. Cuando tocó mi punto sensible, me tensé porque con muy pocos roces me sentía al límite.

—Thiago... —me quejé en un murmullo.

—¿Mmm?

Despegó sus labios de los míos para besar mis pechos y curvé mi espalda ahogando otro gemido de placer. Dios..., estaba a punto de llegar al orgasmo. Estaba muy apurada y no quería demostrarlo.

—¿Alexia?

—¿Qué? —le pregunté abriendo los ojos.

—Dámelo...

Besó mi boca casi con desespero a la vez que introdujo dos de sus dedos en mi sexo provocando que yo me rindiera del todo.

—Es mío..., dámelo... —me rogó con ese tono sensual que yo recordaba muy bien.

—Thiago... Quiero tenerte dentro... —le pedí como una desesperada.

Necesitaba sentirlo a él. Al completo.

—Primero dámelo...

Me dejé ir y al poco sentí cómo aquel orgasmo empezaba en mi sexo y recorría todo mi cuerpo. Gemí y le nombré varias veces mientras aquel placer me nublaba la vista y la razón.

—«*Yo no me enamoro más, yo me enamoro una vez...*» —Thiago cantaba la canción y lo miré sorprendida—. La primera vez que la escuché pensé en ti.

Sus labios me atraparon de nuevo.

—¿Querías tenerme dentro o algo así he oído antes?

Me reí por su pregunta.

—Alexia..., cuando ríes...

—¿Qué?

—Puedes volver loco a cualquiera. A mí ya me tienes loco.

Nos miramos fijamente. Joder, yo también estaba loca por él.

Me abracé a él sintiendo su piel y Thiago aspiró el aroma de mi pelo.

—Te he echado de menos...

—Y yo, Thiago —le susurré.

Su sexo erecto rozó el mío.

—Quiero verte encima de mí...

Su mirada cargada de deseo provocó que lo obedeciera sin rechistar.

Thiago lamió sus labios y yo mordí los míos mientras nos mirábamos. Ninguno de los dos quería perderse la reacción del otro.

—¿Hoy no escojo? —preguntó de repente.

Me entró la risa al recordar que la última vez le había preguntado si lo quería rápido, despacito o fuerte.

—¿Quieres escoger o prefieres la sorpresa?

—La verdad es que la última vez me...

La introduje de golpe en mi sexo y Thiago reaccionó del mismo modo: sus ojos abiertos y cargados de placer me miraron con adoración.

—Chica mala...

—Chico guapo...

Era increíble que ambos recordáramos palabra por palabra nuestra última sesión de sexo.

Empecé a moverme despacio para ir acelerando el ritmo. Thiago estaba apurado, lo veía en sus ojos, y su mano fue en busca de mi punto sensible para incrementar mi placer.

—Nena..., sigue... Dios...

—Sí...

Thiago tensó el brazo y supe que su orgasmo estaba a punto de atraparlo, así que me moví con más rapidez.

—Alexia...

Me encantaba saber que yo era la que provocaba todo aquel placer.

—Thiago..., dámelo...

Cerró los ojos unos segundos y empezó a gemir, tras lamerse los labios. Verlo de aquella forma, sintiendo su orgasmo provocó el mío y ambos nos nombramos a la vez.

—Alexia...

—Thiago...

Tras esa oleada de placer me fui deteniendo hasta dejarme caer en su pecho. Ambos respirábamos rápido y sentíamos los latidos de nuestros corazones.

Al día siguiente, después de una sesión de sexo suave y delicado nada más despertar, nos dimos una buena ducha y preparamos unos espaguetis con salsa boloñesa para comer. Estábamos hambrientos y nos sentamos a la mesa entre risas.

—Buenísimos —dijo masticando.

—¿Verdad? Me los enseñó a cocinar mi padre.

«¡Joder! Quizá debería llamarlo.»

Fui a por mi teléfono y le llamé al momento. Estaban comiendo y hablamos poco, pero quedamos en cenar juntos aquella noche.

—Tu amigo puede venir —dijo casi al final.

—¿Adónde?

—A cenar esta noche.

—Eh...

—A Judith le cae muy bien, y así yo me entreno en hacer un interrogatorio de esos que hacen los padres.

—¡Papá!

Nos reímos los dos y quedamos en que le diría a Thiago que estaba invitado a cenar con mi familia.

¡Mi familia! Joder, qué bien sonaba eso.

Justo cuando me despedía de mi padre, llamaron al timbre y Thiago me dijo que era Javi. Cuando subió, le abrí la puerta y nos dimos un fuerte abrazo.

—Aquí huele a macho —me dijo separándose de mí.

—Más bien a salsa boloñesa.

—¡Thiago!

Javi le saludó con uno de sus efusivos abrazos y mi chico se quedó un poco cortado. Seguidamente se dirigió a mí.

—Venía a explicarte algo...

Nos dijo que había visto a través de las grabaciones de las cámaras de Magic quién me había puesto droga en la bebida. Al parecer no había sido el tipo aquel, sino la propia Débora.

«Cuando la pille...»

Al irse Javi, Thiago y yo hablamos con tranquilidad de todo aquello. Le expliqué también la putada de la cerradura y el asunto de los mensajes y las fotos de Antxon. No lo podía asegurar, pero pensaba que todo aquello podía ser cosa de aquellas tres chaladas.

—Tengo entendido que Leticia se va en un par de días.

—¿En serio? —pregunté supercontenta. Sobre todo, por Lea.

—Sí, creo que se va a Asturias a pasar una temporada larga. No me preguntes a qué porque no tengo ni idea. Lo ha comentado esta mañana Nacho en nuestro grupo de WhatsApp.

—A ver si desaparece del mapa. En serio, creo que fue ella la que manipuló el coche de Adri.

—Te creo, esa tía no está bien de la cabeza.

—Ninguna de ellas. Suerte que Javi ha estado a mi lado como un buen amigo.

—¿Y es solo un amigo?

Lo miré sonriendo.

—Es homosexual.

—¿Cómo?

—Que a Javi le pareces más apetecible tú que yo...

—¿Bromeas?

—En absoluto. Y ahora vamos a ver su película favorita. ¿Has visto *Dirty Dancing*?

—Eh... ¿Esa que va de baile o algo así?

—Esa misma. Siéntate y ponte cómodo porque vas a alucinar.

—¿En serio? —preguntó sonriendo de medio lado.

—Ahora no sé si poner la película o comerte esa boca...

Adoraba su sonrisa, el brillo de sus ojos verdes y esos labios mullidos tan deseables, pero nos dedicamos a ver la película abrazados en el sofá, con las manos entrelazadas y mirándonos de reojo de vez en cuando.

Patrick Swayze molaba, vale, pero Thiago me fascinaba.

59

Habían pasado un par de días y Lea se subía por las paredes. Le habían dicho que se quedara en casa haciendo reposo, pero el miércoles exigió vernos en El Rincón. Según ella, la mejor cura éramos nosotras, así que quedé con ella y Natalia para cenar.

Yo fui la primera en llegar y en cuanto me senté a la mesa Adam vino a hablar conmigo. Me preguntó muy contento si estaba de nuevo con Thiago y me reí al ver que las noticias volaban. Me comentó que se habían visto en el club de pádel y que Thiago se lo había soltado a las primeras de cambio.

—Lo he visto muy feliz —afirmó Adam—. Me alegro por vosotros.

—Gracias, la verdad es que Thiago es un encanto.

Adam se fue y me quedé pensando en él. Habíamos pasado juntos el domingo, hasta que se fue a su casa porque no había aparecido por allí desde el sábado. No le apetecía mucho, pero le sabía mal. Al cabo de una hora me llamó para preguntarme si tenía un hueco en mi cama y riendo le respondí que sí. Sus padres estaban de cena y llegarían bastante tarde, así que no se lo pensó dos veces y pasó la noche del domingo conmigo.

Por lo visto, la vida matrimonial de sus padres continuaba como siempre, ya que el padre de Thiago no le había explicado nada a su madre. Su padre había dejado de verse con mi madre y le había dicho a Thiago que se arrepentía y que quería a su madre. Le pidió a Thiago que no dijera nada porque quería redimirse.

Yo entendía que su padre había rectificado, pero el daño ya estaba hecho. Había mentido y engañado a su mujer, eso no lo comprendía. ¿Por qué los mayores complicaban tanto las cosas? Si no quieres a tu mujer y deseas a otra, debes afrontar el problema. ¿De qué servían todas aquellas mentiras?

Cuando llegó Natalia, me estuvo explicando que su madre estaba mucho mejor, que uno de sus hermanos había decidido quedarse en Madrid y que con Ignacio tocaba el cielo con las manos. ¿Qué más podía pedir? Ya era hora de que fuera feliz, la verdad. Lo único que le faltaba era encontrar otro trabajo, pero ya le llegaría el momento, estaba segura.

—Dejen paso, dejen paso...

—Aquí la tenemos —le indiqué a Natalia señalando a Lea y sus muletas.

A ninguna de las dos se nos ocurrió ayudarla porque sabíamos cómo se las gastaba. No soportaba que la trataran como a una enferma.

—¡Petardas!

Se sentó y resopló.

—Las putas muletas me tienen harta.

—Ya te queda menos —le dije yo.

Lea puso los ojos en blanco y nos reímos las tres.

—Tengo un notición —les dije cortando esas risas.

—¡Leticia se va! —dijo Lea entusiasmada.

—¡Sííí! —gritamos las dos.

—¿Alguien me lo explica? —preguntó Natalia sonriendo.

La pusimos al día y después Lea habló con más seriedad.

—Tengo que contaros algo.

—¿Sobre qué? —pregunté yo.

—No podía decirte nada...

—¿Nada de qué?

—Alguien me ha estado enviando fotos y amenazas varias.

—Lo sé, me explicaste lo del escarabajo.

—Luego hubo más... Fotos tuyas y amenazas contra ti.

—¿Qué tipo de fotos?

—Fotos del accidente, del hospital, de tu herida, de todo eso...

Parpadeé varias veces intentando asimilar sus palabras.

—Pero... ¿de dónde han salido?

—No lo sé; solo sé que me amenazaron con haceros daño a ti o a Natalia si decía algo...

Y entonces pensé en mi cuaderno... Todo aquello estaba allí y la única que había tenido acceso a toda aquella información había sido mi madre. Joder... ¿En serio? ¿Se había dedicado mi madre a putearme con todo eso? ¿A santo de qué? ¿Qué ganaba ella haciéndome sufrir de ese modo?

Resoplé pensando que no tendría nunca la respuesta porque ella ya no estaba, pero a veces la vida pone las cosas en su sitio cuando menos te lo esperas.

—¿Qué hace esa gilipollas aquí? ¡Al final tendremos que cambiar de bar, coño! —soltó Lea indignada al ver entrar a Débora.

Sin pensarlo me levanté y me dirigí hacia ella. No podía no decirle nada; si me hubiera callado, no habría sido yo.

—Tengo que hablar contigo —dijo cuando me planté frente a ella—. ¿Nos sentamos un momento?

¿Hablar conmigo? La curiosidad me pudo, evidentemente.

Seguí a Débora y nos sentamos a una mesa.

—¿Qué quieres? —le pregunté.

—Quería disculparme. Eh..., por varias cosas. La primera por meterte droga en tu bebida y la segunda por apoyar a Leticia en todas sus... jodidas locuras.

—¿A qué te refieres? —pregunté esperando que lo soltara todo.

—Leticia siempre ha sido un poco especial y al principio era divertido. Además, yo estaba picada contigo por Thiago, aunque cuando hablé con él me di cuenta de que estaba haciendo el gilipollas. Me abrió los ojos y me hizo ver que me estaba equivocando.

—Me alegro por ti —le dije con cierta ironía.

Por muchas disculpas que me pidiera, seguía siendo Débora, la chica que me había estado jodiendo durante meses.

—Lo de los mensajes y las llamadas fue cosa de Leticia. Un amigo suyo la ayudó con todo ese plan maquiavélico. Su idea era fastidiarte para así joder a Lea.

—Magnífico plan.

—Y todo lo que sabía Leticia...

Débora me miró asustada.

—¿Se lo decía mi madre?

—Sí —afirmó más segura—. Gala y yo le dijimos que empezara a olvidar a Adrián, pero ella solo tenía en la cabeza putear a Lea. Comenzó a desvariar y a decir que quería verla en el cementerio. En ese momento entendí que no quería ser como ella, y menos por un chico.

Sabía que había sido Leticia la que había manipulado el coche de Adri.

—Pues tiene suerte de que no la voy a ver más porque si la pillo...

—Entenderás que te pida que no digas ni una palabra de esto a nadie; si Leticia se entera... Si se entera, no quieras saber de lo que es capaz.

Joder, con la lechuza, ni que fuera una asesina en serie.

—Creo que exageras, pero tendré en cuenta tus palabras —le dije cruzando los brazos.

—¿Que exagero? —Me miró alzando sus cejas—. ¿Sabes quién es Carol?

—¿Carol?

—Aquella chica que... salió con Thiago.

Sí, recordaba esa historia: esa chica joven que intentó suicidarse por Thiago o algo así.

—Se intentó suicidar porque alguien la presionó —dijo con rotundidad.

—¿Me estás diciendo que Leticia...?

—Yo no digo nada —me dijo muy seria. No estaba bromeando, no.

Se fue de allí con su típico contoneo de caderas y la miré pensando en todo lo que me había dicho. Debería hablar con Lea de todo esto, estaba claro.

—¿Qué tal ha ido?

Thiago me llamó al cabo de un rato.

Me tumbé en la cama, suspirando, y se lo expliqué todo mientras acariciaba al gato de mi madre, a quien había adoptado, por supuesto. Le comenté lo de Débora, lo de Leticia y lo de mi madre.

—¿Estás bien? —preguntó preocupado.

—Sí, solo estoy un poco cansada de tantas historias.

—En cuanto terminemos los exámenes, nos vamos, ¿te parece? Tenemos un par de viajes pendientes. Nos espera Barcelona y esa tienda de pintalabios. Y también la sierra con aquellas cabañas colgantes.

—Sí... Tengo ganas de estar a solas contigo, sin nadie que nos incordie.

—Yo también tengo muchas ganas... y de perderme entre tus brazos.

—¿Sexo? —le pregunté divertida.

—No digas esa palabra sin estar a mi lado, que monto una tienda de campaña en mis pantalones en menos de dos segundos.

Nos pusimos a reír con ganas.

—Alexia...

—¿Mmm?

—Sé que eres tú.

—¿A qué... te refieres?

—¿Te acuerdas de cuando Apolo te decía que creía que había un «ella» para él?

—Sí, y un «él» para mí —murmuré con nostalgia.

Parecía que había pasado toda una vida y apenas habían transcurrido ocho meses.

—Pues sé que tú eres esa persona.

Nos quedamos unos segundos en silencio.

—Sé que pasaremos baches, que nos enfadaremos, que tú darás algún que otro portazo...

Nos reímos los dos y continuó.

—Que yo aprenderé de ti, que me dejaré llevar y que no me cansaré de besarte a todas horas.

—Thiago —solté en un suspiro.

—Nena, te quiero con locura.

—Te quiero mucho... ¿Por qué no vienes...?

—Ábreme.

—¿Estás...?

—¿Detrás de tu puerta? Parece que sí.

Sonó el timbre y nos reímos los dos. Cuando le abrí no pude verle el rostro porque tenía una caja envuelta en papel de regalo justo delante.

—Un regalo para mi chica.

Uf, «mi chica»... Sonaba genial.

—¿Y eso?

—Lo vi, pensé en ti y lo visualicé en tu piso. Es solo un detalle.

—¿No es una joya, entonces?

Nos reímos de nuevo porque era imposible que en una caja de esas dimensiones hubiera ninguna joya.

Thiago entró en el piso sonriendo y me dio el paquete.

—No pesa. ¿No son lingotes de oro?

—Sabía que los lingotes no te harían ninguna gracia.

Risas y más risas...

—Si no te gusta...

—Seguro que me encanta —le dije abriendo el regalo.

Era la letra A hecha de madera pintada de un verde suave y con luces de led para decorar.

—He pensado que la podías poner en tu habitación y que quizá te acompañe en tus sueños cuando tengas pesadillas.

Su tono suave y sus palabras me llegaron al corazón.

—Es... es el mejor regalo que me han hecho nunca, Thiago.

—Tú te mereces lo mejor, Alexia.

—Gracias... Me encanta.

—¿Más que tu coche? —preguntó bromeando.

—Tampoco te pases —respondí riendo.

Del amor a las risas. Esas risas que enamoran. ¿Había algo mejor?

Dos semanas más tarde nos fuimos a Niza con el profesor Peña y fue un viaje para no olvidar. Thiago y yo estábamos felices de poder estar juntos, de que nadie nos molestara y de poder empezar de cero otra vez. Se nos antojaba un futuro muy dichoso, y aquel viaje fue como una pequeña luna de miel en la que aprendimos muchas cosas, pero en la que también disfrutamos durmiendo juntos cada noche durante aquella semana.

Poco después de regresar a Madrid, empezaron los exámenes y nos vimos menos, pero no nos preocupaba porque sabíamos que estábamos en los pensamientos del otro, sabíamos que aquello sería para siempre.

60

—A ver, Lea, ¿en serio has hecho un pastel de marihuana? —preguntó Nacho sonriendo.

Estábamos todos en mi piso, celebrando que habíamos terminado los exámenes y que el verano estaba a la vuelta de la esquina.

—Tienes que pasarme la receta —soltó Adam de pronto.

—¿Adam? —Esa era Ivone, que miraba a su chico asombrada.

Adam se había espabilado mucho en los últimos meses. Nacho lo había adoptado como si fuera su pupilo. Esperaba que solo le enseñara lo bueno, porque Ivone y él hacían muy buena pareja y Nacho seguía siendo un donjuán.

—La he hecho con mi madre, así que...

—¿Con tu madre? —preguntó Javi riendo.

Javi venía con nosotros de vez en cuando y le encantaba charlar con Lea de recetas. Habían hecho buenas migas porque con él todo era siempre así de fácil.

—Su madre es muy hippie —comentó Natalia.

—Pues lo que os decía, que la dosis está controlada, así que... a comer se ha dicho.

Lea repartió un trozo para cada uno y nos lo comimos entre risas y brindis. Habían caído varias cervezas y estábamos bastante animados y relajados, sobre todo relajados.

Leticia se había ido al pueblo aquel y la habíamos perdido de vista, con lo cual se habían terminado los mensajes, las llamadas, las amenazas y las putadas. Lea se había quitado un buen peso de encima y yo también, porque al final tuve que creer a Débora cuando me dijo que a Leticia le faltaba un hervor. Lea había comentado aquello con Adri y él le hizo algunas confesiones sobre su ex que nos pusieron los pelos de punta.

En cuanto a Débora, dejamos de verla pululando por la facultad y alrededor de Thiago. Nos la habíamos encontrado un par de semanas antes en otra de esas fiestas de Magic y estaba con un chico. Parecía otra y en parte nos alegramos todos. Quizá, después de todo, la gente sí podía cambiar...

Javi insistía en que eso era cierto y creo que lo decía por su hermano, que era un bala perdida. Javi seguía siendo un buen amigo que venía de vez en cuando al piso para tomar una cerveza con Thiago y conmigo. Podíamos pasarnos horas charlando sin darnos cuenta ninguno de los tres; y ver que entre ellos había esa relación de colegas me encantaba.

Me habría gustado que entre Thiago y Marco también hubiera existido la misma camaradería, pero no era tan sencillo. Entre nosotros había habido algo, aunque fuera solo sexo, y ellos dos siempre acababan manteniendo las distancias. No se llevaban mal, no era eso, pero tampoco eran amigos... Quizá con el tiempo...

Miré a mi alrededor y sonreí. Nuestro grupo de amigos se había ampliado y nos llevábamos genial. Ignacio se había acoplado perfectamente, a pesar de ser algo mayor. A Ivone le encantaba cotillear con nosotras tres. Y Nacho se había convertido en una pieza imprescindible, ya que siempre estaba planeando nuestras salidas. Éramos cuatro parejas y Nacho, pero tampoco se notaba porque cuando íbamos en grupo dejábamos a un lado el rollo parejita.

Al cabo de media hora, aquel pastel empezó a hacernos efecto y las risas fueron continuas. Lea puso música y comenzamos a bailar todos por mi salón como si no hubiera un mañana.

—¿Bailas, novata? —me preguntó Thiago cogiendo mi cintura.

—Vamos, pijo —le dije riendo al oír que sonaba «You Can Never Tell» de *Pulp Fiction*.

Empezamos todos a imitar a Uma Thurman y John Travolta. Si lo hubiéramos ensayado, no habría quedado mejor, pero a los dos minutos nos empezó a dar la risa tonta y acabamos riendo como descosidos tirados por el suelo.

Thiago y yo nos miramos, tumbados en el suelo, con el fondo de las risas de nuestros amigos y la música de *Pulp Fiction*.

—Te veo feliz —me dijo.

—Lo soy. ¿Y tú?

—Preferiría una de Eminem, pero estoy feliz.

Nos reímos y acercamos nuestros rostros.

—Tu pintalabios, nena.

—¿Qué le pasa?

—Se te ha ido por aquí. —Señaló la comisura de mi boca y me reí.

—No voy a picar —le dije sabiendo que llevaba un pintalabios permanente.

Acercó su boca a la mía.

—Entonces...

—¿Mmm?

—Puedo besarte...

—Sí...

Alguien puso «Without Me» de Eminem y Thiago y yo abrimos los ojos.

—¡Vamos! —exclamé mientras los dos nos levantábamos del suelo con prisas.

Nos pusimos a reír y a bailar con los demás.

Lea y yo nos abrazamos y nos miramos con ese cariño que sabíamos que sería para siempre.

—Petarda, te quiero.

—Y yo a ti, loca —le repliqué dándole un sonoro beso en la mejilla.

—Yo también os quiero —dijo Adri, abrazándonos a las dos.

Nos reímos por su manera de decirlo.

—¡Eh, eh! ¿Un trío y no me avisáis? —Thiago se abrazó también a los tres y reímos felices.

—A ver, a ver, que salgo de esta bacanal —les dije yo para terminar en los brazos de mi chico.

—¿Y tú, sabes lo que siento por ti? —me preguntó separándome del resto.

Sus labios se acercaron tanto a los míos que sentí su respiración como si fuera la mía. Uf.

—Algo intuyo...

—Te quiero, nena...

Un escalofrío recorrió mi columna.

—Te quiero —le dije sintiéndome la chica más feliz de la Tierra.

Meses atrás parecía que todo se había acabado y ahora sentíamos que teníamos toda la vida por delante.

Javi se puso entre nosotros dos y nos abrazó.

—Aquí se respira tanto amor que me va a dar algo —dijo riendo—. Sois tan monos...

—Sobre todo él, ¿no? —señalé a Thiago.

—Tu novio está muy bueno, no te digo que no.

Nos reímos los tres hasta que Thiago se dirigió a Javi.

—Oye, Javi, contigo quería yo hablar.

—¿Quieres que te pinte un cuadro? Cuando sea famoso, valdrá una pasta.

—No, no... Es sobre la película esa que tanto le gusta a Alexia.

—¿*Dirty Dancing*? —pregunté yo—. ¿Qué pasa con la peli?

—Eh... nada.

—¿Nada?

Thiago se reía, pero no decía nada.

—Creo que tu novio y yo tenemos que hablar a solas —comentó Javi alzando las cejas un par de veces.

Thiago lo siguió y los vi irse a una esquina a hablar. ¿Qué tramarían? ¡A saber! Me daba igual porque yo estaba en la gloria allí, en medio del salón de mi casa, escuchando música y las tonterías que mis amigos iban diciendo a mi alrededor.

—Petarda. —Lea se sentó en el suelo y me senté con ella, apoyándonos en el sofá.

—¿Mmm?

—Estoy destrozada.

—¿Y eso?

—He dormido con Adri.

—Ya entiendo.

—Es que el tío tiene un fuelle.

—Sin detalles, Lea —le pedí riendo.

—Si te diera detalles, te diría que la tiene...

—¡Chis! Ni se te ocurra.

—¿Por qué? Somos amigas, ¿no?

—Porque después cuando hablo con Adri veo delante de mí otra cosa.

—¿Una polla con patas?

Nos miramos serias y soltamos una carcajada de las buenas.

Aquel verano lo pasamos así: entre risas, besos, salidas, amigos, mis padres, los suyos... Poco a poco, fuimos convirtiendo nuestra relación rota en una relación compacta y llena de confianza. No nos faltaba nada o eso creía yo...

61

THIAGO

Fue un verano decisivo e intenso en muchos sentidos.

Mi grupo de amigos se amplió y la dinámica cambió bastante al no estar Débora y las demás. Parecía que las cosas fluían solas, que siempre estábamos de buen rollo y que todos disfrutábamos de lo lindo. Pasamos muchos ratos en casa de Alexia y ella estaba encantada de tenernos allí.

No hace falta decir que me quedé muchas noches con ella, a pesar de que a mis padres no les parecía la mejor de las ideas. Ellos no querían que me atara tanto a Alexia porque tenían otros planes para mí: Lyon. Pero yo ya me había adelantado a sus buenas intenciones.

Justo al terminar los exámenes, hablé muy en serio con el profesor Peña y le informé de mis objetivos. Como siempre, me apoyó en todo, y en menos de una semana ya estaba trabajando por mi cuenta para una pequeña empresa de turismo donde traducía textos de espectáculos, gastronomía o arte. Al cabo de dos semanas, otra empresa se puso en contacto conmigo a través de Peña y se me dobló el trabajo. A día de hoy, mi sueldo es bastante increíble, aunque me paso muchas noches en casa trabajando a destajo.

Cuando mi padre me propuso aquel trabajo en Francia, lo rechacé y le expliqué lo que había estado haciendo hasta entonces. Le argumenté mi proyecto y, cuando le comenté por encima mis números, se quedó impresionado. Realmente esperaba pelearme con él, discutir con dureza e incluso terminar mal, pero, para mi sorpresa, me dio un par de golpecitos en la espalda y me animó a seguir con mi idea.

Alexia sabía que estaba currando por mi cuenta y que no quería irme de su lado. Ella también había decidido buscarse algo porque no quería depender tanto de su padre y fue el propio Marco el que le ofreció un puesto de trabajo en la empresa. Era muy buena en lo suyo y no la querían perder.

Alexia era... única.

—¿Te queda mucho? —me preguntó abrazándome por detrás.

—¿A qué hora has dicho que tenemos que ir? —La obligué a sentarse encima de mí.

—Tenemos tiempo todavía. Le he dicho que iríamos entre las diez y las diez y media.

Alexia me abrazó por la cintura y posó sus labios en mi cuello.

—Así podemos...

—Me reí por su tono sensual.

—¿Qué? —pregunté para provocarla.

—Ya sabes...

Me lamí los labios... Menudo par de insaciables estábamos hechos.

—No..., no tengo ni idea... Pero tengo un poco de faena todavía.

Alexia se separó de mí y dejó caer su faldita mientras se dirigía a la habitación.

—Joder, nena...

—La faena, Thiago —me recordó mientras se quitaba la camiseta y caía al lado de la falda.

—La faena —repetí embobado.

Cuando entré en la habitación estaba desnuda, apoyada en el marco de la puerta del baño y mirándome con deseo.

Me quité la camiseta y me dirigí hacia ella. Dios...

—Estás bueno, ¿eh? —me dijo con sensualidad.

—Y tú estás para comerte entera...

Junté su cuerpo con el mío y nos besamos.

—Llevas demasiada ropa —me comentó muy cerca de mis labios.

Me desvestí ultrarrápido ante su sonrisa sensual.

—Sígueme, pequeño —me indicó con el dedo.

—¿Una ducha?

—Una ducha para dos —respondió abriendo el agua.

—Tú quieres que no deje de pensar en ti en la vida...

62

—¿Estás lista? —me preguntó Lea mirándome de arriba abajo.

—A ver..., que solo vamos a salir por ahí...

—¿Y si se te declara?

—¿Has bebido, Lea?

—Joder..., son los nervios...

—¿Nervios por qué?

—Eh...

Y ahí debí intuir algo, pero como estaba en mi propia nube de algodón...

Salí del piso con Lea y esperé a Thiago en el portal. Cuando lo vi llegar, el corazón me dio un saltito, como en las novelas que leía. Madre mía. Estaba tan guapo... Salió del coche y me sonrió.

—Estás preciosa, nena. —Nos dimos un beso suave, pero su mano en mi cintura me hizo morder el labio.

O me calmaba un poco o iba a quemar Madrid.

—¿Adónde vamos?

—Es una sorpresa, pero... te va a gustar, eso seguro.

—¿Una sorpresa?

Me cogió de un brazo y me giró hacia él.

—Chis, no puedes preguntar.

Joder, ¿qué era tanto misterio? Nuestras vidas habían vuelto a la tranquilidad de siempre y no sabía por dónde iban los tiros. ¿Me llevaba a su casa a comer en plan formal? Había estado más de una vez allí, en la enorme piscina que tenían, pero una cena formal de esas en plan pijo... no me apetecía demasiado.

Thiago condujo hacia el centro sin hablar. Puso música tranquila y yo no dejé de darle vueltas hasta que salté.

—¿Vamos a un restaurante?

—No.

—¿A un hotel? —pregunté con picardía.

—Tampoco.

—¿Entonces?

—No acertarías ni en un millón de años.

Miré su perfil y sonreí. ¿Cómo no iba a estar colada por él?

Aparcó el coche y bajamos de él. Estábamos cerca de la Plaza Mayor.

—Hemos llegado.

Posó sus labios en los míos con una suavidad infinita y se separó mirándome intensamente.

—Vamos, quiero que veas algo...

Me arrastró de la mano, corriendo, hacia una de las esquinas de la Plaza Mayor. Había un corrillo de gente y en medio una pareja bailando «Stay» de Zodiac, una de las canciones de *¿Dirty Dancing*? Me quedé embobada mirando cómo aquellos dos se movían al compás de la música.

Y no sé cómo Thiago me llevó hasta primera fila. Disfruté viendo aquello hasta que la música se detuvo y el chico me miró directamente.

—¿Puedes venir un momento?

—¿Yo? —pregunté sorprendida.

La chica no me dio tiempo a escapar porque me cogió de la mano con una gran sonrisa.

—¿Eres Alexia Suil? —me preguntó él.

—Eh..., sí...

Busqué a Thiago para que me sacara de ese apuro, pero no lo vi.

—Tengo miedo de caminar fuera de esta habitación y...

Me quedé petrificada al oír su voz detrás de mí. ¿Qué hacía? ¿Y... esas palabras? Eran de la peli, por Dios. Noté su aliento en mi cuello.

—... no sentir el resto de mi vida entera lo que siento cuando estoy contigo...

Uf.

Thiago se había convertido en mi particular Patrick Swayze.

Se me plantó delante, con su sonrisa descarada, y el público que había a nuestro alrededor aplaudió.

«Madre mía, madre mía.»

Entonces sonó «Will You Still Love Me Tomorrow» de The Shirelles, y aquella pareja animó a la gente a bailar.

—¿Me permites, *baby*?

Me reí inevitablemente. Thiago era toda una caja de sorpresas. Me cogió de la cintura y bailamos con el resto de la gente.

—¿Te has estudiado la película o qué?

Thiago y yo la habíamos visto juntos porque le dije que era un clásico que no se podía perder, pero jamás hubiera imaginado que montara algo parecido.

—La he vuelto a ver más veces.

—¿Más veces?

—Seis.

—¿Y eso?

—Ya lo verás.

—¿Hay más?

Me guiñó un ojo.

—Conmigo siempre hay más. ¿Sabes lo que es una *performance*?

—Por supuesto... Lo dices de coña, ¿no?

Había visto una hacía un par de años con Lea y Natalia. Era el trabajo final de carrera de un colega de Natalia y la *performance* se basaba en una queja social sobre el poder de los ricos sobre los pobres. Fue toda una experiencia y me gustó todo aquel montaje de arte.

—Para nada, vamos...

Me llevó de nuevo casi corriendo hasta el principio de una de las calles que salían de la plaza. Miré hacia atrás, aún flipando con la gente que se había quedado bailando allí, y abrí los ojos y la boca a la vez cuando vi a tres parejas con vestidos de baile de salón.

Nos estaban esperando, estaba claro, porque al vernos pusieron la música y sonó «Hungry Eyes» de Eric Carmen, la canción que suena en la peli cuando él le enseña a bailar a ella.

Los bailarines empezaron a bailar y a reproducir algunos de los pasos. Joder, esa música era una pasada y encima ver esos bailes en directo era realmente todo un cúmulo de emociones.

—Al final de la peli, ya sabes, tendrás que saltar a mis brazos.

Me reí al pensarlo, ¿quién no había soñado con hacer ese saltito?

—¿Has entrenado tus bíceps?

—Por supuesto, nena, ¿lo dudas?

Puse los ojos en blanco, no podía ser verdad.

A mitad de camino, un par de mimos nos entorpecieron el paso; me dieron una sandía enorme y sin dejar de reír observé asombrada cómo hacían el baile final, junto con el conocido salto.

La gente aplaudió entusiasmada, cómo no, y Thiago volvió a tirar de mí, con la sandía ahora en sus manos.

—Estás fatal —le dije con una gran sonrisa.

—Y tú estás preciosa, nena.

De allí recorrimos la calle hasta un pequeño local que estaba bastante oscuro.

—¿Y esto?

Alguien le dio al interruptor de la luz. Estábamos en una especie de garaje casi vacío, pero las paredes estaban empapeladas con dibujos que representaban diferentes escenas de la película: cuando se conocieron, cuando ella descubre dónde baila con la sandía encima, cuando aprende a bailar, cuando se besan por primera vez, cuando se pelean y el final, el famoso salto ante el público.

—¿Te gusta?

—¡Me encanta!

—Tengo un amigo que es un artista.

Lo miré asombrada por todo aquello y le di un repentino abrazo. Sus manos cogieron mi rostro y me besó despacio, saboreando mis labios y mi lengua.

—¡¡¡Música!!! —Me volví asustada ante el grito y vi que era Javi, vestido al estilo de la película.

Me reí al verlo, pero no pude seguir riendo al ver a mis amigos tras él: Lea, Natalia, Adri, Ignacio, Nacho, Adam, Ivone y algunos más. Iban vestidos todos del mismo modo. ¡La madre que los parió! No sabía si reír o llorar de la emoción.

Empezó a sonar «Do You Love Me», de The Contours, y Thiago me apartó a un lado para que viera a nuestros amigos bailar. Me reí mucho, muchísimo, hasta que él me indicó con el dedo que saliera a bailar con él.

Comenzamos a bailar con sensualidad, tal y como hacían en la película, y sin querer nos fuimos rozando más de la cuenta.

—Nena, o dejas de moverte así o no respondo.

En ese momento, Lea y Natalia me cogieron y bailé con ellas mientras sus ojos verdes no me quitaban la vista de encima. ¡Me lo comía!

Al terminar canción, alguien sacó unas cervezas y varios canapés.

—¿Qué celebramos? —le pregunté a Thiago con una sonrisa perenne.

—Todavía nada porque no sé tu respuesta.

—¿Mi respuesta?

Nos envolvía la música de *Dirty Dancing*, nuestros amigos bailaban y bebían, pero yo solo tenía ojos para él.

Cogió el móvil y escribió con rapidez.

—Tienes un mensaje de Apolo.

Abrí la aplicación y lo leí.

¿Quieres vivir conmigo?

Lo miré muy sorprendida. Joder... Lo decía de verdad. Lo abracé y sentí el calor de su cuerpo.

Dios... No podía quererlo más.

Epílogo

Tres años después...

GALA

O sea, si alguien me hubiera dicho que mi destino estaba junto al nuevo alcalde de Madrid, me lo habría creído. Por supuesto. Alguien como yo, con mi estilo, mi glamour y mi saber estar tenía que llegar bien alto.

Cuando miraba atrás, me entraba la risa. Pensar que me había roto los cuernos por conseguir a Nacho. En fin.

El tiempo lo pone todo en su lugar, y ahí estaba yo, de camino al piso de mi prometido. Había decidido prepararle una sorpresa a mi vuelta. Aunque antes pasé por La Perla para comprar un conjunto de seda. A mi chico le encanta el tacto de la seda y, aunque es un poco incómoda, me gusta hacer lo posible para que se cumplan sus deseos.

Justamente allí me encontré a Débora, a quien no veía desde hacía más de un año. Cuando Leticia se fue dejamos de vernos y de ser amigas. Me preguntó cómo me iba todo, y cuando le expliqué qué hacía en la tienda, arrugó la nariz.

—No deberías vestirte para un hombre, sea quien sea. Lo primero eres tú.

La miré detenidamente. ¿Se había metido algo? Quizá todavía se drogaba, porque Débora en aquellos tiempos era muy dada a probar de todo. Probablemente iba hasta el culo de pastillas de esas antidepresivas;

quizá aún no había superado lo de Thiago. Siempre fue el amor de su vida, como Nacho fue el mío. Pero yo había logrado rehacer mi vida. Nacho se quedaba en un vago recuerdo que a veces usaba en mis fantasías sexuales, poco más.

Un día me lo crucé por Serrano, pero no quise saludarlo. Iba del brazo de una chica en la cual no me fijé porque mis ojos se quedaron clavados en aquel cuerpazo. O sea, que estaba muy guapo y eso. Siempre fue un tío guapo, pero verlo de repente me impresionó un poco. Lo seguí con la mirada hasta que desapareció y me acordé de Alexia. Puta Alexia. Todavía sería mío si ella no se hubiera metido entre nosotros dos.

En fin. No podía quejarme, porque yo me codeaba con la *jet set* de Madrid junto a mi futuro marido, el próximo alcalde de la capital. Qué bien sonaba, ¿verdad? Estaba la mar de contenta.

Abrí la puerta del apartamento con una sonrisa en los labios que desapareció en cuanto oí esos gemidos.

—Así, preciosa, así...

¿Era... Ramón?

Lo has visto en películas, lo has leído en libros e incluso alguna que otra amiga te lo ha explicado, pero cuando abres la puerta y ves a tu futuro marido desnudo follándose a una de tus amigas..., es complicado explicar qué sientes.

Entorné la puerta con rapidez.

—Fóllame, Ramón... sí...

Apreté el bolso entre mis manos. O sea, ¿qué debía hacer? Pensé en mi madre, ¿qué me habría dicho? Probablemente me hubiera nombrado a Rousseau: «La mujer debe ser pasiva y débil. Las mujeres están hechas especialmente para complacer al hombre».

Salí del apartamento, me atusé bien el pelo en el ascensor y me repasé el pintalabios con esmero. Estaba perfecta. Me sonreí un par de veces al espejo; así mucho mejor.

Pero una sombra pasó por mis ojos y no la pude obviar. Me acordé de Débora en esos momentos. ¿Qué me habría dicho ella?

DÉBORA

Hay gente que pasa por la vida de puntillas y hay gente que la vive al completo: se cae, la pifia, se vuelve a caer y la vuelve a pifiar. Hasta que un buen día alguien a quien quieres de verdad te abre los ojos.

En mi vida ese alguien fue Thiago.

Yo siempre había tenido un físico espectacular y, a pesar de que diréis que eso es una ventaja, para mí fue el pozo de mis inseguridades. Siempre tenía la necesidad de estar impecable, de no comer más de la cuenta, de que aquel tanga mostrara un culo perfecto... Era bastante agobiante, y a ratos me sentía harta de mí misma, porque realmente era yo la que fijaba esos objetivos.

Todo eso me hacía sentir insegura y en muchas ocasiones pensaba que veían en mí a una tía buena y tonta, con lo cual acababa atacando antes de dejar que me conocieran en realidad. Era más sencillo ser una superficial y esconder mis sentimientos.

Con Leticia y Gala me sentía cómoda porque eran las chicas perfectas para no profundizar demasiado en nada. Además, me alentaban a luchar por Thiago, de quien creía que estaba enamorada. Él solo fue aquel chico del que quise engancharme para no tener que sufrir. La idea era tener un novio guapo, un novio con un buen futuro y un novio con quien casarme y tener hijos.

¡Madre mía!, cuando lo pienso ahora me dan arcadas.

Afortunadamente, Thiago fue mucho más y logró sacarme de ese letargo con sus simples palabras. Sabía que me quería, a pesar de las putadas que yo les había hecho a él y a Alexia, y sabía que lo que decía era muy cierto. Yo no era una simple cara bonita; podía conseguir lo que me propusiera en la vida, con mi propio esfuerzo y sin depender de nadie.

Terminé mis estudios de Farmacia con muy buena nota y durante estos tres años he dedicado mi tiempo libre a cosas más... ¿productivas?

Empecé a ir con mis amigas de la facultad y una de ellas me descubrió un nuevo mundo. Marta era una de los muchos voluntarios de una

ONG que luchaba contra la desigualdad y la pobreza de nuestro país. Esa ONG intervenía en varios centros educativos de Madrid, y cuando empecé a trabajar con ellos, me sentí por primera vez bien. Siempre le digo a Marta que estos niños me dan más a mí que yo a ellos.

Evidentemente, he cambiado y no soy la niña de papá que decía a todo que sí. Tuve discusiones fuertes con mi padre, pero mi madre siempre estuvo a mi lado porque tiene el mismo buen fondo que yo. Gracias a ella, he podido ser fiel a mis ideas; si no hubiera podido hacerlo, quizá hubiera terminado marchándome de casa. Por dinero no hubiera claudicado, ya no.

El dinero tiene otro sentido en mi vida y creo que lo despilfarramos sin saber que hay gente que no puede ni comprar una barra de pan.

Días atrás vi a Gala en La Perla. Lógicamente, yo pasaba de esa tienda y de la ropa extracara que venden en ella, pero entré porque vi en su cara ciertos rasgos de preocupación. No éramos amigas, pero siempre te queda el recuerdo de lo que fuimos.

Me dejó muy flipada cuando me contó que salía con Ramón Feligrés... Menudo capullo estaba hecho el tío con lo joven que era. Ella me explicaba orgullosa que iban a casarse en menos de un año y que había entrado para comprar ropa interior de seda porque a él le gustaba. No eran necesario tantos detalles, pero Gala era así.

Le dije muy seriamente que no debía claudicar a sus deseos de esa forma, pero creo que no me tomó en serio. Lástima porque, a veces, abriendo bien los oídos, tu vida podía tomar otro rumbo y mejorar.

Me arrepentía de muchas cosas, por supuesto, pero había logrado encauzar mi energía en algo positivo. Las putadas que le hice a Alexia en su día me sabían a hierro quemado, más ahora que antes. ¿En qué me había convertido? Sabía que ella me había perdonado porque habíamos tropezado un par de veces y me había saludado con mucha amabilidad. ¿Me perdonaría yo a mí misma? Era complicado saber que habías hecho cosas tan feas...

Los mensajes, las llamadas, lo de Nacho... Joder, lo de Nacho tampoco fue cualquier cosa. Aunque a él también se le había pasado el enfado con rapidez.

—Pero buenooo, ¿quién hay debajo de esas trencitas?

—¡Nacho!

Nos dimos un fuerte abrazo y nos reímos de la alegría.

—¿Cómo va eso, Débora?

NACHO

—Princesa, eso solo te lo digo a ti.

—¿Seguro?

—No ha habido otra princesa en mi vida, Sandra.

A ver, ¿qué le iba a decir? Estaba en su cama, acababa de echar el polvo del siglo con ella y estaba tan relajado que no quería irme de casa de sus padres.

Era la primera chica que me interesaba en serio desde... desde Alexia. Después de aquella ruptura no conocí a nadie con quien realmente quisiera salir en serio, así que había dedicado esos tres años a practicar, ya me entendéis. Con este cuerpo que Dios me ha dado no iba a defender el celibato. Eso sí que hubiera sido pecado.

La realidad era que Alexia me dejó tocado y que me costó volver a entregarme de esa forma, pero con Sandra... Sandra me ponía a mil dentro y fuera de la cama. Es una tía con carácter, con dos pares de cojones y eso que tiene cuatro años menos que yo.

¿Cómo la conocí? Estoy trabajando a media jornada en una escuela concertada como profesor y ella empezó allí las prácticas de educación infantil. Cuando la vi..., joder, mis propios alumnos me dijeron que cerrara la boca porque se me caía la baba. Y no es que sea una tía tipo Débora, no. Es guapa, por supuesto, y tiene unos ojos que se comen el mundo. Cuando habla gesticula tanto que parece que te va a caer una hostia de un momento a otro. Cuando escuchas su voz... Madre de Dios bendito... Tiene una voz dulce que no le pega nada. El contraste es acojonante, en serio.

Con la tontería, llevamos unos meses saliendo y me tiene loco. A nuestros amigos les cae muy bien, en especial a Alexia. A pesar de su edad, Sandra se ha acoplado muy bien a nuestro grupo y con Alexia se pasan el rato riendo. A veces pienso que se ríen de mí, pero me da igual, me encanta ver a Sandra reír.

—Es un encanto. —Alexia siempre la piropea delante de mí.

—Lo es —le confirmé viendo cómo bailaba con Lea en Marte.

—¿Cuándo vas a dar algún pasito?

—¿De qué hablas?

—De Sandra, ¿de qué va a ser?

—¿Te ha dicho algo? —pregunté entornando los ojos.

—No, pero te veo pillado por ella, y ella no lo sabe.

—¿Y tú por qué lo sabes?

—Porque nos conocemos.

Nos miramos ambos y nos sonreímos. Alexia se había convertido en una de mis mejores amigas. Todos teníamos claro que Thiago y ella eran una pareja consolidada e impenetrable. Ninguno de los dos temía una traición, confiaban el uno en el otro y se amaban por encima de todo. Tal y como debía ser, claro.

—Vale, me has pillado. Me tiene cogido por los huevos.

—Lo que significa que estás *in love*.

—Dicho así no suena tan mal, ¿no crees?

Nos reímos y Thiago se unió a nosotros.

—¿Ligando con mi chica?

—Tu chica es muy pesada, Thiago.

—¿Porque te ha comentado su teoría de que estás enamorado hasta las trancas de esa niña?

—No es una niña —me quejé.

Thiago me puso su mano en la frente.

—Tío, no lo has negado. ¿Lo estás?

—¿Qué le pasa a este? —preguntó entonces Lea.

Mierda, el secreto iba a durar dos segundos.

—Que está embarazado —respondió Alexia riendo.

Lea empezó a reírse con ganas y supuse que usaban algún tipo de lenguaje femenino que yo no entendía.

—A callar todos. Quiero decírselo yo, no hace falta que se entere por un grupo de hienas.

—¿Nos ha llamado llenas? —preguntó Alexia.

—Llenas de amooor... —Lea y ella empezaron a reír de nuevo y me fui de allí poniendo los ojos en blanco.

Cuando se juntaban las dos, podía darte un ataque de risa en menos que canta un gallo.

LEA

Miraba a mis amigos y no podía hacer más que sonreír. Habíamos pasado muchas cosas juntos, algunas muy divertidas y otras no tanto.

Recordé la muerte del padre de Natalia, después la muerte de la madre de Alexia, mi accidente de coche... Pero todo aquello quedaba bastante lejos.

Mis dos amigas estaban geniales, salían con sus respectivos chicos y eran felices. No podía pedir más.

¿Y yo? Ideal de la muerte, ¿no me veis?

Adri y yo seguíamos juntos y muy enamorados, aunque cada uno en su casa, eso sí. Por eso, a la que podíamos hacíamos alguna escapada y nos pasábamos todo el fin de semana metidos en la cama. No nos sobraba el dinero, así que no íbamos de hotel tan a menudo como hubiéramos querido, pero en cuanto teníamos algo ahorrado buscábamos alguna oferta para poder pasar el fin de semana juntos.

Adri estaba trabajando en la recepción de un hotel. Evidentemente era algo temporal, pero no se nos caían los anillos. Sabíamos que el mercado laboral estaba jodido, así que, mientras, aprovechaba para ir echando currículos a diestro y siniestro.

Yo ayudaba a mi madre en el centro cuando podía y hacía de guía turística para una agencia de viajes situada en el centro. Me pirraba ese curro y me lo pasaba superbién con los guiris. Me tiraba horas parloteando y ellos me escuchaban como si fuera Beyoncé. Bueno, quizá no tan impresionados, pero alguno que otro intentaba ligar conmigo, sin lograrlo, claro.

—Pues esta tarde había un par de chicos que se parecían a Nick Bateman.

Adri y yo estábamos en uno de esos hoteles con encanto, abrazados en el balcón y mirando las estrellas.

—Todos se parecen a Nick, Lea —replicó riendo.

Mi chico estaba curado de espantos. Sabía que el modelo era mi amor platónico, pero que jamás superaría al amor que yo sentía por él.

—Todos, todos... ¿Qué quieres que hagamos mañana?

—Pues a las once dejamos la habitación y a las doce podrías acompañarme a llevar un currículo.

—¿Mañana domingo?

—Sí, es una chica que tiene su propia empresa y necesita un traductor.

—Una mujer, querrás decir.

—No, no. Una chica joven, de unos veintidós...

—¿Como yo? —exclamé asombrada.

¿Quién era esa tía? ¿Superwoman?

—Vaya, pues sí. Como tú.

—¿Y qué más?

—¿Qué más?

—¿Cómo se llama? ¿Cómo es? ¡Esas cosas!

No soy celosa, pero más vale prevenir...

—Eh... Elsa, y es alta, morena y joven. Mañana la conocemos, ¿te parece?

—Sí, sí. Te acompaño.

Adri soltó una risilla, pero la ignoré. Repito: no soy celosa.

Al día siguiente, después de otra noche fabulosa con mi chico, nos fuimos hacia el barrio de La Latina. El edificio en el que entramos era bastante nuevo y subimos las escaleras hasta el primer piso.

No soy celosa, pero estaba un poco nerviosa. ¿Y si esa chica era la mismísima Shakira?

«No digas tonterías. ¿Dónde está esa Lea segura y decidida?»

—Ánimo, tú puedes —le dije en un susurro al oído.

Adri me miró y me desarmó. Si es que lo adoraba...

Nos abrió la puerta una mujer mayor, con muchas arruguitas y con una sonrisa de oreja a oreja. Eso sí, con un pelazo que ya quisiera yo a su edad.

«Vaya, Shakira ha envejecido bastante...»

—¿Adrián? Pasa, pasa...

Pensé que aquella mujer sería la abuela de la chica empresaria y seguí a Adri sin darle más importancia.

—Al fondo, a la derecha —le indicó ella con una sonrisa.

—¿Te espero aquí? —pregunté observando aquel salón tan moderno.

Estaba segura de que aquella abuelita no vivía allí porque no había ni un tapete de ganchillo. ¿Sería otra ayudante?

—No, no, ven conmigo.

El pasillo no era muy largo porque solo había tres puertas. La primera era la de la cocina y la segunda la del baño. Lógicamente, lo supe porque estaban totalmente abiertas.

Cuando llegamos a la tercera puerta, Adri dio un par de golpes, pero nadie respondió. Nos miramos y alcé los hombros.

—A ver si está echando la siesta —lo dije en serio, pero Adri se rio.

Alcé las cejas y le indiqué que se callara con el índice en mis labios.

¿Estaba tonto o qué? Si lo oía la tal Elsa...

—Hablando de siestas...

Adri abrió la puerta y yo mi boca al ver aquella habitación de matrimonio. ¿Dónde estaba el despacho que esperaba ver?

—¿Qué...?

Adri entró y me señaló la cama. ¿Qué había encima? ¿Una foto? ¡Una foto de Nick Bateman! La cogí al vuelo y confirmé que era el modelazo. Sin pensarlo le di la vuelta. ¿Y si estaba firmada por él? «Rubia, esta es mi manera de decirte que adoro tus rarezas porque no sé qué le ves al tío este, la verdad. Pero me encantas, te quiero y... ¿compartimos piso?» Parpadeé un par de veces antes de volver a leer sus últimas palabas. ¿Compartimos piso?

Literalmente me tiré a sus brazos y caímos en la cama entre risas.

—¡Sííí!

La tal Elsa no existía, claro. Adri y Natalia se habían confabulado para darme esa sorpresa. El piso era de una tía abuela de mi amiga que lo alquilaba a un buen precio. No era una mansión, pero era nuestro primer nido de amor.

—¿Te ha gustado el piso de mi tía? —Esa era Natalia al cabo de media hora.

—¡Me ha encantado, petarda!

NATALIA

Acompañé a mi madre al cementerio porque me lo pidió casi de rodillas. No me parecía lógico que, tras la muerte de mi padre, mi madre siguiera fingiendo, pero era lo que llevaba haciendo durante estos tres años largos. No iba cada semana, ni siquiera cada mes, pero sí cada dos o tres meses para poner flores frescas.

—¿Qué dirán sus hermanas si ven que no voy nunca?

—Mamá, da igual lo que digan ellas. Tienes la razón de tu parte.

Mi madre fruncía el ceño y acababa negando con la cabeza, como si yo no fuera capaz de entenderla. Y tal vez era así porque no comprendía por qué se preocupaba por «el qué dirán». Mi padre no se había comportado bien con ella, ¿no había bastante con eso?

Yo había ido en contadas ocasiones, creo que esta era la cuarta. No tenía ninguna necesidad de ver su lápida ni de hablar con él. Mi mente había hecho una especie de *reset* con mi padre y procuraba hablar lo mínimo de él con nadie.

Incluso con Ignacio.

A mi chico acabé explicándole todo el percal, pero tampoco le di detalles. No me gustaba esa gente que se jactaba de sus desgracias, y yo no quería ser una de ellas.

Igna me apoyó en todo y supo estar siempre a la altura porque no se ha inmiscuido nunca en este tema. Creo que entiende perfectamente que es un tema doloroso y que aquel dicho de «muerto el perro se acabó la rabia» no es cierto. Vivir una historia como esta te deja tocada, quieras o no.

Igna también llevaba una buena mochila con lo de su exmujer porque, aunque se divorciaron y nosotros empezamos a salir juntos, ella seguía dependiendo de él para todo. Al no tener familia en Madrid, Igna se vio obligado moralmente a estar pendiente de ella, hasta que se dio cuenta de que sus intenciones eran otras. Por lo visto, ella seguía enamorada de él y le propuso empezar de cero y hacer las cosas bien. Igna lo tenía claro: con quien quería mantener una relación era conmigo. Dejaron de verse y ella continuó al acecho hasta que se dio por vencida y la perdimos de vista.

El camino no ha sido fácil, pero aquí estamos juntos e igual de enamorados que el primer día.

—¿Qué dice Lea? —me preguntó mientras caminábamos por Gran Vía.

—¡Le ha encantado el piso! Y se ha quedado alucinada.

—Pues yo también tengo una sorpresa.

Lo miré entornando los ojos. Habíamos hablado muchas veces del mismo tema y le había dicho que no. Igna vivía solo y quería compartir piso conmigo, pero yo no veía el momento. A ver, me quedaba varias noches con él, pero no era lo mismo. Mi propia madre me animaba a independizarme de ella diciéndome que se encontraba muy bien, pero no me atrevía a dar el paso.

—No, no tiene nada que ver con el piso.

—¿Entonces?

—Hace una semana hice una entrevista para un puesto en el bufete de abogados Martínez...

—¿Y?

—Y me han llamado. ¡El puesto es mío!

Salté a sus brazos y dimos varias vueltas en medio de la calle.

—¡Qué bien! ¿Por qué no me lo habías dicho?

—Quería darte una sorpresa. Bueno, allí trabaja uno de mis primos y me dijo que tenía muchas posibilidades.

—Vas a ser un superabogado —le dije con cariño.

—Ahora podríamos empezar a hacer planes...

Sonreí porque Igna tenía muchísimas ganas de vivir en pareja conmigo y eso me halagaba. Además, yo había dejado al calvo hacía unos meses porque me habían ofrecido un puesto mucho mejor en una empresa de publicidad. Estaba encantada de la vida y mi sueldo había mejorado notablemente.

La verdad era que a mí también me apetecía vivir con él... ¿A qué esperaba? Mi madre estaba mucho mejor y se pasaba las horas en el súper, aquello era su vida. Sin pensarlo, en aquel mismo momento tomé la decisión.

—Pues sí —le dije decidida.

—¿Sí qué?

—Quiero hacer planes contigo.

Igna abrió mucho los ojos.

—¿¿¿En serio???

—Sí, pero no me montes una *performance* como la que hizo Thiago. Con una cama llena de pétalos me conformo.

Igna me volvió a abrazar y nos reímos los dos antes de darnos un beso de película. Alguien carraspeó a nuestro lado.

—Buenas tardes...

¿Era el padre de Alexia? Nos separamos unos segundos y vimos a Emilio y Judith señalando el coche en el que estábamos apoyados.

—Es nuestro coche —dijo él con una sonrisilla.

PAPÁ

—¡Uy! Perdona, Emilio —me dijo la amiga de Alexia con las mejillas encendidas.

Judith y yo nos reímos porque parecía que los habíamos pillado en un momento clave. La pareja se apartó del vehículo y nos despedimos.

Subimos al coche después de acomodar a Laila en su silla.

—¿Estás bien, cariño?

—*Tí.*

Judith se sentó a mi lado y nos miramos con cariño. Di un último vistazo a Laila antes de arrancar para asegurarme de que todo estaba en su sitio. No es que tuviera miedo, pero siempre era mejor prevenir.

—Vamos, que nos esperan —dijo Judith señalando mi móvil.

Sonreí porque no había visto padre que adorara más a su pequeña. Tampoco era algo tan extraño porque Laila era un encanto. Ahora mismo tenía poco más de un año y podía engatusarte con esos ojos verdes.

En momentos como ese, recordaba a Alexia, a mi exmujer. Seguía sin entender cómo no había adorado a su pequeña desde el primer día. Era tan sencillo amar a nuestra hija. Siempre había sido una niña adorable, con ganas de aprender y muy curiosa. El único momento complicado que recuerdo con ella fue después del accidente de Antxon. A veces me pregunto qué habría ocurrido si no la hubiera dejado con su madre. Alexia y yo también lo hemos hablado en alguna ocasión y siempre acaba diciendo lo mismo: no hubiera conocido a Thiago.

Estaba claro que mi hija le amaba, pero sufría por ella porque temía que el padre de Thiago se entrometiera en su relación. Pero por lo visto Alexia y Thiago tenían claros sus sentimientos y nadie había podido con ellos.

Al principio pensé que estaba enamorada de Marco, pero después entendí que él sí bebía los vientos por ella, pero que mi hija no sentía lo mismo. Afortunadamente, Marco se retiró con dignidad y en nada lo vimos del brazo de Beatriz. Me alegré mucho por él porque es un buen muchacho.

—¿En qué piensas tanto? —me preguntó Judith mientras aparcaba frente a LOFT.

—¿Cómo sabes que estoy pensando?

—Porque mueves los labios como si hablaras contigo mismo.

Judith me imitó y solté una carcajada.

—¡Mami! —gritó Laila.

Nos volvimos y vimos a Alexia charlando con Marco en la puerta de entrada del edificio.

—¡Mami!

Judith y yo nos sonreímos y salimos del coche.

—¡Laila! —exclamó Alexia al verla.

—¡Mami!

Alexia la abrazó y le dio un sonoro beso.

—Mami no está, pero tienes a papi —le dijo pasándole la niña a Marco.

—Creo que tiene ganas de ver a Beatriz —les dije sonriendo.

—¡¡¡Mami!!!

Nos volvimos todos hacia el otro de la calle, sorprendidos ante el grito de Laila, y tras ver el cartel publicitario donde Beatriz posaba en ropa interior, nos reímos.

—Joder, qué susto, enana —le dijo Marco sonriendo—. Mami está en Londres, pero mañana la tenemos aquí. Gracias por cuidar de ella —nos dijo a los dos.

—Ya sabes que nos encanta estar con este bomboncito —comentó Judith con cariño.

Los padres de Marco eran muy mayores y su hermana se había ido a vivir a Valencia, así que de vez en cuando nos pedía el favor de cuidar a la niña. Beatriz no viajaba mucho, pero cuando era imprescindible Marco nos llamaba para saber si podíamos echarle una mano con Laila.

—Os tomo la palabra —replicó Marco con una sonrisa.

MARCO

Conocer a Beatriz y tener a Laila era lo mejor que me había pasado en la vida. En algunos momentos crees que tu vida es una mierda, que nada vale la pena, que se va todo a tomar por saco..., pero, de repente, te despiertas un día y todo ha cambiado. Y entonces conoces a la mujer de tu vida y tienes una niña preciosa con ella que te llena de una manera inexplicable.

Vale, si me dices tres años atrás que Laila iba a estar en mis brazos durmiendo como lo está haciendo ahora, me habría reído en tu cara. Pero os aseguro que esto de ser padre es una puta pasada. Aunque tenga sueño, aunque el sexo no sea tan habitual, aunque haya cambiado la juerga por los pañales, vale la pena.

Y curiosamente los que me ayudaban con el tema de la niña eran los padres de Alexia, la chica de la que había estado tan pillado que pensé que no volvería a sentir lo mismo por nadie.

En aquella época sabía que ella estaba colada por su amigo Thiago, pero me costó entender que a partir de su reconciliación yo iba a ser un personaje secundario en su historia. Esa niña me había calado, y aunque le había dicho a ella que no pasaba nada, sí pasaba.

Pensaba en ella, quería verla, me apetecía llamarla y un millón de cosas más. Eso solo podía significar una cosa: que me había enamorado de Alexia. ¿Qué hacer ante esos sentimientos? Podía apartarme de ella, dejar que fuera feliz y comportarme como el amigo que le había dicho que iba a ser. Y eso hice.

Yo no podía demostrarle mis sentimientos y seguía siendo ante ella aquel tipo chulesco e irónico que tanto la hacía reír. Pero la verdad era que me la hubiera comido a besos cada vez que sonreía para mí.

Jodido, jodido.

Verla con Thiago, riendo y besándolo, me quemaba por dentro. Había sido bien idiota por haberme colado por ella, pero había ocurrido casi sin darme cuenta. ¿Hablaba con ella? ¿Lo dejaba correr? ¿Se me pasaría con el tiempo? ¿Y si era ella la chica con la que quería algo serio? ¿Quería algo en serio? ¿En serio? Acababa riendo por los miles de tonterías que pasaban por mi cabeza. Pero la cuestión era grave: ¿Qué podía hacer? No puedes obligar a alguien a que te quiera.

Por suerte, escogí el camino correcto, porque con el tiempo aquellos sentimientos se esfumaron y además conservé su amistad. De vez en cuando salía con su grupo de amigos y también logré que entre Thiago y yo hubiera muy buen rollo. Las cosas del pasado se quedan en el pasado.

Y fue en una noche de esas en la que conocí a mi chica, a Beatriz, al amor de mi vida, que me tiene loco de cojones. Si es que está tremenda y además es... perfecta.

Me la presentó Adri, el chico de Lea, ya que trabajaron juntos en el pub de un colega. Nada más verla me quedé impresionado porque es guapísima, pero además tiene chispa, es divertida y un poco descarada. Uf... Aquella noche me tuvo como una moto y tuve que contenerme varias veces porque esos labios rojos me llamaban a gritos.

E hice bien, porque más tarde me comentó que no soportaba a los tíos que querían besarla el primer día, ya que le daba la impresión de que solo se fijaban en su físico. A ver, es que está muy buena; por algo es modelo. Pero los astros quisieron que aquel día mi mente estuviera muy lúcida y la acompañé a casa entre carcajadas y poco más.

Nos enamoramos aquel día. Los dos. Y a los pocos meses tuvimos claro que queríamos vivir juntos.

Laila vino de sorpresa, pero ¿qué mejor sorpresa que esa? Desde el minuto uno los dos lo celebramos, nos besamos, hicimos el amor y nos dijimos el uno al otro que seríamos los mejores padres del mundo.

Sí, podéis decirlo: soy muy feliz.

Cuando salimos con Alexia y los demás siempre acabo diciéndole lo mismo a Adri:

—Tío, ya lo sabes...

—Sí, sí. Marco me lo has dicho miles de veces en estos tres años.

—Pues te lo repito: pídeme lo que quieras.

Adri acababa riendo porque siempre le decía que gracias a él había conocido a la mujer de mi vida.

ADRIÁN

A Lea le había encantado la sorpresa que había organizado con la ayuda de Natalia. Alexia también había puesto su granito de arena, pero Natalia fue quien me pasó el contacto de su tía para poder alquilar aquel piso.

No era un gran piso, pero para los dos era más que suficiente. Mi trabajo en la recepción era durillo porque a veces los turnos eran jodidos, pero pagaban bien y no me podía quejar tal y como estaban las cosas. Éramos jóvenes y estaba seguro de que ya encontraría algo mejor. Si algo había aprendido al lado de Lea, era a ser positivo y a echarle huevos a la vida. Como Thiago o Nacho.

Mi mejor amigo vivía con su chica desde hacía tres años y les iba de puta madre. Y Nacho, el soltero de oro del grupo, se había decidido a declararle amor eterno a Sandra.

¿Por qué yo no? Siempre había pensado que cuando me marchara de casa sería para irme a vivir con colegas o incluso solo. Lo de vivir en pareja lo veía muy lejano, pero en ese momento era lo que más me apetecía. Quería levantarme por las mañanas y tener a Lea a mi lado. Quería ver de cerca sus locuras y quería no perderme nada con ella. Supongo que eso es el amor en mayúsculas, porque a veces crees que estás enamorado y más tarde te das cuenta de que estabas equivocado.

Como yo con Leticia.

Aún ahora me cuesta entenderlo, me cuesta verme con ella y me cuesta muchísimo comprender a ese Adri sumiso que no levantaba cabeza a su lado. Lea, con mucho tacto, siempre me comenta que Leticia usaba el maltrato psicológico conmigo y creo que es verdad. ¿Es raro que maltraten a un chico? Puede parecerlo, pero quizá es más común de lo que se cree.

—Adri, a veces no nos damos cuenta de que quien está a nuestro lado es alguien muy tóxico.

—Estuve dos años con ella, Lea.

—El tiempo da igual. Yo tuve una amiga muy amiga, lo éramos desde los cinco años y ¿sabes qué hizo a los quince? Intentar enrollarse con mi novio.

—¿Quién era ese novio?

—Esa no es la cuestión ahora. —Ladeó la cabeza y me hizo reír.

—O sea, que no era tan amiga.

—Pues más bien no. Estuve diez años con ella, Adri.

—Ya... Pero sin sexo, ¿no?

Soltamos los dos una buena carcajada y seguimos hablando de mis inseguridades. De vez en cuando pensaba en Leticia y me autoflagelaba.

Leticia ejercía un poder sobre mí que no era normal: no me dejaba salir con Thiago, no le gustaba que charlara con otras chicas, no soportaba que tuviera amigas... Todo lo hacía bajo la idea del amor, pero eso no era amor ni era nada.

Cuando lo pienso detenidamente, veo que yo mismo fui haciéndome pequeño ante ella, fui aceptando todas sus normas para no discutir, fui claudicando en todo y normalizando situaciones que salían de toda lógica. Thiago me había dado algún toque en alguna ocasión, pero no le hice caso. ¿Por qué? Estaba totalmente cegado por esa chica con carácter, guapísima y que parecía tan enamorada de mí.

Ahora sé que Leticia solo se quería a ella misma. Dudo que jamás encuentre el amor.

Seis años más tarde...

LETICIA

¡Dios! No lo soporto. Me veo gorda, desfigurada, tengo manchas en el bigote y no llego a los zapatos. Puto embarazo. No entiendo por qué no hice caso a mi primer impulso: abortar. Pero claro, Unai insistió tanto en que aquella criatura iba a unirnos más y no sé qué otras historias, que al final cedí. En mala hora.

A Unai, mi marido, lo conocí en una fiesta en San Sebastián. Llevaba en la ciudad casi un año y una amiga común nos presentó. No me costó nada conquistarlo porque cuando quiero soy como un corderito. La edad te da una experiencia que no tienes a los veinte, y me dije a mí misma que no iba a repetir los mismos errores del pasado, como confiar en mis amigas o ser tan transparente con mis intenciones.

Todo aquello que sucedió con la imbécil de Alexia y con su amiga Lea me sirvió para aprender mucho. Mi madre me desterró a aquel pueblo en el que estuve casi un año entero. Por poco no me muero allí encerrada, pero aproveché el tiempo para estudiar un máster que me llevó directamente a Pamplona, a cubrir una baja por maternidad en una escuela privada.

Mi perfil era el que buscaban en esa escuela y me quedé allí unos años más hasta que tuve algunos problemas con la directora. Ella pensaba que quería quitarle el puesto y no andaba equivocada. Pero no me salió bien la jugada, así que decidí irme a San Sebastián. Se acercaba el Festival Internacional del Cine y tal vez pudiera codearme con algún famoso.

Unai no era famoso, pero era el futuro heredero de una gran empresa textil de la zona, así que poseía coches, casas y mucho dinero. Yo a menos no iba a ir. Venía de una buena casa y, aunque no tenía una estrecha relación con mi familia, seguíamos dando una imagen de unidad y respeto.

Por supuesto nuestra boda fue de película y, aunque yo sabía que Unai quería más mi apellido que otra cosa, a mí también me convenía casarme con él.

Evidentemente, dejé de trabajar y me dediqué al ocio, a la diversión y al placer. Pero todo lo bueno se acaba y mi querida suegra empezó a insistir en que le diéramos un nieto. Unai, que siempre acaba obedeciendo a su madre, me enredó de tal manera que aquí me tenéis, embarazada y sin ganas de ser mamá.

Solo de pensarlo... Porque Unai no habló de todo esto que estoy soportando ni de lo que nos va a venir después: lloriqueos, pañales, malos olores, sueño, biberones y un largo etcétera al que no le veo la gracia por ningún lado. A veces pensaba en la madre de Alexia y me sentía muy identificada con ella...

—Leticia, querida —me había dicho—, no dejes que te digan qué debes o no debes hacer. Mírame a mí, con una hija como esa porque al tozudo de mi exmarido se le metió entre ceja y ceja que íbamos a ser muy felices con esa criatura. Todavía recuerdo el embarazo como la peor época de mi vida: no podía ponerme mi ropa y parecía que mis pies no querían entrar en ningún zapato. Eso por no hablarte de los mareos, las náuseas y el malestar que sentía durante todo el santo día. Perdí todo mi atractivo en pocos meses, Emilio empezó a acariciarme la barriga y hablar con ella como si yo no existiera. Me ponía nerviosa, pero aguanté el tipo porque yo quería a mi marido.

Aquel día la madre de Alexia me miró como si yo fuera su hija y vi un odio profundo en sus ojos.

—Espero que se dé cuenta algún día de todo lo que perdí por su culpa.

¿Se refería a su exmarido?

—Nunca más volví a tener esa cintura.

Dicen que las historias se repiten, pero yo no iba a dejar que me saliera una niña tan malcriada y descarada. Tenía claro que mi hija iba a seguir mis órdenes al pie de la letra, no quería una hija problemática ni demasiados quebraderos de cabeza. Creo que ya estoy sacrificando bastante.

Lo último que sabía de Alexia era que ya no vivía con Thiago. Lógico, ¿quién aguanta a una tía como esa?

THIAGO

Habían pasado casi diez años desde que había conocido a Alexia y uno desde que yo me había ido a Viena.

A veces, me daba por recordar aquellos tiempos en la universidad y no podía evitar sonreír.

Cuando vi por primera vez a Alexia. Cuando la seguí por la biblioteca y le ofrecí aquel libro para, seguidamente, desaparecer. Cuando le dije a Luis que le prestara el libro. Cuando la miraba de reojo en la cafetería...

Todo quedaba muy lejos, pero aquel principio nos marcó. Pasamos muchas cosas durante ese curso y nos peleamos en demasiadas ocasiones, pero parecía que el mundo se había confabulado para jodernos: Débora, Leticia, su madre e incluso a mi padre le pareció precipitado que nos fuéramos a vivir juntos. Y quizá tenía razón.

El primer año en su piso fue como una luna de miel. Nos pasábamos los días besándonos, tocándonos, en la cama... Yo trabajaba por libre y ella seguía estudiando por las mañanas y trabajando en LOFT por las tardes. Los fines de semana eran nuestros al completo y los disfrutábamos al cien por cien.

Todo fue bien, Alexia terminó la carrera y continuó en la empresa con un nuevo contrato a tiempo completo. Nos convertimos en la típica pareja que se despide con un beso por la mañana, que se llama a mediodía para saber cómo está y que por la noche preparan la cena juntos y se van a dormir no muy tarde porque hay que madrugar. ¿Demasiado rutinario? Quizá.

Alexia en ese momento conoció a David, un empresario barcelonés que le ofreció un puesto que no pudo rechazar. ¿El inconveniente? Debía viajar frecuentemente. Ambos teníamos claro que aquello no nos iba a separar, muchas parejas viven de ese modo por cuestión de trabajo. Pero no fue nuestro caso. Nos echábamos de menos, nos faltaba tocarnos, añorábamos demasiadas cosas y empezamos a discutir por nimiedades. Eran discusiones telefónicas que acabaron convirtiéndose en peleas que podían durar días.

Alexia tiene mucho temperamento y yo no me quedo corto. Fueron días complicados y durante aquel año nuestra relación empezó a irse a pique. Nos veíamos muy poco y solíamos acabar discutiendo, incluso después de hacer el amor. Era algo que se nos escapaba de las manos. Por mucho que yo pensara «Esta vez no vamos a pelearnos», acababa sucediendo y acababa maldiciendo mis huesos cuando la veía irse en el aeropuerto.

«La perderás, la acabarás perdiendo...»

Me lo repetí en muchas ocasiones, pero la pasión está por encima de la razón y a Alexia y a mí nos sobraba pasión. No sabíamos canalizarla bien y al final nos explotó en las manos.

Durante ese año se me ocurrió presentarme al concurso para ser traductor de español en la ONU. Creo que lo hice más para distraerme que por otra cosa porque jamás pensé que acabaría logrando un puesto en Viena. Aquella decisión fue la guinda del pastel en nuestra relación; Alexia se enfadó porque no se lo había comentado. Y tenía razón, era algo que debería haberle explicado en su momento, pero no me apeteció porque siempre estábamos a la guerra y cuando estábamos tranquilos no quería poner más carne en el asador.

Me equivoqué y aquel fue el detonante.

—Entonces, ¿vas a irte a Viena?

—Sí.

—¿Y nuestro piso?

—Querrás decir mi piso porque apenas estás por aquí.

Sí, mis sentimientos estaban a flor de piel y sentía que la había perdido. Me sentía culpable por no saber llevar una relación a distancia, a pesar de que quería a Alexia más que a nada en el mundo. Ese amor era el que no me dejaba ser más paciente, más comprensivo o más tranquilo. La quería para mí, a todas horas y solo obtenía de ella unas migajas.

—¡Joder! Lo decidimos los dos, ¿recuerdas?

—Perfectamente.

—No voy a dejar de trabajar porque tú...

—Dilo, dilo.

—No voy a ser nunca esa mujer que cocina y se queda en casa.

—Creo que nunca te he pedido eso.

—Entonces, ¡¿qué coño quieres?!

Tras su primer grito venían los míos y ya no había vuelta atrás. Habíamos llegado a un punto en que terminar gritando era lo habitual. Y fue ese día cuando me di cuenta de que no podíamos seguir así. ¿Gritarnos de ese modo constantemente? ¿Estar siempre peleándonos? No, no quería que acabáramos odiándonos. Todavía podíamos ser simplemente... amigos. Joder. Me dolía el puto corazón solo de pensarlo.

—Que lo dejemos, Alexia.

Mi chica me miró abriendo mucho los ojos. No se lo creía.

—Creo... que necesitamos separarnos. Esto... esto no funciona. Lo estás viendo tú también, pero te aferras a lo nuestro porque...

«Porque me quieres.»

Sabía que me amaba como yo a ella, pero las cosas no habían salido como habíamos planeado.

—Porque soy gilipollas —respondió rabiosa.

Su maleta estaba sin deshacer, así que le fue tan fácil como cogerla e irse dando uno de sus famosos portazos.

Yo me fui a Viena y ella continuó viajando por el mundo, pero no perdimos el contacto. Ella tenía veintisiete años en ese momento y yo treinta y uno, así que ya no éramos unos críos.

Al cabo de un mes me mandó un mensaje.

¿Cómo estás?

Sin saludos ni florituras. Así era ella.

Sobrevivo. ¿Y tú?

Siempre habíamos sido sinceros.

En proceso de analizar qué ha pasado después de pasar por la etapa del cabreo y del lloriqueo.

¿Alguna conclusión?

No sabemos estar separados.

Hay muchas parejas que viven en esta dinámica.

Nosotros no somos de esas parejas.

Ambos entendimos que habíamos puesto por delante la lógica y la razón en nuestra relación y que nosotros no funcionábamos así. No era ni mejor ni peor, sino distinto.

Coincidimos en no dar ningún paso, así que continuamos cada uno por nuestro lado durante casi un año hasta que coincidimos en Madrid, precisamente en la boda de Lea y Adri.

El día de la boda estaba nervioso por verla y sentía en la boca del estómago una extraña sensación. ¿Y si sus ojos no me decían lo mismo? ¿Y si era cierto que todo había terminado? ¿Y si Alexia se había dado cuenta de que así era feliz? Ella siempre había viajado por el mundo y yo sabía que era un poco como volver a sus orígenes. En sus mensajes me explicaba entusiasmada algunas anécdotas con las que acabábamos riendo con ganas. Y esas risas..., esas risas eran las que habíamos ido eliminando en nuestros últimos días juntos.

Me dije a mí mismo que aquel día me debía centrar en el novio; Adri era mi mejor amigo y debía dejar mis historias a un lado.

Cuando me reencontré con él, todo fueron risas, chistes tontos y palmaditas. En el juzgado estaba ya histérico e intenté entretenerlo explicándole mi vida en Viena.

—No te gires, Alexia está entrando.

Me volví al momento. ¡Dios...! Nuestros ojos se encontraron y no pude dejar de mirarla. Estaba más guapa que nunca y mi corazón dio un salto en mi pecho. Ella no sé, pero yo seguía amándola con locura.

—Thiago, cierra la boca —murmuró Adri entre risas.

Sonreí de medio lado y Alexia me devolvió el gesto. Madre mía, ¿cómo había podido dejar que se fuera de mi lado? ¿Y quién era ese tío que iba con ella?

—Es un primo de Lea, no te preocupes. Está casado y con hijos —me informó mi mejor amigo.

—Sigo pillado por ella —le confesé.

—¿Te crees que no lo sabemos todos?

Miré a Adri juntando las cejas. ¿Cómo?

—En el grupo hablamos mucho de vosotros. Lea es su mejor amiga, ¿te acuerdas?

—¿Ha dicho ella que estoy pillado?

—No, no. Pero nos preguntáis si estáis solos, si tenéis pareja...

Cierto, yo se lo había preguntado directamente a Adri sabiendo que tenía información de primera mano. Alexia y yo jamás nos habíamos preguntado nada sobre nuestra vida sexual.

La mía, en casi un año, había sido nula. Una vez había estado a punto de liarme con una compañera, pero mi cuerpo no respondía, así que lo dejé estar antes de tener que arrepentirme.

—¿Así que a ella también le interesa mi vida?

—¿Acaso lo dudabas? —Adri me miró sonriendo—. Hoy podría ser un buen día para una bonita reconciliación.

Sí... podría ser un buen día.

ALEXIA

Estaba muy nerviosa, me fallaba el pulso y no sabía cómo iba a reaccionar al verlo. Habíamos pasado casi un año separados y solo tenía una cosa clara: quería estar con Thiago.

Vale, sí, nos había ido bien estar un tiempo alejados, pero necesitaba decirle todo lo que sentía por él.

Lo había echado tanto de menos que cada vez me costaba más entender cómo habíamos llegado a ese punto. Sin darnos cuenta, nuestras vidas se habían ido separando de tal forma que lo único que hacíamos era echarnos en cara esa separación.

Con lo fácil que hubiera sido sentarnos, hablar y buscar una solución. Nos queríamos y eso era lo importante. ¿Por qué habíamos antepuesto otros temas a nuestra relación? Tal vez necesitábamos equivocarnos de vez en cuando para valorar lo que teníamos y lo que realmente valía la pena.

Cuando lo vi en el juzgado, junto a Adri, y vi sus ojos verdes clavados en los míos supe que podíamos arreglarlo. Que todo estaba en nuestras manos.

En aquella boda, que fue preciosa y donde Lea estaba más radiante que nunca, Thiago y yo nos buscamos constantemente. Nuestros ojos se cruzaban cada cinco minutos y acabamos coqueteando de forma descarada entre nosotros.

Donde hubo fuego, siempre quedan rescoldos...

Y así fue. Acabamos pasando la velada juntos, riendo, bailando y acercándonos hasta que salimos al balcón del restaurante y nos quedamos en silencio mirando las estrellas.

Me volví hacia él y observé su perfil. Estaba tan guapo como siempre. ¿Me atrevería a decirle lo que me rondaba por la cabeza?

«Ahora o nunca.»

—¿Me miras así por algo? —preguntó mirándome fijamente.

—Sí..., quería decirte una cosa.

—Yo también quería hablar contigo.

Mierda... ¿Y si él quería todo lo contrario? ¿Cerrarlo todo? ¿Dejar el piso para siempre, por ejemplo?

«Quien no arriesga no gana...»

—Thiago, he pensado en dejar el trabajo, regresar a Madrid y...

—¿Y me incluyes a mí en esos planes? —preguntó cortándome.

—Sé que estás en Viena y que tu trabajo es importante. No voy a decirte que lo dejes...

—Es solo un trabajo, Alexia.

Sonreí al oír sus palabras. Entendía perfectamente qué quería decir y tenía toda la razón del mundo. Había miles de trabajos, ¿por qué esa manía a encasillarnos tanto? ¿Por qué pensábamos que ese trabajo era nuestra vida?

—Podemos encontrar otro trabajo sin problemas —dijo en un susurro—. Pero no encontraré a nadie como tú.

Me mordí los labios y estuve a punto de llorar; Thiago quería lo mismo que yo. Hasta ese momento temía que no fuera así, que quizá estar en Viena era su sueño y que yo había quedado en un segundo plano, a pesar de todo.

Sus labios se acercaron a los míos y retuve el aire.

—Respira, novata...

Nos reímos ambos hasta que volvió a por mi boca y nos besamos lentamente como si fuera la primera vez.

Su mano buscó mi cintura y pegamos nuestros cuerpos con ímpetu. Sentí una oleada de calor que me hizo gemir en su boca. Hasta ese día había estado a dos velas, porque tío que se me acercaba tío que rechazaba. No me sentía preparada para meter en mi cama a cualquiera.

—¿Regresamos a nuestro hogar? —preguntó mientras nos besábamos.

Y eso hicimos, volver para quedarnos, para empezar de nuevo e intentar no caer en el mismo error.

—Alexia... —Lea estaba en nuestro piso porque habíamos decidido hacer una cena los cuatro.

Thiago y yo, tras su boda, habíamos seguido nuestros impulsos y a las dos semanas estábamos juntos de nuevo viviendo en Madrid.

—Dime.

Los chicos cocinaban y nosotras estábamos colocando los cubiertos.

—Es que no aguanto más...

La miré detenidamente. Desde que había llegado estaba nerviosa, pero lo achaqué a su manera de ser. A veces parecía un muñeco saltarín, yendo de un lado a otro y parloteando continuamente.

—¿Qué pasa?

—Mira... —Cogió algo del bolso y me enseñó una prueba de embarazo.

—¡Tía!

—Chis... Adri no lo sabe.

—¿Y por qué? —pregunté en un murmullo.

—¿Porque solo llevamos dos años casados?

—¡Ay, qué guay! Voy a ser tía...

—¡Alexia!

Me reí por lo bajini, pero ella estaba muy seria.

—¿Es que él no quiere? ¿Te ha dicho eso alguna vez? —pregunté preocupada.

—No, no es eso...

No pude evitar pensar en mi madre.

Aún me costaba entender que mi propia madre hubiera sido la artífice, junto a Leticia, de todas aquellas putadas. Al final solo me quedaba pensar en ella como alguien realmente tóxico.

Pero no dejaba de preguntarme el porqué. Ahora que estaba muerta no tendría las respuestas exactas, aunque hablar con mi padre me ayudó a entender que no siempre hay que buscar una razón.

—Ella era así, Alexia —me dijo—. No le des más vueltas.

—Pero, papá, dejó que Leticia usara aquellas fotos de Antxon para hacerme daño, le dio un montón de información privada, cosas que había leído en mi diario...

—Tu madre era complicada y no era buena persona, podemos decirlo así de claro. Tal vez saber que estaba enferma incrementó su amargura, porque dudo que fuera feliz alguna vez.

Y quizá ese había sido el detonante porque el primer año que estuve con ella me ignoró y, en cambio, el resto del tiempo solo intentó dañarme. ¿Tendría algo que ver con ese aneurisma en su cerebro? Justo antes de que yo empezara la carrera, los médicos le descubrieron eso en el cerebro. En los informes que había encontrado en el dúplex había podido saber que el médico le recomendaba no tocarlo, ya que estaba situado en un lugar de difícil acceso.

—No sé, papá. No lo sabré jamás.

Podía haber miles de razones: no me había querido nunca, ni estando embarazada; creía que yo era la culpable de su separación, ya que mi padre fue quien la dejó al ver cómo me trataba; era una amargada porque estaba enferma; disfrutaba haciendo daño a la gente... Podían incluso ser todas esas razones a la vez.

Podíamos teorizar, pero la verdad solo la sabía ella y ya no estaba. No la echaba de menos, pero sí que pensaba en mi madre en algún que otro momento. Lloré por ella en el entierro porque sentí pena, a pesar de que no la quería. Sentí pena por lo que ya no íbamos a tener, pero ahora estoy convencida de que no hubiéramos tenido jamás una buena relación. Las relaciones se crean desde la base y mi madre había decidido por las dos desde el principio. Estando embarazada ya me había rechazado. ¿No es un poco extraño?

—¿Está mi chica en Valencia o en Bali tomando el sol con un mojito en las manos? —Thiago me abrazó por la cintura y acercó mi espalda a su pecho.

Sonreí porque hay cosas que no cambian y una de ellas era que mi cabeza seguía divagando por donde quería, logrando que desconectara totalmente de mi entorno. Lea y Adri se habían ido hacía media hora y Thiago y yo nos pusimos a recoger un poco el salón.

—Pensaba en Lea y en su embarazo.

—¡Ha sido toda una sorpresa!

—Sí, ella estaba asustada, y Adri casi nos rompe la silla del salto de alegría que ha dado.

—A ver, es que solo a Lea se le ocurre ponerle la prueba de embarazo en el plato del postre.

Nos reímos los dos al recordar la escena.

—Pues yo creo que es mejor decir las cosas así, sin rodeos.

—Mmm...

—¿No crees? —pregunté volviéndome para ver sus ojos verdes.

—Así... ¿es mejor decirte que estás muy buena?

Solté una risotada.

—¿Que tu culo me pone a mil? ¿Que te quiero con locura? ¿Que eres la niña de mis ojos? ¿Que no puedo vivir sin ti?

No podía parar de reír mientras Thiago iba soltando aquellas preguntas.

—Sí, mucho mejor... —respondí aún riendo.

—¡Oye!

—¿Qué? —pregunté aturdida ante su exclamación.

Me levantó un poco la camiseta, bajó hasta mi vientre y puso la oreja pegada a mi piel. Solté otra risilla.

—¿Qué haces, loco?

—Creo que ahí hay una pequeña Alexia que me está llamando.

Me reí de nuevo.

—Deja de decir tonterías.

—¿No te gustaría? —Clavó sus ojos en los míos.

—Sabes que sí, que me encantaría...

—Chis... Creo que la enana me dice algo... ¿Qué? ¡Ah, claro!

—¿Te ha dicho que estás mal de la cabeza?

Thiago me acarició el vientre y fue subiendo por encima de mi camiseta hasta mostrarme... ¿un anillo?

—¿Quieres casarte conmigo?

¿Qué...?

Me mordí los labios y mi cabeza empezó a ir a su bola: ¿casarme? ¿Tener hijos? ¿No corríamos demasiado? Solo hacía dos años que estábamos juntos..., pero antes habíamos estado casi ocho a...

¿Dónde estaba esa Alexia impulsiva?

Salté a sus brazos y le dije que sí gritando y riendo.

—¡¡¡Sííí!!!

Nos besamos con desespero, ambos sabíamos que queríamos estar juntos por encima de todo, que nos amábamos con locura y que pasaríamos algunos baches, pero juntos, siempre juntos.

—Nena... Quiero que lo primero que hagas cuando te despiertes el resto de tu vida sea besarme.

¿Podía haber mejor elección?

Agradecimientos

Este proyecto ha sido toda una experiencia y la he disfrutado en todos los pasos de su proceso; desde la llamada de mi editora para proponerme trabajar con Penguin Random House hasta el punto final del último capítulo de Alexia. Desde aquí quiero dar las gracias a todo el equipo de Penguin Random House por su profesionalidad y por su gran trabajo, no puedo estar más contenta con el resultado.

Quiero dar también las gracias a mi marido e hijos por su paciencia y por su apoyo incondicional. El mero hecho de tenerlos a mi lado me reconforta y me ayuda en esos momentos en que parece que la historia no quiere seguir.

A Roser, Paqui y a Judith Galán, gracias por su inestimable ayuda, por esas charlas y por todo su apoyo en esta nueva aventura.

Gracias a todas las lectoras que me seguís por las redes, a los blogs literarios y a todas esas personas que me recomiendan a través de sus páginas de forma totalmente altruista. Sin vosotras, lectoras, no estaríamos aquí, así que este tercer libro os lo dedico en exclusiva.

¡Un besazo!